中国语言文学文库·典藏文库

吴承学 彭玉平 主编

文艺辩证学

黄伟宗 著

中山大学出版社

·广州·

版权所有 翻印必究

图书在版编目（CIP）数据

文艺辩证学/黄伟宗著. —广州：中山大学出版社，2020.6
（中国语言文学文库·典藏文库/吴承学，彭玉平主编）
ISBN 978-7-306-06864-4

Ⅰ.①文… Ⅱ.①黄… Ⅲ.①文艺理论—文集 Ⅳ.①I0-53

中国版本图书馆 CIP 数据核字（2020）第 059803 号

出 版 人：	王天琪
策划编辑：	嵇春霞
责任编辑：	孔颖琪
封面设计：	曾 斌
责任校对：	王 燕
责任技编：	何雅涛
出版发行：	中山大学出版社
电　　话：	编辑部 020-84111996，84113349，84111997，84110779
	发行部 020-84111998，84111981，84111160
地　　址：	广州市新港西路 135 号
邮　　编：	510275　传　真：020-84036565
网　　址：	http://www.zsup.com.cn　E-mail：zdcbs@mail.sysu.edu.cn
印 刷 者：	广州市友盛彩印有限公司
规　　格：	787mm×1092mm　1/16　23.625 印张　424 千字
版次印次：	2020 年 6 月第 1 版　2020 年 6 月第 1 次印刷
定　　价：	76.00 元

如发现本书因印装质量影响阅读，请与出版社发行部联系调换

中国语言文学文库

编委会

主　编　吴承学　彭玉平

编　委（按姓氏笔画排序）

　　　　王　坤　王霄冰　庄初升

　　　　何诗海　陈伟武　陈斯鹏

　　　　林　岗　黄仕忠　谢有顺

总　序

吴承学　彭玉平

　　中山大学建校将近百年了。1924年，孙中山先生在万方多难之际，手创国立广东大学。先生逝世后，学校于1926年定名为国立中山大学。虽然中山大学并不是国内建校历史最长的大学，且僻于岭南一地，但是，她的建立与中国现代政治、文化、教育关系之密切，却罕有其匹。缘于此，也成就了独具一格的中山大学人文学科。

　　人文学科传承着人类的精神与文化，其重要性已超越学术本身。在中国大学的人文学科中，中国语言文学学科的设置更具普遍性。一所没有中文系的综合性大学是不完整的，也几乎是不可想象的。在文、理、医、工诸多学科中，中文学科特色显著，它集中表现了中国本土语言文化、文学艺术之精神。著名学者饶宗颐先生曾认为，语言、文学是所有学术研究的重要基础，"一切之学必以文学植基，否则难以致弘深而通要眇"。文学当然强调思维的逻辑性，但更强调感受力、想象力、创造力和语言表达能力。有了文学基础，才可能做好其他学问，并达到"致弘深而通要眇"之境界。而中文学科更是中国人治学的基础，它既是中国文化根基的重要组成部分，也是中国文明与世界文明的一个关键交集点。

　　中文系与中山大学同时诞生，是中山大学历史最悠久的学科之一。近百年中，中文系随中山大学走过艰辛困顿、辗转迁徙之途。始驻广州文明路，不久即迁广州石牌地区；抗日战争中历经三迁，初迁云南澄江，再迁粤北坪石，又迁粤东梅州等地；1952年全国高校院系调整，始定址于珠江之畔的康乐园。古人说："艰难困苦，玉汝于成。"对于中山大学中文系来说，亦是如此。百年来，中文系多番流播迁徙。其间，历经学科的离合、人物的散聚，中文系之发展跌宕起伏、曲折透迤，终如珠江之水，浩浩荡荡，奔流入海。

　　康乐园与康乐村相邻。南朝大诗人谢灵运，世称"康乐公"，曾流寓广州，并终于此。有人认为，康乐园、康乐村或与谢灵运（康乐）有关。这也许只是一个美丽的传说。不过，康乐园的确洋溢着浓郁的人文气息与诗情画意。但对于人文学科而言，光有诗情是远远不够的，更重要的是必须具有严谨的学术研究精神与深厚的学术积淀。一个好的学科当然应该有优秀的学术传统。那么，中山大学中文系的学术传统是什么？一两句话显然难以概括。若勉强要一言以蔽之，则非中山大学校训莫属。1924年，孙中山先生在国立广东大学成立典礼上亲笔题写"博学、审问、慎思、明辨、笃行"十字校训。该校训至今不但巍然矗立在中山大学校园，而且深深镌刻于中山大学师生的心中。"博学、审问、慎思、明辨、笃行"是孙中山先生对中山大学师生的期许，也是中文系百年来孜孜以求、代代传承的学术传统。

　　一个传承百年的中文学科，必有其深厚的学术积淀，有学殖深厚、个性突出的著名教授令人仰望，有数不清的名人逸事口耳相传。百年来，中山大学中文学科名师荟萃，他们的优秀品格和学术造诣熏陶了无数学者与学子。先后在此任教的杰出学者，早年有傅斯年、鲁迅、郭沫若、郁达夫、顾颉刚、钟敬文、赵元任、罗常培、黄际遇、俞平伯、陆侃如、冯沅君、王力、岑麒祥等，晚近有容庚、商承祚、詹安泰、方孝岳、董每戡、王季思、冼玉清、黄海章、楼栖、高华年、叶启芳、潘允中、黄家教、卢叔度、邱世友、陈则光、吴宏聪、陆一帆、李新魁等。此外，还有一批仍然健在的著名学者。每当我们提到中山大学中文学科，首先想到的就是这些著名学者的精神风采及其学术成就。他们既给我们带来光荣，也是一座座令人仰止的高山。

　　学者的精神风采与生命价值，主要是通过其著述来体现的。正如司马迁在《史记·孔子世家》中谈到孔子时所说的："余读孔氏书，想见其为人。"真正的学者都有名山事业的追求。曹丕《典论·论文》说："盖文章，经国之大业，不朽之盛事。年寿有时而尽，荣乐止乎其身，二者必至之常期，未若文章之无穷。是以古之作者，寄身于翰墨，见意于篇籍，不假良史之辞，不托飞驰之势，而声名自传于后。"真正的学者所追求的是不朽之事业，而非一时之功名利禄。一个优秀学者的学术生命远远超越其自然生命，而一个优秀学科学术传统的积聚传承更具有"声名自传于后"的强大生命力。

　　为了传承和弘扬本学科的优秀学术传统，从2017年开始，中文系便组织编纂中山大学"中国语言文学文库"。本文库共分三个系列，即"中国语言文学文库·典藏文库""中国语言文学文库·学人文库"和"中国语言文学文库·荣休文库"。其中，"典藏文库"主要重版或者重新选编整理出版有较高学术水平并已产生较大影响的著作，"学人文库"主要出版有较高学术水平的原创性著作,"荣休文库"则出版近年退休教师的自选集。在这三个系列中,"学人文库""荣休文库"的撰述,均遵现行的学术规范与出版规范;而"典藏文库"以尊重历史和作者为原则,对已故作者的著作,除了改正错误之外,尽量保持原貌。

一年四季满目苍翠的康乐园,芳草迷离,群木竞秀。其中,尤以百年樟树最为引人注目。放眼望去,巨大树干褐黑纵裂,长满绿茸茸的附生植物。树冠蔽日,浓荫满地。冬去春来,墨绿色的叶子飘落了,又代之以郁葱青翠的新叶。铁黑树干衬托着嫩绿枝叶,古老沧桑与蓬勃生机兼容一体。在我们的心目中,这似乎也是中山大学这所百年老校和中文这个百年学科的象征。

我们希望以这套文库致敬前辈。

我们希望以这套文库激励当下。

我们希望以这套文库寄望未来。

2018 年 10 月 18 日

吴承学:中山大学中文系学术委员会主任、教授,长江学者特聘教授

彭玉平:中山大学中文系系主任、教授,长江学者特聘教授

目　　录

第一编　总体论

第一章　研究对象、命题和系统 ……………………………………… 3
　　一、研究对象 ………………………………………………………… 3
　　二、文艺创作有无规律 ……………………………………………… 4
　　三、研究系统 ………………………………………………………… 7
第二章　普遍规律与文艺规律 …………………………………………… 9
　　一、对立统一规律与文艺规律 ……………………………………… 9
　　二、掌握对立统一规律的关键 ……………………………………… 10
　　三、要从文艺特性掌握对立统一规律 ……………………………… 11
　　四、文化意识及其思维方式与文艺规律 …………………………… 12
第三章　对立性的诸种关系和方式 ……………………………………… 16
　　一、对立性的概念及其内涵 ………………………………………… 16
　　二、对抗性的对立关系和方式 ……………………………………… 17
　　三、对应性的对立关系和方式 ……………………………………… 18
　　四、对称性的对立关系和方式 ……………………………………… 20
　　五、对比性的对立关系和方式 ……………………………………… 22
　　六、差异性的关系和方式 …………………………………………… 23
第四章　统一性的诸种关系和方式 ……………………………………… 25
　　一、统一性的概念和内涵 …………………………………………… 25
　　二、条件性的统一关系和方式 ……………………………………… 26
　　三、共通性的统一关系和方式 ……………………………………… 27
　　四、渗透性的联结关系和方式 ……………………………………… 28
　　五、循环性的联结关系和方式 ……………………………………… 29
　　六、转化性的联结关系和方式 ……………………………………… 30

第二编　规律论

第一章　主体与客体的对立统一
　　——文艺的性质 …… 35
一、诸多文艺规律论的根本成因 …… 35
二、主体化的客体与客体化的主体 …… 37
三、自然的人性化与人性的客观化 …… 38
四、主体超越客体与客体制约主体 …… 41

第二章　具体与抽象的对立统一
　　——文艺的特征 …… 44
一、具体与抽象的概念和内涵 …… 44
二、从具体升华抽象，以抽象把握具体 …… 45
三、以形象思维抽象，使抽象不离具体 …… 47
四、以抽象突破具体，以具体再现抽象 …… 49

第三章　个别与一般的对立统一
　　——文艺的原理 …… 53
一、个别与一般的概念和内涵 …… 53
二、从分散概括一般，以集中塑造典型 …… 54
三、使个性内含共性，以共性丰富个性 …… 55
四、从一点看整体，以滴水显太阳 …… 57

第四章　有限与无限的对立统一
　　——文艺的能量 …… 61
一、有限与无限的概念和内涵 …… 61
二、对世界掌握的有限与无限 …… 61
三、文艺创作容量的有限与无限 …… 64
四、文艺作品影响的有限与无限 …… 66

第三编　基点论

第一章　轴心与整体
　　——艺术的支点 ··· 71
　　一、什么是艺术支点 ··· 71
　　二、艺术支点的性质 ··· 72
　　三、艺术支点的选择与调节 ······································· 74

第二章　微观与宏观
　　——艺术的焦点 ··· 77
　　一、什么是艺术焦点 ··· 77
　　二、艺术焦点的性质 ··· 78
　　三、艺术焦点的选择、提炼与调节 ································· 78

第三章　对接与沟通
　　——艺术的交叉点 ··· 82
　　一、什么是艺术交叉点 ··· 82
　　二、主体与客体的交叉艺术 ······································· 83
　　三、表现对象中诸多方面的交叉艺术 ······························· 85
　　四、读者、作者和表现对象之间的交叉艺术 ························· 86

第四章　引入与进出
　　——艺术的兴奋点 ··· 88
　　一、什么是艺术的兴奋点 ··· 88
　　二、情节性艺术的艺术兴奋点 ····································· 88
　　三、非情节性艺术的艺术兴奋点 ··································· 91
　　四、艺术兴奋点的对接性和沟通性 ································· 93

第四编　创作论

第一章　一瞬与一切
　　——艺术的观察 ··· 97
　　一、什么是艺术的观察 ··· 97
　　二、客体的"一瞬"世界 ·· 98

三、主体的"一瞬"功能…………………………………… 102
　　　四、"一瞬"与"一切"如何统一…………………………… 107
第二章　有我与无我
　　　　　——艺术的体验………………………………………… 112
　　　一、什么是艺术的体验…………………………………… 112
　　　二、什么是无我…………………………………………… 113
　　　三、什么是有我…………………………………………… 115
　　　四、有我与无我如何对立统一…………………………… 119
第三章　有关与无关
　　　　　——艺术的积累………………………………………… 123
　　　一、积累就是力量………………………………………… 123
　　　二、直接与间接的关系…………………………………… 124
　　　三、数量与质量的关系…………………………………… 128
　　　四、洞明与练达的关系…………………………………… 130
第四章　有意与无意
　　　　　——艺术的灵感………………………………………… 134
　　　一、灵感是什么…………………………………………… 134
　　　二、触发是客观与主观积累的爆发……………………… 138
　　　三、触发是有意与无意的对立统一……………………… 141
第五章　夸张与真实
　　　　　——艺术的虚构………………………………………… 145
　　　一、什么是虚构…………………………………………… 145
　　　二、超出存在真实的转化………………………………… 146
　　　三、超出具体真实的转化………………………………… 148
　　　四、超出个体真实的转化………………………………… 150
　　　五、部分超出整体真实的转化…………………………… 151
第六章　一斑与全豹
　　　　　——艺术的构思………………………………………… 154
　　　一、什么是艺术构思……………………………………… 154
　　　二、偶然和必然的对立统一……………………………… 155
　　　三、一个层层深化的过程………………………………… 157
　　　四、一斑与全豹对立统一的多样性……………………… 160

第五编　形象论

第一章　炼意与造形
　　——艺术的结构…………………………………………………… 169
　一、什么是艺术结构………………………………………………… 169
　二、艺术结构的基础………………………………………………… 170
　三、艺术结构的方式………………………………………………… 172

第二章　抽取与综合
　　——艺术的概括…………………………………………………… 179
　一、什么是艺术概括………………………………………………… 179
　二、思想基点………………………………………………………… 182
　三、性格基点………………………………………………………… 185
　四、特征基点………………………………………………………… 187
　五、风格基点………………………………………………………… 189

第三章　相反与相成
　　——艺术的环境…………………………………………………… 192
　一、什么是艺术环境………………………………………………… 192
　二、历史时代斗争的风云环境……………………………………… 194
　三、人物成长与活动的冲突环境…………………………………… 195
　四、民族地方风情的文化环境……………………………………… 198
　五、自然景象和心态的氛围环境…………………………………… 199
　六、艺术环境的选择与创造………………………………………… 200

第四章　内外与远近
　　——艺术的距离…………………………………………………… 203
　一、什么是艺术的距离……………………………………………… 203
　二、"内"与"外"的对立统一……………………………………… 205
　三、"近"与"远"的对立统一……………………………………… 209
　四、形象结构的距离艺术…………………………………………… 213

第五章　状物与传神
　　——艺术的形象…………………………………………………… 222
　一、形象的创造法则………………………………………………… 222

二、形象的构造艺术 …………………………………… 226
　　三、形象的比较美学 …………………………………… 229
第六章　有尽与无穷
　　　　——艺术的意境 …………………………………… 234
　　一、什么是意境 ………………………………………… 234
　　二、怎样创造意境 ……………………………………… 238
　　三、怎样衡量艺术意境 ………………………………… 245

第六编　艺美论

第一章　天然与人工
　　　　——艺术美与技巧 ………………………………… 257
　　一、什么是艺术美 ……………………………………… 257
　　二、艺术美与艺术技巧 ………………………………… 258
　　三、天然美、美感与艺术美 …………………………… 259
第二章　紧张与松弛
　　　　——艺术的节奏 …………………………………… 262
　　一、什么是艺术的节奏 ………………………………… 262
　　二、客体活动节奏——快与慢 ………………………… 263
　　三、心态活动节奏——张与弛 ………………………… 264
　　四、文体构造节奏——紧与松 ………………………… 265
第三章　浓烈与清淡
　　　　——艺术的色彩 …………………………………… 266
　　一、艺术的色彩美 ……………………………………… 266
　　二、空间的色彩——密与疏 …………………………… 266
　　三、气质的色彩——浓与淡 …………………………… 268
　　四、意象的色彩——杂与纯 …………………………… 269
　　五、感性的色彩——暖与冷 …………………………… 270
第四章　阳刚与阴柔
　　　　——艺术的音调 …………………………………… 273
　　一、艺术的音调美 ……………………………………… 273
　　二、旋律的音调美——高与低 ………………………… 274

三、形象的音调美——有与无 …………………………………… 275
　　四、生命的音调美——动与静 …………………………………… 278
　　五、气质的格调美——刚与柔 …………………………………… 281
第五章　相形与互现
　　　　——艺术的对比 ………………………………………………… 283
　　一、艺术的对比美 ………………………………………………… 283
　　二、性质的对比——同与异 ……………………………………… 284
　　三、审美的对比——美与丑 ……………………………………… 286
　　四、数量的对比——多与少 ……………………………………… 287
　　五、形体的对比——大与小 ……………………………………… 288

第七编　方法论

第一章　什么是创作方法 ……………………………………………… 293
　　一、创造艺术形象的方法 ………………………………………… 293
　　二、创作方法的定义 ……………………………………………… 294
　　三、创作方法的要素 ……………………………………………… 296
第二章　一种掌握世界的方式 ………………………………………… 299
　　一、什么是掌握世界的专门方式 ………………………………… 299
　　二、创作方法的特性 ……………………………………………… 300
第三章　创作方法与其他掌握世界的方式 …………………………… 306
　　一、创作方法的独特性和能动性 ………………………………… 306
　　二、哲学观、政治观与创作方法的联系和区别 ………………… 308
第四章　创作方法与文艺思潮、艺术流派 …………………………… 311
　　一、有联系，又有区别 …………………………………………… 311
　　二、不能等同，又不能割裂 ……………………………………… 314
第五章　创作方法的支点类型 ………………………………………… 316
　　一、什么是创作方法的支点 ……………………………………… 316
　　二、创作方法的支点类型 ………………………………………… 317

第八编 批评论

- 第一章 什么是文艺批评·································· 329
  - 一、文艺批评的对象和性质·························· 329
  - 二、文艺批评是主体与客体的对立统一·············· 331
  - 三、文艺批评的参照系······························ 333
- 第二章 文艺批评的支点·································· 337
  - 一、什么是文艺批评的支点·························· 337
  - 二、文艺批评的支点类型···························· 338
- 第三章 文艺批评的方法·································· 350
  - 一、如何掌握文艺批评方法·························· 350
  - 二、各种文艺批评方法的特点······················· 352

第一编 总体论

第一章 研究对象、命题和系统

一、研究对象

文艺辩证学，即艺术哲学，又称艺术辩证法，是研究唯物辩证法在文学艺术领域的独特表现，即研究文艺领域艺术辩证规律的一门学科。

唯物辩证法是关于自然界、人类社会和思维发展一般规律的科学。它揭示了宇宙中的普遍规律。这些规律存在于一切领域、一切事物之中，文学艺术领域当然也不例外。恩格斯在《路德维希·费尔巴哈和德国古典哲学的终结》(《马克思恩格斯选集》第四卷)中指出：

> 我们重新唯物地把我们头脑中的概念看作现实事物的反映，而不是把现实事物看作绝对概念的某一阶段的反映。这样，辩证法就归结为关于外部世界和人类思维的运动的一般规律的科学，这两个系列的规律在本质上是同一的，但在表现上是不同的，这是因为人的头脑可以自觉地应用这些规律，而在自然界中这些规律是不自觉地、以外部必然性的形式、在无穷无尽的表面的偶然性中实现的，而且到现在为止在人类历史上多半也是如此。

这里所说的外部世界和人类思维两个系列的规律，对于文学艺术领域尤其有指导意义。因为文艺是客观世界和人的主观世界的艺术反映和体现，我们要弄清它的性质和性能，就必须充分认识外部客观世界（包括自然界、人类社会和一切客体事物）以及人的主观世界（包括意识、思维、心理、心态、感情、情绪等）的辩证规律。既要注意这两个系列的规律在本质上的同一，更要注意探究它们在文艺领域的独特性和独特方式，才能掌握规律，运用规律，更好地、更杰出地、更充分地发挥个性与天才而进行艺术创造。

文学艺术是一种意识形态。它与自然界的关系，与人类社会的关系，都是充满辩证法的；与其他社会意识形态以及各种自然科学、社会科学、现代科技的关系，同样是充满辩证法的；与政治、经济、哲学、法律、宗教、历史等学科的关系尤为密切，相互影响甚大，不仅充满辩证法，而且丰富多彩。不过，对于这些关系，宜设立一门独立的边缘性关系性的学科去研究，故本学科较少涉及。

文艺辩证学着重研究文学艺术领域本身的独特辩证规律，研究艺术的性质、本体、法则和创造。必须说明的是，这里的"艺术"一词，并非指文学之外的艺术门类（如戏剧、美术、音乐、摄影、电影、电视、舞蹈等），而是指文学艺术各种门类在艺术上的共有特征和规律。

二、文艺创作有无规律

文艺创作有没有规律？对于这一问题，法国19世纪著名文艺理论家丹纳在他的代表作《艺术哲学》的序言中有一段精彩的论述：

> 在人类创造的事业中，艺术品好像是偶然的产物；我们很容易认为艺术品的产生是由于兴之所至，既无规则，亦无理由，全是碰巧的、不可预料的、随意的；的确，艺术家创作的时候，只凭他个人的幻想，群众赞许的时候也只凭一时的兴趣；艺术家的创造和群众的同情都是自发的，表面上和一阵风一样变幻莫测。虽然如此，艺术的制作与欣赏，也像风一样有许多确切的条件和固定的规律。揭露这些条件和规律，应当是有益的。

由此，丹纳进一步提出：

> 研究艺术的全部工作，只是用许多比较和逐步淘汰的方法，揭露一切艺术品的共同点，同时，揭露艺术品与人类其他产品的显著不同点。

这也是我们研究文艺辩证学的理论前提。艺术创造看起来变幻莫测，其实是有共同点和规律的。古今中外的文艺家，无不自觉或不自觉地掌握了文艺创作规律，并运用它来创作出成功的作品。有的作家创作的第一个作品，往往不成熟或不很成熟，后来的创作越来越成熟，这就说明他越来越自觉地掌握了文艺创作的规律；有的作家处女作一鸣惊人，后来的作品却黯然失色，或者一个比一个差，每况愈下，后不如前，其原因显然是多方面的，且各有不同，但其中最为重要的，则在于不善于通过总结经验，掌握文艺创作的规律；不少人有志于文艺创作并为之而努力，却多年未取得理想成果，尽管他们条件有别、因素多种，但有一个共同的原因，就是未能掌握文艺创作的规律；有的作家从事创作多年，水平老停在一条线上，没有新的突破，究其原因，主要是对文艺创作规律尚未精通。

然而，我们研究文艺创作的规律，并非以此为模式或框架去看待一切艺术创作，而是为了更多姿多彩、更变幻神奇地进行艺术创造。恩格斯在《给哈因斯特的信》中指出："不把唯物论的方法当作研究历史的指导线索，而把它当作现成的公式，将历史的事实宰割和剪裁适合于它，那么唯物论的方法就适得其反了。"文艺创作也是如此，如果将它的规律当作公式、教条，以为背熟这东西，拿去套生活，像用模子造玩具那样去炮制"作品"，是定然创造不出真正的艺术品的。

提到文艺创作规律，有些人会想起曾经流行的《小说作法》《写诗入门》之类，或者有些青年人所祈望大作家传授的什么"秘诀"或"捷径"。其实，文艺创作规律跟这些玩意儿完全是两码事，世界上也根本没有哪个作家是先学会《小说作法》之类东西才去写作和创作作品的。鲁迅早就谆谆教导过，不要相信这类东西。事实上，文艺创作没有任何"秘诀"或"捷径"，如果一定要说有的话，它的"秘诀"就在于通过实践去掌握创作规律，"捷径"就在于懂得和掌握创作规律。然而，懂得创作规律还在其次，先要有进行创作的基础，这就是生活和对生活的艺术感受，否则谈不上掌握和运用创作规律。正如做家具，没有材料或者材料不好，再精通做家具的方法规律也无济于事。当然，精通方法规律者，会更好地寻找和挑选好的材料。

文艺创作规律，只是文艺创作过程中的一些基本原理，例如对文艺性质、形象创造、思维方式、创作方法的掌握和变化规则。它可以说是对文艺创作的一种约束或者束缚。然而，正因为有这种约束或束缚，写出来的东西才能成为文艺作品。高明的文艺家并非可以排除这种约束或者打破这种束缚，相反，他们正是在这种约束或者束缚之中，充分发挥其艺术创造性，从而创作出流传千古的优秀作品。就像下棋，有许多规矩约束，棋艺高低实际是对棋规掌握运用才能和功力的高低，高明的棋手就是在棋规的约束下走出千变万化、神奇莫测的妙棋的。苏联著名诗人马雅可夫斯基在《怎样写诗》中写道："在诗歌工作里，只有几条普通的规律，作为诗歌工作者的开始。而这些规律也同样是有条件性的，和下棋一样，开始几乎差不多都是一样的，但是以后的走法则各有各的新攻势了，最有天才的一着是不能在下一盘棋的同样形势下重复的。战胜对手只有令人出乎意外的棋子。"由此可见，规律只是基本的规矩。在遵循这一基本规矩的前提下，作家完全可以发挥自己的创造性，而这种创造性是可以因人、因时、因地、因事而异的。意大利诗人布鲁诺在《论英雄激情》中写道："世界有多少种类型的真正诗人，便可能有多少种类型的规则。""人的感情和创造有多少种方式，便可能有多少种类型的诗人。"有副庙宇对联云："世上人法无定法，然后知法非法；天下事了犹未了，何妨不了了之。"孟子说："无规矩不成方圆。"中国南朝著名文艺理论家刘勰在《文心雕龙》中也指出："设文之体有常，变文之数无方。""常"就是创作规律，"方"则是具体的方法，文艺创作有一定的规律，其方法却是千变万化的。所以，文艺创作规律，对文艺创作既是束缚又不是束缚，是在一定的约束中进行创造，又是在创造中加以一定的约束。换句话说，就是在文艺特点的要求下去创造。正如郭沫若在《诗歌漫谈》中说："任何艺术形式，任何事物，都有一定规律。规律就是束缚。有规律性的自由是真解放；无规律性的自由是狂乱而已。"

不过，前面将文艺创作规律跟下棋的规矩相比较，只是为了说明它是一种约束而已，其实两者是很不同的。下棋的规矩是人制定的，而文艺创作规律不是某个人或某些人凭主观想象提出或制定的框框条条，它是客观存在的，是不以个人的主观意志为转移的东西。人们只能根据客观实际和实践经验发现或总结出这些规律，而不能制定规律。人们发现并认识了规律，就是认识和掌握了必然性，就是获得了自由。这也跟遵循下棋规矩有所不同。因为文艺的根本性质是对生活（包括客观世界、人的物质生活与精神生活）的反映或体现。生活是客观存在，要去反映和体现它，就要受客观的制约，就要随客观的变化而变化。恩格斯在《自然辩证法》中指出："我们的主观的思维和客观的世界服从于同样的规律，因此两者在自己的结果中不能互相矛盾，而必须彼此一致。这个事实绝对地统治着我们的整个理论思维。它是我们的理论思维的不自觉和无条件的前提。"

文艺创作规律又不等同于客观生活规律，两者有自觉与不自觉的区别。文艺创作规律是人们自觉地对客观规律认识和反映的活动，属于自觉规律的系列。它之所以具有客观性，是因为人类创造了文艺这样一种反映和体现生活的方式，而这种方式又成了人类生活的一个组成部分，是人类精神生活的一种；千百年来，它已成为一种客观的社会存在，是一种有其自身特性和规律的社会存在。所有文艺作品，都是有其自身特点或特性的客观存在。所以，文艺创作规律也是具有客观性的。自然，它的客观性，也是会发展变化的，随着人们对文艺创作的经验日益增多和认识日益发展而发展。所以，我们要认真学习和研究，切实遵循和掌握文艺创作规律。茅盾在《关于艺术的技巧》中说："古典文学的大师们以及现代的杰出作家们，事实上已做出了艺术地表现生活真实的光辉范例。这些范例所包含的基本的艺术经验，形成了一些惯用的原则。研究这些原则，并进而掌握这些原则，是可能的，也是必要的。"茅盾所说的这些原则，就是前人在实践中发现和总结出来的文艺创作规律。随着实践的增多或认识的发展，这些规律也会更多更深地被发现或总结出来。进行文艺创作自然必须掌握这些规律，也担负着从实践中发现和总结出更新更深的文艺创作规律的使命。

文艺的天地是广阔无边、变幻无穷的，但这个天地又有其特定界限和规律，真可谓天地间皆有文艺，文艺中自有天地。文艺的天地与宇宙的天地是对立统一的，文艺创作的千变万化与文艺创作的规律也是对立统一的。文艺的天地来自和反映宇宙的天地，但又不等同于宇宙的天地，只是宇宙天地的一个部分，只是对宇宙天地的一种认识和反映形式或方式。文艺创作中的千变万化现象，既是宇宙天地中千变万化的反映，又是文艺规律的种种表现形式或方式。所以，不能离开宇宙的天地去认识文艺的天地，认识文艺的天地也更有助于认识宇宙的天地；要在文艺天地中认识千变万化的现象和进行千变万化的创造，必须认识和掌握文艺创作规律；掌握文艺创作规律，才能更好地认识千变万化的文艺现象，进行千变万化的艺术创造。

三、研究系统

文艺辩证学既然是研究唯物辩证法在文学艺术领域独特表现的学科，就必然是一个系统工程。这一工程本身也有自己的系统，即艺术辩证的系统。它由下列纵横研究方面构成：

总体论——将文学艺术作为一个整体而进行总体性的研究。具体要解决以下问题：文学艺术各种门类之间有无共通性的独特规律？作为宇宙普遍规律的对立统一规律是否同样是文艺规律？这一规律在文艺中如何体现？有哪些对立统一的关系和方式？

规律论——探讨文学艺术中的对立统一规律，包括它的独特表现及其各种表现方式，从主体与客体的对立统一探讨文艺的性质，从具体与抽象的对立统一探讨文艺的特性，从个别与一般的对立统一探讨文艺的原理，从有限与无限的对立统一探讨文艺的能量。

基点论——探讨进行文艺创作的各种基本出发点，包括支点（支撑点)、焦点(缩影点或透视点)、交叉点、兴奋点(动情点)等。

创作论——对文艺创作整个进程及其每个环节的探讨,包括观察、体验、积累、灵感、虚构、构思等。

形象论——探讨艺术形象的创造和构成,包括结构、概括、环境、距离、形象、意境等。

艺美论——以艺术哲学和艺术美学的基本法则,探讨艺术美和各种艺术手段与技巧的辩证运用功能和尺度,包括节奏、色彩、音调、格调、对比等。

方法论——对创作方法的概念、定义、要素、独特性、能动性,以及它与文艺思潮、艺术流派的关系和区别进行系统探讨,并从艺术辩证法的角度对古今中外的创作方法(艺术方法)的共性与特性进行探讨,包括浪漫主义、现实主义、古典主义、自然主义、现代主义、象征主义、印象主义、表现主义、超现实主义、意识流、新现实主义、存在主义、魔幻现实主义等。

批评论——以艺术哲学和艺术美学的基本法则探讨文艺批评的性能和特征,文艺批评的参照系,文艺批评的支点(支撑点),古今中外各种文艺批评的主要类型,各种文艺批评方法(包括传统方法与现代批评方法,如社会学方法、心理学方法、比较文学方法、原型批评方法、现象学方法、接受美学方法、结构主义方法等)的共性与特性,文艺批评方法的多样性等。

以上共"八论",构成一个系统工程。

第二章 普遍规律与文艺规律

一、对立统一规律与文艺规律

既然文艺创作是有规律的，那么，必然存在着一条具有普遍性的、带动各个方面的、贯穿整个创作过程中每个环节的基本规律。世界上每种事物都有其本身的独特性及其规律，每个领域或每种行业都有其自身规律。文艺这个领域或这种行业自然也是如此。然而，现在所发现或总结出来的种种文艺创作规律，看法甚多，各种说法都有其道理，但多数存在着只说明某种现象或某个方面原理，不能说明文艺创作全过程和文艺全部独特性的缺陷。所以，探讨文艺创作的基本规律仍是很有必要的。

探讨这条基本规律，如果仅仅看到文艺现象或只看文艺现象本身，恐怕是不能解决问题或难以真正解决问题的。既然文艺是客观生活的反映和体现，同时文艺现象本身又是一种客观的社会存在，那么，文艺创作的规律也自然从属于客观生活的规律，和世界上其他事物一样，受整个世界存在的事物的规律所束缚，也即是从属于客观生活的规律和整个世界事物的存在和发展变化规律。从这个意义上说，文艺创作规律是客观生活的普遍存在、发展、变化规律在文艺中的体现，也即是客观生活的普遍规律在特殊条件下和一定范围内的体现，所以它有特殊性，即相对的具体性。普遍规律是"本"，特殊性是"末"。要知其特殊性之"然"，必须找出其"所以然"，要弄清文艺创作的基本规律，也就必须从客观生活与世界事物的普遍规律中找答案。

对文艺创作规律的认识和看法，自古以来，众说纷纭，莫衷一是。这里有文艺观和美学观不同的原因，但更为根本的原因在于人们对客观生活与世界事物的普遍规律的看法不同，即哲学观不同。但不管怎样的哲学观，都承认文艺是有其本身特征和规律的，唯心主义者如此，形而上学者如此，辩证唯物主义者也是如此。如古希腊唯心主义哲学家柏拉图认为文艺创作来自"灵感"，是"神灵凭附"的产物，但他也认为艺术必须"创造形象"，"模仿是一种创造——创造形象而不是创造实物"。古希腊唯物主义哲学家亚里士多德也认为艺术的"一切实际上是'摹仿',只是有三点差别,即摹仿所用的媒介不同,所取的对象不同,所采的方式不同"。这两位有师生关系而分别是唯心主义与唯物主义开创者的哲学大师都确认"摹仿"和形象是艺术的特征。可见不同的哲学观或文艺观、美学观的学者,都承认文艺是有其本身的基本特征和规律的。

唯物辩证法认为,世界一切事物都存在着既互相对立又互相统一,既互相矛盾又互相依存的辩证关系,并将此称为对立统一规律。列宁说:"统一物之分为两个部分以及对它的矛盾着的部分的认识……是辩证法的实质。"(《列宁全集》第2卷,第711页)文艺既要表现自然界、人类社会和人们的思想,又要体现作家的思想感情和社会意识,自然也就从属于对立统一这个普遍的根本规律,同时本身又存在着并体现着这一规律。

二、掌握对立统一规律的关键

对立统一规律认为:世界上的一切事物之间都在一定条件下有联结关系,在每个事物的内部都是有各种构成因素的,这些因素又是在一定条件下彼此关联的。事物之间和事物内部各因素之间在一定条件下的关联,谓之"统一"(又称为"同一")。这是"统一"的第一层含义。第二层含义是指:事物之间和事物内部各因素之间是有差别或差异的,这些差异在一定条件下是矛盾的、斗争的,这些差异和矛盾斗争,就是"对立";事物之间或事物内部各因素之间,经过了一段矛盾斗争过程,彼此都发生了变化,又在新的条件下联结起来,彼此组成了新的联结关系,或者因事物内部各因素有了变化,构成了新的事物,这种构成新的联结关系或构成因素的变化,就是矛盾的转化,就是取得了新的统一,这也是"统一"("同一")。任何事物的彼此关系和发展进程都是如此。这是宇宙的根本规律。要正确地、科学地认识宇宙,必须掌握这条规律。

用这条规律去认识世界和事物,核心是把握事物之间或事物内部各因素之间的关系并进行更好更新的创造。必须指出的是,有的人谈到对立统一规律,总是强调对立而忽视统一,甚至将唯物辩证法说成"斗争哲学",这是不对的。列宁说:"要认识世界上一切过程的'自己运动',自生的发展和蓬勃的生活,就要把这些过程当作对立面的统一来认识。"又说:辩证法就是要探讨"对立面怎样才能够同一,是怎样(怎样成为)同一的——在什么条件下它们是同一的,是相互转化的——为什么人的头脑不应当把这些对立方面当作僵死的、凝固的东西,而应当当作活生生的、有条件的、活动的、互相转化的东西"(《黑格尔〈逻辑学〉一书摘要》)。这是掌握和运用对立统一规律的关键所在。

当代著名学者、作家钱钟书先生的散文中有这样几段话：

> 快乐在人生里，好比引诱小孩子吃药的方糖，更像跑狗场里引诱狗赛跑的电兔子。几分钟或者几天的快乐赚我们活了一世，忍受着许多痛苦。我们希望它来，希望它留，希望它再来——这三句话概括了整个人类努力的历史……（《论快乐》）
>
> 世界给人弄得混乱颠倒，到处是磨擦冲突，只有两件最和谐的事物总算是人造的：音乐和烹调。一碗好菜仿佛一支乐曲，也是一种一贯的多元，调和滋味，使相反的分子相成相济，变作可分而不可离的综合。（《吃饭》）
>
> 作品遭人毁骂，我们常能置之不理，说人家误解了我们或根本不了解我们；作品有人赞美，我们无不欣然引为知音。但是赞美很可能跟毁骂一样的盲目，而且往往对作家心理上的影响更坏。我们必须提高觉悟，纠正"市侩化"的短见和浅见，大家都要做高尚品格的人，做实在而聪敏的君子。（《杂言》）

这几段话，堪称出色地运用对立统一规律来看待人生、历史、事物以及文艺批评的典范。

三、要从文艺特性掌握对立统一规律

对立统一规律虽是世界和事物的普遍规律，文艺也从属并全面体现这条规律，但不等于说对立统一规律就等同于文艺规律，也不等于说掌握了对立统一规律就是掌握了文艺规律，而必须是以对立统一规律掌握文艺的特性，从文艺的特性掌握对立统一规律。

以对立统一规律掌握文艺的特性，是指在同文艺有密切关联的事物的对立统一关系中找出文艺的特性。如：文艺是客观生活的反映，但它不同于客观生活；文艺是主观意识的体现，但它又不同于其他主观意识体现的方式（如宗教、哲学、美学等）；文艺是社会意识形态，但它又与政治、法律、伦理、道德等意识形态不同；文艺以其形象性的特征而区别于其他主观意识体现方式和其他意识形态，而又以其审美性和情感性不同于其他具有形象性的事物，如客观生活的自然景象或动植物的原生态、一般的摄影或绘图等。

从文艺与这些事物的关联和区别中，即从其对立统一关系中，能更好地掌握或更充分地发挥文艺的特性。

从文艺特性掌握对立统一规律，是要从更好地掌握或更充分地发挥文艺的形象性、本质性、意识性、情感性和审美性等特性出发，去认识和把握文艺与客观世界，文艺与主观意识，文艺与其他意识形态，文艺领域内各种文体或艺术门类（如小说、诗歌、散文、戏剧、电影、电视、美术、音乐、摄影、书法、杂技等）之间，文艺创作进程中各个方面和各个环节，艺术形象创造中各个方面和各个环节，创作方法和艺术技巧运用上的各个方面和各个环节，文艺批评和欣赏中各个方面和各个环节等的对立统一关系，使各种各样的对立方面或因素，以千姿百态的、生气蓬勃的方式有机地、和谐地联结或统一起来，或者在各种各样的发展或创造进程及各个环节中，以千奇百怪的、变幻无穷的、"出人意料又在情理之中"的方式方法，促使各种对立方面或因素的转化，从而创造出使人耳目一新而又有持久生命力的艺术形象来。

四、文化意识及其思维方式与文艺规律

对立统一规律，是一种哲学，是人类认识反映世界的一种方式，也是世界事物存在和发展的一种规律和现象，同时也是人们的一种文化意识及其相应的思维方式与行为方式。这是因为人们是否承认这条规律是世界客观存在的普遍现象和规律，是否以这条规律去认识和反映世界，既是哲学观问题，又是文化观问题；既是一种哲学的认识反映方式，又是一种思维方式与行为方式。

在对立统一规律中，有着对立与统一（即同一）两个方面。对这两个方面的理解和强调不同，包括对两者的主导地位或重要性及相互关系的认识与反映的不同，也会形成不同的哲学观和文化观，形成不同的哲学方式和思维方式。因此，我们在注意从文艺特征上去把握对立统一规律的同时，又要注意从文化意识上去把握这条规律，尤其是在对立和统一两个方面因理解和强调的不同所表现出的不同文化意识和思维方式。因为文化意识与思维方式的不同，正是世界上各种民族、国家、地区、行业的文艺现象和文艺形象有诸多的相同和相异、有规律而又千变万化的根本所在。

现代西方世界新兴起的现代文化学，对文艺现象和文艺形象的研究，特别注重这一点，认为这是文艺创作和文艺研究出现种种风格、流派、学派的主要因由，是文化和文艺研究与批评的出发点和参照系。20世纪80年代以

来,中国"文化热"的兴起,文化小说、文化散文、文化戏剧、文化批评等的兴起,正是西方现代文化学在中国流传的表现,这也标志着世界进入了文化时代,文艺创作和研究也进入了文化时代。所以,我们也必须注意从文化意识及其思维方式的角度去把握对立统一规律和文艺规律。

其实,西方学者早已注意到从文化意识和思维方式上去研究文艺和文化现象。丹纳在《艺术哲学》中指出:"文艺作品的产生,取决于时代精神和周围的风俗。"这说法本身就有文化意识决定文艺创作的意味。黑格尔在《美学》中更鲜明地指出西方和中国文化意识与思维方式的不同,造成了文艺创作的现象和形象的不同。他说:"中国人却没有民族史诗。因为他们的观照方式基本上是散文性的,从有史以来最早的时期就已形成一种以散文形式安排得井井有条的历史实际情况,他们的宗教观点也不适宜于艺术表现,这对史诗的发展也是一大障碍。但是作为这一缺陷的弥补,比较晚的一些小说和传奇故事却很丰富、很发达,生动鲜明地描绘出各种情境,充分展示出公众生活和私人生活,既丰富多彩而又委婉细腻,特别是在描写女子性格方面。这些本身完满自足的作品所表现的整个艺术使我们今天读起来仍不得不惊赞。""印度史诗却向我们展示一个与中国完全对立的世界。就流传到现在的一小部分吠陀经典来判断,印度最早的宗教观念就已包含了一种可供史诗描述的肥沃的神话内核。"(《美学》第三卷下册,商务印书馆1981年版,第170页)黑格尔这个看法,有值得商榷之处,结论也是偏颇的。但他着重从中国人的"观照方式"和"宗教观点"上去考察中国文学与印度文学、西方文学的区别,是很值得注意的,说明黑格尔很早就注意到从思维方式的分析与综合(对立与统一)的不同侧重上去看文艺现象和文艺形象,也即是从思维方式上去看文艺中的对立统一规律之表现。马克思也肯定黑格尔的辩证法。自然,这一点也是黑格尔运用辩证法于文艺规律的表现之一。

中国著名学者季羡林教授在1999年9月4日《文艺报》上发表的《学术回忆录》"总结"部分的几个章节中,精辟地指出了中西方文化在意识和思维方式上的鲜明差别,并且深刻地论述了这些差别的原因和在文艺与学术上的突出表现。他说:经过多年的观察和思考,我处处发现中西文化是不同的。我的基本论点是东西方思维模式不同:东综合而西分析。这种不同的思维模式表现在许多方面。举其大者,比如在处理人与自然的关系问题上,西方对自然分析再分析,征服再征服。东方则主张"天人合一",用张载的话来说,就是:"民,吾同胞;物,吾与也。"结果是由西方文化产生出来的科学技术,在辉煌了二三百年,主宰了世界,为人类谋了很大福利之后,到了今天，其弊端日益暴露……通向真理的道路，并不限于这一条。东方的道路也能通向真理。这一个事实，刚才露出了端倪，还没有被广大群众所接受，至于后事如何，21世纪便可见分晓。

关于文艺理论和文艺欣赏与批评，季羡林也指出了中国与西方的不同。他说：

> 我们传统的文艺理论，特别是所使用的"话语"，其基础是我在上面提到的综合的思维模式，与植根于分析的思维模式的西方文艺理论不同。我们面对艺术作品，包括绘画、书法、诗文等等，不像西方文艺理论家那样，把作品拿过来肌擘理分，割成小块块，然后用分析的"话语"把自己的意见表达出来，有的竟形成极端复杂的理论体系，看上去令人目眩神摇。我们中国则截然不同。我们面对一件艺术品，或耳听一段音乐，并不像西方学者那样，手执解剖刀，把艺术品或音乐分析解剖得支离破碎，然后写成连篇累牍的文章，使用了不知多少抽象的名词，令读者如堕五里雾中，最终也得不到要领。我们中国的文艺批评家或一般读者，读一部文艺作品或一篇诗文，先反复玩味，含英咀华，把作品的真精神灿然烂然映照于我们心中，最后用鲜明、生动而又凝练的语言表达出来。读者读了以后得到的也不是干瘪枯燥的义理，而是生动活泼的综合的印象。比方说，庾信的诗被综合评论为"清新"二字，鲍照的诗则是"俊逸"二字，杜甫的诗是"沉郁顿挫"，李白的诗是"飘逸豪放"，其余的诗人以此类推。对于书法的评论，我们使用的也是同一个办法，比如对书圣王羲之的书法，论之者评为"龙跳天门，虎卧凤阙"。多么具体凝练，又是多么鲜明生动！……我闲常考虑一个问题：为什么在中国文学批评史上，除了《文心雕龙》《诗品》等少数专门著作之外，竟没有像西方那样有成套成套的专门谈文艺理论的著作？中国的文艺理论实际上是历史悠久、内容丰富，而又派别繁多、议论蜂起的。许多专家的理论往往见之于《诗话》中，不管有什么"神韵说""性灵说""肌理说""境界说"等，都见之于《诗话》（《词话》）中，往往是简简单单的几句话，而内容却包罗无穷。试拿中国——中国以外，只有韩国有《诗话》——《诗话》同西方文艺理论的皇皇巨著一比，其间的差别立即可见。我在这里不作价值评判，不说哪高哪下，让读者自己去评议吧。

之所以如此冗长地引用季羡林这些论述，是因为这是迄今所见的最明确最精彩的从文化意识及其思维方式上分辨出中西方文艺理论批评差别的文字。将这段文字与前面引述的黑格尔关于中国缺少史诗及其原因的论述对照，我们又会发现，这两位分别是中国和西方的大师，虽然都注意从文化意识和思维方式上去考察分析中西方文艺的差别，但看法完全相反。如果说，季羡林的看法可以简单地概括为"东综合而西分析"，那么，黑格尔对中国文学的看法可理解为以"分"为主（散文性），言外之意，西方的史诗文化则是以"合"为主了。（著名现代派大师艾略特说：史诗是"在人类想象中综合全部现代经验的诗的形式"，可见史诗文化主要是"综合"）这些看法不同，是否是所指的对象不同的缘故呢？（即季羡林是指文艺理论，而黑格尔是指文艺创作）看来也不是的，季羡林明确指出是"思维模式不同"，黑格尔也明确说是"观照方式"有别。看来这个不同看法，根本在于对中西方文化区别分析的思维方式的不同，季羡林是以中国式的综合性思维方式去分析，而黑格尔则是以西方式的分析的思维方式去分析，所以结论自然也各异。

从文艺创作和文艺理论批评的总体和实际来看，中西的文艺是有明显差别的，正如这两位大师所说，其差别的根本所在和主要表现，在于文化意识和思维方式的不同。由此，对文艺规律的认识和把握也各有不同。所以，我们必须以此为基本点去探讨和掌握对立统一规律和文艺规律。

第三章 对立性的诸种关系和方式

一、对立性的概念及其内涵

对立统一规律中所称的"对立",指在一定条件下互相关联的事物彼此之间,或者在某个事物内部各组成部分或因素之间相互区别、差异、相对、矛盾、斗争等的现象和性质。这些现象和性质,在宇宙万物中是普遍存在的,在人的思想意识中也是普遍存在的。要正确地认识客观事物和人的意识,尤其是要以文艺去反映表现客观生活与人的心态,就必须把握这些现象和性质,并且以种种艺术的方式去发现和运用这种对立性关系。

对立性的含义,即事物之间或事物内部各因素之间的对立关系,是多性质、多方面、多层次、多方式的。曾有人将"对立性"与"对抗性"混为一谈,等同起来,这是不对的。对立性并不仅仅表现为对抗性,有的表现为对应性,有的表现为对称性,有的表现为对比性,有的表现为差异性。这些性质或关系,有时分别体现于不同事物,即某种事物中只有一种性质或关系,有时是在某一具体事物中并有或部分并有这些性质或关系,有时则是在事物的发展进程中先后或交错出现这些关系或方式。

早在春秋战国时代,我国的思想家就已经发现并论述这种对立性的关系和方式。老子说:"天下皆知美之为美,斯恶已;皆知善之为善,斯不善已。故有无相生,难易相成,长短相形,高下相倾,音声相和,前后相随。"(《老子》第一章)这段话中的"有无",是对抗性的;"难易""前后"是对应性的;"长短""高下"既有对称性,又有对比性;"音声"则是差异性的。《庄子·齐物论》中说:"彼出于是,是亦因彼。""是亦彼也,彼亦是也;彼亦一是非,此亦一是非。""是亦一无穷,非亦一无穷。"这些对立性的事物的性质和关系,是对应性的。而庄子同时说的"天下莫大于秋毫之末,而泰山为小;莫寿乎殇子,而彭祖为夭",则既有对应性,又有对比性。

西方哲学家对这种对立性的关系和方式也早有论述。古希腊哲学家赫拉克利特说:"对立的东西结合在一起,最美的和谐乃由不同的东西组成,一切皆从斗争中产生。"又说："自然也追求对立的东西，并从它们，而不是从相同的东西造成一致。例如，自然无疑是使雄性与雌性结合，而不是使雌性各与同性相配，自然不是借助相同的东西，而是借助对立的东西形成最初的和谐。因为艺术摹仿自然，显然也是如此。"与他同时代的古希腊哲学家毕达哥拉斯也说："万物的始基是'一元'，从'一元'产生出'二元'。"例如：有限—无限，奇—偶，一—多，右—左，阳—阴，静—动，直—曲，明—暗，美—恶，正方—长方。就连被称为唯心主义哲学大师的苏格拉底，也曾经饶有兴趣地指出"通过形式表现心理活动"的一些对立统一艺术："高尚和慷慨，下贱和卑吝，谦虚和聪慧，骄傲和愚蠢，也就一定表现在神色和姿势上，不管人是站着还是坐着。""绘画是对所见之物的描绘……借助颜色模仿凹陷与凸起，阴影与光亮，坚硬与柔软，平与不平，准确地把它们再现出来。"上述三位哲学家都注意到对立性，但所注意的内涵有所不同：赫拉克利特注意事物的对立性，而毕达哥拉斯所注意的是事物的对应性和对称性，苏格拉底则注意事物的差异性和对比性。

二、对抗性的对立关系和方式

对抗性的对立关系和方式，指事物之间的对立关系是属于矛盾的、斗争的，具有你死我活的性质。事物内部的构成因素中某种因素起变化，也会出现对抗性的关系。譬如人体的细胞中出现了癌细胞，血液中白细胞剧增，这些现象意味着人体内的细胞或血液中出现了对抗性关系。在阶级社会中的剥削阶级与被剥削阶级之间，在民族战争中的被侵略者和侵略者之间，在社会人际关系中的人与仇人之间、好人与坏人之间，等等，都具有这种对抗性的关系。

文艺中以表现人际关系为主的体裁或形式，如小说、戏剧，不少是表现人与人之间这种对抗性关系的，而且在表现中这种对抗性通常显得十分激烈。这是文艺要求集中强烈的特点所致，因为这样写才显得更鲜明，更典型，有更强烈的艺术效果。然而，事物之间以及事物内部各因素之间的关系是错综复杂的，往往并不只有一种关系，会交织着多种或多重关系；有时以对抗性关系为主，但并非自始至终都是对抗，其中必有变化或者交织其他性质的关系。所以，无论是认识生活还是进行文艺创作，都必须充分认识和把握这种对抗性关系，同时又要认识和把握其对立关系的复杂性。可以这样说，对这种复杂性把握和揭示的深度，决定和标志着反映对抗性矛盾或关系的激烈程度和深度，进而决定和标志着作品所写生活与人物形象的深度和广度。在我国和世界文学史上,大凡具有史诗价值的小说或戏剧作品,莫不如此。

例如,我国古典小说《三国演义》,写的是东汉末年由曹操、刘备和孙权分别代表的魏、蜀、吴三国之间为争夺中国统治权的斗争。这场持续数十年的斗争,是你死我活的,极其激烈残酷的。但无论是表现曹操与刘备还是刘备与孙权的激烈斗争,莫不交织着彼此之间种种联结性的非对抗性的关系。如刘备起兵之初,曹操曾予以支持协助,并收容过危难之中的刘备义弟关羽;后来曹操兵败,陷入绝境,关羽给了他生路,因而彼此之间有恩怨关系。孙权与刘备结盟抗拒曹操,是盟友,后孙权招刘备为妹夫,虽然是为收回荆州而玩弄的计谋,但到头来却假戏真做,赔了夫人又折兵,彼此之间终究有着盟友和亲戚关系。作者正是将这些错综复杂的联结关系充分而巧妙地描写出来,从而使得整部小说所写的一系列对抗性矛盾斗争千变万化,变幻莫测,数十年战争风云跃现纸上,众多历史人物栩栩如生,千古传诵。正如电视连续剧《三国演义》片尾曲所唱的那样:

> 暗淡了刀光剑影,远去了鼓角铮鸣,眼前飞扬着一个个鲜活的面容,湮没了黄尘古道,荒芜了烽火边城。岁月啊,你带不走那一串串熟悉的姓名。兴亡谁人定啊?盛衰岂无凭啊?一页风云散啊,变幻了时空。聚散皆是缘啊,离合总关情啊。担当生前事啊,何计身后评。长江有意化作泪,长江有情起歌声。历史的星空闪烁几颗星,人间一股英雄气在驰骋纵横。

三、对应性的对立关系和方式

对应性的对立关系和方式,指具有对立关系的事物之间有着某种因果性的关联,或者彼此有起承转合的关系。如:生与死,恩与仇,分与合,离与聚,圆与缺,阴与晴,明与暗,直与曲……这些事物或现象通常是先后或交替出现的,彼此对立并彼此交替取代。需要注意的是,某些自然界事物或现象,人的生理或意识中的某些现象,是否有必然性的对应关系,在科学上至今尚未能完全解释,但是一些宗教界的学说,西方的宗教哲学或对应哲学,以及弗洛伊德的精神分析学,西方现代主义的象征主义、意识流、超现实主义等,却是肯定对应关系的普遍性及其对宇宙万物的主导或主宰性的。应当看到,不同的哲学观或人生观对事物之间对应关系的认识是不同的,而分歧的焦点在于这种关系是否具有主宰宇宙的地位或功能;只是对其性质及普遍性的程度认识有异，而并不否定这种关系的存在。正因为如此，古今中外的许多文艺大家都以这种关系洞悉宇宙和人间社会变幻循环的现象，天才地创造了令人赞叹的艺术瑰宝。例如但丁的《神曲》、歌德的《浮士德》、莎士比亚的《哈姆雷特》、汤显祖的《牡丹亭》、曹雪芹的《红楼梦》，以及曹禺的《雷雨》和《原野》，无不是以这种对应性关系作为贯串始终的艺术红线，从而取得震撼人心的艺术效果的。

《红楼梦》第一回中诗云：

陋室空堂，当年笏满床。衰草枯杨，曾为歌舞场。蛛丝儿结满雕梁，绿纱今又在蓬窗上。说甚么脂正浓、粉正香，如何两鬓又成霜？昨日黄土陇头埋白骨，今宵红绡帐底卧鸳鸯。

金满箱，银满箱，转眼乞丐人皆谤。正叹他人命不长，那知自己归来丧？训有方，保不定日后作强梁。择膏粱，谁承望流落在烟花巷！因嫌纱帽小，致使锁枷扛。昨怜破袄寒，今嫌紫蟒长：乱烘烘你方唱罢我登场，反认他乡是故乡。甚荒唐，到头来都是"为他人作嫁衣裳"。

这首诗所写的前后变化现象，可以说是整部小说所写主要人物和人际关系前后变化的概括或缩影，荣华富贵与落魄衰败，冷与暖，饥与饱，生与死，官员与乞丐，正人君子与卑贱小人，似乎随时都可以互换位置，变幻莫测，真可谓道尽了世态炎凉，人情冷暖。当然，其中流露的消极厌世的情绪和人生观是不足取的，对所揭示对应关系转化的偶然性过分强调也是欠妥的，但可以使人警惕或警醒，所表现的辩证艺术确是甚为高明而耐人寻味的。

中国传统文化观念中的"报应"（如"善有善报，恶有恶报，不是不报，时候未到"）和"缘分"（如"有缘千里来相会，无缘对面不聚头"，以及当今流行的"有缘无分"和"缘分已尽"等词语）所显出的观念意识，如果除去其迷信色彩，其内涵是有正确的对应哲理的，在自然界和社会日常生活中也常可见到这种现象，在文艺作品中更是屡见不鲜、不胜枚举了。从许多成功作品的创作实践来看，这种对应性的关系是强化、深化对立事物之间的矛盾和人物思想性格特征的艺术滋补剂，又是从整体把握题材、深化主题和提高作品境界的艺术宏观把握方式。

四、对称性的对立关系和方式

对称性的对立关系和方式,指有关事物之间或某个事物内部各组成因素之间,彼此有着并列性质或相反性质的同等并列的关系;这种关系,不是对抗性或互相排斥的,而是从两个不同的方面(或不同角度、不同层面)去表现事物之间的关系或者事物的性质、特征、整体等。汉代著名思想家董仲舒在《春秋繁露·基义》中指出:"凡物必有合,合必有上必有下,必有左必有右,必有前必有后,必有表必有里。有美必有恶,有顺必有逆,有喜必有怒,有寒必有暑,有昼必有夜,此皆其合也。"这段话中的"合",指事物之间的关系或事物的性质及其相关事物诸方面的总和,即事物相关的各个对立方面,但又不是互相排斥而是互相对等或对称的诸方面,即谓之对称性的关系和方式。这种关系和方式在宇宙间是普遍存在的,在文学艺术中也很常见。

中国传统文化很讲究对称法则。如古代教人写对联的书中,便有"云对雨,雪对风,晚照对晴空"等教人认识和掌握自然现象中对称美的句子。中国传统美术、音乐、戏剧、杂技、曲艺等各种艺术,都十分注重对称关系和对称美。中国古代建筑的结构布局,屋脊、梁柱、门前和室内的装饰摆设,无不讲究对称,如龙凤对称的屋脊、门前一对石狮子的护卫、室内挂的对联等。诗、词、歌、赋等文体也特别注重对称艺术。中国方块字的结构是以对称为框架的,书法艺术也是以对称为法则的,语言修辞学也是以对称为美的。简直可以说,对称性的关系和方式是中国传统文化与文艺的哲学和美学基础。

中国特有的对联(楹联)艺术,是运用对称关系与形式最出色的典型。这种艺术在我国有悠久的历史,表现面、适用面、使用面都很广。它可用于表现自然和社会生活的一切方面,适用于一切建筑物或风景点的装饰和一切社交活动,无论文场比试还是喜庆丧事,都得使用。这种艺术,通常是从两个并列的角度或方面表现对象的主要特征,或者是表现由对象引出的情理,或者是表现出人的祝福或祈祷。对联上下联每个字不仅含义要并列或相对,而且词性必须相同,平仄必须相对,从内容到形式都是对称的。

报刊曾披露一件关于"绝对"(即只有上联,不能对出下联)的故事:清代乾隆皇帝为考核文才,题了一句上联"烟锁池塘柳"。许多对联高手搜肠刮肚,都难以对出对仗工整的下联。为何如此难对呢?主要是因为这上联的五个字,分含"火金水土木"五行之性,下联不仅字数、词性、平仄、意境要与上联美景相对称，而且其五个字的所属"五行"也必须与上联对称，并具有更高的境界，这实在是很难做到的。可见中国的对联艺术实在是奥妙无穷，而要掌握这种艺术表面看似容易，实际上甚难。也可见对这种对称性关系和方式的掌握，虽有规律的束缚，却是可以"八仙过海，各显神通"的。

古今名联不可胜数，下面试举一些例子：

著名京剧大师梅兰芳自勉联——

　　看我非我，我看我，我也非我；
　　装谁像谁，谁装谁，谁就像谁。

著名爱国将领冯玉祥教子联——

　　欲除烦恼须无我；
　　历尽艰难好做人。

日本作家藤林夫悼鲁迅联——

　　有名作，有群众，有青年，先生未死；
　　不做官，不爱钱，不变节，我辈良师。

民国初年著名青楼女子小凤仙悼名将蔡锷联——

　　九万里南天鹏翼，直上扶摇，怜他忧患余生，萍水相逢成一梦；
　　十八载北地胭脂，自悲沦落，赢得英雄知己，桃花颜色亦千秋。

明代著名学者顾宪成书题东林书院联——

　　风声，雨声，读书声，声声入耳；
　　家事，国事，天下事，事事关心。

广州镇海楼（五层楼）楹联——

万千劫危楼尚存，问谁摘斗摩霄，目空今古；
五百年故侯安在，使我倚栏看剑，泪洒英雄。

北京颐和园楹联——

天外是银河，烟波宛转；
云中开翠幄，香雨霏微。

山西太原晋祠水镜台楹联——

水秀山明，无墨无笔图画；
鸟语花香，有声有色文章。

山西五台山塔院寺楹联——

香山巍巍俯仰天地世态，晨钟暮鼓悟真谛；
大河滔滔流去千古人物，黄叶秋风是天机。

著名的岳阳楼长联——

一楼何奇？杜少陵五言绝唱，范希文两字关情，滕子京百废俱兴，吕纯阳三过必醉。诗耶？儒耶？吏耶？仙耶？前不见古人，使我怆然涕下。

诸君试看，洞庭湖南极潇湘，扬子江北通巫峡，巴陵山西来爽气，岳州城东道崖疆。潴者！流者！峙者！镇者！此中有真意，问谁领会得来？

五、对比性的对立关系和方式

对比性的对立关系和方式，指事物之间有某种相似之处或者完全相反的性能，可以相互比较或比喻的关系。这种对立关系，不是自然界或事物本身具有的，而是人以观念意识赋予客观事物而概括或抽象出来的；在社会日常生活，尤其是人们对事物的认识中，可以经常见到或者经常运用。如人们乍见某个新鲜的事物,会同自己熟悉的相比,购买一件物品会将几件相比,见到美丽的姑娘会与花相比,遇到好的现象会与坏的现象相比。这种关系和方式的基础在于事物之间有可比性,主要是人们的一种思维或认识事物的方式,在文艺领域的表现和运用,是极为普遍而神通广大的。

孔子说诗的手法有三:赋、比、兴。比就是比喻,"以彼物比此物也";兴就是兴寄,"先言他物以引起所咏之辞也"(见朱熹《诗集传》)。可见这两种手法都是运用对比性的关系和方式的。《诗经》开卷诗《关雎》:"关关雎鸠,在河之洲;窈窕淑女,君子好逑。"就是以"雎鸠"的叫声与"君子"对"淑女"的追求进行比较,这两者之间的关系完全是诗人赋予的。古今中外运用这种关系和方式创作出的著名诗篇俯拾皆是。小说、散文、戏剧,几乎一切艺术种类,都经常运用这种关系和方式。尤其是在小说或戏剧的人物之间,如能高明运用这种对比关系(如运用多层次多方面的对比)和方式,可以有力地强化矛盾冲突和深化主题,使人物性格更鲜明、更有典型意义。

例如,曹禺的名剧《雷雨》中的人物——周朴园与鲁大海,鲁侍萍与繁漪,繁漪与四凤,四凤与鲁大海,鲁大海与周萍,周萍与周冲,周萍与四凤,四凤与周冲,彼此都有对立冲突,有联结关系,又有对比关系:周朴园与鲁大海有父子关系,有敌对冲突,又是老一代与新一代、伪善固执与诚实刚强的对比;鲁大海与周萍本是亲兄弟,有敌对冲突,又是同代人之间伪善与正直的对比;鲁侍萍与繁漪实际是周朴园的先后妻子,有不同的家庭和社会地位,是无身份的弃妇与有身份的怨妇的对比;繁漪与四凤同是周萍的情人,各自在爱情和周家的地位不同,也有着不同的人品和性格的对比;鲁大海与四凤,周萍与周冲,各有兄妹和兄弟关系,都在四凤的问题上彼此冲突,又有着不同的品格与性格的对比。正是人物之间有如此错综复杂的联结关系和矛盾冲突,又有着多层次多方面的对比,使得这个戏的内涵极为丰富,具有持久的艺术生命力,百看不厌,常演不衰。

六、差异性的关系和方式

当然,上述对抗性、对应性、对称性、对比性等,本来都属差异性关系和方式。但除这些之外,尚有一种不属上述性质的,事物之间仅仅是存在差异或区别的关系或方式。这种关系和方式是尤其普遍的。掌握这种关系和方式,才能确切地认识和表现事物之间的区别,把握事物的特征或个性,尤其是共性事物中各种不同的个性,同类中的个体,一般中的个别。进行文艺创作更须如此。

马克思年轻时曾这样痛斥统治者：

> 你们赞赏自然界那种悦人的千变万化，那种无穷无尽的宝藏。你们不要求玫瑰花和紫罗兰要发出同样的香气。但是一切中最丰富的东西——精神，却只准它存在一个形式里！我是幽默家，但是法律却命令我写得严肃；我是大胆的，但是法律却命令我的风格要谨慎谦卑。灰色，更多的灰色，这是唯一的钦定的自由的色彩。太阳映照着每一滴露珠都闪耀着无穷无尽的色彩，但是精神的太阳可以照彻这样多不同的人与物，而它却只准产生一种色彩——官方色彩。

这段名言，除其针对的批判性外，还精辟地指出了差异的普遍性，特别强调要以差异性去认识事物和正确对待人的精神及其需求的差异。18世纪著名法国小说家乔治·桑强调说：寻找和表现这种"差异，就是艺术的目的"。

第四章 统一性的诸种关系和方式

一、统一性的概念和内涵

对立统一规律中的统一性,即同一性,有两层意思:一是指有关事物之间或者事物内部各构成因素之间的联结关系;二是指对立事物之间或事物内部各因素之间的差异或矛盾,在一定条件下转化,在新的基础或关系上联结起来。这些联结或转化的关系和方式,是对立统一规律中不可缺少的方面,在宇宙万物之间或任何事物内部普遍存在。统一性的关系和方式也是多种多样、千姿百态、错综复杂、变幻无穷的。要正确全面地认识事物,必须把握这种关系和方式。进行文艺创作尤应如此。

恩格斯在《自然辩证法》导言中形象地指出:"当我们深思熟虑地考察自然界或人类历史或我们自己的精神活动的时候,首先呈现在我们眼前的,是一幅由种种联系和相互作用无穷无尽地交织起来的画面。"列宁也说:"要真正地认识事物,就必须把握研究它的一切方面,一切联系的'中介'。"(《列宁选集》第4卷,第474页)苏联文学奠基人高尔基教导青年作家,在现实生活中,"必须细看、酌量和比较,必须寻找统一,必须寻找对立,一切就在于此"。这些论述,清楚而深刻地指出了把握事物统一性的重要性。

黑格尔在《小逻辑》中说(见该书第254~256页):

> 只要我们能承认唯有在现存的差别的前提下,比较才有意义;反之,也唯有在现存的相等的前提下,差别才有意义。因此假如一个人能看出当前即显而易见的差别,譬如,能区别一支笔与一头骆驼,我们不会说这人有了不起的聪明。同样,另一方面,一个人能比较两个近似的东西,如橡树与槐树,或寺院与教堂,而知其相似,我们也不能说他有很高的比较能力。我们所要求的,是要能看出异中之同和同中之异。
>
> 有差别之物并不是一般的他物,而是与它正相反对的他物;这就是说,每一方只有在它与另一方的联系中才能获得它自己的(本质)规定。

中国当代著名美学家李泽厚在《美的历程》一书中指出（见该书第52～53页）：

> 中国古典美学的范畴、规律和原则大都是功能性的。它们作为矛盾结构，强调得更多的是对立面之间的渗透与协调，而不是对立面之间的排斥与冲突。作为反映，强调得更多的是内在生命意兴的表达，而不在模拟的忠实、再现的可信。……作为形象，强调得更多的是情感性的优美（"阴柔"）和壮美（"阳刚"），而不是宿命的恐惧或悲剧性的崇高。

李泽厚的见解是有道理的。中国传统哲学与美学，都注重协调、和谐与折中。孔子所倡导的"仁""中庸之道"，《易经》强调的"阴阳合德"，《淮南子》所说的"阴阳和合而万物生"，《中庸》所说的"万物并育而不相害，道并行而不相悖"，以及古语说的"相反相成"的哲理，就是有力的佐证。

二、条件性的统一关系和方式

条件性的统一关系和方式，指事物之间或者事物内部各因素之间，在一定客观条件下的联结关系。所谓一定客观条件，指造成或提供事物之间或事物内部各因素之间联结的自然或社会环境、因素。例如：山与水在和谐的环境中构成美景；风雨与雷电在同一时空中出现即造成威慑声势；人与人之间因各种接触或交往而有同学、朋友、同事、同行、情人或夫妻、冤家或敌人等关系，因血缘而有父子、母女、祖孙、亲戚等关系。马克思说："人的本质不是个别的、单纯的，也不是抽象物。就其现实性说来，它是一切社会关系的总和。"这就是说，每个人都有多种多样的联结关系，每个事物也是如此。高尔基说："人物的联系、冲突、同情、反感，一句话，他们的相互关系，是某些个性生长和形成的历史。"要认识和表现人物的发展，就必须掌握其一切相关的联结关系。认识和表现世上任何事物也必须这样。

在现实生活中，往往每个具体事物与许多事物之间都有着极其错综复杂的条件性的统一关系。这是自然界和社会复杂的基本原因，也是事物矛盾和每个事物或个人都具有复杂性的基本原因。这种错综复杂的关系，像蚕茧的丝那样缠着具体的事物或人。对这种关系认识和表现得越错综复杂，表现矛盾冲突就越尖锐深刻，人物或事物的个性就越鲜明，对现实生活的反映就越有深度和广度，艺术魅力就越强。例如，《红楼梦》中几百个人物，都在荣宁二府和贾王史薛四大家族各种各样的联结关系中。小说写每个人物的联结关系各不相同，交织的关系种类或层次也各不相同。贾宝玉与林黛玉是表兄妹，有前世露珠与草的恩泽关系，又有自幼青梅竹马而发展成的爱情关系，并有对传统礼教约束不满希求自由的共同理想关系。两人彼此最为了解，而相互猜忌却最多。正因为这样，两人的形象尤其鲜明，更有个性。贾宝玉与薛宝钗是表姐弟，也是自幼一同生活长大，双方有爱意却不是情人。两人志向爱好不同，有心理距离，彼此正面冲突少。因而薛宝钗形象的个性稍弱，还不如袭人、晴雯这些丫鬟，同宝玉关系更密切。矛盾越多，性格越鲜明。王熙凤形象之所以特别突出，重要原因是这人物在贾府中有多方面多层次的人际关系。她是管家媳妇，是贾母宠媳，是王夫人侄女、儿媳妇，又是大观园姐妹的保护人，荣宁二府上下人等莫不与她有种种关系，也就由此而发生种种矛盾冲突。她处于重重矛盾的旋涡中，性格也就更鲜明突出了。从每一部著名的小说或戏剧作品中，都可以找出类似例证，可见这种关系和方式的普遍性及其对文艺创作的重要作用。

三、共通性的统一关系和方式

共通性的统一关系和方式，指事物之间有各种各样或各种层次的共同性或相通性的联结关系。自然界的山水各有其共性，每种动物或植物都各有其共同性或相通性，社会的各种事物或人与人之间同样如此。人有人性，男有男性，女有女性，社会的人共有社会性，同民族的人共有民族性，同阶级的人共有阶级性，同阶层的人共有阶层性，同时代的人共有时代性，同地方的人共有地方性，等等，都是普遍存在的现象。值得注意的是，在现实生活中，对于具体的事物或人来说，这些共同性往往不是单一的或单层次的，而是交错的和多层次的，在主要具有某种共性的同时，往往与其他层次的共性有相通性。还要注意的是，上面所说的条件性统一关系是指事物之间具有活动性的联结关系，而这里所说的共通性关系则是指事物之间的本有属性或本质性的联结关系，所以两者是不同的。要认识和表现事物，尤其是要认识人和塑造人物形象，必须注意其具有的各种共通性，更要特别注意其多层次多方面的交错或相通性的联结关系。

我国过去数十年文艺理论的"左"倾错误之一，就是在人物形象的典型性和人物关系上忽视甚至否认这种共通性及其交错相通的联结关系。相当长一段时间，文艺评论界对鲁迅所塑造的阿Q形象争论不休，其原因就在于此。其实，鲁迅早已指出，阿Q的"精神胜利法"是一种民族劣根性。

这种劣根性，是中国在清末沦为半封建半殖民地的社会性、时代性和民族性的一种体现，不仅阿Q身上有，赵老太爷和假洋鬼子等剥削阶级人物身上也有。这就是从横的（即同时代、同社会）意义上可见的相通性。从纵的（跨时代、跨社会）意义上说，"精神胜利法"的阿Q在鲁迅写出《阿Q正传》之前和之后的文学作品中也有相通性的形象，如16世纪西班牙著名小说家塞万提斯所写的《堂吉诃德》中大战风车却自以为英雄的堂吉诃德，便是一例。20世纪80年代中国著名小说家高晓声所写的《陈奂生上城》中的农民陈奂生，则被公认为表现了新时代、新社会的"精神胜利法"的阿Q型形象。这些纵横现象说明，这种交错相通的联结关系是不可忽视的普遍存在，只有掌握好这种关系和方式，才能更好地塑造艺术形象。

四、渗透性的联结关系和方式

渗透性的联结关系和方式，指不同的或对立的事物之间，在一个共同体内有机统一并相互起到映衬作用的关系。这种关系和方式，在自然界和社会生活中是普遍存在的，但一般都是自然性或自发性的存在，不明显、不集中，经过人的认识和概括，以集中抽象而又具体体现的方法，将这种关系化为具有审美功能的关系，寓于形象的内涵之中。因此可以说，这是一种半天然半人工的联结关系和方式。

18世纪法国著名作家雨果说："万物中的一切，并非都是符合人情的美，丑就在美的旁边，畸形靠近着优美，粗俗藏在崇高的背后，恶与善并存，黑暗与光明相共。"这一论述，精辟地道出了掌握渗透性联结关系和方式对文艺创作的方法论意义。《巴黎圣母院》的创作充分体现了他的这种见解：小说中巴黎圣母院的副主教克罗德企图占有漂亮活泼的吉卜赛女郎爱斯梅哈尔达，女郎不从，他便施展多种阴谋手段加以迫害，甚至要将女郎处以绞刑。圣母院的敲钟人加西莫多，开始受副主教支使，参与对女郎的迫害，但当他受到惩罚，在受曝晒极其干渴的困境中，是女郎送水解救了他，他从感激进而对女郎产生爱情，在危险中他挺身而出，奋不顾身地救助女郎，最后同女郎一道化为灰烬。这个故事所述及的人物之间都有对比性兼渗透性的联结关系。如：女郎是既有外形美又有心灵美的形象，是开朗活泼又天真单纯的人，她的美吸引了副主教，也就引发并对比了副主教的丑，引现并对比了副主教道貌岸然而内心阴险的形象；女郎的外形美和心灵美，也引发或引现（即渗透）并对比出敲钟人的外形丑和心灵美；而敲钟人的形象，又引现并对比出副主教外貌神圣实则卑鄙的形象，还引现和对比出侍卫队长法比这个被誉为"太阳神"的外秀内荏形象。由此可见雨果运用这种渗透性联结关系的精湛艺术手段。

我国古典小说《三国演义》与《水浒传》，也是运用渗透性联结关系的成功例子。清代著名小说评论家毛宗岗在《三国演义》第四十五回总评中指出：

> 文有正衬反衬。写鲁肃老实，以衬孔明之乖巧，是反衬也。写周瑜乖巧，以衬孔明之加倍乖巧，是正衬也。譬如写国色者，以丑女形之而美，不若以美女形之而觉其更美。写虎将者，以懦夫形之而勇，不若以勇夫形之而觉其更勇。读此而悟文章相衬之法。

此外，刘、关、张的桃园结义，诸葛亮对刘备的鞠躬尽瘁，死而后已，周瑜打黄盖，一个愿打，一个愿挨，也是如此。《水浒传》的一百零八条好汉，各有本领，各有性格，各有不同的社会地位，又都在对义的共识和被奸臣迫害遭遇的一致上，殊途同归于梁山水泊聚义，而又由此活灵活现地刻画了众多流传千古的人物。由此可见，这种联结关系和方式，对文艺创作有着重要的功能和作用。

五、循环性的联结关系和方式

循环性的联结关系和方式，指事物与事物之间开始有某种联结关系，中间有一段时间彼此的关系有了变化，或者互换了位置，后来又重归原来的关系或位置，可谓前后对应性的联结。这种关系和方式，同前面所谈的对应性的对立关系密切相关又有所不同：对应性是指事物之间的横向对立性，循环性则是指事物之间的纵向联结性。自然界有许许多多周而复始的循环现象，如：每天的日出月落和日落月出，每日时钟指针和时刻的旋转变位，每年四季气候的变化又年年复归，船离海岸而又总归海岸，等等。社会生活也有不少这类现象，如事物的因果关系，人际的恩怨关系，人的命运和机遇的关系。这种循环性的联结关系，在文艺创作中是经常运用的。

古今中外许多著名小说或戏剧、叙事诗，多是出奇制胜地运用这种联结关系和方式而创造出来的，如莎士比亚的《哈姆雷特》和《李尔王》，大仲马的《基度山恩仇记》，歌德的《浮士德》，普希金的《渔夫和金鱼的故事》，中国古典戏曲《白蛇传》《张羽煮海》和汤显祖的《牡丹亭》，以及蒲松龄的《聊斋志异》中写的狐狸或鬼的报恩故事，等等，这些作品的主要形象之间一般都有前后的因果或恩怨关系。由于这些关系而产生矛盾冲突，引出扣人心弦的故事情节，创造出新奇的艺术形象。

六、转化性的联结关系和方式

转化性的联结关系和方式，指不同事物或对立事物之间，从本来并无关系转化为有关系，从本来的位置转换为另一个位置，或者某个事物中的构成因素从量变到质变，向新的事物转化。譬如说，天上的星星同地上的萤火虫本来并无关系，经过艺术家的创造而变为有关系；梁山伯与祝英台本来是相隔几代毫无关系的人，经过艺术虚构，却变为同窗共读的恋人；月球上的阴影在民间传说中变成了吴刚老砍不断的桂花树；陈世美高中状元，成为驸马，红得发紫，转眼变为包公的阶下囚。如此种种现象，在客观生活与文艺领域中比比皆是。这种联结关系和方式，在自然界和社会生活中有的并不存在，有的是自然或自发状态的，而在人的认识和行为中却是有意识的、自觉的。所以，这是一种以人工改变或强化自然，以意识概括存在的联结关系和方式。在文艺创作中尤其如此，从对生活的认识到形象创造，整个创作过程的每项环节或每个方面，莫不须掌握并巧妙运用这种关系和方式。

老子说："祸兮福之所倚，福兮祸之所伏。"列宁说："真理跨前一步就是谬误。"这都说明了物极必反的道理。这些名言都道出了事物转化的普遍性和规律性。许多历程性的文艺创作大都写人的悲欢离合、生离死别的故事。如《三国演义》开卷即指出："天下大势，分久必合，合久必分。"这部小说就是写汉分三国后又合为晋的故事，同时又是写刘备、关羽、张飞英雄结义（合）而先后死去（分）的故事。《水浒传》写一百零八条好汉分别先后被逼上梁山聚义（合）而后因接受招安而瓦解（分）的故事。《红楼梦》写荣国府从极度荣华富贵变为倾家荡产扫地出门的故事，正如第一回中《好了歌》所唱的那样：

世人都晓神仙好，惟有功名忘不了！
古今将相在何方？荒冢一堆草没了。
世人都晓神仙好，只有金银忘不了！
终朝只恨聚无多，及到多时眼闭了。
世人都晓神仙好，只有娇妻忘不了！
君生日日说恩情，君死又随人去了。
世人都晓神仙好，只有儿孙忘不了！

痴心父母古来多,孝顺儿孙谁见了?

某书店有一副这样的对联:

一页故纸,写尽多少世态炎凉,甜酸苦辣;
数册残卷,叙完几回人海沧桑,悲欢离合。

这些诗歌、对联,可谓高度概括了文艺中这种转化性的联结现象。

由以上论述可见,对立统一规律同样体现于文学艺术领域,文艺中无处不存在着各种各样的对立统一现象。从总体上说,文学艺术的对立统一规律主要有四条:主体与客体的对立统一,具体与抽象的对立统一,个别与一般的对立统一,有限与无限的对立统一。下面将分别论述。

第二编 规律论

第一章 主体与客体的对立统一
——文艺的性质

一、诸多文艺规律论的根本成因

古往今来的美学理论和文艺理论，凡可成一家之言者，尤其是堪称学派或流派首领的大师们，大都有自己一套关于文艺特征或规律的观点或学说，五花八门，各持其理，莫衷一是。这种现象说明，各家各派都承认文艺是有其特征和规律的，但所持的文艺规律论则各不相同。所以，古今中外有各种各样的文艺规律论。这些文艺规律论是怎样产生出来的呢？根本在于对文艺性质的看法不同，即文艺观和美学观的差异，而这种差异又与哲学观的差异紧密关联。从哲学观的认识论和反映论上说，主要是重主观的唯心论同重客观的唯物论的分歧，从而反映在文艺观上，也就有着偏重主观意识和偏重客观现实两大类文艺规律论。

偏重主观意识的学说有：

言志说——《尚书》曰："诗言志。"

缘情说——陆机《文赋》云："诗缘情而绮靡。"

文气说——曹丕《典论·论文》云："文以气为主。"

载道说——韩愈说："文以载道。"柳宗元说："文者以明道。"

童心说——李贽说："天下之至文，未有不出于童心焉者也。"

性灵说——明代公安派袁宏道说："独抒性灵，不拘格套，非从自己胸臆中流出，不肯下笔。"

灵感说——古希腊哲学家苏格拉底说：文艺来自"灵感"，是诗人受"神灵的感召"，"陷入一种迷狂状态"，"失去了常人的理智"，"由神灵凭附著向人说话"的产物。

游戏说——德国哲学家康德认为诗是"想象力的自由游戏"，音乐美术则是"感觉游戏的艺术"。

魔法说——德国考古学家雷纳克认为：文艺是原始宗教魔法的直接表现，如原始人描画动物形态是将其作为膜拜的图腾，戴上野兽面具跳舞是希求具有召唤野兽的魔力。

理念说——德国哲学家黑格尔认为：自然界和人类社会存在一种绝对精神，即"理念"，客观世界则是其表现形式，包含在客观事物中，艺术则是"理念的感性显现"。

直觉表现说——意大利美学家克罗齐认为：心灵世界才是人的认识对象，也是文艺的唯一源泉，文艺作品也即是艺术家直觉到的某一事物的表象，是"可能的和可想象的或可直觉的"。

潜意识说——奥地利心理学家弗洛伊德的精神分析学认为：人一生下来即具有的本能欲望，首先是性的欲望，由于受社会或其他原因限制而压抑时，便潜伏于意识中，谓之潜意识，文艺就是要表现这种潜意识。

苦闷的象征说——日本文艺理论家厨川白村认为：社会中存在着"寻求自由和解放的生命力"与"强制压抑之力"的冲突，这冲突推动着社会发展，也造成人生充满痛苦，文艺旨在以此观照并表现这冲突，故谓之"苦闷的象征"。

偏重客观现实的学说有：

感物说——中国战国时期成书的《乐记》云，音乐的产生是"本于人心之感于物也"；南朝文艺理论家刘勰的《文心雕龙》云"人禀七情，应物斯感，感物吟志，莫非自然"；钟嵘《诗品》云"气之动物，物之感人，故摇荡性情，形诸舞咏"。

模仿说——古希腊哲学家亚里士多德说：文艺的"一切实际是模仿"。

模拟说——古罗马时期的希腊作家普鲁塔克说："诗的基本是模拟。"

镜子说——莎士比亚说：演戏是"要给自然照一面镜子"。

自然说——歌德说"对天才提出的头一个和末一个的要求都是：爱自然"；狄德罗声称："我要不断地向法国人高喊：要真实！要自然！"

再现说——俄国19世纪文艺理论家别林斯基说"艺术是现实的复制"；同时期的美学家车尔尼雪夫斯基说"艺术的第一目的是再现现实"。

从以上两类学说可见，文艺规律论的差异，根本在于是偏重主观意识还是偏重客观现实的不同，也就是在于对待自然的态度上的差异。试看一段有趣的对照材料：

费尔巴哈说："艺术家不能做自然的主子，只能做自然的奴隶。"

黑格尔说："艺术家既是自然的奴隶，又是自然的主子。"

达·芬奇说："艺术家不能做自然的孙子，只能做自然的儿子。"

郭沫若说："艺术家既不能做自然的儿子，更不能做自然的孙子，而应该做自然的老子。"

四种不同的说法，十分生动地表现了各家的文艺规律论的不同。然而，从唯物辩证法的观点来看，只强调主观或只强调客观，都未免失之偏颇。应该以对立统一的辩证观点看主观与客观的关系，并以此认识文艺的性质和规律。

二、主体化的客体与客体化的主体

文艺是一种社会意识形态。同其他社会意识形态一样，对于客观世界来说，它是属于主观性，即第二性的。马克思说："存在决定意识。""观念性的东西都不过是在人类头脑中变了位并且变了形的物质性的东西。"（《资本论》）这些论述明确指出了主观性意识的客观物质属性。从认识论和反映论来看，人的主观对客观的认识，不是被动的或机械的，而是主动的、能动的。列宁说："智慧（人的）对待个别事物，对待个别事物的摹写（＝概念）不是简单的、直接的、照镜子那样死板的动作，而是复杂的、二重化的、曲折的、有可能使幻想脱离生活的活动。"（《列宁全集》第38卷，第421页）文学艺术的性质及其对客观现实的认识反映也如此。

文艺上的能动反映论，既承认人在文艺的认识和创作过程中的主体作用，肯定人的主观意识在文艺作品中的主体地位，同时，也不能离开现实生活的基础，不否定文艺作品中的客观因素和性质。因此，文艺家所进行的艺术认识和创作活动进程，是对客观的主体化，又是将主体转为客体化的进程；文艺作品的形象，即是主体化的客体形象，同时也是客体化的主体形象。所以，文艺的性质是主体与客体的对立统一，这是文艺的首要规律。

何谓主体和客体？主体，一是指主观意识，一是指主导作用；客体，一是指客观存在，一是指客观性形象。所谓对客体的主体化，就是以主观意识为主导作用而将客观存在转化为同主体合一的整体。值得注意的是，人的主观意识，从作家自身来说，是主体的；但对于别人的主观意识或社会意识来说，则是客体的客观存在，是作家必须认识表现的客观对象。从这点上说，它同一般客观现实具体事物是一致的，都属于客体，都属于主体化的对象。所谓将主体转化为客体，就是将主观意识和在其主导作用下与一定的客观存在合一的整体，转化或升华为新的客体形象。所以，经过这样的认识和创作进程的文艺作品，是主体与客体从对立转化为统一而创造出来的艺术形象。

中国宋代画家罗大经《画马》云：

>　　大概画马者，必先有全马在胸中。若能集精蓄神，赏其神骏，久久则胸中有全马矣。信意落笔，自然超妙。所谓用意不分乃凝于神也。山谷诗云：李侯画骨亦画肉，笔下马生如破竹。生字也用得妙。盖胸中有全马，故由笔端而生，初非想象模画也。

宋代另一位画家曾云巢对后学谈创作体会时说：

>　　岂有法可传哉！某自少时，取草虫笼而视之，穷昼夜不厌，又恐其神之不完也，复就草地之间观之，于是始得其天。方其落笔之际，不知我之为草虫耶，草虫之为我耶。

清代著名画家郑板桥在六十六岁生日来临之际，有感于"近六十外，始知减枝减叶之法"，特题写《画竹》诗云：

>　　四十年来画竹枝，日间挥写夜间思。
>　　繁冗削尽留清瘦，画到生时是熟时。

不论是曾云巢观察和描绘草虫，达到自己与草虫神为一体的地步的体会，还是郑板桥"画到生时是熟时"的妙语，都精辟地道出了从主体化到客体化的飞跃途径和规律。

三、自然的人性化与人性的客观化

马克思在《1844年经济学哲学手稿》中说："人的感觉和感觉的人性，其发生也都是由于人的对象存在的结果，自然人性化的结果。……愁苦穷困的人，对于最好的戏剧是没有心思去欣赏的，黄金商人只看见黄金的市场价值，而看不见黄金的美的珍贵，他没有矿物学的感觉。因此，人的存在的客观化，在理论和实践两方面，都意味着把人的感觉加以人化，以及创造和人的自然的生活之广大丰富性相适应的人们的感觉。"这段著名论述，指出了人对自然认识的辩证法，即在肯定对象存在的基础上，强调了人的能动性。将这能动性称为对自然加以人性化，同时又将人的主观感觉（包括心态意识）加以客观化的功能和作用。所谓自然的人性化，是指人以自己的主观意识和面貌去认识和改造自然。所谓人性的客观化，是使人的感觉意识同客观的自然生活一致，既是指其内涵性质，又是指其存在形态，包括人们共性的社会意识或观念，或者个人的感觉或感情，都是如此。马克思还指出："人也按照美的规律来建造。""通过实践创造对象世界，改造无机界，人证明自己是有意识的类存在物，就是说是这样一种存在物，它把类看作自己的本质，或者说把自身看作类存在物。"这些论述，更明确了自然人性化和人性客观化的观点，对认识文艺本质特性很有指导意义。

文艺创作中的自然人性化，就是以人的意识和面貌去认识反映客观生活，尤其是以美的感情和形象去掌握客观世界。法国著名作家雨果说："人心是艺术的基础。"雕塑大师罗丹说："艺术就是感情。"俄国著名作家阿·托尔斯泰说："艺术就是从感情上去认识世界，就是通过作用于感情的形象来思维。"中国南朝文艺理论家刘勰说："各师成心，其导如面。""情以物迁，辞以情发。"明代著名戏剧家汤显祖说："世总为情，情生诗歌，而形于神。天下之声音笑貌，大小生死，不出乎是。因以憺荡人意，欢乐舞蹈，悲壮哀感鬼神风雨鸟兽，摇动草木，洞裂金石。其诗之传者，神情合至，或一至焉；一无所至，而必曰传者，亦世所不许也。予常以此定文章之变，无解者。"又说："世乃有情之天下，乃有法之天下。"这些论述说明，对自然人性化，尤其是人情化，乃是古今中外文艺家共识的基本艺术经验和原理。

人或人性的客观化，也就是人的对象化，在文艺创作中也是必不可少的基本过程。因为文艺要以情动人，必须将所寓之情，像自然事物那样客观化、形象化和个性化。列夫·托尔斯泰在《论艺术创作目的与特点》一文中说：

> 人们用语言传达自己的思想，而艺术互相传达自己的感情。艺术活动是以下面这一事实为基础的：一个人用听觉或视觉接受他人所表达的感情，能够体验到那个表达自己感情的人所体验过的同样的感情。艺术活动建立在人们能够受到别人感情的感染这一基础上。如果一个人在体验某种感情的时刻，直接用自己的姿态或自己所发出的声音感染另一个人或另一些人，在自己想打呵欠时引得别人也打呵欠，在自己不禁为某一事物而笑或哭时，引得别人也笑起来或哭起来，或是自己受苦时使别人也感到痛苦，这还不能算是艺术。艺术是源于一个人为了要把自己体验过的感情传达给别人，于是在自己心里重新唤起这种感情，并用某种外在的标志表达出来……我以一种最简单的事作为例子。比方说，一个遇见狼而受惊吓的男孩子把遇狼的事叙述出来，他为了要在其他人心里引起他所体验的那种感情，于是描写他自己，他在遇狼前的情况，所处

的环境、森林，他的轻松愉快的心情，然后描写狼的形象，狼的动作，它和孩子之间的距离等等，所有这一切——如果男孩子叙述时再度体验到他所体验过的感情，以之感染了听众，使他们也体验到他所体验过的一切——这就是艺术。

这段话浅白而深刻地道出了艺术所必需的人性客观化的原理，也即是把自己的感情对象化，即将"体验过"的感情"用某种外在的标志表达出来"。

在文艺创作中，体现自然人性化和人性客观化原理的实例是极其普遍的。试举柳永的词《雨霖铃》为例：

寒蝉凄切，对长亭晚，骤雨初歇。都门帐饮无绪，留恋处，兰舟催发。执手相看泪眼，竟无语凝噎。念去去，千里烟波，暮霭沉沉楚天阔。
多情自古伤离别，更那堪、冷落清秋节！今宵酒醒何处？杨柳岸、晓风残月。此去经年，应是良辰好景虚设。便纵有千种风情，更与何人说？

词中的蝉，何以知其"寒"和"凄切"？显然是自然人性化的体现。整首词所写的离别之情，无疑是作者"体验过"的，尤其是"执手相看泪眼，竟无语凝噎"的外显形象，更是活灵活现的人性客观化。

美国后期象征主义代表诗人庞德写过一首题为《在一个地铁站》的诗，只有两句：

人群中这些面孔幽灵一般显现；
湿漉漉的黑色枝条上的许多花瓣。

庞德后来在 1916 年写的回忆录中谈到这首诗的创作过程：

三年前在巴黎，我在协约车站走出了地铁车厢，突然间，我看到了一个美丽的面孔，然后又看到一个，又看到一个，然后是一个美丽儿童的面孔，然后又是一个美丽的女人，那一天我整天努力寻找能表达我的感受的文字，我找不出我认为能与之相称的，或者像那种突发情感那么可爱的文字。那个晚上……我还在努力寻找的时候，忽然我找到了表达方式。并不是说我找到了一些文字，而是出现了一个方程式……不是用语言，而是用许多颜色小斑点……这种"一个意象的诗"，是一个叠加形式，即一个概念叠在另一个概念之上。我发现这对于我为了摆脱那次在地铁的情感所造成的困境很有用。我写了一首三十行的诗，然后销毁了……六个月后，我写了一首短一半的诗；一年后我写了下列（即上述）日本和歌式的诗句。

可见，这首诗的创作过程也就是人性客观化的过程。无论古典或是现代的文艺创作，都是同于此理的。

四、主体超越客体与客体制约主体

文艺领域主体与客体的对立统一关系，还表现在创作进程中彼此相互制约，即主体超越客体、客体制约主体。马克思在《1844年经济学哲学手稿》中说："对象只有在我本有的力量本身有一种主观能动的限度之内，对于我才能够存在，并且因为对于我，对象的意义，只限于我的感觉所能达到的程度（对象，只有对一种相应的感觉才有意义），所以社会人的感觉与非社会人的感觉是不同的。唯有借着客观地展开了人的丰富性，人的主观方面感性的丰富性，如欣赏音乐的耳朵，欣赏形式美的眼睛，总之，能够有人们享受并证明本质上是人的力量的种种感觉，才部分地发展出来，部分地创造出来。"这段论述清楚地指出：对象（即客体）的意义，取决于主体的力量能及的感觉，这感觉的艺术感性越丰富，就越能发挥和创造出来。这个原理实则是人的想象力及其作用，也即是人的艺术想象力对客体的丰富和创造作用的意义。

另一方面，想象虽然是使主体超越（丰富或创造）客体，但仍不能离开客体的基础，仍受客体的制约。而这基础和制约作用，却是极其广阔而灵活变幻的。毛泽东在《矛盾论》中引述马克思的话："任何神话都是用想象和借助想象以征服自然力，支配自然力，把自然力加以形象化；因而，随着这些自然力之实际上被支配，神话也就消失了。"并指出："这种神话中的（还有童话中的）千变万化的故事，虽然因为它们想象出人们征服自然力等等，而能够吸引人们的喜欢，并且最好的神话具有'永久的魅力'（马克思），但神话并不是根据具体的矛盾之一定的条件而构成的，所以他们并不是现实之科学的反映。这就是说，神话或童话中矛盾构成的诸方面，并不是具体的同一性，只是幻想的同一性。"这些论述既科学地阐明了想象的客体基础和制约作用，又指出了它的广阔性与灵活性，从想象的功能揭示了文艺的主体与客体对立统一的性质。

其实，想象是人的一种基本的认识和思维活动，正如列宁所说："即使在最简单的概括中，在最基本的一般观念（一般'桌子'）中，都有一定成分的幻想。"爱因斯坦说："想象力比知识更重要，因为知识是有限的，而想象力概括着世界上的一切，推动着进步，并且是知识进化的源泉。严格地说，想象力是科学研究中的实在因素。"在文艺创作中，以主体超越客体的想象或幻想和虚构，更显得特别重要。19世纪英国著名散文家和文艺批评家赫兹利特在《泛论诗歌》中指出："想象是这样一种技能，它不按事物的本相表现事物，而是按照其他的思想情绪把事物揉成无穷的不同形态和力量的综合来表现它们。这种语言并不因为与事实有出入而不忠实于自然；如果它能传出事物在激情的影响下在心灵中产生的印象，它是更为忠实和自然的语言了。"高尔基也说过："想象是创造形象的文学技巧的最重要手法之一。"想象"可以补充在事实的链索中不足的和还没有发现的环节"。又说："真正的艺术有扩大夸张的法则。赫拉克里斯、普罗米修斯、堂吉诃德、浮士德，并不单单是空想的产物，而是客观事实之完全合乎法则的必然的诗的夸张。"鲁迅在《苦闷的象征》引言中强调："非有天马行空似的大精神即无大艺术的产生。"

中国古代著名诗论集《诗人玉屑》中有这么一段话：

> 吟诗喜作豪句，须不畔于理方善。……石敏若《橘林》文中，《咏雪》有"燕南雪花大于掌，冰柱悬檐一千丈"之语，豪则豪矣，然安得尔高屋耶。余观李太白《北风行》云"燕山雪花大如席"，《秋浦歌》云"白发三千丈"，其文可谓豪矣，奈无此理何！

前半段有理，后半段则有失于对李白诗的夸张理解不深。鲁迅在《漫谈漫画》一文中说得好："漫画虽然有夸张，却还是要诚实。'燕山雪花大如席'，是夸张，但燕山究竟有雪花，就含着一点诚实在里面，使我们立刻知道燕山原来有这么冷。如果说'广州雪花大如席'，那就变成笑话了。"这段话精辟地揭示了客体制约主体的原理。

苏联著名作家阿·托尔斯泰说："虚构得愈多愈好，这才是真正的创作。但是应当是这样一种虚构：虚构出来的东西在你们那里已经产生出一种绝对真实的印象。没有虚构，就不能进行写作。整个文学都是虚构出来的。这是因为生活就是分散在平面、表面、空间和时间上面的。……把分散开来的生活、把无数分散开来的物体收集起来、集中起来。这样，你们就看到那比之生活本身还要重大得多的现实主义了。"他还说："艺术是依据虚构（跟科学比较而言）和经验，但是，它却是根据艺术家的'强词夺理'借以揭示时代概括的那种经验。"以主体超越客体和客体制约主体的文艺辩证原理，即歌德所说的"拿第二自然还给自然"。所谓第二自然，即是"一种感觉过的思考过的，按人们方式使其达到完美的自然"。

第二章 具体与抽象的对立统一
——文艺的特征

一、具体与抽象的概念和内涵

具体与抽象的对立统一,是文艺的第二条规律,又是文艺特征的主要体现,是文艺同其他社会意识形态区别的主要所在。俄国19世纪著名文艺理论批评家别林斯基说:"在艺术里,思想是通过形象说出来的,起主要作用的是想象。"科学则是"理性的分解活动,从活生生的现象中把普遍观念抽引出来"。又说:"哲学家以三段论法说话,诗人则以形象和图画说话,然而他们说的是同一件事。政治经济学家运用统计材料,作用于读者或听众的理智,证明社会中某一阶段的状况,由于某些原因,业已大为改变,或者大为恶化;诗人则运用生动而鲜明的现实的描绘,作用于读者的想象,在真实画面里显示出社会中某一阶段状况,由于某种原因,业已大为改善,或者大为恶化……他们都在说服人,所不同的是一个用逻辑论据,另一个用描绘而已。"描绘,就是以具体表现抽象,使具体与抽象统一。

具体,指占有一定物理时空的有实体感的形象;既包括客观世界存在的实体事物,更是指人们以种种方式或手段描绘出来的可视、可闻、可感的形象。所谓抽象,有两个含义:一是指人的思维活动方式或阶段,即对事物的分析概括,如对许多桌子进行分析,概括出桌子的共同性,这一思维活动及其结果,谓之抽象;二是指人的主观意识、概念、观念、情感、情绪等,都不是占有一定物理时空的实体性形象,故可称其为抽象的。抽象的这两个方面,都是文艺中必不可缺的有机因素,是其特征的构成要素。

黑格尔说:"艺术是普遍理念与个别感性形象的对立统一。"中国现代诗人梁宗岱说:"最幽玄最缥缈的灵境要借最鲜明最具体的意象表现出来。"这些论述都直接说明了具体与抽象统一这个原理。刘勰在《文心雕龙》中说:"为情而造文。"别林斯基说:"没有感情就没有诗人,也没有诗。"又说:"一切感情和一切思想必须形象地表现出来,才能够是富有诗意的。"阿·托尔斯泰说:"艺术就是从感情上去认识世界,就是通过作用于感情的形象来思维。"这些论述也都指出了思想感情方面的抽象对于文艺的重要性，亦可见作为具体体现的形象及其创造的重要性。

所谓具体与抽象，实际上主要是指形象和感情；所谓具体与抽象的对立统一，主要是指形象与感情的对立统一。这个特征和规律，贯串并体现于整个文艺创作进程的各个方面和阶段，包括认识过程、思维过程和塑造形象过程。

二、从具体升华抽象，以抽象把握具体

从事文艺创作的最初阶段，是对客观生活的认识过程。这个过程是从对具体事物的感性接触和认识开始的。这个启端，有可能使作家产生某种思想或情感，或者进一步探究其特质或分析概括同类或相关事物，这就是从具体升华为抽象；当作家以这升华出来的思想情感或概括认识，进而再去观察体验客观事物，则谓之以抽象把握具体。作家对客观事物的认识过程，大都是多次从具体升华抽象又以抽象把握具体的，是一次比一次更深广更成熟的过程，直至作家达到鲁迅说的"静默观察，烂熟于心，然后凝神结想，一挥而就"的境界，即可谓认识过程的具体与抽象的统一完成或高度统一。

对具体事物的观察认识，首先必须从客观实际出发，抓住事物的本质特征和形象特征，即马克思说的那样："精神的普遍谦逊就是理性，即思想的普遍独立性，这种独立性要求按照事物本质的要求去对待各种事物。"同时，马克思还指出"人也按照美的规律来建造"，以此去观察认识客观世界。因而对具体事物的认识，从文艺的特点和规律说来，从美的形象和感情去升华和把握，是尤为必需的。列宁说："没有'人的感情'，就从来没有也不可能有人对于真理的追求。"

对于文艺家来说，尤其如此，因为文艺本来就是人的思想感情和美学追求的形象再现。刘勰说："情者，文之经。"又说："夫缀文者情动而辞发，观文者披文以入情，沿波讨源，虽幽必显。"陆机《文赋》云："诗缘情而绮靡。"别林斯基说："思想消融在情感里，而情感也消融在思想里，在思想与情感的互相消融里，才能产生高度的艺术性。"普列汉诺夫说："艺术既表现人的情感，也表现人的思想，但并非抽象地表现，而是通过形象。"这些论述，既指出了以情和美认识具体事物的重要性，也揭示了以情和美去升华具体的原理和途径，即情和美是人们认识和改造世界的规律和动力，情是文和美的源泉和脉络，情与理必须交融并体现于形象中。这也是文艺家在认识过程中从具体升华抽象和以抽象把握具体的要求。

中国当代著名美学家宗白华在《艺境》一书中指出:

> 诗和春都是美的化身,一是艺术的美,一是自然的美。我们都是从目观耳听的世界里寻得她的踪迹。某尼悟道诗大有禅意,好像是说"道不远人",不应该"道在迩而求诸远"。好像是说:"如果你在自己的心中找不到美,那么,你就没有地方发现美的踪迹。"
>
> 然而梅花仍是一个外界事物呀,大自然的一部分呀!你的心不是"在"自己的心的过程里,感觉、情绪、思维找到美,而只是"通过"感觉、情绪、思维找到美,发现梅花里的美。美对于你的心,你的"美感"是客观的对象和存在。你如果要进一步认识她,你可以分析出她的结构、形象、组成的各部分,得出"谐和"的规律,"节奏"的规律,表现的内容,丰富的启示,而不必顾到你自己的心的活动,你越能忘掉自我,忘掉你自己的情绪波动,思维起伏,你就越能够"漱涤万物,牢笼百态"(柳宗元语),你就会像一面镜子,像托尔斯泰那样,照见了一个世界,丰富了自己,也丰富了文化。人们会感谢你的。
>
> 那么,你在自己的心里就找不到美了吗?我说,我们的心灵起伏万变,情欲的波涛,思想的矛盾,当我们身在其中时,恐怕尝到的是苦闷,而未必是美。只有莎士比亚或巴尔扎克把它形象化了,表现在文艺里,或是你自己手之舞之,足之蹈之,把你的欢乐表现在舞蹈形象里,……那时旁人会看见你的心灵的美,你自己也才真正地切实地具体地发现你的心里的美。……
>
> 我们寻到美了吗?我说,我们或许接触到美的力量,肯定了她的存在,而她的无限的丰富内含却是不断地待我们去发现;千百年来的诗人艺术家已经发现了不少,保藏在他们的作品里,千百年后的世界仍会有新的表现。"每一个造出新节奏来的人,就是一个拓展了我们的感性并使它更为高明的人!"

这段对发现美和表现美过程的精彩论述,也就是对从具体到抽象对立统一的认识过程及其原理的有力印证。

存在决定意识。人的思想、观念、情绪、感情等,都是从客观现实具体事物的直接或间接反映或触发而缘起的。从心理学的角度来说,人对客观具体事物的感觉,一方面导引人对事物认识的深化,另一方面则引发情感和思想,这两方面的思维活动,都伴随着感觉的加深而深化或升华,从而又以更深更高的视角去看事物和抒发情感。这更深更高的视角,对于文艺家来说,不仅是更概括的、抽象化的,而且与自己的素养和性格密切关联,是更个性的、具体化的。所以,文艺家在认识过程中从具体到抽象和从抽象到具体的对立统一,还包括文艺家本身的抽象(思想和情感)和具体(个性)的对立统一。这样的认识过程,才能在创作上显出文艺家应有的自己独特的具体与抽象的对立统一方式。

例如,苏轼在长江边上三国时的古战场赤壁怀古,写出名词《念奴娇》:

> 大江东去,浪淘尽,千古风流人物。故垒西边,人道是,三国周郎赤壁。乱石穿空,惊涛拍岸,卷起千堆雪。江山如画,一时多少豪杰!
> 遥想公瑾当年,小乔初嫁了,雄姿英发。羽扇纶巾,谈笑间,樯橹灰飞烟灭。故国神游,多情应笑我,早生华发。人生如梦,一樽还酹江月。

这首词显然是苏轼在赤壁古战场的具体环境中,发思古之幽情,既对大江美景陶醉赞颂,又感悟千古英雄流逝之哲理。这就是从具体升华为抽象。他升华的这种感情和哲理,又寓现于"大江东去""江山如画"的美景中,是以抽象把握或化为具体。至于整首词气势磅礴而又情绪消沉("人生如梦"),则是苏东坡个性的体现,这也是又一层次上的具体与抽象的对立统一。不妨再看一下小说《三国演义》的开卷词《临江仙》:

> 滚滚长江东逝水,浪花淘尽英雄。是非成败转头空,青山依旧在,几度夕阳红。
> 白发渔樵江渚上,惯看秋月春风。一壶浊酒喜相逢,古今多少事,都付笑谈中。

两首词在意境上有其相似之处,但后一首显然较为乐观豁达,反映出作者不同的个性,从中我们也可以看到具体与抽象在更深层次上的对立统一。

三、以形象思维抽象,使抽象不离具体

从思维过程来说,具体与抽象的对立统一,则是以形象思维抽象,使抽象不离具体。这就是艺术的形象思维。历来学术界称:人的思维活动方式有

抽象（逻辑）思维和形象思维两种。近年则有学者提出应再增加两种：灵感思维和意识思维。但有人认为这两种思维仍属形象思维，不必另列。形象思维的概念，最早是由黑格尔提出来的。他在《美学》第一卷的开篇即提出：要有"创作和形象思维的自由性"。后来，别林斯基也再三强调这个概念。他说："艺术是对于真实的直接观照或者是形象中的思维。"高尔基也认为，"文艺家是用形象思考"，"想象在基本上，也是对于世界的思维，但主要的是用形象的思维，是'艺术的'思维"。可见，文学艺术的特点不仅体现于认识生活的进程中，更贯串于思维进程之中。

所谓形象思维，就是对客观世界的认识思索、概括和判断，自始至终都以形象进行，从具体的形象去思维具体的抽象，使众多具体的抽象融化为新的具体形象。毛泽东在《矛盾论》中说："一个是由特殊到一般，一个是由一般到特殊。人类的认识总是这样循环往复地进行的。"这里说的是抽象思维方式。形象思维的过程也是如此，只是其"一般"是不离具体的抽象，也就是形象。比如认识一个人，逻辑思维是从其外表分析他的本质，又与其他人比较，对这个人的本质特性做出概念性的判断。形象思维则是从其具体的面目、表情、谈吐、动作和爱好等形象特征看他的思想性格，看他与其他人的相同点和不同点，看他在人际社会中的关系和地位等，这些认识和思考虽是抽象的，但都离不开这个人和其他人的具体形象，而且主要是对其形象的同与异做出比较与并合的思维活动。这就是不离开具体形象的"由特殊到一般"过程。这阶段思维活动的成熟或结果，是化合为既与原本这个人不同又与其他人有异的新的具体形象。这就是形象思维的"由一般到特殊"的过程。这样的形象思维过程，在文艺家认识生活、酝酿创作与形象创造的整个进程中，也同样是循环反复地进行的。

形象思维的功力，是文艺以主体把握客体、以具体把握抽象的思想艺术功力的重要体现或标志之一。这种功力，同文艺家的想象力和以自身阅历及思想感情把握客观事物的能力，是成正比的。文艺家对形象思维的不同看法和做法，是不同艺术风格的发端和标志。

杜勃罗留波夫说："艺术家有一种惊人的能力——他能够在任何一个特定的瞬间，摄住那正在飞跃过去的生活形象，把握它们的全部完整性和新鲜性，把它保持在自己的面前，一直保持到整个都属于艺术家所有。"这是对主体把握力的强调。

别林斯基说："艺术是对真理的直感的观察，或者说是形象的思维。"又说："诗人用形象来思考，他不证明真理，却显示真理。"

歌德在谈他的创作体会时说："我的诗都是即兴诗，从现实受到暗示，以现实为基础。我不尊重凭空虚构的诗。""就大体而论……作为诗人而努力想把什么抽象的东西具体化，这不是我们的性癖，我在心里感受了印象，而且是活泼的想象力所供给我那样的感官的生意洋溢的，快乐的，多种多样的印象。我作为诗人而做的事情只不过是把这样的直观的印象在心里艺术地加以琢磨而使之完成，用生动的描写表现出来，能使别人读或听我所描写的东西而受到同样的印象。"（《歌德谈话录》，第9、135页）这种体会是形象思维的实践例证，也是对形象思维现实性具体性的强调。

苏联著名女作家尼古拉耶娃在谈她创作《收获》的体会时说："在形象思维中，对事物和对现象的本质的揭示、概括，是与对具体的、富有感染力的细节的选择和集中同时进行的。"

中国著名文艺理论家胡风在20世纪40年代初就指出："作家的认识作用是形象的思维。并不是先有观念再'化'成形象，而是在可感的形象的状态上去把握人生，把握世界。"又说："在美学或艺术学上，我们可以说形象的思维或形象地思维。"

大致上说，传统现实主义作家大都比较偏重客体，浪漫主义和现代主义文艺家则偏重主体性和幻想性。

中国古代诗人十分重视主观性，尤其是情性。刘勰说："诗人比兴，触物圆览，物虽胡越，合则肝胆。"意思是说，从具体事物而产生的诗的想象，虽然超越了事物，但只要符合事物与诗人的内在精神即可。宋代学者陈善说："天下无定境，亦无定见。喜怒哀乐，爱恶取舍，皆从心生。"可谓将主观强调到极端。还是清末大学者王国维在《人间词话》中讲的辩证："诗人必须有轻视外物之意，故能以奴仆命风月；又必须有重视外物之意，故能与花鸟共忧乐。"这些论述，虽然未能明确点出形象思维的概念，但其所阐述的经验或道理，则完全是相通的，可见中外古人早已发现并论证了这个文艺特点和规律的存在。

四、以抽象突破具体，以具体再现抽象

从文艺创作进程的最后阶段——塑造形象来说，具体与抽象的对立统一，主要是以抽象突破具体，以具体再现抽象。当文艺家在经过认识生活与形象思维的反复过程之后，自己感到所要表现的东西成熟了，需要找到确切的形象和方式表现出来，即进入了塑造形象的阶段或过程。在这一过程中，作家必须以形象思维的结果，超越原本认识的具体事物，这即是以抽象突破

具体；同时又必须塑造出新的具体形象来表现出这个结果，这就是以具体再现抽象。塑造形象的完成过程，即是具体与抽象从对立取得新的统一的过程。任何成功的文艺作品及其艺术形象，都是遵循这一规律并经历这一过程而塑造出来的。

中国当代著名文艺理论家何其芳说过：进行文艺创作，"要打碎生活，才能重新组织生活"。其意思就是以抽象打破具体，重新组织并创造新的形象，可谓以浅白通俗的语言讲明了深刻的艺术道理。任何文艺家都是以此规律进行创作的，但在如何以抽象打破具体，如何重新组织生活，如何以具体和以怎样的具体再现抽象等问题上，每个文艺家，每种文体，每个艺术流派，每种创作方法，各自有一套做法。大致上可分为两类：一类较注重客体形象的具体真实性，另一类则较注重主体形象的具体真实性。如自然主义强调对客观"绝对真实"，现实主义以客观的真实描写"再现现实"为基本法则，浪漫主义则主张表现观念或理想的具体，现代主义多表现意识或心灵的具体，等等，各有特点，各有千秋，各有所长，也各有所短。

自然主义倡导人、法国作家左拉说：艺术就是要"如实地感受自然，如实地表现自然"，要"赤裸裸的真实""绝对真实"。但后来他自己也不得不承认："我的作品里，有一种真实细节的肥大症，从精确的跳板一跳，就跳到了星空。真实向上一飞，就变成了象征。"德国著名作家歌德，曾经对与他同时代的浪漫主义作家席勒和雨果提出批评，说席勒的创作"把观念抬得高过一切自然，因而将一切自然破坏"；说雨果"写出来的所谓行动的人物，没有一个是有血有肉的活人，都是可怜的傀儡"，是"依着他自己所追求来描写的，是全然没有自然和真实的"。后来俄国文艺理论家别林斯基也对席勒的名著《强盗》做出批评："在这儿说话的，不是人物，而是作者，在整个作品里，没有生活真实，但却有感情的真实；没有现实，没有戏剧，但有无穷的诗；状态是虚伪的，情势是不自然的：可是由于天才的趋向，理想性仍然是他诗歌的支配的特色。"这些批评，尤其是歌德对雨果的批评，不能说完全正确，但要求主体的抽象必须与客体的具体形象统一的出发点和批评标准，则是可取的。

要正确地把握并出色地运用具体与抽象的对立统一规律，必须很好地掌握主体与客体在形象上的对立统一，包括理想与真实、观念与形象、内心与外显、实质与表象、虚与实、情与景、情与境等的对立统一。一方面，巴尔扎克说："法国本身正在创造自己的历史，我不过是记叙它的书记而已。"另一方面，他又说："艺术的任务不是抄袭自然，而是表现它。你不是一个可怜的抄袭者,而是一个诗人。"大仲马说:"我不是创造小说,是小说在我身内制造着它们自己。"狄德罗认为创作是作家"从某一假定现象出发,按照它们在自然中所必有的前后次序,把一系列形象思索出来"。罗丹说:"一个低能的人只是抄写自然,而永远不会成为艺术",艺术创作是"强烈的思想上的努力……为了悦目的现象更加充实,而给'它们'以一种意义"。黑格尔说:"情境还只是心灵的东西,还不能组成真正的艺术形象,它只涉及一个性格和心境所由揭露和表现的外在材料。只有把这种外在的起点,刻画成为动作和性格,才能现出真正的艺术本领。"当代美国华人女作家聂华苓也说:文艺创作要将"心理形象与外部形象协调起来,统一起来,塑造一个立体的透明的雕像"。

中国晋代著名作家左思,在他写的被誉为"洛阳纸贵"的《三都赋》序中说:"美物者,贵依其本;赞事者,宜本其实。匪本匪实,览者奚信?"他所说的"本",指事物的形态;"实",指事物的本质或精神。其意思是说,形象与其本质和精神统一而真实,才能使读者相信。陆机《文赋》中云:"情曈昽而弥鲜,物昭晰而互进。"意思是说情感要和形象(物)一道清晰表现才有相互体现的艺术效果。这些论述或经验谈,从不同角度有力地论证了具体与抽象对立统一的规律,以及掌握这一规律的多种方式或途径。

在不同创作方法和艺术流派中,具体与抽象对立统一规律的体现方式各不相同。传统现实主义和浪漫主义注重以真实的客体性形象体现主体性的抽象;西方现代主义及其多数流派,则注重以多种多样的、片面的、零碎的、奇特的、变形的、荒诞的具体形象表现主体的抽象。因为现代主义否定对客观的反映,强调主观的表现立足于对内心活动和某种意识或情绪的直接展现。它直接展现的艺术手段,主要不是通过模仿描绘在客观世界中具有一定完整性的实体形象,或者是一定时间与空间之中的生活横断面,而是通过在实际生活中看来并不是组合在一起,或者在某个场合中并不存在或不可能出现的东西,以一定的艺术需要而将其组合起来,或者是将这些在某种场合中不存在或不可能存在的东西,寓于一定的场合之中。例如意识流所表现的意识活动,大都是人在一瞬之间离开一定时间空间的、互不相接的、零碎片段的、跳跃迸发的思绪或意识,它同样是以具体形象表现抽象,但这形象不是实体性的。象征主义是用隐喻的形象结构,就是用两种事物来表现一个意思,而所写的事物之间不是有机关联的,是作家为表现某个意念组合的,其具体形象也不全是实体性的。表现主义、印象主义、未来主义、超现实主义都强调感性,正如超现实主义代表作家布勒东宣称的那样:"挖掘新的心灵世界，将机遇、疯狂、梦幻、错觉、偶然灵感或无意识本能所提供的下意识主题，用形象表现出来。用纯真的心理动力，纯粹的精神自动主义，以口语或文字或任何方式去表达真正的思想过程。"可见，西方现代派同样遵循具体与抽象对立统一规律。

　　在不同的艺术种类或文体中，具体与抽象对立统一规律的体现方式各不相同。黑格尔在《美学》中指出："艺术的最重要的一方面从来就是寻找引人入胜的情境，就是寻找可以显现心灵方面的深刻而重要的旨趣和真正意蕴的那种情境。在这方面不同的艺术有不同的要求，例如在表现情境的内在的丰富多彩性方面，雕刻是受局限的，绘画和音乐就比较宽广些、自由些，取之不尽、用之不竭的莫过于诗。"法国著名文艺理论家丹纳在《艺术哲学》中认为：模仿艺术与非模仿艺术"都是用同样的方法，就是配合改变各个部分的要素，然后构成一个总体，唯一的差别是绘画与诗歌这些模仿艺术，把物质方面和精神方面的各种要素再现出来，完成相当于实物的作品。但是，这样组成的一阕交响乐、一所神庙、一首诗、一幅画，同样是有生命的东西，都是理想的产物"。中国唐五代著名画家荆浩《笔法记》云："夫画有六要：一曰气，二曰韵，三曰思，四曰景，五曰笔，六曰墨。""气者，心随笔运，取象不惑；韵者，隐迹立形，图遗不俗；思者，删拔大要，凝想物形；景者，制度适宜，搜妙创真；笔者，虽依法则，运转变通，不质不形，如飞如动；墨者，高低晕淡，品物浅深，文采自然，似非因笔。"这些论述，不仅指出了模仿艺术与非模仿艺术对具体与抽象对立统一规律表现方式的不同，而且精辟地揭示了如何使形与神、实与虚、象与意、景与情等达到高度统一的技巧和奥秘。

第三章 个别与一般的对立统一

——文艺的原理

一、个别与一般的概念和内涵

个别与一般的对立统一，是文艺的第三条规律，也是文艺的基本原理。从哲学上说，个别即是个性，也即是特殊；一般即是共性，也即是共同性和普遍性。

列宁说："个别就是一般（……因为当然不能设想，在个别房屋之外还存在着一般的房屋）。这就是说，对立面（个别跟一般相对立）是同一的：个别一定与一般相联系而存在。一般只能在个别中存在，只能通过个别而存在。任何个别的（不论怎样）都是一般。任何一般都是个别的（一部分，或一方面，或本质）。任何一般只是大致地包括在一切个别，任何个别都不能完全地包括在一般之中，等等。"这个原理不仅适用于文艺，而且显得特别重要。文艺的基本特征是以具体形象表现抽象，就性质和形态而言，具体形象必须是个别的，是特殊的，有个性的，而抽象的则部分是一般的，共性的（作为意念情感的抽象部分则是有个别的）。所以，个性与共性的对立统一，是文艺的一条规律和基本原理。

许多文艺理论教材或论著都把人物典型形象的塑造问题作为现实主义和浪漫主义创作方法的核心问题，而对典型概念的解释，大都称其为"个性与共性的统一"，这无疑是正确的。那么，西方现代派（如意识流、表现主义、超现实主义等）是反人物、反典型的，这类文艺作品能否说也遵循这条规律呢？回答是肯定的。因为这些流派以至所有文艺领域的流派或创作方法，都毫无例外地必须创造艺术形象，而真正成功的艺术形象也必然是个性与共性的对立统一，只是各自体现的方式和内涵有别而已。

此外，个别和一般的概念尚有另一层意思：个别，也即是个体，是独立的、具体的、有自身特征特性的存在，包括某个具体事物、某种现象或某个生活横断面；一般的概念，也是指与某一个体相联系的具有共同性普遍性的全面或整体，包括同阶层、同阶级、同性别、同行业、同地方、同年代、同民族、同社会等。在这层意思上的个别与一般的关系，主要是特殊和普遍、个体与整体、局部与全局、部分与全部的对立统一关系。在这意义上的个别与一般的对立统一，在文艺上也是极其普遍的，在作家认识生活与塑造形象的全过程，以及塑造形象的各个环节或方面，都具有原理性和规律性的指导意义。

二、从分散概括一般，以集中塑造典型

毛泽东在《矛盾论》中说过："就人类认识运动的秩序说来，总是由认识个别的和特殊的事物，逐步地扩大到认识一般的事物。人们总是首先认识了许多不同事物的特殊的本质，然后才有可能更进一步地进行概括工作，认识诸种事物的共同的本质。当着人们已经认识了这种共同的本质以后，就以这种共同的认识为指导，继续地向着尚未研究过的或者尚未深入地研究过的各种具体的事物进行研究，找出其特殊的本质，这样才可以补充、丰富和发展这种共同的本质的认识，而使这种共同的本质的认识不致变成枯槁的和僵死的东西。"文艺创作的认识生活过程与创作过程正是如此，只是这一过程始终离不开形象。这就是说，作家对生活的认识总是从许多分散的、具体的、形象的事物，认识和概括出一般的带普遍意义的共性，又进一步将这种共性概括集中融化为某一独特形象。这就是文艺上通常说的典型化过程，也即是从分散概括一般，以集中塑造典型的过程。

文艺创作的特征和任务，不仅是要塑造出具体的形象，而且必须是有生命、有个性、有特征而又有代表性和有意义的典型形象。这样的形象，在现实生活中虽然有，但往往不多，不够集中，不够理想；有特征、有意义、有生命力的东西，大都是分散的、零碎的，因此必须以典型化的方法去概括塑造。别林斯基说："没有典型化，就没有艺术，创造典型是创作本身最显著的特征。"丹纳说："现实不能充分表现特征，必须由艺术家来补足。"苏联作家武尔贡说："真正的技巧力量——这就是艺术概括的力量。"高尔基说："文学的事实，是从许多同样的事实中提炼出来的，它是典型化了的，而且只有当它通过一个现象真实地反映出现实生活中许多反复出现的现象的时候，才是真正的艺术品。"又说："假如一个作家要从二十个到五十个，以至从几百个小商人、官吏、工人身上——那么，这个作家靠了这种手法，就创造出典型来——而这才是艺术。"鲁迅说："作家的取人为模特儿，有两法。一是专用一个人，言谈举动，不必说了，连微细的癖性，衣服的式样，也不加改变。这比较的易于描写……二是杂取种种人，合成一个。"（《〈出

关〉的"关"》）而他自己"一向取后一法的"，"没有专用过一个人，往往嘴在浙江，脸在北京，衣服在山西，是一个拼凑起来的脚色"（《我怎么做起小说来》）。这些论述和创作经验，都是现实主义的典型论，是个别与一般对立统一规律的典型体现。

那么，反人物、反典型的西方现代派的创作又是如何体现这条规律的呢？多数现代派都强调自我和内心世界的表现，强调感性或理性的直觉抒写，在艺术上则多是以独特、偶然或一瞬、平面或片面等可谓属于个别范畴的个体形象，去表现一般的理念、意识、感情或客观世界，然而，他们也注重个别与一般的对立统一。现代主义理论基础之直觉主义的倡导者、法国20世纪著名理论家柏格森说："衡量一个艺术作品的价值，主要不是依靠启示的感觉对我们的控制力量，而是依靠这种感觉的丰富性……艺术家的目的在于使我们和他共享如此丰实，如此具有个性，如此新颖的感情，并使我们也能领会他所无法使我们理解的那种经验。为了达此目的，他在他的感情迹象中选择那一部分，它容易使我们一见之后，便引起身体对它做机械的模仿，即使这模仿是轻微的，结果就把我们立刻转到生产这种感情的心理状态中去。这样，就可以打破时间与空间在艺术家与我们的意识之间所造成的疆界。我们将会发现，艺术家在感觉的范围内带给我们的观念越丰富，孕育的感受和感情越多，这样表现出来的美就越深刻，越高尚。"

法国20世纪象征主义代表理论家瓦雷里认为：诗应当有"独立的诗情"，"它与人类其他感情的区别在于一种独一无二的特性，一种很可赞美的性质"。这就是"它倾向于使我们感觉到一个世界的幻象，或一种幻象（这个世界中的事件、形象、生物和事物，虽然很像普通世界中的那些东西，却与我们整个感觉有一种说不出的关系）"。

从以上代表论述可见，现代主义虽然多强调表现意识或感情，但也是遵循个别与一般对立统一规律的，只是不强调典型化和塑造人物典型而已。

三、使个性内含共性，以共性丰富个性

在以塑造人物形象为主的现实主义和浪漫主义的文艺创作中，个别与一般的对立统一的体现，主要是个性与共性的对立统一，即使个性内含共性，以共性丰富个性。恩格斯说："现实主义是除了细节的真实之外，还要正确地表现出典型环境中的典型性格。"又说："每个人是典型，然而同时又是明显的个性，正如黑格尔老人所说的'这一个'。"要达到这样的要求，就必须注意并善于掌握个性与共性的辩证关系，具体有以下三种关系。

（一）原型与典型的关系

典型源于原型，又高于原型。原型即模特儿。从至今所见的作家谈创作经验的文章来看，著名的人物典型形象的创造，大都是有真人原型的。前面引述鲁迅谈写人物的经验中，说他没用模特儿，但据周作人回忆，阿Q形象就有模特儿，是他故乡中一个名叫阿贵的贫民。源于原型是注重真实，高于原型是使形象增多共性内涵，使其具有普遍意义。列夫·托尔斯泰说："我常常写真人的。以前在手稿中，甚至主人们的姓氏都是真的，为的能更清楚地想象我依照来写的那个人，只有当故事润色完毕以后，才更换姓氏。"托尔斯泰所说的"真人"，实际是在模特儿的基础上进行典型创造，正像亚里士多德说的那样，同时进行着"把人物原型的特点再现出来，一方面既逼真，一方面比他更美"的工作。

（二）独特性与总体性的关系

典型既要有独特性，又要有总体性。黑格尔说："每个人都是一个整体，本身就是一个世界。每个人都是充满生气的人，而不是某种孤立的寓言式的抽象品。"恩格斯说：文艺作品中的"主要人物是一定的阶级和倾向的代表，因而也是他们时代的一定思想的代表"。从这些论述可见，过去将典型的共性仅仅理解为阶级性是片面的、错误的，而应当是社会的、时代的、综合的、具体的总体性。这种总体性在每一个人身上都有不同体现，每个人的思想性格都不相同，因而其独特性与总体性的对立统一方式也千差万别。这正是成功的文艺创作能描绘出多姿多彩生活的重要途径。

西班牙著名作家塞万提斯在《堂吉诃德》中借一个主教的口吻议论当时的骑士文学：

> 他可以写佽力栖兹的诡计，写伊泥阿斯的虔诚，写阿汉里斯的勇敢，写赫克托的不幸，写赛嫩的奸谋，写尤利爱拉斯的友善，写亚力山大的慷慨，写恺撒的英明，写图拉真的宽和端直，写曹比拉斯的忠义不渝，写伽图的聪明盖世。总之，凡是一个完美的英雄所由组成的种种品性，能无一不可形诸笔下，或则集诸品性而萃于一身，或则散各品性而另诸各体，再加上一种自然愉快的风格，那就可以制成一幅织锦般灿烂的作品，同时，可以娱人也可以教人了。

可见，凡是成功的作家，无不早已体会到这条创作经验。

（三）主体性和复杂性的关系

典型既要有复杂性，又要有主体性。复杂性是共性的一种表现形式，即其多样性、多重性或多变性表现。主体性即本体性，是个性的规定性或特定性。共性是有多种意义和多种层次的，这些意义和层次又是交错的。这种客观存在，使人的性格极其复杂而多变，但又总是有主导性或主体性的，万变不离其宗的。黑格尔说："人的特点就在于他不仅担负多方面的矛盾，而且还要忍受多方面的矛盾，在这种矛盾里，仍然坚持自己的本色。"俄国19世纪著名作家陀思妥耶夫斯基说：法国的拿破仑和德国的俾斯麦都是军事家和杀人王，但"拿破仑的表情显得愚蠢，而俾斯麦却显得温柔"。要注意表现性格复杂性，但必须把握主体性核心，否则会变成无特定性格。高尔基说："必须在特定人物的身上找出最稳定的性格特征，必须理解他的行动的最鲜明的意义。"

丹纳在《艺术哲学》中说："作品的价值或增或减，完全跟着作品所表现的特征价值而定……有些作家，在一二十部第二流的作品中留下一部第一流的作品。既是同一作家，他的才具、教育、修养、努力，始终相同，但写出平庸作品的时候，作者只表达了一些浮表而暂时的特征，写出杰作的时候却抓住了经久而深刻的特征……某一特征何以更重要，是因为更接近事物的本质；特征存在的久暂取决于特征的深度。……特征的价值与艺术品的价值完全一致。"丹纳的说法虽然有其片面性，但他强调主体性为标志的特征的重要性是有道理的。

四、从一点看整体，以滴水显太阳

个别与一般的对立统一关系，还包括特殊与普遍、个体与整体、点与面、局部与全局、部分与全部等对立统一关系。这就是说，既要在特殊中表现普遍，在个体中表现整体，又要在普遍中表现特殊，在整体中表现个体。也就是，从一点看整体，以滴水显太阳。在文艺创作中的具体表现是怎样的呢？

（一）特殊与普遍的关系

这种关系，主要表现在作家及其笔下的理想人物思想意识的特殊性，同人类或社会思想意识的普遍性之间的对立统一。苏联文艺理论家季米菲耶夫在《文学原理》一书中指出:"伟大的诗人谈着'我'的时候,就是谈着普遍的事物,谈着人类……因此,人们能在诗人的忧郁中认识自己的忧郁,在他的灵魂中认识自己的灵魂,并且在那里不仅仅看到诗人,还可以看到'人'的生存是无比地高于自己;但同时,他们自己也会意识到他的血族的关系。"在文艺创作中,作家及其作品的思想意识或感情总是特殊的,而又总是在其特殊中体现出普遍性的思想感情。常见的写人的生离死别、悲欢离合的作品,大都如此。例如五代后主李煜的词《虞美人》:

　　春花秋月何时了,往事知多少?小楼昨夜又东风,故国不堪回首月明中。
　　雕栏玉砌应犹在,只是朱颜改。问君能有几多愁?恰似一江春水向东流。

李后主在这首词里思念"雕栏玉砌"的宫廷生活是特殊的,但他同时表现对"故国"的思念之情则是普遍的,所以这首词成为千古绝唱,并随人的境遇变化而发挥它的意义。抗日战争时期的著名电影《一江春水向东流》也是一例。试看其主题歌:

　　月儿弯弯照九州,几家欢乐几家愁。
　　几家高楼饮美酒,几家流落在街头?

　　月儿弯弯照九州,几家欢乐几家愁。
　　几家夫妻团圆聚,几家流落在外头?

电影和这首主题歌的思想感情与李后主的《虞美人》显然不同,但二者在对故国之情这一点上则是相通的。高尔基说,文艺就是要"选取最有普遍意义的、最有人性的东西,从而构造出某种令人信服的不可动摇的东西",就是这个道理。

(二) 个体与整体的关系

这种关系,主要表现于作家及其笔下的人物与环境的关系。

环境有大小之别。小环境是指具体的生活环境,包括直接关联的人际关系和自然环境;大环境是指社会时代的潮流和文化氛围,包括时代的矛盾斗争和地方的人情风俗等。恩格斯说要再现"典型环境中的典型性格",主要是指大环境,既要写出人物性格,也要写出环境。他还说:"主要的人物事实上代表了一定的阶级和倾向,因而也代表了当时一定的思想。他们行动的动机不是从琐碎的个人欲望里,而是从那把他们浮在上面的历史潮流里汲取来的。"这也意味着要成功地写出人物,必须写出与其相联系的环境,写出典型人物和典型环境也就是写出了时代。

作家本身更要自觉地对待自己与大环境的关系。歌德曾经对青年作家说:"不论你们的头脑和心灵多么宽阔,都应该装满你们时代的思想感情。"丹纳有些话更为精辟:

> 因为风俗习惯与时代精神对于群众和对于艺术家是相同的,艺术家不是孤立的人。我们隔了几世纪只听到艺术家的声音;但在传到我们耳边来的响亮的声音之下,还能辨别出群众的复杂而无穷无尽的歌声,像一片低沉的嗡声一样,在艺术家四周齐声合唱。只因为有了这一片和声,艺术家才成其为伟大。
> ……
> 要了解艺术家的趣味和才能,要了解为什么在绘画或戏剧中选择某部门,为什么特别喜爱某种典型某种色彩,表现某种感情,就应当到群众中的思想感情和风俗习惯中去探求。
> 由此我们可以定一条规则:要了解一件艺术品,一个艺术家,一群艺术家,必须正确的设想他们所属的时代的精神和风俗概况。这是艺术品最后的解释,也是决定一切的根本原因。

丹纳这些话,不仅揭示了作家思想感情与社会时代精神和风俗习惯的关系,而且揭示了在作家的作品的个体中内含社会时代精神"和声"整体的途径和奥秘。

(三)点与面、局部与全局、部分与全部的关系

这种关系,从作家来说,首先表现在认识生活及创作过程中特定的思想感情同他的全部经历和思想感情的关系,前者是后者的"一斑",后者是前者的"全豹";其次是作家某个作品同其他全部作品的关系;最后是作家某个时候的创作同其他时期的全部创作的关系。作家自觉掌握这种关系,更有利于创造和发扬自己的艺术风格;评论家和研究家掌握这种关系,会更深更

广地了解作家和作品。

　　从文艺创作实践和作品来看,这种关系体现于每个作品的创作中。每个作品所写的生活,都可以而且应当是社会全面或全部生活的一个点,或者是局部或部分;每个作品都应是一个完整的有独特性的生活形象,同时又是整个社会或时代生活的缩影或投影,即"以滴水显太阳"。以此指导和要求创作,才能创作出有价值的作品。这正是成功运用个别与一般对立统一规律的体现。

第四章 有限与无限的对立统一
——文艺的能量

一、有限与无限的概念和内涵

有限与无限的对立统一,是文艺的第四条规律,也是文艺的能量原理。这条规律和原理,规定并揭示了文艺在认识世界与表现世界,在内容与形式、作用与效果上的功能和容量的特性,既是有限的,又是无限的,是有限中的无限,无限中的有限,是有限与无限的对立统一。

所谓有限,是指文艺的功能和容量有一定的限度和限制;而在一定限度或限制之内,却可以内含或引发超出这限度或限制的更多以至无尽的东西,谓之无限。文艺能量的有限,是指文艺的掌握世界的专门方式,文艺家的素养和功力,艺术方法和形式或种类特点的要求,文艺作品的质量及其与社会的关系,等等,都是有一定程度或限度的。文艺能量的无限,是指客观和主观世界以及对它的认识和反映,文艺家能量的发挥,艺术方法或形式种类特点的发挥和创造,文艺作品的影响和社会效果,等等,则是无穷无尽的,难以估量的。要真正懂得文艺或研究文艺,必须懂得这条规律和原理;进行文艺创作,必须善于并巧妙地把握有限与无限的对立统一关系。

歌德说:"艺术就是永远寻求节制。"雨果则说:"艺术无涯,如同苍穹一样。"歌德所说的"节制",就是有限;雨果所说的"无涯",就是无限。两位艺术大师说法不同,其实是各执一端,分别强调而已,并非唱对台戏。文艺的有限与无限的对立统一,主要是就文艺的功能(能量)和容量而言。这条规律和原理,主要贯串和体现于三个方面:对世界的掌握功能,艺术创作的容量,以及文艺的作用和效应。

二、对世界掌握的有限与无限

文艺认识和表现的对象,是客观世界和主观世界。作为外在的客观世界和人们的主观世界,显然是宽广无边、无穷无尽的;而作为文艺对象的客观世界和主观世界,则是有限的,因为这是文艺家按文艺方式和自己的功力去掌握的世界，是有局限性和经选择取舍的。但这又是无限的，因为无论是所掌握的世界，或者是文艺家的创造天地，都是极其宽广的。文艺家水平和功力的高低，首先表现于以文艺方式去掌握（认识和反映）世界时，在无限中把握有限，在有限中体现无限的高度和深度。

文艺方式，即艺术方法或创作方法，是人类掌握世界的一种专门认识、思维和反映方法。马克思在《政治经济学批判》导言中说："整体，当它在头脑中作为被思维的整体而出现时，是思维着的头脑的产物，这个头脑用它所专有的方式掌握世界，而这种方式是不同于对世界的艺术的、宗教的、实践—精神的掌握的。实在主体仍然是在头脑之外保持着它的独立性；只要这个头脑还仅仅是思辨地、理论地活动着。因此，就是在理论方法上，主体，即社会，也一定要经常作为前提浮现在表象面前。"这段话指出了人类掌握世界有种种"专门方式"，而各种"专门方式"从出发点到思维过程和表现方式，都是不相同的，都是各成系列的。所谓整体，就是客观世界在人类头脑反映的总体观念，是会由于所用的掌握世界的专门方式的不同而不同的。文艺是人类掌握世界的专门方式之一。以这种方式掌握世界，自然有其自身系列，有其对客观和主观世界存在的取舍要求，有其自身形成的独特的总体"整体"观念，这就是有限。然而，以文艺方式去掌握世界，才是其根本目的和对象，这是无限的；以这种方式去掌握世界的途径和方法，也是无穷无尽的。这就是在无限中运用有限，以有限掌握无限。

文艺家认识和反映客观世界和主观世界，也是在无限中运用有限，以有限掌握无限的表现之一。测试文艺家的素养和功力深浅高低的一条重要标尺，就是能否在无限中选取有限，在有限中体现无限的深度和广度。有的作家心胸宽广，知识和生活阅历丰富，思想艺术素养和水平高，对世界的认识和反映也就越深越广，否则就越浅越窄。歌德说过："莎士比亚就是无限。"他又说："当诗人表现他不多的主观感觉的时候，他还不能成为一个诗人。只有当他善于掌握整个世界，并找到它的表现方法的时候，那时他才能成为一个诗人，那时他才是无穷竭的，才是永久常青的。可是当诗人主观的天性，把他内部含有的不多的那些东西表现出来以后，他就会毁灭，而且陷于虚伪的做作。"所揭示的就是这个道理。

罗丹在《艺术论》中指出，艺术家"既想以自己的心灵泽染物质世界，这便使得那些怡然神往的同时代人显示出千变万化的情感色调。他使这些人在自己身上发现从来不知道的宝藏。他给他们以种种新的理由，新的内在的光明，来热爱人生，来做人"。罗丹所指出的是作家的主观心灵决定着对世界的把握，强调主观功能。而丹纳在《艺术哲学》中则说："既然艺术的境界不是一个范围有限的高峰，而是整个广阔的人生，每个心灵都能找到一个面目分明的领域；理想的天地是狭窄的，只能让两三个天才居住；现实是没有边际的，四五十个有才能的人都有立足之地。"他所强调的是客观现实世界的广阔性及其对作家发挥天才的基地作用，也讲得十分精辟而生动。

文艺有各种各样的门类，如诗歌、小说、散文、戏剧、美术、音乐、舞蹈、电影、电视、摄影、杂技、书法等。单就文学而言，便有各种体裁或文体，如格律诗、自由诗、词、赋、杂文、报告文学、小小说、短篇小说、中长篇小说、独幕话剧、多幕话剧、戏曲、电影剧本、电视剧本等。任何文艺形式都有其限制。正如周恩来所说："戏剧只能反映时代的一个侧面，又一个侧面，不能反映各个侧面。舞台就那么大，电影就只能是几本，不能一百本，不可能那么全面反映时代。"即使最不受时间空间限制的长篇小说，或者是主张"自由书写""反时空限制"的现代派小说，也都是有限的。歌德在《自然与艺术》中说："谁想要伟大，得先自己集中，在有限里显出大师的身手，只有规律能够给我们自由。"又说："形式，对于多数人却是一个秘密。"这"秘密"就是：如何在无限的世界中，在无限的形式中，选取最确切的有限的内容与形式，将尽可能多的内容以至无限的世界表现出来。

然而，古今中外优秀的文艺家正是在这样的有限里，驰骋杰出的才华，创造出无数的优秀作品，表现了无穷无尽的客观世界和主观世界。法国18世纪古典主义作家达朗伯在《诗的感想》续编中说："诗人是这样一种人，要求他戴上脚铐，步子还要走得优美。"茅盾对最为讲究艺术规则的法国17世纪古典主义代表作家拉辛做出这样的评价：他对这些规则"对付得很巧妙；应当说，好像耍杂技的好手，正是别人束手束脚无法施展的地方，他都创造性地使出无尽的解数，叫人不由自主地高声喝彩"。可见，艺术形式或规则虽然限制甚多，但作家的创造天地是无限的，表现出的内容也是无限的。法国19世纪著名作家大仲马不无夸张地说："创造得最多的是莎士比亚，他仅次于上帝。"雨果说：圣经、荷马、莎士比亚是"三位一体"的。马克思也这样说过："英国当代杰出的一派小说家，在他们那关于世界的动人的写实的描绘中所显示的政治和社会的真理，比所有职业政治家、政论家和道德家所显示的加在一起还要多。"这些评价充分说明杰出的艺术家完全可以在艺术形式的有限中表现无限。

以各种各样的文艺手法或技巧去认识表现世界和创造艺术形象的途径，也是既有限又无限的。孔子从编辑《诗经》总结出诗有三种表现手法，即赋、比、兴。钟嵘在《诗品》中解释说："文已尽而意有余，兴也；因物喻志，比也；直书其事，寓言写物，赋也。"事实上，诗的创作远远不止这三种手法，即使这三种手法也是变幻无穷的。刘勰在《文心雕龙·比兴》中谈到"比"时就说："夫比之为义，取类不常，或喻于声，或方于貌，或拟于心，或譬于事。"中国当代著名学者钱钟书在《管锥编·周易正义》中也说："喻之二柄""喻之多边"。所谓二柄，就是"同此事物，援为比喻，或以褒，或以贬，或示喜，或示恶，词气迥异"。所谓多边，就是"盖事物一而已，然非止一性一能，遂不限于一功一效。取譬者用心或别，着眼因殊，指（denotatum）同而旨（significatum）则异；故一事物之象可以孑立应多，守常处变。譬夫月，形圆而体明，圆若明之在月。犹《墨经》言坚若白之在石，'不相外'而'相盈'……镜喻于月，如庾信《咏镜》：'月生无有桂'，取明之相似，而亦可兼取圆之相似……王禹偁《龙凤茶》：'圆似三秋皓月轮'……月亦可喻目，洞瞩明察之意，如苏轼《吊李台卿》：'看书眼如月'"。仅仅"比"的手法便有如此多端的变化，其他就可想而知了。可见艺术手法和技巧同样既是有限的，又是无限的，而对其运用和创造也是为了在无限中把握有限，在有限中表现无限。

三、文艺创作容量的有限与无限

任何文艺创作都要运用一定的形式，每种形式都有一定的容量。每件文艺作品的成败得失和质量高低，重要标志之一就是在其形式中是否内含应有的内容，也就是能否达到应有或具有更多的容量。如果未能达到应有容量，便是失败的或质量低劣的；如果达到或超越应有容量，则是成功的或优质的。其优质的程度，取决并标志于其容量的多少和深浅程度。这也是有限与无限的对立统一在文艺创作容量上的体现。歌德说的艺术"节制"和雨果说的艺术"无涯"的道理，也即是要求在艺术容量上，在有限也即是节制中表现无限。

艺术的节制首先是形象的节制。形象是有限的，又可以是无限的。艾青在《诗论》中说："愈是具体的，愈是形象的。"具体就是节制，就是有限。高明的文艺家善于在"节制"中表现"无涯"，在有限的具体的形象中表现无限。正如陆机《文赋》所云："笼天地于形内，挫万物于笔端。"天地是无限的，人的意识和感情世界也是无限的；不管你写多大多广的客观世界或主观世界，都必须以有限的形象表现。如中国古代的《敕勒歌》：

敕勒川，阴山下。
天似穹庐，笼盖四野。
天苍苍，野茫茫，
风吹草低见牛羊。

这首诗所写的广阔草原和旷达豪情，是通过敕勒川的有限景物所构成的有限形象表现出来的。有些作品写的是微小的具体的事物，但经过作家的巧妙构思，便可以表现出无限的哲理。清代沈复的著名散文《浮生六记》中的《闲情记趣》便是如此：

余忆童稚时，能张目对日，明察秋毫。见藐小微物，必细察其纹理，故时有物外之趣。夏蚊成雷，私拟作群鹤舞空，心之所向，则或千或百果然鹤也。昂首观之，项为之强。又留蚊于素帐中，徐喷以烟，使其冲烟飞鸣，作青云白鹤观，果如鹤唳云端，怡然称快。于土墙凹凸处，花台小草丛杂处，常蹲其身，使与台齐；定神细观，以丛草为林，以虫蚁为兽，以土砾凸者为丘，凹者为壑，神游其中，怡然自得。一日见二虫斗草间，观之正浓，忽有庞然大物拔山倒树而来，盖一癞虾蟆也，舌一吐而二虫尽为所吞。余年幼，方出神，不觉呀然惊恐。神定，捉虾蟆，鞭数十，驱之别院。年长思之，二虫之斗，盖图奸不从也，古语云"奸近杀"，虫亦然耶？

这段文字，既生动地写出以小观大的道理，又从虫之斗写出人世间的大道理，可谓以微小见无限之杰作，无怪乎历代传诵不衰。

每种门类或体裁的作品容量是有限的，又可以是无限的。如《三国演义》以长篇小说为体裁，生动的故事情节，十万以上的文字，塑造了杰出的军事家和政治家诸葛亮的生动形象，表现了丰富的智慧和道理，使后人受益无穷。而成都武侯祠中的对联仅有三十字：

能攻心，则反侧自消，自古知兵非好战；
不审势，即宽严皆误，后人治蜀要深思。

同样深刻表现了诸葛亮的军事政治天才和形象，讲述了使后人永远受用的经验和教训。齐白石画的虾，徐悲鸿画的马，凡·高画的向日葵，画面的容量都是有限的，也是无限的。写于抗日战争时期的《黄河大合唱》，以及被定为中华人民共和国国歌的《义勇军进行曲》，也是如此。

每个作品中的艺术形象都表现出一定的特征，包括社会、时代、民族、地方，或环境、人物、事物等。形象的特征是有限的，也可以是无限的。丹纳在《艺术哲学》中指出："伟大的文学作品都表现一个深刻而经久的特征。特征越经久越深刻，作品占的地位越高。那种作品是历史的摘要，用生动的形象表现一个历史时期的主要性格，或者用一个原始的本能与才具，或者普通的人性中的某个片段和一些单纯的心理作用，那是人事演变的最后原因……文学作品以非常明确的方式，给我们指出各个时代的思想感情，各个种族的本能与资质等。"伟大的艺术大师代表作品中的艺术形象都是如此，诸如塞万提斯笔下的堂吉诃德、巴尔扎克笔下的高老头、列夫·托尔斯泰笔下的安娜·卡列尼娜、罗曼·罗兰笔下的约翰·克利斯朵夫、鲁迅笔下的阿Q等，都是具有深刻而经久特征的艺术形象。

四、文艺作品影响的有限与无限

文艺作品及其艺术形象的生命和影响，是有限又是无限的。价值不高的作品出世即是其生命的结束，价值越高的作品生命就越长或影响越大，其基本原因就在于以有限的形式表现丰富的内涵，具有无限的生命力。这就是运用有限与无限对立统一规律，充分发挥文艺的形象和形式特征的成果。荣获诺贝尔文学奖的美国意识流代表作家威廉·福克纳说："艺术家的宗旨，无非是要用艺术手段把活动——也即是生活——抓住，使之固定不动，而到一百年以后有陌生人来看时，照样又会活动——既然是生活，就会活动。"梁宗岱说："形式是一切文艺永生的原理，只有形式能够保持精神的经营，因为只有形式能够抵抗时间的侵蚀。"几千年前创作的《诗经》《离骚》和荷马史诗《伊利亚特》《奥德赛》迄今仍有生命力，就是这个道理。

另一方面，文艺作品及其艺术形象所体现的思想和感情越动人、越有普遍性，其影响越大、越久远，社会效果也就越大、越久远。这既是作品的艺术形象本身是有限的又是无限的缘故，同时也是作品的思想感情呼应了某个时候的社会思潮，或者使人们在某种情境下产生共鸣，从而使作品有超大超久影响的缘故。例如：

> 床前明月光，疑是地上霜。
> 举头望明月，低头思故乡。（李白《静夜思》）

慈母手中线，游子身上衣。
临行密密缝，意恐迟迟归。
谁言寸草心，报得三春晖？（孟郊《游子吟》）

独在异乡为异客，每逢佳节倍思亲。
遥知兄弟登高处，遍插茱萸少一人。（王维《九月九日忆山东兄弟》）

少小离家老大回，乡音无改鬓毛衰。
儿童相见不相识，笑问客从何处来？（贺知章《回乡偶书》）

这几首唐诗广为传诵，历久不衰，尤其当人们离乡别井之时，往往情不自禁地吟咏其中的诗句，以表达心声，正是这个道理。中国新时期之初的伤痕文学、反思文学、改革文学等引起的巨大影响和良好的社会效果，也是这个道理的有力例证。

第三编 基点论

第一章　轴心与整体
——艺术的支点

一、什么是艺术支点

支点，本是物理学名词，指杠杆所依以转动于其周围之点。按杠杆原理，支点是重点（即所要负荷的物体）与力点（即所负荷物体的力量）平衡的核心。在杠杆中，支点安置适当，即可以最少的力支撑起最重的物体，并能保持平衡。支点的选择和安置，是可以按负荷物体的轻重和付出力量的大小而进行调节的，以能够保持物体与付出力量的平衡为最佳支点。古希腊著名科学家阿基米德说："给我一个支点，我就能够撬动整个地球。"可见支点作用之大。因此，许多学者都根据支点原理来构建自己学科的理论体系，哲学、心理学、自然科学领域的许多学派、流派、系统的出现，都是如此。

艺术支点，是文艺家对世界进行整体把握的思想艺术轴心，是文艺家进行每个创作或一系列创作，以至全部创作整体的轴心。这也就是文艺家以一定的世界观、文艺观和艺术方法去认识反映客观世界（从整个世界、社会，到每个具体事物或人物）的出发点或立足点。文艺家从这个点出发，去分析综合客观生活，以此为中心去扬弃和归纳材料，又以此为立足点去创造艺术形象。这一出发点或立足点，从其对客观世界分析综合上的主导作用而言，或者从其对艺术形象创造上的主导作用而言，都具有像杠杆中支点的意义，故称为艺术支点。

艺术支点是从事文艺创作最重要的基点，对创作起到关键性的作用。简单而浅白地说，将文艺创作所要认识反映的客观现实生活比作杠杆原理中所要负荷的物体（重点），将作家的认识反映能力比作负荷的力量（力点），那么，杠杆的支点就是作家艺术把握对象的出发点和立足点，即艺术支点。作家通过艺术支点的选择和调节（移动），以微小的力把握最重和最大限度的客观生活，并且能够保持住主观与客观的平衡，也即是达到主观与客观（即主观思想与所要反映的客观生活）的统一。

以具体创作为例，如曹雪芹创作《红楼梦》，他所要认识反映的客观生活是中国清代乾隆盛世的兴衰（重点），他的认识反映能力是他的力点，在小说第一回《好了歌》中所申明的思想和以宝玉和黛玉爱情悲剧为主线的荣国府兴衰史，则是他的艺术支点。正是由于有了这个艺术支点，作者把握了所要认识和反映的客观生活，又表现了自己的主观思想，两者达到了平衡和统一。又如罗贯中写《三国演义》，所要反映的三国时代的历史是重点，他的认识反映能力是力点，小说开篇所说的"天下大势，分久必合，合久必分"的思想和以刘备、关羽、张飞的生聚死离为主线的情节，为其艺术支点。作者正是以艺术支点为跳板，使作品达到了客观生活与主观思想的统一。所有成功艺术作品的创作，莫不如此。所以，艺术支点在文艺创作和评论研究中，是具有关键意义的。

二、艺术支点的性质

从上面所列例子的表面上看，艺术支点似乎只是文艺创作具体操作中的技术性问题，其实不然。它不但具有具体性、技术性，而且具有整体性、个体性、持久性和发展性，对其运用和选择调节，是要付出极大以至毕生精力的。

艺术支点的性质，首先是主体与客体的统一。这就是说，它既要能承负起认识和反映客观世界整体的职能，又要能体现作者（个别）的整体思想，并且达到两者的统一认识和体现。其次是具体与抽象的统一，即无论是客观方面或主观方面，就整体说是抽象的，艺术支点就是以具体统一体现出这两个方面的抽象。与此相联系的，是个别与一般的统一，即在客观方面和主观方面，本身的性质是一般（共性）的，又是个别（个性）的，要使这两个方面统一，就必须找到既能体现出客观方面的一般与个别，又能体现出主观方面的一般与个别，并且将这两方面统一于一体的艺术支点。再次是有限与无限的统一，即艺术支点是具体的有限的，但通过它所认识和反映的事物和思想，则又是无限的，它是无限中的有限，在有限中认识和表现无限。这些性质归结起来就是：既要有承负或认识反映客观和主观两个方面整体性（从整个客观世界和主观世界，到某一生活面和某种思想感情）的功能，又要能够构成为有机的、独特的整体或个体，如某种思潮、流派、学派、体系、风格或某个作品、某个形象等。这些性质说明，艺术支点不是随手可得的东西，而是必须经过艰苦劳动、运用高度功力才能提炼出的法宝。它决定并体现每个文艺家从具体作品创作到整个创作道路的成败得失和贡献大小，也标志着文艺家的思想艺术水平和功力的高低深浅。

艺术支点的主导因素，是文艺家的世界观和文艺观，是作家的理想和艺术追求。罗丹说："造成圣人的是一种在盼望里的劳动。"伟大作家的成就都是在他的理想追求中劳动的结果。巴尔扎克雄心勃勃地说："拿破仑用剑不能完成的（指征服世界），我要用笔来完成它。"由此，他认为："作家所以成为作家，作家（我不怕这样说）能够与政治家分庭抗礼，或者比政治家还要杰出的法则，就是由于他对人类事务的某种抉择，由于他对原则的绝对忠诚。"他还说："一个作家在道德上和在政治上应有固定的见解，他应该把自己看作人类的教师。"从这些话可见，巴尔扎克是有很明确的不同于政治家的艺术支点的。他在《人间喜剧》序言中说这些小说是"包括社会历史和对它的弊害的分析以及对它的原则的讨论"。又说：要"描写一个时代的两三千个出色的人物"，要把"一个系代呈现出来"，要把"这些塑造出来的人物的存在，同他们所生活的时代的存在相比，变得更为悠久，更为真实确凿……这些人物是从他们的时代的五脏六腑孕育出来的，全部人类感情都在他们的皮囊底下颤动着，里面往往掩藏着一套完整的哲学"。这些精辟之论，就是贯串巴尔扎克全部创作的艺术支点。

当代中国著名小说家高晓声说："一个作家的作品，不一定都有明确的主题思想，也不一定都没有。但有一点很重要的，一个作家应该有一个终身的奋斗目标，有一个总的主题。就我来说，这个总的主题，就是促使人们的灵魂完美起来。"他还说：农民是"善于动手不善于动口的人，勇于劳动不善于思索的人；他们老实得受了损失不知道查究，单纯得受了欺骗无所知觉；他们由于付出高额的代价换取极低的生活条件，能够忍受超人的苦难去争得少有的欢乐"。"我敬佩农民的长处，更看到他们身上有那些积极因素，那些因袭的负担，然后扬清抑浊，同他们一道前进……一个作家应该比陈奂生们站得高一点，看得远一点，想得准一点。"这些体会是高晓声创作陈奂生系列小说成功的秘诀，也是艺术支点及其主导因素原理的有力例证。

艺术支点的性质既然是主体和客体两个方面的整体性与个体性的对立统一，也就是说，它的整体性和个体性，都分别有主体和客体两方面的内涵。客体整体是被认识反映的客观世界，主体整体是作家的世界观文艺观，还包括作家的全部经历、学识、素养。个体性即个性，客体的个性是指被认识反映事物的特性，主体的个性是支点的选择调节，是因人因事而异的，是作家的性格特点并且与其他作家的主要区别所在。就具体作家而言，其艺术支点是有一定形成过程的，自形成后又会有一定保持过程，并且还会发展变化，所以它是有持久性和发展性的；就具体作品所作而言，作家既以自己一贯的艺术支点去把握，又会别出心裁地做出新的调节和变化，因此，艺术支点既有稳定性，又有浮动性。

三、艺术支点的选择与调节

艺术支点的整体性和个体性，以及两者对立统一方式的无限丰富性，使得它的选择与调节有无限广阔的空间和创造天地。

就客体方面来说，从宇宙之大到露珠之微，从整体到个体，无不具有不可胜数的事物或元素，这些事物之间无不具有各种各样的关联，每个事物内在的各种构成因素和外在形体方面，无不有各种结构和关联的层次，无不有种种因素及形态的变化和发展。如此等等的客体存在，给人们提供了认识反映客观世界或任何一个具体事物的无限丰富的角度，提供了无数具体的、个别的、有限的、闪光的事物来凝现抽象的、一般的、无限的客观世界。这些角度或具体事物，无不可以作为艺术支点而让文艺家选择或调节，以最新最佳之点选之用之。

就主体方面来说，从整个人类或社会时代的思想意识，到每个人每个作家的思想意识，从整体到个体，无不是多种多样而又具有多元素、多方面、多层次的，各种思想意识之间，又是彼此关联、相互影响的，每种或每个人的思想意识又有种种发展变化的阶段和形式。这些主体思想意识的诸多现象或形式的存在，使得文艺家对艺术支点的选择、提炼和调节，完全可以"海阔凭鱼跃，天高任鸟飞"。

在客体方面和主体方面的内涵都是宽广无边、变幻无穷的，两者的整体性和个体性的对立统一方式也是无限丰富多彩的，其可塑性、浮动性也是极大的。所以，艺术支点的选择调节主要取决于作家的素养和功力，也主要标志着作家的理想追求和风格志趣。

艺术支点是每个成熟作家思想艺术整体的轴心，是每个文艺思潮或艺术流派整体的轴心；不同的整体要求的轴心不同，轴心支配和决定着整体的一切，并标志着与其他整体的主要差异：轴心与整体是对立统一的，是有多种层次上的对立统一的含义和关系的。这就是说，某些作家的艺术支点，既与所属文艺思潮或艺术流派的艺术支点相通，又有自身特质；既支配着他的全部创作，在每个作品中又各有差异。这就使得艺术支点具有层次性，即在总体之下有若干层次的分支，有不同层次的支点。其中，文艺思潮或艺术流派的艺术支点是一个层次，文艺家自己的艺术支点是一个层次，其所创作的每个作品又是一个层次。不过，大致上说，同属一种文艺思潮或艺术流派的文艺家，大都是以某种思想和艺术追求为支点的。

例如，鲁迅说他弃医从文是为了"拯救国民的灵魂"，是为了医治"国民劣根性"，他的小说多写穷困的病态人物是出于"哀其不幸，怒其不争"。这就是鲁迅的艺术支点，是他全部创作整体的轴心，主导着他的小说和杂文散文创作，他塑造的阿Q、孔乙己、祥林嫂、华老栓、狂人等人物都是以各自独特性格共同体现其艺术支点的形象。上面谈到的巴尔扎克和高晓声，也是如此。

在具体作品中，大多是以日常生活中的具体事物或自然界的景物为艺术支点的。这个层次的艺术支点，也就是艺术焦点。例如鲁迅的短篇小说《药》，以人血馒头为艺术支点，交织了华老栓为儿子治病和革命志士夏瑜被害的故事，交织揭示了人们在科学文化知识上的愚昧和精神文明上的愚昧，双关地表现了既要解救身体之病又要医治社会精神之病的"药"的主题。而这个主题，又是上述鲁迅创作整体的艺术支点的具体体现。

有趣的是，以某件具体事物为艺术支点并不是某个作家的专利，一些事物尤其是自然界的景物，往往被许多作家共同选择或提炼为艺术支点，这种情况古今中外都有。而这种现象恰恰更能比较出作家的不同风格特点。如以月亮为艺术支点的诗，在我国古代，简直是多如牛毛，不可胜数，但是，只要是高明诗人写的成功之作，就绝不会雷同。试看下面三首：

> 花间一壶酒，独酌无相亲。
> 举杯邀明月，对影成三人。
> 月既不解饮，影徒随我身。
> 暂伴月将影，行乐须及春。
> 我歌月徘徊，我舞影零乱。
> 醒时同交欢，醉后各分散。
> 永结无情游，相期邈云汉。（李白《月下独酌》）

> 今夜鄜州月，闺中只独看。
> 遥怜小儿女，未解忆长安。
> 香雾云鬟湿，清辉玉臂寒。
> 何时倚虚幌，双照泪痕干？（杜甫《月夜》）

明月几时有？把酒问青天。不知天上宫阙，今夕是何年？我欲乘风归去，又恐琼楼玉宇，高处不胜寒。起舞弄清影，何似在人间？

转朱阁，低绮户，照无眠。不应有恨，何事长向别时圆？人有悲欢离合，月有阴晴圆缺，此事古难全。但愿人长久，千里共婵娟。（苏轼《水调歌头》）

以上三首诗词都写月亮，而角度和构思不一样，其抒发的情感也不相同。李白诗直接表现的是遭遇冷落后的孤寂处境和心情，杜甫诗是抒发在动乱中对妻子儿女的思念，苏轼词是以圆缺离合难全的现象和哲理表现被贬后对复出的等待和期望。李白诗以诗人与月亮由分到合又再分而写离，杜甫诗以同妻儿共看月亮实则分离而写离，苏轼词则是以月亮的同而写人的离，又都是以写离而表现对合的期望。个中重要原因是三首诗词的艺术支点同中有异。可见在具体作品的创作中，艺术支点的选择调节艺术和天地更是巧妙无穷的。

第二章　微观与宏观
——艺术的焦点

一、什么是艺术焦点

艺术焦点，或称聚焦点、透现点、透视点，是文艺家在进行具体作品创作时，所选择或提炼的透视并呈现所要反映的生活的切入点和凝现点。它是作家对世界进行宏观把握与微观把握的聚现点，是作品全部内容（包括各个部分、各个方面、各条线索、各种矛盾纠葛）的聚焦点，是艺术形象整体内涵及其特征的透现点，也是让读者或观众管窥艺术形象整体的透视点。它起到从一斑窥全豹、从一滴水映现太阳的作用。这是文艺家的艺术支点在具体作品创作中的运用和体现，也是文艺思潮、艺术流派和作家艺术风格的艺术支点在具体作品中的体现。

列夫·托尔斯泰在他的日记中写道："艺术事业就是要寻求焦点，并把它清楚地揭示出来。根据旧的分类，这种焦点是人物性格，但也可以是民族情景或自然界的性格。"他还指出：艺术构思"应当有这样一个点，所有光集中在这一点上，或者从这一点放射出去"。日本著名作家小林多喜二在《小说写作法》中说："必须使每一篇小说的焦点，成为强有力的，独一无二的，如放大镜的那种焦点一样。唯有这样，它的焦点才能够像放大镜的焦点燃烧纸张那样，燃起读者的心。"这些文艺大师从创作经验中总结出来的至理名言，充分说明艺术焦点的原理，说明艺术焦点是文艺创作的基本点之一。

古今中外优秀的文艺作品，无不如此，例如《诗经·硕鼠》中的硕鼠，陶渊明《桃花源记》中的桃花源，《水浒传》中的梁山泊，《红楼梦》中的大观园，鲁迅散文《秋夜》中的枣树，巴金《家》中的高家，欧阳山《三家巷》中的三家巷，高晓声《李顺大造屋》中的屋，舒婷《双桅船》诗中的船和岸，雨果《巴黎圣母院》中的圣母院，肖洛霍夫《静静的顿河》中的葛利高里，卡夫卡《变形记》中的形，法国后象征主义诗人瓦雷里《风灵》中的风灵，英国意识流小说家伍尔夫《墙上的斑点》中的斑点，法国存在主义小说家加缪《局外人》中的主角小职员莫尔索，等等。各种艺术门类或各种体裁各种文体的创作，都是有艺术焦点的，只是表现方式或手段有别，表现的深浅明隐程度也各有异。

二、艺术焦点的性质

艺术焦点首先是主体与客体统一的凝聚点和缩影点，因而它的性质是主体与客体的对立统一。因为每个作品的艺术焦点的选择和提炼，都是由作家以其艺术支点把握所要表现的对象和主观意识而确定的，以既能充分表现主体又能充分表现客体为最佳选择，为达到这两者的最佳统一而提炼。例如，巴金的长篇小说《家》，其艺术焦点是高家，这个正在没落的封建地主家庭中的诸多纠葛和矛盾冲突，尤其是高老太爷同觉新、觉慧之间的矛盾冲突，既是20世纪20年代中国半封建半殖民地社会的一个缩影，又是巴金对这个社会的本质、罪恶及其必然崩溃的命运的认识的凝现，是主体与客体统一的最佳点。

艺术焦点也是具体与抽象、个别与一般、有限与无限的对立统一在艺术创作上的体现。例如，老舍的话剧《茶馆》，其艺术焦点是王利发经营的北京裕泰茶馆。作品所写的是这个茶馆在半个世纪中经受了三次大震动：一是清末戊戌变法失败；二是民国初年军阀混战；三是国民党统治崩溃前夕。这个茶馆及其人和事是具体的、个别的、有限的，而其内涵寓意（即旧社会各朝代名目不同而其本质是一致的，老百姓尽管竭力适应时势变化谋生也每况愈下，最后也难逃破产的命运）则是抽象的、一般的、无限的。再如臧克家的诗《有的人》，是为纪念鲁迅逝世十三周年而作的，其艺术焦点是人的生和死的不同价值，其所指是具体的、个别的、有限的，而其内涵的哲理性则是抽象的、一般的、无限的。

三、艺术焦点的选择、提炼与调节

艺术焦点的功能，主要是缩影和透现的作用，是宏观与微观的结合统一。对其选择、提炼与调节，总是从这些功能得以最好发挥出发和决定的；对其选择、提炼与调节的成败得失和功力高低，也是以这些功能为衡量的标尺。世间任何事物都可作为艺术的焦点而选择提炼，艺术焦点的提炼和运用的方式方法是多种多样的，使用和创造的空间是无限广阔的，没有统一格式，不可千篇一律。大致上说，文艺家对其选择、提炼与调节，都注意把握下列三个关系。

（一）固定与变化的关系

一般地说，每个作品都有艺术焦点，作品的全部内容都要围绕或凝聚于这个焦点，但又必须注意有所变化，有出有进，有放有收，多姿多彩，不可雷同。单个作品如此，一个作家的系列作品或全部作品也是这样。例如，欧阳山的《三家巷》，以周、陈、何三家同住的一条小巷为焦点，但又不固定于此，其间还写了巷外的区家、农村的胡家，还写了省港罢工、广州起义，在接下来的《苦斗》《柳暗花明》《圣地》《万年春》等卷，虽然所写的仍是以三家巷的三代人物为主，但艺术焦点有了变化。曹禺的著名话剧《雷雨》以周朴园家的一天为焦点，《日出》以陈白露的悲剧为黑暗社会的缩影点，《原野》则是以仇虎的坎坷一生为对人际恩怨和人性美丑对比的透视点，也是迥然各异。《水浒传》的总体焦点是"逼上梁山"，而其结构是连环扣接的，分别写主要人物上梁山的过程，最后才聚会于聚义厅，所以它的艺术焦点是按人物出场次序和转换而变动的，从史进、林冲、鲁智深到宋江、武松、杨志……一直接连下去而变换着艺术焦点。可见艺术焦点是既有固定性又有变化性的。

（二）点与面的关系

艺术焦点只是一个点，其作用在于更好地表现其所缩影的面，因而对其选择、提炼和调节，既要突出焦点，又要更好地表现生活面。传统现实主义主要以表现典型环境中的典型人物为目的，上面谈到的《三家巷》《雷雨》等作品即属此类。现代主义各种流派，方法各不相同，也都注重艺术焦点，尤其注重点与面的关系，但做法与现实主义有很大不同。如意识流方法，王蒙说是"以一点射向八方，从八方射向一点"，其意思即是流动的意识尽管跳跃无度，不受物理时空所限，也仍然是以焦点为轴心的。王蒙的短篇小说《春之声》写岳之峰的意识活动，就是从闷罐子车这个点上射出，又以岳之峰的种种意识活动构成缩影的面：外国考察回来的感受，过去被打成右派的遭遇，眼前杂乱而又前进的景象，等等。美国意识流代表作家福克纳，在其获得诺贝尔奖的著名作品《喧哗与骚动》中，以一个少女被强奸的事件为焦点，分别从四个方面——这个少女的白痴弟弟、政治狂哥哥、经济狂哥哥和正常人女管家对这事引起的意识活动而构成整部长篇小说。这是处理点与面关系的一个很好例证。

（三）特征与整体的关系

一般来说，小说、戏剧、诗歌、散文等文学体裁的艺术焦点比较含蓄，而电影、戏剧等综合性艺术，以及美术、摄影等视觉艺术，其焦点即每件作品中的亮点，是这件作品整体的中心，是艺术家所强调的部分，也就是事物的特征所在。然而，必须注意的是，不能离开表现整体的前提和破坏整体的有机性去突出某个部分或特征，否则即会造成对形象整体的破坏，也就谈不上是焦点或亮点了。

在处理特征与整体的关系上，法国雕塑大师罗丹有个十分生动的例子：他刚刚完成巴尔扎克雕像之时，学生对雕像的手称赞不绝，说是"举世无双的手"。罗丹听罢，不但没有高兴，反而立即用大斧将手砍掉。学生问他这是为什么，他回答说："这双手太突出了，它有了自己的生命，已经不属于这个雕像的整体了，所以我不能不把它砍掉。"罗丹还在与海伦·娜菲蒂兹的谈话中指出："你能够在一朵花里看见落日，假使你真正地研究，它才能够同样地感动你，像这大海的形象。只是海更巨大些，而给予我们较强烈的震动。人们必须这样来了解我的《破鼻子的人》和《没有头的女人》。我企图在个别部分里把'完满'体现出来，而这些个别部分，将使人感觉到其余的部分，无须它在物质上显现出来。"他还说过："无知的人所喜欢的，就是制作那种毫无表现力的烦琐，虚伪的高贵姿态。庸俗的人完全不懂这种大胆的简练。必须将无谓的细节放过，只注意整体的真实。"

法国文艺理论家丹纳在《艺术哲学》中说：

> 一切艺术都要有一个总体，其中的各个部分都是由艺术家为了表现特征而改变过的，但这个总体并非在一切艺术中都需要与实物相符，只需要有这个总体就行。所以倘若有各部分互相联系而并不模仿实物的总体，就证明有不以模仿为出发点的艺术。事实正是如此，建筑与音乐就是这样的。一方面有结构与精神上的联系、比例、宾主关系，那是每种模仿艺术需要复制的；另一方面，还有两种不模仿实物的艺术所运用的数学的关系。
>
> 无论模仿艺术或非模仿艺术……都是用同样方法，就是配合或改变各个部分的关系，然后构成一个总体。唯一的差别是绘画、雕塑与诗歌这些模仿的艺术，把物质方面和精神方面的各种关系再现出来，制成相当于实物的作品；而非模仿的艺术，纯粹音乐与建筑，是把数学的关系

配合起来，创造出不相当于实物的作品。但是，这样组成的一阕交响乐、一所神庙和一首诗、一幅画，同样是生命的东西，都是理想的产物。

这些论述，既指出了特征与整体的有机关系，又指出了不同艺术创造形象整体及其焦点的差异。

第三章　对接与沟通
——艺术的交叉点

一、什么是艺术交叉点

艺术交叉点又称艺术交汇点，是文艺家在进行创作时所选取的对接与沟通主体和客体之间，表现对象内各部分之间，以及主体与表现对象同读者或观众之间的最佳点。这里的"交叉"，含有三个层次：一是作家的主观认识与表现对象之间的交叉；二是表现对象内各部分之间的交叉；三是作家与表现对象同读者之间的交叉。还包含这三个层次中和涉及的种种方面的交织总汇。因此，它的选择和提炼，关系到作品的成败得失和社会影响大小，以及读者或观众的接受和反响程度，也是体现文艺家艺术方法和风格特点的一个标志。

20世纪20年代，英国意识流小说创始人之一弗吉尼亚·伍尔芙在伦敦剑桥大学发表演讲，题目是《班奈特先生和勃朗太太》。在这篇被称为"意识流宣言"的演讲里，伍尔芙以交叉点的理论，提出以意识流方法取代传统现实主义方法的观点。她说，意识流方法就是"重新建立和组成作者与读者的交叉点、立足点"。这就是："作者必须把读者熟知的东西摆在他面前以建立交叉点，激起他的想象并且使他在更加困难的彼此默契的事情上肯与作家合作。而具有极端重要性的一点便是这个交叉点必须是很容易，本能地，闭着眼睛摸着黑就能达到的。"这就是"一种媒介把女主人和不相识的客人沟通起来，把作家和不相识的读者沟通起来"。她还认为，运用这媒介（即交叉点）的方式不同，就是"写作规范"（也即是创作方法）的不同。她认为，过去的小说不成功的原因是"苦于没有一套作者与读者共同接受的行为规范作为建立更引人入胜的友谊的序幕"。所以，她认为要改变和创造新的交叉点，就是按照初接触人物时的状况那样：一些断断续续的谈话，产生各种复杂的感情，脑子产生千万种念头，将这些交叉、冲突、消失的情况体现出来，表现出变幻莫测、错综复杂的形象。

伍尔芙的这些说法，虽然主要是论述意识流的依据和特征，但其交叉点的道理是有普遍意义的。对交叉点的概念，虽然她侧重从作者与读者的关系上去解释，实则是包含着上述三个层次和诸多方面的关系的。其实，交叉点的选择和创造，主要是艺术方法即创作方法的运用问题，作家所选择运用的创作方法不同，其艺术交叉点就必然有异。并非意识流方法才有交叉点或其交叉点特别优越，传统的现实主义和浪漫主义，以及其他创作方法或艺术流派，也都是有其艺术交叉点并各有其长处和特色的。所以，这是带普遍性的艺术原理，是文艺创作的基本点之一。

除文艺外，在其他行业或领域，也普遍有交叉点原理的运用和体现。例如下围棋，围棋盘上的纵横线代表宇宙，棋盘上纵横十九条线，共产生三百六十一个交叉点。天体由三百六十之数构成，多余的一个点是天元，这就是太极象征宇宙的本元。三百六十在农历中刚好是一年的天数，将其四分，分属四角，即为春、夏、秋、冬四季。白子代表白昼，黑子代表黑夜，圆形的棋子代表天，方形棋盘代表地，包括万事万物的大自然，被浓缩在小小的棋盘上，成为袖珍宇宙。而在这棋盘上下棋，实际上是比试运筹宇宙的交叉点艺术的高低。

在创作实践中，艺术交叉点是作家在确定艺术支点和艺术焦点后，侧重从创作方法上考虑时做出的选择。一般来说，它从属于作家的艺术支点和艺术焦点，但它是更为具体的带技术性的操作行为。所以，有时它与支点和焦点不完全等同，即同一个作家的每一件作品都会有艺术交叉点的差异；而在艺术交叉点内含三个层次的把握上，是总体一致但也重点有别的。因此，对艺术交叉点的选择和提炼途径和方式方法的探讨，可分别从三个层次去进行。

二、主体与客体的交叉艺术

主体与客体之间的关系，即作家与表现对象之间的关系。所谓主体与客体的对立统一，实际上只是两者在某个方面的统一，而且也只是主体在对客体的把握（即认识反映）上的统一，并非实质上的统一。所以，在文艺创作中，主体与客体之间的交叉，也即是作家与表现对象之间的交叉，是可以在两者诸多方面之间进行的，实际上即是作家对表现对象的某个方面在认识反映上的对接与沟通。这样，在两者之间有多少方面可以对接沟通，也就有多少交叉方式或交叉点。大致上说，主要体现在下列三个方面。

（一）在性质上

一般来说，具有什么样思想性格的人，就会喜爱什么样的动植物或事物。文艺家总是以一定性质的实体性形象体现自己的思想性格和对事物的爱憎褒贬态度的。诗人咏物言志，画家以景寓情，散文家以情化境，都是主体与客体之间在性质方面的交叉结合。陶渊明爱菊咏菊，郑板桥爱竹画竹，齐白石爱虾画虾，徐悲鸿爱马画马，丰子恺爱猫写猫，关山月爱梅花画梅花……这些都是作家与表现对象之间在性质方面的对接沟通。流沙河的《草木篇》分别以白杨、仙人掌、梅等植物的优秀性质表现对人的优秀品格的歌颂，以藤的攀爬性能和毒菌的本质讽喻品格低下的人，这也是主客体之间在性质方面交叉的一种方式。

（二）在形态上

主体与客体之间的对接与沟通，也可以透过事物的某种形态作为交叉点。例如，从古至今许多诗人都以月亮的圆缺形态表现人的悲欢离合，许多画家以竹有节的形态体现人的气节，等等，就是如此。在形态上的主客体交叉，无性质上的规定性，有形态上的可塑性和变动性。例如，藤的攀缠形态，《草木篇》用以讽喻居心叵测而谋求往上爬的人，广西彩调《刘三姐》的歌词"山中只有藤缠树，世上哪有树缠藤；青藤若是不缠树，枉过一春又一春"，则以攀缠形态表现爱情的主动和坚韧，其贬褒寓意与《草木篇》完全不同。杨朔的散文《雪浪花》，以"咬"的形态形容浪花冲向礁石的形态，并寓现劳动人民的坚韧精神，而"咬"的形态在习惯观念中是不大好的，杨朔却用于歌颂，由此显出其新颖独到。可见，在形态方面的主客体交叉方式也是多种多样、千变万化的。

（三）在整体上

主体与客体的交叉，即作家的立意与所写题材的交叉，其交叉点与支点和焦点是一致的或相同的。例如，茅盾的《子夜》，以子夜为交叉点，既是作者埋葬旧社会迎接新社会立意的体现，又是所写20世纪30年代初期上海民族工业正在崩溃的凝现。贾平凹《废都》中的废都，刘斯奋《白门柳》中的白门柳，朱崇山《风中灯》中的风中灯，程贤章《围笼》中的围笼，杨干华《天堂众生录》中的天堂寨，洪三泰《闹市》中的闹市，陶铸《松树的风格》中的松树，秦牧《花城》中的花城，也是这样。

三、表现对象中诸多方面的交叉艺术

表现对象中诸多方面的交叉艺术，即在艺术形象创造中将涉及的各个方面对接沟通的艺术。一般来说，每种艺术门类都有自身独特的创造形象手段和规矩，因而各有不同的交叉艺术，对交叉点有不同的要求。小型的、单件的作品比较简单，交叉点也较单一。大型的、系列的作品较复杂丰富，涉及面较多较广，因而交叉的方面或层次和交叉点较多，交叉的艺术更错综复杂而多姿多彩。大致上说，在艺术形象创造中，交叉点主要体现在下列三个方面。

（一）主题思想上

作品主题思想的多层次之间，或者双主题或多主题之间，都是有丰富的交叉艺术的。如王蒙的中篇小说《蝴蝶》，一是写主人公张思远在"文革"中一下被斗一下劳动的感受；二是写这位青年得志的"老革命"，在"文革"中受难，在新时期恢复官位的数十年浮沉史；三是写他在这样的经历中，人们因他的地位不同而对他的认识不同，他自己也由此感悟庄子所言的哲理：

> 庄生梦见自己变成了蝴蝶，轻盈地飞来飞去，醒了以后，倒弄不清自身为何物。庄生是醒，蝴蝶是梦吗？抑或蝴蝶是醒，庄生是梦？他是庄生，梦中化成一只蝴蝶？或者干脆他就是一只蝴蝶，只是由于做梦才把自己认作一个人，一个庄生呢？

显然，这部小说的主题是以这三者交叉的。王蒙的《春之声》《海的梦》《风筝飘带》，以及刘心武的《钟鼓楼》等小说，都有二层或三层主题的交叉。

（二）人物关系上

小说或戏剧作品中的人物之间，在对立和统一两个方面往往有着双重或多重意义上的交叉。如巴金的《家》，高老太爷同觉新、觉慧之间，既有封建思想和民主思想对立斗争交叉，又有祖孙血统和伦理观念关系的交叉。曹禺《雷雨》中的人物之间，彼此对立统一的交叉更为复杂，更为丰富。朱崇山的《风中灯》所写的是香港华裔孔氏同英资杜氏两大家族的五代恩怨，

两位主人公——孔希伦和杜尼斯分别代表这两大家族,体现着中国传统文化、西方文化和香港殖民地文化意识,两人既有各自家族和文化背景,又互相情投意合,有亲密的恋爱关系。由于作者运用了交叉原理,因此出色地表现了两大家族之间的种种恩怨关系。

（三）情节线索上

小说和戏剧的故事情节或发展线索常用双线或多线交叉,有明与暗交叉,有并行交叉,有前后交叉,等等。如鲁迅的《药》,明线是华老栓找人血馒头给儿子治病,暗线是革命者夏瑜被杀,两条线交叉是治病的药与精神的药的交叉。列夫·托尔斯泰的《安娜·卡列尼娜》中的渥伦斯基与安娜、列文与吉斯,是两线并行交叉,托尔斯泰说两条线像"拱形",汇合得很好。曹禺的《雷雨》中,周朴园与鲁侍萍的线索,以及周朴园与繁漪、繁漪与周萍、周萍与四凤、周冲与四凤等线索,互相交叉,可以说是前后交叉和多重交叉的典范。

四、读者、作者和表现对象之间的交叉艺术

在读者、作者和表现对象之间的关系中,起中介和主干作用的是作者。作者进行文艺创作,实际上是要将表现对象介绍给读者,使读者接受。这样,就必须找到既能使表现对象与读者之间对接,又使自己与读者沟通的"桥",即艺术交叉点。这三者的交叉,实际上主要是作者与读者之间的交叉,是作者作为主动的一方要求读者呼应,同时要求读者主动予以合作,共同创造。

法国存在主义创始人保罗·萨特说:"一切文学作品都是一种吁求。写作就是向读者提出吁求,要他把我通过语言所作的启示化为客观存在。""作者进行写作,是为了跟读者的自由打交道,他需要它是为了使自己的作品得以生存,但他并不就此止步;他还需要读者把他交给它的这个信任还给他,需要他们承认他的创作自由,并且需要他们也用一种对应而相反的吁求来获取这种自由。"所以,作者与读者之间是一种"辩证交往关系",其交叉艺术是相互的。但就创作而言,作者起着主导的作用。

作者要使读者接受自己所要表现的对象,必须始终把握同读者在一系列环节上各个方面的对立统一:所写形象或人物是读者熟悉的又是陌生的,是知道的又是不知道的,是平常的又是不平常的、新鲜的、奇特的,令人关切或同情的,使人向往或追求的;在形式或方式上,则应当是使读者能接受而

有趣味的，能明白而又有吸引力的。中国古语所云"喜闻乐见""雅俗共赏""老少咸宜"，以及今人言"好看有益""适应是为了征服"等，人人共知。这些妙语，是传统的经验，是高明的交叉艺术，也是深入浅出的艺术交叉原理。

第四章　引入与进出
——艺术的兴奋点

一、什么是艺术的兴奋点

艺术的兴奋点，又称艺术的动情点或闪光点，是艺术交叉点在艺术形象与读者（观众）之间对接沟通的体现。它既是艺术形象创造中切入情节并推向高潮的关键点，又是将读者引入形象（即兴趣和感情投入）并使兴趣和感情全部迸发出来的契合点或转折点。显然，兴奋点包含两个部分：一是故事情节和读者兴趣的引入；二是情节高潮和读者感情的进出。前者是后者的基础，后者是前者的回应。如果将前者称为艺术的切入点，后者才谓之艺术兴奋点，也未尝不可。但考虑到前者亦有动情和兴奋的因素及要求，后者与前者实际上不可分割，故并而称之。因此，在同一个文艺作品中，兴奋点往往不止一个，可以有两个或多个。

艺术兴奋点在文艺创作中是不可缺少的。不仅一切以故事情节为要素的作品（如小说、戏剧、叙事诗等）必须有这个点，非情节性的艺术（如绘画、音乐、摄影等）其实也有内在的情节性，也必须有这个兴奋点。这是决定文艺作品艺术感染力和艺术效果的强弱程度的关键所在。

艺术兴奋点的选择、提炼和调节，必须始终贯串主体与客体、具体与抽象、有限与无限的对立统一，尤其是个别与一般的对立统一原理，同时又有其独特的规律。这种独特的规律，又往往因艺术形式或种类不同而有不同体现。现将情节性和非情节性两种艺术对艺术兴奋点的选择提炼艺术分述如下。

二、情节性艺术的艺术兴奋点

情节性艺术，包括小说、叙事诗、戏剧、电影、电视剧、报告文学、传记文学等具有故事情节的作品。这类艺术的共同特点是有人物、环境、矛盾冲突、故事情节等要素。要在这些要素中提炼出兴奋点，关键在于能否巧妙地把握和运用下列四种关系。

（一）奇特性与平常性的关系

一般来说，能写进文艺作品中的人物或故事，总是有其不平常的奇特性。当然，所有奇特的人物或故事，都不能离开真实性。巴尔扎克在《人间喜剧》前言中说：他是"把奇妙和真实——史诗的两种元素放进小说里面"。美国小说家亨利·詹姆斯在《小说的艺术》中认为："小说创作要抓住人生奇特的不规则的旋律，抓住人生本来的色彩。这一企图所具有的不屈的力量，足以使小说挺立起来。考察古今的成功之作，无一不是这样。"清末学者王国维说："古人称剧本为传奇者，因其事甚奇特，未经见人传之，是以得名。可见非奇不传。新即奇之别名也。若此等情节，业已见之戏场，则千人共见，万人共见，绝无奇矣，焉能传之？是以填词之字，当解传奇二字。"这些论述，既指出奇特性的重要，又指出它不能离开真实性。

但是，奇特性总是存在于平常性之中。有些人物或故事，本来十分平常，而放在一定的环境或条件下，就显得不平常，显得奇特了。丹纳在《艺术哲学》中指出："所有的小说，所有的剧本，都写到一对青年男女互相爱慕，愿意结合的故事；可是从莎士比亚到狄更斯，从特·拉法伊埃德夫人到乔治·桑，同样一对男女有多少不同的面貌！——可见情人、父亲、吝啬鬼，一切大的典型永远可以推陈出新；过去如此，将来也如此。而且真正天才的标识，他的独一无二的光荣，世代相传的义务，就在于脱出惯例与传统的窠臼，另辟蹊径。"丹纳所指出的法则是在平常性一般性中创造奇特性的艺术。鲁迅塑造的阿Q形象，是奇特性不离平常性的典范；《伤逝》中涓生和子君的恋爱悲剧，可以说是在平常性中创造奇特性的杰作。艺术的兴奋点多在不离平常性或在平常性中的奇特性上，选择和创造的空间是宽广无际的。

（二）偶然性与必然性的关系

文艺创作活动中的灵感或创作冲动往往出自偶然，文艺作品中的艺术兴奋点也多出在偶然或巧合上。巴尔扎克说："偶然是世界上最伟大的小说家，若想文思不竭，只要研究偶然就行。"别林斯基说：小说的"一切都被偶然的形式从头到尾地包围着"。黑格尔说："理想是从一大堆个别的偶然的东西之中拣回来的现实。"马雅可夫斯基的长诗《穿裤子的云》的题目是在火车上偶然听到一个女人讲自己"不是男人，而是穿裤子的云"而得到的。

在现实生活中，偶然巧合的事例比比皆是。如列夫·托尔斯泰生于 1928 年 8 月 28 日，他的订婚日是 28 日，《少年》第一卷出版是 28 日，晚年离家出走也是 28 日。莎士比亚的生日是 4 月 23 日，逝世也是 4 月 23 日。

但是，必须注意偶然与必然的辩证关系。恩格斯说："被断定为必然的东西，是由纯粹的偶然性构成的，而所谓偶然的东西，是一种有必然性隐藏在里面的形式。""在表面上是偶然性在起作用的地方，这种偶然性始终是受内部的隐藏着的规律支配的，而问题只是在于发现这些规律。"（《马克思恩格斯选集》第 4 卷）这些论述说明，艺术的兴奋点是在必然中的偶然，以偶然写出必然。

（三）变异与情理的关系

我们常说，戏剧小说的故事情节要"出人意料之外，又在情理之中"。"意料之外"就是突变、变异，就是艺术的兴奋点。亚里士多德在《修辞学》中指出："突然的变异，或者千钧一发的脱险，都是愉快的。因为这些事引起人的惊异。"惊异即使人有兴趣或兴奋。但变异要在情理之中，才能使人感到真实可信，也由此才能使人产生真正的兴趣或兴奋。例如，福楼拜写包法利夫人服毒自杀，列夫·托尔斯泰写安娜·卡列尼娜卧轨身亡，曹雪芹、高鹗写贾宝玉出家做和尚，都是出人意料又在情理之中的艺术兴奋点。

（四）反差与真实的关系

反差即通常说的错位，是人物与环境之间、人物与人物之间产生矛盾而出现的兴奋点。这就是说，人物在某个环境中做出了按常理或常规不可能做出的惊人行为，某人与某人之间发生了按常理或常规不会发生的某种关系和矛盾；或者在一般人或叙述者的印象中，某人不是好人却是好人，某人不会做坏事却做了坏事。这些反差与错位，都是艺术兴奋点之所在。

对此的选择提炼，也不能离开真实的基础。例如，《红楼梦》中对刘姥姥进大观园的描写，戏曲《穆桂英大破天门阵》中写穆桂英战场产子，都是以人物与环境的反差提炼艺术兴奋点的成功例子；雨果的《巴黎圣母院》中，人们很难料到相貌丑陋的敲钟人会是心地善良的好人，这样一个人会对漂亮的吉卜赛姑娘有爱情追求，也很难料到禁欲的副主教为占有吉卜赛姑娘而干尽坏事。然而，这些令人惊奇的反差描写又都使人感到是真实的。

此外，情节性艺术的兴奋点尚有悬念与解结、高潮与低潮等关系，这里就不一一列举论述了。

三、非情节性艺术的艺术兴奋点

非情节性艺术包括抒情性诗歌、散文以及绘画、雕塑、歌曲、摄影等。这种艺术其实内在是有情节的,只不过不正面表现出来或表现的方式不同罢了。这种艺术中艺术兴奋点的选择提炼,必须注意下列三种关系。

(一)果与因的关系

一般来说,情节性艺术是故事从原因到结果的全过程表述;非情节性艺术则省略了过程,往往是以果现因,以多种多样千奇百怪的果而表现共性的因,也由此选择和提炼新颖的兴奋点。诗词创作多是如此。例如金昌绪的《春怨》:

打起黄莺儿,莫教枝上啼。
啼时惊妾梦,不得到辽西。

这是以怕梦断的情趣做果而表现思念丈夫之因。又如苏东坡的《惠崇春江晚景》:

竹外桃花三两枝,春江水暖鸭先知。
蒌蒿满地芦芽短,正是河豚欲上时。

全诗所写的四种景色,都是春季初至之因而出现之果。

有这样一个故事:苏东坡与苏小妹一起读诗,读到"轻风摇细柳,淡月映梅花"时,两人都认为可以改得更好,苏小妹抢先改为"轻风扶细柳,淡月失梅花",苏东坡则改为"轻风舞细柳,淡月隐梅花"。两人都是改两句中的动词,苏小妹改得比原诗好,是因为将原诗先后句改为有因果关系,即是"扶细柳"之因而产生"失梅花"之果,构成了有机的境界。苏东坡所改比苏小妹更好,因"舞"比"扶"动态更美,"隐"比"失"更有余味。

在古代诗词中,因与果常常同时用于兴奋点,如李贺的"黑云压城城欲摧,甲光向日金鳞开",李商隐的"春蚕到死丝方尽,蜡炬成灰泪始干",王安石的"春风又绿江南岸",张先的"云破月来花弄影"等名句,都是如此。

(二) 问与答的关系

其实非情节性的艺术也有简单的情节，以问答的方式结构的诗歌散文就是如此。《漫斋诗话》云："凡人作诗，中间多启问答之词，往往至数十言，收拾不得，便觉气象委帖。子美赠诗略云：'焉知二十载，重上君子堂。昔别君未婚，儿女忽成行。怡然敬父执，问我来何方？问答未及已，儿女罗酒浆。'此有抔土障黄流气象。"这段话指出了诗作中用问答之词的作用，并指出不要滥用，要收得住。

我国古代许多名诗，都是以此为兴奋点的。一般来说，在一个作品里，有问必有答，答必对所问，有机关联，前后照应，扣人心弦。例如贺知章的《咏柳》：

碧玉妆成一树高，万条垂下绿丝绦。
不知细叶谁裁出？二月春风似剪刀。

也有只问不答，其实是以问作答的。例如苏轼的《中秋》：

暮云收尽溢轻寒，银汉无声转玉盘。
此生此夜不长好，明月明年何处看？

屈原的《天问》更是以问为诗的杰作，所问之多在古今诗中实为罕见，作者将答案全部隐藏起来，让读者去思索。

(三) 点与面的关系

绘画、雕塑、摄影等视觉艺术，其艺术兴奋点与艺术焦点（透视点）相同。单幅画面的作品，其艺术兴奋点即是最引人注目的，处于中心地位，具有特征意义的亮点。面就是作品的全部。点与面的关系，就是中心与全部、特征与整体、部分与全局的关系。这类作品往往以瞬间的动态或情态为亮点，将人物、事物或景物的特征与整体，以及作者的思想感情表现出来。鲁迅说画人物要画眼睛，因为眼睛既是所画人物的心灵窗户，又是读者与人物对接沟通心灵的窗户。美术作品或摄影作品，往往抓住熊猫的一瞬眼神，猴子的一跳，鱼虾的一跃，山中一庙，水中一船，日下一树，月下一虫，等等，都是以瞬间动态或情态作为艺术兴奋点的体现。

四、艺术兴奋点的对接性和沟通性

从艺术形象与读者（观众或听众）的关系上说，艺术兴奋点与艺术交叉点是相同的。这是因为对艺术兴奋点的选择提炼，必须注意与读者的对接沟通。这样，在进行创作的时候，也就必须注意从与读者有共性或相通的诸多方面或层次上，寻找新颖的、深广的、持久的可对接沟通的艺术兴奋点，如古今的对接、中外的对应、人性人情的沟通、人生哲理的共识、悲欢离合的同情、时代精神的感应等。在这点上，无论是情节性艺术或非情节性艺术，都是同理的，而群众性的艺术（特别是歌曲）更是如此。

例如，全世界流行极广的歌曲《祝你生日快乐》，中国抗日战争时期流行很广的《义勇军进行曲》《大刀进行曲》等，以及近年来优秀的流行歌曲，它们之所以传唱不衰，其重要原因之一，便是较好地把握了艺术兴奋点的对接性和沟通性。例如《潇洒走一回》：

> 天地悠悠，过客匆匆，潮起又潮落。恩恩怨怨，生死白头，几人能看透？红尘呀滚滚，痴痴呀情深，聚散终有时。留一半清醒留一半醉，至少梦里有你追随。我拿青春赌明天，你用真情换此生。岁月不知人间多少的忧伤，何不潇洒走一回！

第四编 创作论

第一章 一瞬与一切

——艺术的观察

一、什么是艺术的观察

人们常说,文艺创作是要"从一滴水看太阳",要"从一粒米看大千世界"。"一滴水""一粒米",就是一瞬间的形象。要在一瞬间的形象之中体现出"太阳"或"大千世界"的一切,是作家、艺术家们创作每一个作品都孜孜以求的目标。要达到这个目标,需要调动自己的全部生活、艺术积累和各种艺术手段。

这个目标,贯穿于整个创作进程的始终。对生活的艺术观察,则是这个进程的起点。作家在生活之中,能不能从"一瞬"之中看到"一切",在"一切"之中抓住"一瞬",是在创作中能否做到"从一滴水见太阳""从一粒米看大千世界"的前提和基础,对于作品反映生活和体现思想的深度和广度,对于作品的意义和生命,有着决定性意义。巴尔扎克说:"文学艺术是由两个截然不同的部分——观察和表现所组成的。"鲁迅说:"如果要创作,第一须观察。"又说:"观察不够,那也无法创作出伟大的艺术作品……对于任何事物,必须观察准确、透彻,才好下笔。"可见观察是文艺创作的第一和具有关键意义的环节,对于创作的成败有决定性意义。

从文艺创作的实践要求来看,所谓艺术的观察,实际就是从"一瞬"中看到"一切",从"一切"中抓住"一瞬"。因为任何生活与人物的特征,都体现于各种各样的"一瞬"之中,所以只有准确地抓住体现"一切"的"一瞬",才能够确切地、充分地发现生活和表现人物及其思想与性格,包括细节、动作、语言等。在这个基础上,才能进行艺术形象的创造。

丹纳在《艺术哲学》中说:"整个作品从一个主要的根出发,这个根,便是艺术家最初的和主要的感觉,它能产生无数的后果,长出复杂的分支……线条的种类,典型选择,各组人物的安排,表现、姿势、色彩,都由这主要观念决定、调度、影响所及,后果不可测……天才的作品,便是最细小的部分也有生活;没有一种分析能把这个无所不在的生命全部揭露。但自然界的产物也好，天才的创作也好，我们观察的结果，虽不能认识所有的细节，毕竟证实了各个主要部分的一致，相互依赖的关系，终极的方向与总体的和谐。"

所谓一瞬，是客观事物在短暂的时间和有限的空间中所呈现的形态。所谓一切，是某一事物或某一生活面，以至所有事物和生活面的所有内在和外在的表现形态与本质特征。在生活当中，任何事物无时无刻，每分每秒，都呈现一定的形态。所以生活中每时、每物无不有着不可胜计的"一瞬"。在文艺作品中，有的只是表现生活中的"一瞬"（如绘画、摄影），有的则是许多"一瞬"的有机连接和组合（如小说、戏剧、电影、诗歌）。生活中的一切事物，都是以其不可胜计的"一瞬"的形态而体现其存在的；文艺作品对生活的反映，也无不以众多的"一瞬"展现。但是，在生活当中，不是每一事物或生活面所呈现的每个"一瞬"的形态，都能体现其"一切"的，只是其中有的"一瞬"才可体现其本质和特征。文艺创作都是有限的，不必要也不可能将生活中所有的"一瞬"反映出来，只能用能体现某一事物或生活面本质特征的"一瞬"来表现事物与生活。有的文艺作品的形象（包括人物、情节、细节等）之所以让人看来肤浅、不集中、不典型，原因就在于其所描绘的"一瞬"，不是体现事物的"一切"的"一瞬"。而这是由作者在观察生活中，未能抓住体现"一切"的"一瞬"和从"一瞬"中看到"一切"所造成的。究其原因，虽然各有不同，但其中比较普遍的则是未能理解和掌握"一瞬"与"一切"的对立统一关系，未能以辩证的艺术观去认识和处理两者的关系。

二、客体的"一瞬"世界

进行艺术观察，必须充分注意客观世界也即是客体的"一瞬"的无限丰富性和宽广性，即"一瞬"与"一切"对立统一的多样性。

（一）客观事物本身的表象与本质的对立统一

马克思说："如果事物的表现形式和事物的本质直接合二为一，一切科学都成为多余的了。"（《资本论》）普列汉诺夫说："一个艺术家，如果他把自己的注意力完全集中在光的效果上，而且这些效果成为他创作的全部内容，那就很难期望他产生第一流的艺术品；他的艺术必然要停留在现象的表面。"（《无产阶级文学和资产阶级文学》）在生活当中，许多事物的表象往往是不能体现事物的本质的，能够体现事物本质的"一瞬"，是需要艰苦的、耐心的、认真的、深刻的观察才能取得的。黑格尔说:"诗所提炼出来的永远是有力量的、本质的、显示特征的东西。"(《美学》)表象与本质是否一致,就在于表象是否显示出事物的特征。"一瞬"是否能体现"一切",也在于这个"一瞬"的表象,是否能显示事物的特征。

杜勃罗留波夫说:"哲学家和诗人,在看到事物的一瞬间,就能够从许多偶然性中,区别出它的基本特征。"巴尔扎克说:"我们必须抓住事物和生命的精神、灵魂和特征。"罗丹说:"艺术家要善于观察'双重真实'、观察'性格',也就是善于观察性格'外部真实'和'内在真实',即人的灵魂、感情和思想,看透事物所蕴藏的意义。""要能够发现在外形下透露出的内在真理。"列夫·托尔斯泰说,艺术就是"说出关于人的灵魂的真实"。所以,对"一瞬"的观察和捕捉,是在搜寻和抓住体现特征、性格、心灵的各种表现形式。

福楼拜对莫泊桑说:"描写燃烧着的火焰和原野的树木时,要注视它,直到发现那些树木和火焰跟别的树木和火焰有什么不同的地方为止。这样,作者就能赢得独创。""当你看见一个杂货店老板坐在门口,一个挑夫抽着一杆旱烟,或者一辆马车停在门前,你得把这老板和挑夫的姿态以及整个画面贴切地表现出来,而且通过你画家的手腕,显示出他们的精神生活,使我不至于误认他们为另一个老板或另一个挑夫。说到那匹拉车的马呢,你得用一个字使我知道这匹马和前后五十匹马不同。"可见,要在生活中抓住体现事物"一切"的"一瞬",需要经过长期的、辛勤的观察,经过认真的比较和深入的观察。

(二)偶然性与必然性的统一

"一瞬"的形态,是事物偶然性的展现。如果它不能显示事物发展中的必然性,就不能体现"一切";如果不能充分理解和掌握事物发展的必然性,也就不能抓住体现"一切"的"一瞬",从"一瞬"中去观察事物的"一切"。所以,无论是在客观事物本身,或者人们主观对事物的认识中,都存在着偶然性与必然性差异的状况。要抓住体现"一切"的"一瞬",从"一瞬"中去看事物的"一切",就必须注意偶然性与必然性的统一。

高尔基说,作家应"具备从将来看现在的稀有本领"。"要知道两种现实——过去的现实和现在的现实,也就是我们在某种程度上参加的那种现实,还必须知道第三种现实——未来的现实……我们应该设法把第三现实列入我们的日常生活的现象,应该描写它。如果没有它,我们就不会理解社会主义现实主义方法是什么。"（《论文学》）陆机在《文赋》中说："观古今于须臾，抚四海于一瞬。"刘勰在《文心雕龙·神思篇》中说："寂然凝虑，思接千载，悄焉动容，视通万里。"这些论述，都说明要从发展去看生活，才能抓住体现"一切"的"一瞬"的道理。

例如，贺敬之的诗作《三门峡——梳妆台》，就是以古今之变化发展来看三门峡梳妆台这个"一瞬"而创作出来的。这首诗的前四节写梳妆台的过去，后五节写其现在与将来。这是以发展的眼光去看生活中的一瞬，并有明确的观察点的。这个观察点，就是立足于现在"大笔大字写新篇，社会主义——我们来！"这是思想的立足点；而形象的立足点，就是梳妆台。它是三门峡下的一块巨岩，形如梳妆台，所以有这个名字。既然称之为梳妆台，当然就会使人联想到妇女梳妆。作者正是从这个观察点联想到旧社会中三门峡儿女的苦难生活：

> 梳妆台呵，千万载，
> 梳妆台上何人在？
> 乌云遮明镜，
> 黄水吞金钗。
> 但见那：辈辈艄公洒泪去，
> 却不见：黄河儿女梳妆来。
>
> 梳妆来呵，梳妆来！
> ——黄河女儿头发白。
> 挽断"白发三千丈"，
> 愁杀黄河万年灾！
> 登三门，向东海：
> 问我青春何时来？！

接着，诗又以此联系到现在和将来：

> 走东海，去又来，
> 讨回黄河万年债！
> 黄河儿女容颜改，
> 为你重整梳妆台。

青天悬明镜，
湖水映光彩——
黄河女儿梳妆来！

梳妆来呵，梳妆来！
百花任你戴，
春光任你采，
万里锦绣任你裁！

三门闸工正年少，
幸福闸门为你开。
并肩挽手唱高歌呵，
无限青春向未来！

作者之所以能够抓住三门峡梳妆台的"望三门，三门开"的"一瞬"，正是掌握了三门峡古今的"一切"的结果。他之所以能掌握梳妆台的"一切"，又是与作者以发展的观点去看生活中的具体形象分不开的。他不停留在梳妆台这块默默无情的岩石，不停留在这个地方的流水和景物，也不停留在这个地方的"举红旗，天地开"的眼前景象，而是以纵横古今的联想，去看这个地方的眼前景象。这样，他才能认识到眼前这"一瞬"的意义，并抓住这"一瞬"而充分地表现。所以，对生活的观察，绝不应是静止的、孤立的，必须是发展的、联系的，要有纵横的观察和联想，要有集中于一点的表现。

（三）一定的生活面中各种事物的对立统一

恩格斯在《自然辩证法》中说："我们所面对的整个自然界形成一个体系，即各种物体相互联系的总体……这些物体是互相联系的，这就是说，它们是互相作用着的，并且正是这种相互作用构成了运动。"茅盾在《创作的准备》中说："观察一定的生活，必须从社会的总的联带上作全面的观察。"在生活的每个"一瞬"中，往往包含着各种事物；即使是一个具体的事物，也有各个相联系的方面存在着。但是，并非每个"一瞬"都能充分展现某个生活面的一切事物，所以，艺术家既要从各个"一瞬"中去看所能见到的事物的广度和深度，又要从中选择最能充分体现出生活面的"一瞬"作为艺术创作的角度，才能在"一瞬"中体现"一切"。

例如，电影《李双双》拍摄时，导演为设计一个双双和喜旺出现时的镜头而苦恼，后来还是作者想了一个主意：李双双在河边洗衣时，喜旺同一群男人走过来，将一件穿脏了的衣服抛在双双面前。作者就抓住这"一瞬"，将喜旺的大男子主义思想、李双双的无私和对喜旺的喜爱感情、两人的特殊关系，以至当时的社会环境、自然环境、人物关系都充分表现出来了。由此可见，艺术家所要抓住的"一瞬"，是充分体现一定生活面的"一瞬"，这样才能做到"一瞬"与"一切"的统一。黑格尔说："要观察事物的本身，一方面要向事物的普遍性去观察，另一方面也不要脱离事物而偏向一个方面，不要抓住次要的情况、实例和对比，而是要唯一地注意这些事物，而且把它们的内在东西导入意识。"（《逻辑学》）说的就是这个道理。

有些人总是不能在观察生活中抓住体现"一切"的"一瞬"，因而也就不能从"一瞬"中看到"一切"，究其原因，从对客观事物的观察和了解上来说，主要是对以上这些方面未能理解和掌握造成的。事物的表象与本质之间，事物在发展中的前后之间，在一定生活面中的各种事物之间，都是有着有机联系的。不理解这些联系，不从这些联系上去观察，就不能从事物的"一瞬"中去看到它的"一切"，也就不能弄清什么是体现"一切"的"一瞬"，什么是不能体现"一切"的"一瞬"，也就无从抓住体现"一切"的"一瞬"。

三、主体的"一瞬"功能

所谓"一瞬"，既是客观事物在短暂的时间空间中展现的形态，又是人们的主观在一定条件下对客观事物形态的反映和认识。因而，它是客观的，又是主观的。例如，太阳在某种特定的情况下变成了绿色，发出了绿光，这是客观事物本身所存在的"一瞬"形态。但是，如果人们在太阳变绿色这一瞬间，不去看它，那么主观上就没有这"一瞬"形态的反映和认识。虽然主观上未能看到这"一瞬"，而这"一瞬"仍然是客观存在的，并不会因人们看不到它，它就不存在。但是，从文艺创作的角度上说，如果主观上未看到这"一瞬"，也就不能将这"一瞬"变成创作的材料，更不会写进文艺作品之中。从这个意义上讲，它既是客观的，又是主观的。

同时，人们对客观事物的"一瞬"的观察和认识，往往受着主观的限制和发挥着主观的作用，因而主观所见的"一瞬"和客观事物本身的"一瞬"，又往往不是完全等同的。文艺创作既要反映生活，又不是刻板地照相式地去反映。那么，在观察生活中所取的"一瞬"，既是客观的"一瞬"，又是经过主观取舍或加工改造的"一瞬"。从这个意义上讲，所谓一瞬，既是客观的，又是主观的。

在观察生活和进行创作中，有些人之所以不能抓住体现"一切"的"一瞬"，不能以"一瞬"体现"一切"，除了客观事物本身的"一瞬"与"一切"难以认识掌握，还由于客观与主观所见之间存在着差异或距离的问题。所以，要使"一瞬"与"一切"对立统一，必须使客观与主观对立统一。

从主观方面来说，作家在各种不同具体情况下的感受、思想、感情、观点，使其对客观生活的观察取舍是各不相同的，因而在观察客观事物过程中所见到的"一瞬"各不相同，心情好的时候与心情坏的时候不同，生活境遇不同所见不同，历世浅的时候与历世深的时候不同，从这个角度去看与从另一角度去看不同，这些不同，既与作家某个时候的思想情绪有着密切的关系，又与作家一贯的思想有着密切的关系。因为在某个时候某种情况下的"一瞬"观察和思想，是他"一切"思想的某种或某一点体现。因而，主观上的"一瞬"与"一切"是密切关联的，是统一的。但是，又往往存在着这样的情况：作家在某个时候的某一点认识所产生的"一瞬"，不一定是其"一切"思想的体现，不能体现其一贯思想或某个时期的思想。这就是主观上"一瞬"与"一切"的对立。这种对立的现象，往往是作家自己本身在观察和思索过程中自我解决的，很少在创作中反映出来，所以为人们所忽略。文学史研究和理论批评上对某些作家的某一作品是不是属于某一作家之作或体现其思想风格的争论，是忽略或不注意这种现象所造成的。

例如李清照的《绝句》：

生当作人杰，死亦为鬼雄。
至今思项羽，不肯过江东。

这首诗，学术界历来对其是否属李清照的作品有着不同看法。因为它与李清照在其他作品中所体现的"帘卷西风，人比黄花瘦"的思想风格不一致，所体现的不是这位婉约派女词人思想上的"一切"，至今还无法从历史材料的论证来解决这个问题。即使如此，以一个作家在不同情况下有不同思想感情及其表现的事实来看，李清照写出这样一首诗也是不奇怪的。它虽然不见得能充分体现李清照一贯思想的"一切"，但可以看到是这位词人在一定时候的思想体现，因为在金兵入侵、颠沛流离的情况下，她有这样义愤填膺的气魄，又有什么奇怪的呢？这首诗所写的"一瞬"虽然与她的其他作品所写的"一切"相对立，但这种对立也有统一的一面，那就是在一定条件下的对立统一，又是作家一贯思想中的对立统一。所谓一定条件下的对立统一，即这首诗所体现的思想与李清照当时的思想是一致的，与客观现实也是一致的，正是当时人民群众在外族入侵、民族危难关头的现实和思想的体现。所谓作家一贯思想中的对立统一，就是在李清照的思想中，虽然大多数作品所体现的是儿女离情别恨，但这只是作家思想的一个方面，她还有爱国忧民的一面，这首诗所体现的是后一面，与前一面比较来说是对立的，从后一面来说则又是统一的。所以，从主观方面来说，也存在着各式各样的"一瞬"与"一切"的对立统一。

文艺创作是客观与主观的结合。它要求作家在创作中的"一瞬"，既体现客观的"一瞬"所体现的"一切"，又要体现主观的"一瞬"所体现的"一切"，这两个方面的"一瞬"要一致，这两个方面的"一切"也要统一，并且越深越广越好。主观方面的"一瞬"所体现的"一切"，与客观方面的"一瞬"所体现的"一切"高度统一，就是思想与现实的统一，形象与思想的统一。要达到这两个方面的统一，就必须在观察生活中认识和掌握以下三个辩证统一。

（一）在观察态度上，客观态度和主观倾向的辩证统一

这就是说，对事物要客观地观察；但在观察的时候，又不可能没有一定的主观思想倾向。这样，就应该也必须将主观与客观统一起来。王国维说："诗人必有轻视外物之意，故能以奴仆命风月；又必须有重视外物之意，故能与花鸟共忧乐。"这是很有见地的。所谓轻视外物与重视外物，是客观态度与主观倾向的对立统一，是客观的"一瞬"与"一切"，同主观的"一瞬"与"一切"的统一。

例如杜甫的《绝句》：

两个黄鹂鸣翠柳，一行白鹭上青天。
窗含西岭千秋雪，门泊东吴万里船。

这首诗，一方面，从客观的形象来说，描绘的是在一个窗口里呈现着两个黄鹂在柳树上鸣叫，一行白鹭飞向青天，白雪覆盖着西岭，门前的河上停

泊着船只等所组成的形象。这是诗人以客观的态度观察客观生活的"一瞬"而组成的"一瞬"形象,所体现的"一切"是符合客观生活的形象的。它以清淡的形象体现了特定初春的"一瞬"中所包含的清淡的客观现实,符合客观生活的真实。另一方面,它又是诗人的主观思想中的"一瞬"与"一切"的统一,是体现主观思想倾向的,因为在两个黄鹂鸣叫、一行白鹭上青天和白雪满山的形象里,体现和寄托了诗人在流浪生活中的孤寂感情;在"门泊东吴万里船"的形象里,体现和寄托了诗人对亲人和故乡的思念与归心。这"一瞬"体现了作者主观上的"一切",是作者主观倾向的体现。可见这个"一瞬"所体现的"一切",是作者在观察生活中,客观的态度与主观倾向的辩证统一。有的作者在观察生活的时候,或者只是从客观上去看,只是"重视外物",或者只是以主观倾向去看,只是"轻视外物",这两种片面的做法,都不可能取得主观与客观的"一瞬"与"一切"对立统一的结果。

(二)在观察生活的目的性上,有意识与无意识的辩证统一

对生活的观察是有目的的,是在一定世界观指导下进行的,是有一定的追求的。但是,这种追求又不应是狭隘的、急功近利的,而应既抓住有意识观察的"一瞬",又抓住无意识而得到的"一瞬"。有意识所得到的"一瞬",是带主观性的;无意识所得到的"一瞬"则往往比较客观,应当使两者辩证统一。

列夫·托尔斯泰在《莫泊桑文集》序言中说:"一个没有明确而固定的世界观的作家,尤其是那些认为甚至不需要世界观的作家,是不能创造出艺术品的。他可能写得很多,但不是艺术作品。"不应该将有一定的目的理解为狭隘的、单一的,如果认为观察生活只是为了改造世界观,或者只是收集创作某一作品的材料,就会造成所取得的"一瞬"是狭隘的、单一的,而排斥了其他,既造成生活积累的损失,又造成所见的"一瞬"只有主观性而忽略客观性,造成主观与客观的差异或对立。

西方现代哲学家柏格森说:"我们只顺着自然的运行,无须特别的修养","有时我们觉得所求的知识是无穷的远,谁知就在我们的身旁,不过等着有了时机我们发现它"。(《生命与意志》,载《哲学杂志》第 8 期,第 10 页)这种看法否定了一定的目的性,是片面的;但他指出了对生活的观察有时在无意识的情况下而偶然取得,则是有道理的。这种无意识之所得,实际上也是有意识,因为"有了时机我们发现它"的"它",就是"所求的

知识"。这不就是有意识的吗？在这种情况下所发现的东西，是客观性的，这种"一瞬"既体现客观的"一切"，又体现主观的"一切"。所谓契机，就是一定的条件。这个一定条件，从客观方面来说，就是"一瞬"与"一切"统一之时，即能充分体现"一切"之时；从主观方面来说，就是较能在"一瞬"中体现自己思想之时。两个方面的条件成熟而产生出来的，是两个方面的"一瞬"与"一切"的统一。

　　据说，南唐时候，某个庙里有一个和尚，很爱作诗。有一年中秋之夜，他看到皓月当空，圆如玉盘，心有所触动，便得了一句诗"此夜一轮满"，下面再也写不出来了。他日复一日，苦思很久，仍不得其句。第二年中秋，他又走出庙门，去观察圆月的涌出，直到中天，他又纵目远眺，只见眼前的山水，好像镀了一层水银似的，亮闪闪。这样的情况，使他突然涌出了连接的诗句："清光何处无！"他高兴得打起钟来，不仅吵醒了山寺的人，还惊动了京城里的人们，说他扰乱社会治安，把他抓去见南唐皇帝李璟。李璟是个诗人，理解这种心境，便将他放了。这个和尚所得的上句诗，是无意识之所得；后一句诗，则是有意识之所取。两句诗的所得，都是在一定的目的之下和追求中，即在一定的条件下所取得的。这一定的条件，在客观上，是中秋之夜的"一瞬"较能充分体现"一切"；在主观上，则是自己所要锤炼的诗境较成熟，又找到较能看到客观景况的时间和空间。如果作者不是既有意识又无意识地去观察生活，又不是取得这样的契机，能取得如此主观与客观统一的"一瞬"吗？

　　（三）在观察的范围上，有限与无限的对立统一

　　"一瞬"体现"一切"，是相对而言的；从"一切"中抓住"一瞬"，也是相对而言的。从客观方面来说，任何生活面和事物都是有限的，其在某一时间、空间所呈现的形态也是有限的，因为它毕竟是一个事物或一个生活面；从主观方面来说，人们在一瞬间的视野是有限的，每个人的思想也是有限的，因为他毕竟是一个人。但是，无论是客观事物或主观思想，又是无限的，因为一个事物或一个人的思想，有着千姿百态、千变万化，以至无穷。如果对生活的观察没有一定的目的，在一定时期内，没有一定的观察范围和程度，那势必像生活海洋中的浮萍，日夜漂浮，不着边际，势必像陷进无边的苦海，辛苦一场，一无所得，空空如也。所以，应当在有限中体现无限，使客观和主观两个方面的"一瞬"与"一切"的有限与无限对立统一。

杜勃罗留波夫说，艺术家的才能在于善于掌握"观察范围究竟广阔到何种程度，使他感兴趣的某些方面，究竟重要到何种程度，他究竟怎样深入到它们的里面去"。这就是说，对生活的观察不是为广而广和为深而深的，要善于根据客观的和自己的各种不同的情况去掌握一定的范围和程度，不是像个无头苍蝇那样乱碰一气。这种不同情况的掌握，就是具体情况具体分析，而这种分析，就是根据客观实际去分析，即从客观的"一瞬"中去看这一事物的"一切"，又根据主观的要求去看客观实际，从主观的"一瞬"中去观察和寻找所要求了解的"一切"。

例如，岳阳楼这个历史名胜，古今骚人墨客不知在这里作出多少诗章。这些诗章，都是诗人作家们在这个地方观察所得的产物，它们从不同的角度，以不同的"一瞬"去观察和体现岳阳楼这有限的"一切"，又从岳阳楼的"一瞬"中体现了人生社会那无限的"一切"。试看杜甫的《登岳阳楼》：

> 昔闻洞庭水，今上岳阳楼。
> 吴楚东南坼，乾坤日夜浮。
> 亲朋无一字，老病有孤舟。
> 戎马关山北，凭轩涕泗流。

颔联便是杜甫在兵荒马乱的年头登上岳阳楼所见到的"一瞬"：由于岳阳楼面对着洞庭湖，站在楼上，看着洞庭湖宽不见边，天水相连，不仅人似乎在茫茫湖中浮泛，连天地也仿佛浮在其中。这是岳阳楼这个地方有限的景象。杜甫就是观察和摄下了这样的景象，被触发并表现他对动荡生活的思考和感慨，又从中体现了人世间无限广阔与人生浮沉莫测的思想。这些感慨和思想，是超出了岳阳楼本身的景象的，又是与岳阳楼的有限景象统一的。杜甫取这浮动、广阔的"一瞬"，而不取岳阳楼其他的"一瞬"景象，不像范仲淹的《岳阳楼记》和其他人所写的那样的景象，但取的又同样是岳阳楼的景象，这也是在观察范围上有限与无限的对立统一。

四、"一瞬"与"一切"如何统一

对生活的观察，不仅要符合客观实际，也要符合主观要求。所观察的"一瞬"，不仅是客观事物中一般的"一瞬"，而且是有鲜明特殊性的个别的"一瞬"；不仅是人所共见的"一瞬"，而且是自己独见的"一瞬"。其所体现的"一切"和观察的"一切",又不是一般的"一切",而是独特的个别的"一切"。这就是说,在生活的观察中,在"一切"中所见的"一瞬"和在"一瞬"中所见的"一切",既是一般的,又是个别的,是个别与一般的统一。这种个别与一般的统一既包括客观事物方面的个别与一般的统一,又包括主观方面个别与一般的统一,使这两个方面的个别与一般统一,即双统一。

例如李白的《黄鹤楼送孟浩然之广陵》:

故人西辞黄鹤楼,烟花三月下扬州。
孤帆远影碧空尽,惟见长江天际流。

王翰的《凉州词》:

葡萄美酒夜光杯,欲饮琵琶马上催。
醉卧沙场君莫笑,古来征战几人回。

王维的《渭城曲》:

渭城朝雨浥轻尘,客舍青青柳色新。
劝君更尽一杯酒,西出阳关无故人。

以上三首诗都是写离别的情景,但又各不相同。为什么呢?就是由于这三位作者在生活中所观察的"一瞬"是个别与一般的统一。这里的个别,是分别的对象、地点、环境、去向、心境各不相同。李白送的是故友知交,地点是长江边上的黄鹤楼,时间是阳春三月、百花盛开的时候,去向是文化名城扬州。当时李白处在风华正茂、壮志未酬的时候,孟浩然也是有志之士。所以,诗中所写的分别情景,虽然有依恋和惆怅之情,但还是轻快的,寄寓了对别后的乐观憧憬。王翰的《凉州词》,捕捉的是即将远征沙场的武士的离别情景,地点可能是在一个路边酒馆,是在催着出发的"一瞬",去向是生死难卜的沙场。作为武士,自然有武士的气派,但这情况和去向又是凄凉的。所以,诗中所表现的,是既豪爽而又悲凉之情调。王维的《渭城曲》,写的是西出阳关的故人在朝雨中的客舍饮酒话别,故人去的是一个生疏的地方。旧友情谊的难舍,对故人去处生疏的担心,是这个分别情景的个别。这三首诗虽然同样写的是离别,却由于抓住了各自的分别对象,在各自的地点、环境、去向和心境中所显示的"一瞬"各不相同;又正是由于都能以各自不同的"一瞬",体现了这些分别的人和他们的"一切",体现了人们在送别中的普遍心情,所以成为千古传诵的名诗。而这正是由于这些诗的作者能够观察和表现个别与一般统一的"一瞬"而体现出"一切"的结果。

要做到观察中个别与一般的"一瞬"与"一切"的统一,就必须做到以下三点。

(一)要有自我的观察

高尔基说:"对什么事情都要留心观察。不管碰到什么事情都不必惧怕,到处去寻找自我吧,这样你就常常能给大家找到美好的珍贵的东西。"(《致亚谢·切列珊诺夫》)罗丹说:"所谓大师,就是这样的人,他们用自己的眼睛去看别人见过的东西,在别人司空见惯的东西上能够看出美来,拙劣的艺术家永远戴别人的眼镜。"福楼拜致莫泊桑说:"应当久久地注视你所想要表现的东西,发现过去任何人没有看到过和说起过的形象和式样。人,总是根据前人思索过的记忆和使用眼睛的习惯,因而一切东西都一定还有未能探索到的地方。区区小事也都包含着未知的部分,把它找出来。"这些论述,所强调的都是要有自己的见地、自己的眼光、自己的发现,这就是自我的观察。这种观察,是个别的,是特有的"一瞬",是主观的。但它又是客观的,因为所观察的对象是客观的,它只不过是对客观事物的一种独特的观察角度和认识,因而它就有客观性、一般性,它是个别的"一瞬"所见的一般,是一般的"一切"中所抓住的个别。所以,这是个别与一般的统一。

(二)要有追求地观察

这种追求,是指事业心,是对生活求知的欲望,是文艺创作的追求。别林斯基说:"精密地分析有创造力的天才作家的作品,你常常在它们里面发现强烈的倾向性的特点,有时候甚至发现对某一件事物的热情。因此,这样一位天才就变成为向你解释已经占据他心灵的事物的人。他使这件事物,可以被你理解,清清楚楚地唤起你对它的同情心,对它的求知欲。"显然,作品的求知欲,是作家求知欲的体现,是作家对生活和艺术的追求的结果。达尔文说:"在事实之观察与搜集方面,我的勤奋差不多已尽了最大的努力,尤其重要的是我对自然科学的爱情极其坚贞而又热烈。"正因为如此，他才有他所认为的本领："我既没有突出的理解力，也没有过人的机智。只是在觉察那些稍纵即逝的事物并对其进行精细观察的能力上，我可能在众人之上。"这是这位生物学家有自己追求而养成的职业习惯与杰出的才能。对于文艺创作者来说，要使自己有所成就，要在观察事物上有独到之处，就要如此。

阿·托尔斯泰说："不能漠不关心地观察（登记事实），而是应该在生活里寻找你的概括的原型。"契诃夫说："作家务必要把自己锻炼成一个目光敏锐、永不罢休的观察家。要把自己锻炼到观察简直成为习惯……仿佛变成第二天性了！"福楼拜说的"天才，无非是长久的忍耐"，所指的也是要有追求而锲而不舍地观察，养成职业性的敏感。这种敏感所得的"一瞬"，就是个别的，是别人所没有和不能取得的，但又是体现客观事物的一般的，因而是个别与一般统一的。

（三）要艺术地观察

文艺创作中对生活的观察，与一般观察不同，它是形象的、具体的、典型的、新颖的、细微的、深刻的、思索的观察。所谓形象思维，首先在于对生活的艺术的观察。搞文艺创作必须时刻不忘这种艺术的观察，但也不是一概排斥非形象的、逻辑的、抽象的观察，要使两者辩证地统一。这也是个别与一般的统一。王国维说："政治家之眼，诚于一人一事；诗人之眼，则通古今而观之；词人观物，须用诗人之眼，不可用政治家之眼。"他指出政治家与艺术家观察生活不同，用不同的眼睛，这些看法是对的。

恩格斯曾说，他从巴尔扎克的《人间喜剧》所学的东西"比从当时所有的职业的历史学家、经济学家和统计学家那里学到的全部东西还要多"。众所周知，巴尔扎克既不是经济学家，也不是统计学家，而是文学家。恩格斯之所以能从这部小说学到经济学、统计学知识，是因为他要研究这些科学，如果是作家去看巴尔扎克的作品，所学的则是文艺创作，而不是经济学、统计学了。

达尔文善于观察事物"稍纵即逝"的"一瞬"，是从生物学的角度出发的，他所要抓住的是生物在某一点上的变化现象；而作家所要抓住的"稍纵即逝"的"一瞬"，则是某种事物的形象特征。对同一生活、同一事物，不同职业的人有不同的观察和取舍的角度，不同的作家也有各自不同的观察和取舍的要求，不同艺术形式的作家也有各自不同的取舍，因而形成种种不同的个别，有着种种不同的"一瞬"，而这些不同的"一瞬"，也都是体现一般的，是从不同个别中去认识一般，所以它们是统一的。

对生活的艺术观察，就是从客观实际出发。主观与客观对个别与一般对立统一的观察，都是为了创作出既符合客观规律又体现主观思想的作品。所以，艺术地观察就是"观古今于须臾，抚四海于一瞬"，是"一瞬"与"一切"的对立统一。

第二章　有我与无我
——艺术的体验

一、什么是艺术的体验

在文艺创作实践中，对事物的观察和表现，都有一个能否和是否善于体验的问题。所谓体验，就是设身处地、如临其境地与所观察和表现的对象同感受、共呼吸。用理论的语言来说，就是使主观化为客观，使有我化为无我。

比如，你要真正观察透彻和充分表现一个小偷，除了要善于观察和表现他的特征，还必须善于将自己设想为小偷，从小偷的角度去理解和表现小偷的特有思想与感情。这就是体验。谁都会明白，作者与他所观察和表现的事物，毕竟是两个不同的客体，要使自己变为另一客观对象，或使自己完全处于所观察和描写对象的环境之中，是不可能的。这就是说，要观察和表现小偷，怎能使自己完全变成小偷呢？怎能要求写小偷的作者都去亲自做小偷呢？可见，所谓体验，以主观化为客观，将有我化为无我，是有条件、有限度的。既不能不化，但又不能全化，只能是两者的辩证统一。

刘勰说的"神用象通，情变所孕。物以貌求，心以理应"，就是这个道理。所谓"神用象通，情变所孕"，就是说客观事物外形的变化，都是其内在的精神变化的结果，内在的东西要通过外在的形态表现出来。所谓"物以貌求，心以理应"，一方面是说，对客观事物的观察了解，要从事物的形态上去看，要从外形变化去看其内在的变化，而对其外在和内在的变化，要从事物本身这种变化的"理"中去感受它、认识它、表现它。这就是体验的意思，是有我化无我的意思。另一方面，"心以理应"，也包含着以有我去体察客观事物之意。这就是说，对事物的内在东西及其变化的认识和理解，还必须以自己对事物的观察分析的常"理"去感受、认识和表现。这就是有我与无我的辩证统一。

周立波曾经对青年作者说：在观察生活的时候，"既要记得自己，又要忘记自己。所谓记得自己，是要不忘自己是搞写作的，是观察生活的；所谓忘记自己,就是要与群众打成一片,同命运,共呼吸"。在描写的时候,同样如此。所以,所谓艺术的体验,要有效而成功地进行艺术体验,就必须善于处理主观与客观的关系,即有我与无我的辩证统一。

要处好这两者的关系,就必须弄清什么是艺术体验上的无我,什么是有我,才能进一步弄清两者是如何对立统一的。

二、什么是无我

要做到完全的无我,是不可能的,也是不必要的,因为搞文艺创作本身,就是有我的。因为每一个创作者都是一个有我的存在,不可能将自己的存在取消;如果搞文艺创作这个"我"也没有了,那么体验的目的何在呢?所以,就艺术的体验而言,所谓无我是相对的、有条件的,只是手段,不是目的。

就艺术体验的意义上而言,无我所指的是由我及他、由此及彼、由彼及彼。

(一)由我及他

意思是,从自己去设想所观察和表现的对象,或者是以对象来设想自己,将自己与对象融为一体。也就是通常所说的"设身处地"。鲁迅曾经说过,若果要写强盗,应该将自己设想为强盗。鲁迅在写到阿Q坐牢时,就曾想使自己喝醉酒去马路上打警察,造成自己去坐牢的后果,以便设身处地体验阿Q坐牢的心理。

巴尔扎克说他的写作经验就是"摄取别人的身体与灵魂"。怎么"摄取"呢?就是要进入别人的灵魂里,将自己化作别人。他说这样"就能进入他们的生活,觉得背上披着他们的破烂衣服,穿着他们开了口的鞋走路;他们的愿望,他们的需要,样样进入我的灵魂,不然就是我的灵魂进入他们的灵魂。这跟醒着还在做梦一样。车间的头头欺侮他们,或者让他们跑好几趟拿不到钱的坏做法,我听了跟他们一样有气。抛掉我的习惯,依靠精神官能的陶醉,变为另一个人"。

屠格涅夫写《父与子》,用了两年时间替主人公记日记,他说:"在写《父与子》的时候,我同时记着巴扎洛夫的日记,倘使我遇见一个有趣的人,或者发生了一件重大的政治或社会事件,我就依据巴扎洛夫的观点把这些事情全记在那本日记里。结果写成了厚厚的一本,而且是非常奇怪的东西。"他还说:"巴扎洛夫这个人折磨我到了极点,就是当我坐下来就餐时,他也往往在我面前出现。我在和人谈话时也想：要是我的巴扎洛夫在，我会讲些什么呢？因此，我有一个大笔记簿，记录着我所想象的巴扎洛夫的谈话。"

许多成功的杰出的演员，在出台前，都要有一定的时间酝酿感情，使自己进入角色。这些都是由我及他、我他融合的道理。

(二) 由此及彼

意思是，从生活的某一事物进入另一事物，或者说，从这一事物的某一情景去体验另一事物的情景。世上的事物，没有一件是完全相同的；文艺创作所写的东西，又往往是过去了的事情（即使是写现在的事，当你提笔写的时候，也是过去了的事）；而且每个作品（尤其是大型作品）都会写到众多的事物和生活面，要每件事都体验过是不可能的。这样，就必须善于从其他事物的某一种形态或特征去体验自己所要写的事物，这就是由此及彼，或由彼及此。即从不同的事物中去体验相同的东西，或者说，是以与观察和表现对象同类的事物去体验观察和表现对象。

例如，郭沫若写《屈原》，他根本不可能去体验屈原当时的生活；他写《蔡文姬》也不可能去体验蔡文姬。这些都是历史的故人了，他只能从有关屈原、蔡文姬的历史材料中去研究，去设想；同时从其他古人的生活、古代的社会生活和历史的遗迹中去体验、去设想屈原、蔡文姬的历史与性格。姚雪垠写《李自成》，也是从历史材料中去设想、体验的。

《鲁滨孙漂流记》的作者笛福，没有到过鲁滨孙生活的荒岛。他只是偶尔在报上看到一条消息，说有一个苏格兰男子，名叫亚历山大·塞尔冠克，同船长吵架，船长说，你再吵我就将你一个人放在现在经过的这个荒岛上，男子说：我宁可去荒岛，也不愿与你同船。于是他便拿了被褥、斧头、刀子、茶壶到荒岛上，自己盖起了一个屋子，生活了四年，才回到伦敦。笛福是由这条新闻而想到这部小说的。他曾经到过西班牙、意大利经商，又外出打过仗，做过多年报刊编辑工作。显然，他是以自己曾经所见所闻的与鲁滨孙同类的人和事去体验鲁滨孙这个人物及其在荒岛上的生活情景的。

法捷耶夫写《青年近卫军》，他也根本没参加过这一英勇斗争。他只是在这场斗争结束后，到现场采访，访问一些当时在这个地区参加过斗争的人，又用自己在其他地方所见所闻的地下斗争的事迹，去印证青年近卫军的斗争生活的。

在以上这些作品里，作者把人物、生活写得活灵活现，就是善于从间接的材料中去进行由此及彼的体验的结果。

（三）由彼及彼

如果说由此及彼是从不同的事物中去体验所要观察和表现的事物，那么，由彼及彼，就是以相同的事物去体验其他相同的事物。这就是触类旁通。例如不少作品都是写动物的，或者以动物的形象来写人。写这样的形象，既要表现出某种动物的特性，又要体现出某种典型的人物。但创作者毕竟是人，怎么去体验动物呢？这就必须有由彼及彼的体验。

例如，龙的形象自古至今在各种作品中，像北京颐和园的九龙壁、佛山祖庙的九龙壁，都栩栩如生。但是，世界上根本没有龙，据考古学家考证，古代有恐龙，但它与文艺作品中的龙是根本不同的，而且谁也没有见过。为什么画家们能将没有的、没见过的东西画得如此逼真生动呢？据说，龙的形象由蛇而来。细看所有龙的形象，不过是添翼加足的蛇而已。显然画家们是从蛇的形象去体验龙的形象的。

广州越秀山的五羊塑像，是根据古代一个传说而塑造的。相传古代有五个仙人牵着五只羊（另一说是化成五只羊）来到广州这个地方，撒下稻谷的种子，此后这个地方就连年稻谷丰收了。广州又名羊城、穗城，就是由这个传说而来。事实上，谁也没有见过这五个仙人带的五只羊是什么样子，现在的塑像是一只母羊带着四只小羊；而这五个仙人，究竟是各带一只羊，还是共带一群羊？谁也不知道。作者要表现这样的羊，体现这些羊的情态，没见过怎能体验呢？只有用现在的羊去体验过去的羊了。

《西游记》中的孙悟空、猪八戒，既是猴子、猪，又不是猴子、猪。唐三藏取经是历史上确有的事实，而这两个徒弟是想象出来的。这两个虚构的形象之所以使人信以为真，首先是因为活现了猴子和猪的特色，而作者之所以能活现，原因就在于能够以所见的猴子和猪去体验所写的猴子和猪。世上根本没有鬼，但《聊斋志异》却将鬼写得神奇而又可信，作者从哪里去体验鬼的生活？他还不是从人世间的怪事中去想象的吗？这些想象是依据真实的，这真实是客观的，是以同类的事实为基础的。

三、什么是有我

艺术体验的有我，应该包括两层意思：一是有明确的目的；二是有自己的见地。所谓目的，是创作上的具体形象特征要求，或者是某一创作目标或任务的要求；所谓见地，就是对体验的对象有自己的分析和判断。具有这个方面的有我，才能避免体验的盲目性，不是为体验，而是有目的、有收获的。

（一）心中有数

所谓数，指创作的要求，即不忘创作所要从生活中收集的是形象的、特征的、心灵的、具体的东西，体验则是为了更好地认识和掌握这些东西。爱伦堡说："有时候一个作家写一部小说，是应该看一看城市或者工厂，但是对于促成他着手写一部书，这不过是一种补充而已。"鲁迅说，作家所写的人物，"恐怕在他心目中，是存在着这人物的模样的"。这些话说明，观察和体验对于作家来说，都应该是心中有数的，是在一定的生活和创作酝酿的基础上，有目的、有意识的一种活动，同一般人对事物的体验不同，同其他职业的人的体验也不同。

例如，售货员要善于体验顾客的心理，外科医生要善于体验病人手术前的心情，中医的"望闻问切"有脉理也有心理的体验，心理学家和儿童教育工作者也有心理的体验。如果说，这些行业的人只是着重研究体验某种人或人的某个方面、某个特定时候的心理状态，那么对于文艺创作者来说，则需要体验人的全部心理状态，而且这种心理状态的体验，不仅是逻辑性和理念性的，更重要的还必须是形象性、具体性和特征性的；在某个时期来说，又是有目的性的，即为了完成某种题材的创作，某个作品的创作，或者是为了加深对某种人物的了解，以丰富所要塑造的人物形象或其他形象。

（二）有自己之所取

所谓有自己之所取，意思就是：既要到体验对象当中去，又要站在对象之外。这是既体验，又观察。

著名川剧演员周慕莲曾经谈到这样一件事：有一天他在街上碰到一大群人围着一对夫妻吵架。他也走上前去，看到观看的人，有劝架的，有嘲笑的，有为一方着急的，人人的情绪都卷进了这场旋涡之中，可谓全都体验这一生活。但他并不单纯将自己的兴趣放在这种热闹中，而是在体验双方吵架情绪的同时，观察那位妇女的动作。她哭的时候，肩膀耸得很厉害，颈项伸直，头微微朝下，腮腭之间有颤动，表示出忍气吞声的情状。他由此发现这既有"外在"，又有"内在"的动作。他想到："舞台上人物哭泣的时候，也常有耸肩这个动作，但我过去表演，只注意耸肩，没注意和头部动作联系起来，内在情感和外部动作也结合得不紧。"后来他演传统戏《打神》，就以这个启示丰富了穆桂英形象的表演。周慕莲之所以能发现这妇女既有"内在"又有"外在",就是因为他既能入其内在,又能站其外而看其外在,既进入这种生活情景之中,又站在这一生活情景之外。这就是在无我中有我。

柳青在皇甫乡生活的时候,常到供销社排队买东西,能够听到群众在排队闲谈时提的许多平时听不到的意见,说出了许多精辟的语言和新奇的动人的事情。他听得入迷了,轮到自己买时,售货员问他买什么东西,他竟忘记了。这是忘我,但也有我。他忘记的是买什么东西这件事,而他之所以着迷,是因为他取得了创作的材料,了解了群众的生活和思想感情,他虽然没有卷进群众议论的话题中,却从群众议论中想到创作需要的东西,这不就是有我吗?

(三) 有自己的分析

体验生活的过程,也就是分析生活的过程。周立波有一次到一位青年作家家里,见到一位双脚蹲在板凳上抽烟的客人,便问这位客人驾过多少年的船。青年作者很奇怪,问过自己的父亲才知道,客人确是驾过三十年船的船工。他问周立波怎么一眼看出这人是船工。周立波说:"看他吃饭时,干干净净的红漆板凳他不坐,他要双脚蹲在板凳上。抽烟(水烟筒)时抽过的烟灰他不像别人一样丢在地下,要丢在外面的水沟里。这是他在船上多年养成的习惯。"

又有一次,周立波在一位作者家里吃饭,一位邻居有事来找这个作者的父亲,搬张凳子请他坐,他却不坐,独自靠在门框上,两眼巴巴地望着别人吃饭。一直等到吃完,这位客人才把作者的父亲喊去。周立波便问这位作者,这位邻居讨过多少年的米。周立波是怎么看出来的呢?他说:"讨米的人不敢坐别人的凳子,靠门口靠惯了。他望着人家吃饭,等人家吃完了,希望能给他一点残汤剩饭吃,年年月月,便养成这个靠门框的习惯了。"

这两件事情说明,作家对于生活既要有感性的体验,又要有理性的分析。周立波正是由于过去长期对船工、讨米人进行过体验分析,才能一眼看出这两个人的身份;而他对这两个人的观察体验分析,又丰富了他原有的认识。所以,作家必须在生活中对事物进行研究分析,研究分析贯穿认识生活到创作过程的始终。

（四）有自己的感受

列夫·托尔斯泰说:"作家在生活中所体验过的感情,越是新鲜、强烈、丰富,他就越能使自己的作品具有精彩的个性特点和特殊的艺术感染力。"这应当是艺术体验最重要的目的。

宋徽宗被金兵俘虏之后,写下一首《燕山亭》词:

> 裁剪冰绡,轻叠数重,淡著燕脂匀注。新样靓妆,艳溢香融,羞杀蕊珠宫女。易得凋零,更多少、无情风雨。愁苦。闲院落凄凉,几番春暮?
>
> 凭寄离恨重重,这双燕,何曾会人言语。天遥地远,万水千山,知他故宫何处?怎不思量,除梦里,有时曾去。无据,和梦也新来不做。

作者是个被俘皇帝,在囚徒生活中,自然经常想到过去的宫廷生活,因而往往将眼前一切景物与过去的生活联系起来,并借此抒发对过去生活的思念和对眼前生活的哀诉。冬天梅花之景,古今诗人不知写了多少,但成功的作品却表现出各种不同的情感,就是因为作者有各自不同的体验。宋徽宗对梅花的体验之所以是新颖的、强烈的、丰富的,原因就在于他在咏梅时融入了个人的独特感受。"裁剪冰绡,轻叠数重,淡著燕脂匀注",是写梅花的具体形态,将花瓣比作裁剪叠成的冰瓣,将其颜色比若淡淡抹上的燕脂。他这样描绘梅花,一方面是因为梅花开在冰雪之中,而自己又过的是冰雪般的生活;另一方面,他所熟悉和思念的又是充满脂粉气的后宫生活,所以他笔下的梅花形象是"新样靓妆,艳溢香融"。其实梅花虽靓虽香,也不至于"艳溢香融"。他以"羞杀蕊珠宫女"来形容梅花的"新样靓妆",是因为他所熟悉和思念的是"蕊珠宫女",认为世上只有宫女最美,梅花竟然胜过,那就更美了。可见作者的独特感受,总是与他的生活经历和具体的情景相联系,是以自己去体验客观事物的,从而才有自己的感受。"易得凋零,更多少、无情风雨",是与梅花凋落难以复归于树上盛开联系起来,都是自己对梅花形象的体验,而后,又以这种体验再现自己的感受。对于客观的梅花形象来说,他是按梅花的客观形态及品格去体验的;但对客观事物的体验,他又是以自己的主观经历和感受去体验的。所以,他是有自己的感受的。如果作者只是按客观梅花的生活存在去体验梅花,不能按自己的感情去体验,那么,虽然也能将梅花的内在精神体验出来,但这种体验就只是一般的，所写的形象也就与别人大致相同。对于人的形象也是如此。所以，艺术的体验，又是有我的体验，在无我中有我，才能有自己独特的新颖的感受。

四、有我与无我如何对立统一

上述说明：艺术的体验，既要有我，又要无我；有我与无我两个方面既对立，又统一。也就是说，对任何具体事物的体验，既要有我，又要无我（对立的同时存在），又要以我化物或以物化我（两个方面的统一）。例如，我们要体验一个妓女的生活与思想感情，一方面要有目的、有分析地去体验她，这是有我；另一方面要设身处地去体验她，这是无我。这两个方面都是同时需要的，这就是对立的同时存在。

那么，如何将两个方面统一起来呢？就必须通过体验，使自己对这妓女的认识（主观的）和妓女本身存在的生活与思想感情（客观的）达到一致，并且在描写或表现这位妓女的时候，将自己化成妓女或使妓女化成自己。显然，前者（对立的同时存在）是第一阶段，后者（主客观的统一）是第二阶段，是前者的结果。

大仲马说："我不是制造小说，是小说在我身内制造着它们自己。"罗曼·罗兰在写完《贝多芬传》之后说："我终于从我的生活和信仰中重新建立了他的性格和灵魂。现在我有我的贝多芬了。"郭沫若写完《蔡文姬》之后说："我就是蔡文姬，蔡文姬就是我。"谁都知道，贝多芬与罗曼·罗兰、蔡文姬与郭沫若是不同的两个人，在作品中所显示出来的形象，贝多芬不同于罗曼·罗兰，蔡文姬也不同于郭沫若。为什么他们都将自己等同于所写的人物呢？这就是在艺术体验中有我与无我高度统一的结果。只有达到这种统一，才能创造出优秀的作品来。

具体来说，要使有我与无我对立统一，必须注意以下三个方面。

（一）通过实践解决主观与客观的距离

从体验的意义上说，从主观进到客观的内在是有两层距离的，一是主观固有的障碍，二是客观对主观来说的认识障碍。前者是主观认识上的局限性，即与客观事物是不同实体的距离。这些距离是由不同性质所造成的。

例如，你与妓女，是两种不同性质的人。你没做过妓女，当然在表现方面有局限性。就妓女这个客观事物来说，你要去体验她，也是有其客观上的障碍的，那就是她本身也有着种种不同的表现形式，种种不同的生存条件。小仲马《茶花女》中的交际花茶花女不同于曹禺《日出》中的交际花陈白露，翠喜不同于小东西。这些不同的表现形式和条件就是客观事物本身的障碍，只有通过实践才能将体验的这两道"墙"拆除。小仲马进入交际社会，曹禺进入妓院，就是这种实践。所以，他们能够有效地体验到这种人物，从而成功地塑造了这种人物。当然这种亲临其境的体验，是进入观察和表现对象的环境之中去体验对象，而不是变成体验的对象（这是不可能的）；是通过对象的实践活动去体验对象，而不一定是自己去做与对象相同的实践。所以，只有通过实践才能解决有我与无我的距离，同时在实践中又必须使有我与无我对立统一。

（二）通过分析解决自己与对象感情上的距离

每个人对每件事物都有爱憎的感情，因而对所观察和表现的对象，无不为自己主观上的感情所左右。如果所表现的对象与自己同属一类，或者是自己所喜欢的事物，感情上的因素就有利于自己对所表现的对象的体验；如果所表现的对象是自己所憎恨、厌恶的人和事，那就会受到这种感情的影响，不能很充分地、客观地体验对象。这一问题之所以普遍存在，主要原因就在于作者受这种感情因素的局限，未能在体验这个环节上处理好有我与无我的关系、自己与对象在感情上的对立统一关系。

苏联《金蔷薇》的作者康·巴乌斯托夫斯基说："作家应仔细地研究每一个人，但绝不是要爱每一个人。"研究分析与爱憎态度是不同的两回事。前者是客观的，后者是主观的。在体验的过程中，两者是对立的，又是统一的。之所以对立，是因为爱憎态度往往影响对事物的客观分析；之所以统一，是因为在研究分析中会加深爱憎的程度，而爱憎的程度加深又会促进对事物的研究分析。这就要求作家在体验中必须与分析结合起来，在分析中体验，在体验中分析。

艺术的体验，不仅是形象的、感情的、内在的体验，还应当是在分析指导下的体验，这样的体验才是深刻的。同时，艺术的分析，又是在体验中进行的分析，以体验来加深分析，这样的分析才是深刻的。要解决自己与对象在感情上的距离，只有通过分析，才能在体验中将爱憎态度与客观体验这对矛盾统一起来。对于自己所爱的对象的体验，既要以感情的共通而去加深体验，又不应将自己等同于客观对象的一切。对于自己所憎厌的对象也是同样的道理。

例如，吴敬梓在《儒林外史》第五回写严监生垂危之际，伸着两根手指，总不得断气。最后，赵氏慌忙揩揩眼泪，走近上前道："爷，别人都说的不相干，只有我晓得你的意思！……你是为那灯盏里点的两茎灯草，不放心，恐费了油。我如今挑掉一茎。"众人看严监生时，只见他点一点头，把手垂下，顿时就没了气。很明显，作者对这位吝啬鬼是厌恶的，但对其内心的体验则是入木三分。严监生的两个侄子不能理解严监生临死前伸出两根手指的意思，是因为不能从严监生去体验他的心情；赵氏之所以能够这样做，是因为她平时对这个人分析了解，并且能够在具体的情景中，以冷静的客观分析去对其进行体验。吴敬梓如果只是以憎厌的眼光去看这个人物，不是以客观的分析去体验这个人物，也就不能如此深刻地写出这个人物。他之所以能够体验到严监生的内心，原因就在于他对这个人物有着一贯的体验，在分析中体验，在体验中分析，使爱憎态度与客观体验对立统一。

（三）通过想象解决时间与空间的距离

对于成为历史的事物的体验，一种是到事物的现场中去，这是直接的体验；另一种是间接的体验，即通过与描写对象类似生活的体验去达到目的。无论是直接的或间接的体验，都有着时间与空间的距离。这就需要靠主观的能动性来解决这个问题，这就是想象。

高尔基说："想象是创造形象的文学技巧的最重要手法之一。"别林斯基说："在艺术里边，思想是通过形象说出来的，起主要作用的是想象。"可见想象在文艺创作中的重要意义。艺术体验的整个过程，都是不能离开想象的。想象，不可避免地有主观性，但艺术的体验又必须具有客观性，即从体验对象本身实际出发，从其历史和发展的必然规律去以想象来对其进行体验。狄德罗说："艺术家所创造的形象"，"是按照他们的想象来解决自己与对象在时间与空间上的距离，又必须在想象中使主观性与客观性统一，既不是纯客观的想象，又不应是全主观的想象"。

汤显祖的《牡丹亭》写杜丽娘与柳梦梅在梦中谈恋爱，后来杜丽娘死了，柳梦梅后来在园中拾得杜生前的自画像，为之着迷。杜的鬼魂前来与柳梦梅相见，说挖坟可以使她得到重生。柳果真挖坟，于是杜丽娘重生，两人团圆。这个故事本来就是虚构的，天下哪有这样的事？但是，汤显祖却写得活灵活现，情切事实。他是根据生活中的事情想象出来的，又是通过进入人物的具体情境和心情的想象去体验人物的。据说，汤显祖在写这戏的时候，有一天，突然不见了。后来家人听到柴房里有哭声，走上前去一看，原来是汤显祖在哭。问他为什么哭，他说写《忆女》这一场时，伤心得很，不知不觉走到柴房里，边哭边唱着戏中的词："赏春还是你旧罗裙。"很明显，对于杜丽娘、柳梦梅的生活，汤显祖是无法直接体验的，他只能间接体验。这种间接的体验，就是想象，按生活中有的人和可能有的人物去想象所写的人物，将自己化为所写的人物去体验人物。只有这样才能解决在体验中的时间与空间的距离，又使这种体验达到有我与无我的统一。所以，艺术的体验即是"神用象通""心以理应"（刘勰《文心雕龙》）。

第三章　有关与无关
——艺术的积累

一、积累就是力量

大仲马说莎士比亚"仅次于上帝",是"创造最多的"人。歌德说:"莎士比亚就是无限。"恩格斯说:"单单拿《快活的温莎的娘儿们》的第一幕来说,那里面就有比整个德国文学还多的生活和现实,只要郎思一个人,带着他的狗克拉勃,就比所有德国的喜剧演员加在一起的价值还高得多。"有人统计过,莎士比亚创作的戏剧作品有三十七种,经他加工或参与创作的还不算在内。他使用的词汇多达一万五千个,另一种说法是有二万四千个。可见大仲马、歌德与恩格斯的评价并不过分。

纵观数千年文学发展的浩浩长河,有巨大的丰富性的作家何止莎士比亚一个!几乎所有伟大的作家和不朽的作品,都是具有无限的丰富性的。例如屈原及其《天问》,在几千年前能够从现实到历史、从地上之万物到宇宙之万象提出一百多个至今还未能完全得到解答的问题,这不是无限的丰富性吗?曹雪芹的《红楼梦》,不仅塑造了数百个栩栩如生的形象,写透了当时封建社会阶层的各个方面的生活,还写下了不可胜数的生活和医学知识,使用的词汇至今尚未有人准确统计出数字来。恩格斯说他从巴尔扎克的《人间喜剧》学到的东西,"比从当时所有的职业的历史学家、经济学家和统计学家那里学到的全部东西还要多"。为什么这些作家的作品具有如此巨大的丰富性呢?就是由于他们具有丰富的知识,这些知识又是他们长期辛勤地、扎实地积累而来的。其实,不仅伟大的作家创作不朽的作品必须具有长期丰富的积累,就是任何人写一篇小小的东西,也必须具有丰富的积累。这就好像建一栋房子那样,没有砖瓦材料的积累,只能是空中楼阁,空说而已。著名学者培根说:"知识就是力量。"知识靠积累而来,也可以说积累就是力量。

那么,怎样进行艺术的积累才有更好的效果呢?

这还没有统一的答案。许多作家都说过自己怎样积累经验,几乎每个作家的做法都不相同，这是每个人的情况各有不同的缘故。所以，要谋求一条百病可治、人人可用的药方是不可能的，也是可笑的。但这不等于说个中没有共同的规律，探索这个规律不是为了按照条条框框去做，而是为了更有意识地、更有成效地根据不同的情况去做。

这个规律是什么呢？就是以有关与无关而体现的主观与客观的个别与一般的对立统一。

二、直接与间接的关系

从文艺创作的意义上说，艺术积累的对象，主要是那些文艺创作所需要的材料，如创作的知识、经验、技巧，形象的特征、细节、语言、动作，等等，这些都是直接的；而不属文艺范围的其他东西，则可以说是间接的。一些搞文艺的人，往往只注意直接的积累，不注意间接的积累，也就是说，只注意与自己专业有直接关系的材料积累，对其他材料则不感兴趣，视而不见，充耳不闻。这种单一的想法和做法，不仅使自己难以真正创作出优秀的创作，甚至连自己企求的创作积累也无法得到。

文艺是反映生活的，搞创作的人自然必须懂得文艺反映生活的特点和规律，但同时又必须懂得生活本身的特点和规律。生活是丰富多彩的，无边无际的，不可能全懂，又不能不懂，起码要对自己所反映的生活比较熟悉比较懂。而要真正懂得和熟悉自己所要反映的生活，不能仅仅了解一个点，还必须了解面；不能仅仅了解一个方面，还必须了解其他方面；不能仅仅了解今天，还要了解其历史变迁的将来和发展；不能仅仅了解其生活状况，还必须了解其政治、经济、道德、风俗、传统、习惯等方面的状况。可见，创作的积累，不仅仅是直接与文艺有关的材料积累，还有着生活的积累。而生活的积累是多种多样的。所以，创作的积累，不应该只是看到与文艺有直接关系的才去熟悉收集，不应该只是对自己所要反映的生活面才去熟悉了解，而应该熟悉了解那些似乎与文艺创作和反映的生活面无关的或间接的东西。应该认识到，对于文艺创作来说，所谓有关和无关的材料，直接或间接的材料，往往是相对而言的，同样一个材料，在有的情况下是有关或直接的，在另一种情况下则是无关或间接的。

例如，医学知识本来与文艺创作没有直接的关系，但在有的情况下显得十分重要。鲁迅说他写《狂人日记》，"大约所仰仗的全在先前看过的百来篇外国作品和一点医学上的知识"（《我怎么做起小说来》）。正是有了这些知识，他才能将狂人的形象写得惟妙惟肖。在小说开篇的引语中说，他写的是"迫害狂",将其"语颇错杂无伦次,又多荒唐之言","撮录一篇,以供医家研究",这自然是托词。但是,既然是"托",那所"托"之物或事也必须是确有其事并要状其形神的,否则也就无所谓"托"了。所以,鲁迅写这个狂人,也必须写其确似狂人。这个形象的寓意,一方面是要以其真的患"迫害狂"而反映出封建礼教对叛逆者的残酷迫害,另一方面则是以似真却假的"狂"来抨击以假作真的,真伪颠倒、是非颠倒的"社会狂"。这就要求这个人物的"狂症",既有真狂,又有假狂,既似又不似,真真假假,二者辩证统一。小说第五节有一段:

> 这几天是退一步想:假使那老头子不是刽子手扮的,真是医生,也仍然是吃人的人。他们的祖爷李时珍做的《本草》什么上,明明写着人肉可以煎吃,他还能说自己不吃人么?

狂人说医生也吃人,甚而提出李时珍,这显然是顺之成理的思维逻辑,说明他的思维活动有正常的一面;但是,他又说《本草纲目》写了人肉可以煎吃,从而推出医生也吃人的道理,这就是反常的思维活动了。可见,这个形象的塑造,鲁迅是得益于他学过医,并且与其亲身经历庸医之患(他父亲死于庸医之手)有密切关系。不仅《狂人日记》如此,在鲁迅其他小说(如《药》)中也可以找到这样的例证。

研究中国文学的美国专家李欧梵教授,在中国作家协会所做的《关于文学创作问题》的报告中说:《红楼梦》是一部非常伟大的小说。它把中国的文化,不只是高阶层、上层社会的文化,全部放进去了。它里面有佛家、道家、儒家,有诗词歌赋、画、盆景、中国式花园,有《易经》里的东西。确实如此,就拿医学知识方面来说,《红楼梦》中很多关于人物病态的描写,都是有医学依据的,因而非常准确、非常生动。例如第九十八回写林黛玉死时的情景,先是写其回光返照的情形:"黛玉闭着眼,静了一会子,觉得心里似明似暗的。此时李纨见黛玉略缓,明知是回光返照的光景,预料着还有一半天耐头,自己回到稻香村,料理了一回事情。"后写断气时的情形:探春、紫鹃、李纨给黛玉擦洗,"刚擦着,猛听黛玉直声叫道:'宝玉!宝玉!你好……'说到'好'字,便浑身冷汗,不作声了"。这样的描写,如果不懂得人死前的种种生理现象的常识,是不可能做到的。在同一回中,写贾宝玉结婚后病情加重的情形:"宝玉越加沉重,次日连起坐都不能了;薛姨妈忙了手脚,各处遍请名医,皆不识病源。只有城外破寺中住着个穷医姓名别号知庵的，诊得病源，是悲喜激射，冷暖失调，饱食失时，忧忿滞中，正气壅闭；此内伤外感之症。"这些病情诊断，非具有中医知识不可。而这又不是故弄玄虚，卖弄知识，而是有力地刻画了人物，从医药的角度写出了贾宝玉的极度悲伤，加强了形象的实感。我们有的创作之所以显得不真实，虚假，欠实感，像写英雄人物的死，老也闭不了眼睛，断不了气，除了思想方法和文艺思想上的原因，还在于欠缺丰富的生活知识。在材料的积累中只注意直接艺术积累是远远不够的。

获得诺贝尔奖的美籍华人物理学家李政道，经常回中国做学术报告。他在中国高等科学技术中心开会时，经常用中国著名画家的画，来讲述中国画内含的物理学奥妙。例如：吴作人以高速运动的阴阳极圈来表现物质和能量的各种对抗形式；李可染的《超弦生万象》由简单的点线运动，对众多粒子可以通过单一的超弦的摆动而产生这一物理学论断给予诗意的说明；黄胄的《天马行空》表现了宇宙永恒的运动状态；等等。李政道认为，这些画从另一侧面印证了科学与艺术的互相启迪关系。他说，屈原的《天问》是最早通过逻辑推理来论证天圆地圆学说的文章；杜甫的诗句"细推物理须行乐，何必浮名绊此生"，是"物理"一词的最早出处。李政道还善写诗词，他在1984年5月写了《思江南——题甘肃天水古玉泉观》："古今沧桑变，玉石故乡还。泉水东南流，观陇思江南。"作为物理学家的李政道如此精通文艺，以文艺看物理，以物理看文艺，正是他善于在知识积累中把握直接与间接辩证关系的体现。

鲁迅曾经告诫文学青年："专看文学书，也不好的。先前的文学青年，往往厌恶数学，理化，史地，生物学，以为这些都无足轻重，后来变成连常识也没有，研究文学固然不明白，自己做起文章来也胡涂，所以我希望你们不要放开科学，一味钻在文学里。"（《给颜黎民的信》）鲁迅、郭沫若、契诃夫，都是学过医或做过医生的，他们的知识和经历，对他们从事文学有直接影响。唐朝书法家张旭曾从公孙大娘的舞剑中学到书法技巧。罗丹是一个雕塑家，又是一个建筑设计师，曾得过建筑设计奖。可见，搞文艺创作不是单一的，应有丰富的多种知识积累。

对于生活的积累和艺术的积累，自然首要的是靠自己的实践，从自己的实践中得到直接的材料。陆游说过："纸上得来终觉浅，绝知此事要躬行。"这当然是应该的。但是，不可能什么事情自己都能够去做或做过。例如死，一个人只有一次，不能自己死过之后才能写死的情景。曹禺在《日出》中写妓女生活，难道他当过妓女吗？显然这是不可能的。但是，有一点应该肯定：曹雪芹必然看到过人死的情景，曹禺也为了写妓女而专门去过妓院。这也是一种亲身的实践，是直接掌握的材料。但是，即使他们都曾目睹（这也是实践的方式之一），也是不够的。他们还必须看到别人所记述的有关材料，才能更清楚地了解和写出死的情景和妓院的生活。为什么曹禺在未去妓院之前能想到写妓院，这不是因为他曾经听人说过才知道的吗？这不就是间接得来的材料吗？而他之所以对妓院生活的了解与别人不同，不是因为他事先通过别人的实践对这种生活有了一定的了解吗？所以间接知识的作用是不应当忽视的。

杜甫说："读书破万卷，下笔如有神。"表达的就是善于运用别人的实践。古人说："读万卷书，走万里路。"意思是既要有间接知识，又要有直接经验，以间接促进直接，以直接加深间接，使两者辩证统一。

一般来说，每个人在一定时期总有一个具体的追求，或者是要完成一部作品，或者是要探讨一个问题。这时，自己的材料积累往往是随着这一具体目标而进行的，直接有关的则吸取，不直接的则不大注意，也不收集。这种做法是自然的，但是如果只是如此，也会造成偏颇，一方面会失去本来可以获得更多东西的机会，另一方面也会直接影响到某一具体目标的完成。这也是一种直接与间接的对立统一关系。许多作家谈自己的创作都有一种意外收获的情况，即是说，往往在追求或创作某一部作品的时候，会有创作另一个作品的联想，或者改变主意写另一部作品。这种连锁反应式的现象，是由于不仅注意直接的积累，也注意间接的积累才能有的。

例如，列夫·托尔斯泰说他再度产生创作《复活》的念头，是"在思考那篇关于儿童的小说《谁对》的时候"。沙汀说他写《在其香居茶馆里》的起因，是他在一个农场里听闻有个姓陈的技师的儿子被国民党拉去当壮丁，后来又回来了。问他怎么回来的，这位技师笑笑，说他叫儿子在队伍集合数数的时候，故意把数数错。收壮丁的那家伙就说：这傻瓜，哪能打国仗？捶二十军棍赶出去！于是便遣他儿子回来了。所以，沙汀说："生活的日积月累，点点滴滴的东西，非常重要，现炒现卖不是长久之计。重要的是时时刻刻关心生活，研究生活。"（《漫谈小说创作的一些问题》）为了创作目的而忽视其他方面的生活积累，就是"现炒现卖"；在创作某一作品的时候不注意"时时刻刻关心生活、研究生活"，也就不能写好生活。当然，什么时候都是有主有次，不应有主无次，只顾其一不顾其他。有时次会变为主，有时间接的东西会变为直接的东西，有时无关的则是有关的，因为文艺创作活动本身就是各种各样的直接与间接的对立统一。

三、数量与质量的关系

材料的积累，越多越好，越宽越好，但必须量中求质，质中有量，使数量与质量辩证统一。

（一）多中取少，以少胜多

材料要多，博闻广取，天文地理，花鸟虫鱼，无不有其用途。列宁说，恩格斯写的《家庭、私有制和国家的起源》，"每一句话都不是凭空说出，都是根据大量的历史和政治材料写成的"。理论研究是这样，文学创作也是这样。马雅可夫斯基说他写诗是"用尽力气，采取一千吨的字矿，只为了写一个字"。可见，量是前提，是基础。但是，一个人的能力有限，阅历有限，不可能万象均可知悉，这就必须在积累的过程中下典型化的功夫，善于从大量的材料中挑选、提炼出少量的有代表性、特征性的东西。

蒲松龄为了收集写《聊斋志异》的资料，每天坐在路边，见有人路过，便以烟茶招待，向人询问奇特怪异的事情。他这样做，坚持了二十余年。当时的诗人王渔洋看了《聊斋志异》的初稿，即题诗送他："姑妄言之姑听之，空棚瓜架雨如丝。料应厌作人间语，爱听秋坟鬼唱时。"他便和了一首："志异书成共笑之，布袍萧索鬓如丝。十年颇得黄州梦，冷雨寒灯夜话时。"可见蒲松龄对艺术积累的重视和刻苦精神。他在收集材料中，不仅是博闻强记，而且还采取"偶闻一事，粉而饰之"的方法，这就是加工挑选，多中取少，以少含多，量中取质，质统一。

（二）芜精并收，芜中取精

芜，就是杂乱的、表象的、琐碎的东西；精，就是实质性、特征性的东西。没有芜，就无所谓精；精是在芜的基础上比较出来和提炼出来的。收集材料的时候，不可能没有芜，也必须有芜，但必须在这基础上分析和提炼出精的东西。积累的过程，不仅是收集，也包含着选择、分析和提炼。这也是量中求质的一种方法和必需的步骤。现实生活中的各种现象是多种多样的，有时同一事物有多种表现形式，有时不同的事物在某个时候的表现形式相似；有时一种现象在一定时候能表现出事物的本质，有时则不是事物的特征表现。描写时能否确切生动地表现出事物的特征，将多种状态的特征及表现这些特征的词提炼出来，积累下来，是很重要的。

例如，烟这种形象，一般来说是朦胧的、缥缈的、曲折的，如"暧暧远人村，依依墟里烟"（陶渊明），"烟柳画桥，珠帘翠幕"（柳永），"薄雾浓云愁永昼，瑞脑消金兽"（李清照），但也有王维笔下"大漠孤烟直，长河落日圆"（《使至塞上》）的形象。"依依"是远中的清晰，"烟柳"是远中之朦胧，"薄雾浓云"是近中之景象，"孤烟直"则是空旷情景下的清晰。诗人们能够如此准确地写出这些不同的情景，就是在观察和积累中芜中取精的结果。

（三）粗中有细，细中有粗

材料的收集和积累，有粗有细，要粗中有细，细中有粗，粗细结合。任何人的精力都是有限的，若要事事精通，反而会事事不通。人对事物的认识都有一定的过程，要具有深度，要经过多次的、反复的、逐步的认识，才能一步比一步深入地认识事物。每个人都有一定的要求和任务（即总是在某个时候想完成什么，写什么样的作品，或写什么样的人物或题材，等等），又往往根据这些要求和想法去调动自己的积累，并有意识地进行这些要求和想法所需的积累。这就使积累有轻重缓急的情况和相应的方法，即重点细，其他粗；开始粗，逐步细。不是平均地使用力量，不可能什么都做到细。

唐朝诗人高适，有一次路过杭州清风岭，正值初秋。他上山漫游，天色将晚，秋风扑面，露重湿衣，便回僧房住宿。晚上明月中天，他不觉诗兴大发，于是题了一诗在墙上："绝岭秋风已自凉，鹤翔松露湿衣裳。前村月落一江水，僧在翠微闲竹房。"翌日离去，乘船过江时，才发现江水退了很多，只剩半江水了，他才想到钱塘江的水是随潮涨落的，月升时江水随潮而进，月落时江水随潮而退。他想改诗的一字为半字，但船已开行。后来他再路过此地，发现别人已帮他改了。这说明艺术的观察和积累都是有一个从粗到细的过程的。高适之所以写诗后能很快发现有错，就是因为他对钱塘江的涨退规律本有粗的知识积累，但不够细。而对这种规律的知识要知道得很细又是不可能、不必要的。比如说：月落水退，无月时水退不退、涨不涨呢？月升落与水涨退的比例是多少呢？这些是天文水文知识上的问题，懂得当然好，但要什么事都知道到这么细的地步是困难的。

19世纪德国名画家门采尔是一个极其认真勤奋的画家，平时很注意收集材料，每当有演出时他都画速写，从台上到台下，跳来跳去，忙个不停，人们说他是患上了"绘画狂热症"。有一次他接受画《腓特烈二世史实》插图的工作，不仅查阅了大量历史资料，还对腓特烈二世用过的东西，如书桌、钢琴、琴谱、衣服等都做了认真研究。在研究衣服时，因为陈旧，分不出颜色，他便将一件天鹅绒便衣拆开来看，造成了"拆衣事件"，打了一场官司。这种细心收集材料的精神是很好的。当然，要每一件都这样做，恐怕不大可能，只应是不得已时才这样做。细也有一定限度，否则就成琐碎，钻牛角尖了。细要有一定的中心和目的，在一定目的的指导下细。一方面是必要，另一方面也只有这样才能更好地细。门采尔就是在一定目的的指导下细，他是因为分不清颜色才拆衣的。研究书桌等实物也是为了更好地了解腓特烈二世的生活情景，取得实感。所以，要粗中有细，细中有粗。

无论是多与少、芜与精、粗与细，还是在数量中求质量，都是从无关的东西取出有关的东西，将无关的东西变成有关的东西，使其从对立到统一。

四、洞明与练达的关系

《红楼梦》中有一副对联："世事洞明皆学问，人情练达即文章。"对于搞文艺创作的人来说，这是至理名言。因为生活中的一切，都是与文艺创作有关的；对世上的事物知道得越多，能够熟透且运用自如，也就能够写出文章来。其中关键在于"洞明"与"练达"。"洞明"即了解明白，对世事都了解明白，就有学问；但是，明白了客观事物，并不等于就能够用，就能写成文章，还必须达到"练达"的地步，才能写出作品。所谓练达，就是将客观的东西变成主观的东西，将一般的东西变成个别的东西。要做到"练达"，必须在积累中有认识上的飞跃。如果说对客观事物从不知到知，从不明到明，是一个认识上的飞跃，那么，在这基础上将"洞明"变为"练达"，则是更进一步的飞跃了。要做到这样，就必须做到以下三点。

（一）将杂乱的东西变成条理的东西

材料积累得多，是好事，但搞得不好也成坏事，那就是自己被浩瀚的材料弄得束手无策，杂乱无章，茫无头绪；或者在运用的时候，只是抛材料，堆细节，砌语言，成了材料的奴隶。这都是在积累过程中不注意提炼和积累的方法所致。在积累的过程中，要完全做到有条不紊是不可能的，只能乱中有治，治中有乱，乱治统一。所谓治，就是要按自己的研究方向和要求，将材料分类归纳。搞文艺创作的人，则应该按自己的创作要求和计划，按生活的各个方面和塑造形象的各种需要，将积累的材料进行归纳。

高尔基说："文学的第一要素是语言。语言是文学的主要工具，它与各种事实、生活现象结合在一起，构成了文学的材料。民间有一句聪明的谜语确定了语言的意义，谜语说：'不是蜜，但是它可以黏住一切。'因此可以肯定说:'世界上没有一件东西是没有名称的。语言是一切事物和思想的衣裳。'"(《和青年作家的谈话》)文学的第一要素是语言,并不等于说材料的积累只是语言的积累,而是以语言所表现出来的各种生活和人物特征材料的积累。对于小说戏剧创作来说,重要的是细节;写诗的人所注意的,是各种闪光的思想与形象;音乐家注意各种节奏和旋律;美术家注意各种形态和色彩。从事各种不同创作的人有各自不同的关心方面,也就按自己不同的需要去收集积累和归纳材料。客观生活中这些材料是分散的、杂乱的,收集的时候,虽有所取舍,但也仍是处于乱的状态,因此必须按自己的需要去提炼归纳。但是,材料本身的意义,往往又不是单一的,有些本来就有多义,有些是一时尚未认识其多义,随认识深入而发现其多义;有些是本来是这种含义,经挖掘和在不同场合使用则又会有其他意义。因此,在精神的归纳上,也不应该以机械的分门别类而捆绑自己的手脚。因而积累也必须机动灵活,乱中有治,治中有乱,按不同的时候和不同的需要去收集积累和归纳材料。

(二)将看到的东西变成用过的东西

一切材料,都要经过消化的过程,才能真正地变为自己的东西。唐朝诗人李贺有个诗囊,每天外出都带着,他看到什么或想到什么,当即写下放进诗囊内,晚上回来再整理加工成诗。宋朝诗人梅尧臣也有一个随身携带的诗袋,每想到什么就马上记下,放进袋里。

苏联著名作家、《教育诗》的作者马卡连柯在《和初学写作者的谈话》中说:

> 作家的记事簿不应该是日记本,实在说来,它里面并不需要记录生活中的大事和生活的主要动向,要记的只是那些只能在记忆中保留极短暂的一瞬,然后就会消失的印象。我记的什么呢?某某人的隽语,某某人讲的故事,风景的细节,人的外形和细节,人的特征,稍纵即逝的小主意、想法,题材的片段,各种的情节,室内的布置,人的姓,争吵,对话,以及其他形形色色的琐事。记事簿的重要甚至不在于能够帮助记忆。实际上,你在写长篇小说的时候,几乎不去看记事簿。记事簿的重要是在于它好像一个竞技场,在那上面可以使你目力锐利起来,能去注意生活中细微的地方,使你养成善于观察和注意的本领,养成不错过和不忽略细小的,然而富有表现力的,并且总是重要的细节的能力。因此,只有你不断记,不要由于懒惰、忙碌而有一日间断,这样的记事簿

才能使你得到好处。

茅盾的《创作的准备》，艾芜的《文学手册》，都谈到文学笔记对积累材料的重要意义。列夫·托尔斯泰为创作《战争与和平》收集积累材料，无时无刻不在记笔记，连他的妻子的动作也记下来，但都不是照原样子记下的，是经过自己的思考、设想，为写这部小说的人物而记下的。这就是将看、记、用三者结合起来，将对客观的了解与自己的想象和需要结合起来，将积累与使用结合起来，为使用而去积累，在使用中加深积累，使"洞明"与"练达"融为一体。

（三）将死的东西变成活的东西

任何材料未经过自己的使用之前，都是客观的自在物，可以说是死的东西。只有使它变为新的生命，成为自己的东西，才是活的东西。

姚雪垠在谈到《李自成》题材形成的过程时说：

> 远在四十年前，二十三岁那年，我失业在开封，经常到图书馆看书，看的书很杂，多是文学历史方面的书，偶然看到记载李自成三次进攻开封的两本书：一是李光殿的《守汴日志》，一是周在浚的《大梁守城记》，印象很深。但是，倘若我后来不想到写李自成所领导的农民战争，《守汴日志》等对我也不会有多大作用，不料后来它会成为我对明末农民战争史料发生兴趣的引线之一。古人说"夫江始于岷山，其源可以滥觞"。人们治学问，中年以后重要成果往往起于早期"滥觞"之微，这情形并不少见。

这个体会，说明了材料之积累往往不一定是立竿见影的，更需要长期的毅力和勤奋的精神，同时又说明了积累不是消极的，为积累而积累，必须善于积累，又要善用积累，将自己的积累变为活的东西。否则，积累再多也无关于己，不起作用。

艺术的积累，自始至终都贯穿着有关与无关的对立统一。无关能否变为有关，无用能否变为有用，间接能否成为直接，量中能否求质，"洞明"能否进而"练达"，矛盾的转化，全在于自己是否有决心和毅力，在于自己是否有事业的抱负和对知识的贪婪。

杜勃罗留波夫有一首诗，可以说是积累的座右铭：

呵，我是多么希望拥有这样的才能，
在一天之中把这个图书馆的书都读光；
呵，我是多么希望具有巨大的记忆力，
要使一切我所读的东西都不遗忘；
呵，我是多么希望具有这样的财富，
能够替自己买下这所有的书籍；
呵，我是多么希望赋有巨大的智慧，
要把书本所写的都传达给别人！
呵，我多么希望自己也变得这样聪明，
使我能够写出同样的作品……

第四章　有意与无意

——艺术的灵感

一、灵感是什么

郭沫若在《我的作诗经过》中，记述了他当年在日本创作两首诗的过程：

> 《地球，我的母亲》是民八（即民国八年，1919年）学校刚放了年假的时候作的，那天上半天跑到福冈图书馆去看书，突然受到了诗兴的袭击，便出了馆，在馆后僻静的石子路上，把"下驮"（日本的木屐）脱了，赤着脚踱来踱去，时而又索性倒在路上睡着，想真切地和"地球母亲"亲昵，去感触她的皮肤，受她的拥抱——这在现在看起来，觉得有点发狂，然在当时都委实是感受着迫切。在那样的状态中受着诗的推荡、鼓舞，终于见到了她的完成，便连忙跑回寓所把她写在纸上，自己觉得就好像是新生了的一样。
>
> 《凤凰涅槃》那首诗是在一天之中分两个时期写出来的。上半天在学校课堂里听讲的时候，突然有诗意袭来，便在抄本上东鳞西爪地写了那诗的前半。在晚上行将就寝的时候，诗的后半的兴趣又袭来了，伏在枕头上用着铅笔只是火速地写，全身都有点乍寒乍冷，连牙关都在打战。就那样地把那首奇怪的诗也写了出来。

郭沫若谈他的其他作品，如《屈原》《蔡文姬》等历史剧的创作过程也有类似的状况；许多著名作家谈某个作品的创作过程，也有类似的现象。这种现象，人们通常说是创作的灵感。

灵感是什么呢？

历来的看法是有分歧的。古希腊唯心主义哲学家柏拉图认为，文艺是"神灵凭附"的"灵感"的产物；哲学家尼采认为，灵感是"神性之突然爆发"，当严峻感到来的时候，"思想就像闪电一样一刹那就亮了起来"，"万物都以比喻方式向我涌聚"。(《查拉图斯特拉如是说》)显然，他们都认为灵感纯粹是属于主观意识的东西。

唯物主义的看法不同。马克思、恩格斯说："人们的观念、观点和概念，一句话，人们的意识，随着人们的生活条件、人们的社会关系、人们的社会存在的改变而改变。"(《共产党宣言》)灵感属于人的观念，其性质也同样如此。

新中国成立以来的文艺理论，对于灵感这种文艺创作中确实存在的现象，不是采取冠之以"唯心主义的东西"而否定的态度，就是完全从客观方面去论述灵感的性质，完全否定了人的主观条件和能动作用，以至于始终不能对这种现象得出比较令人满意的科学答案，不能解释文艺创作中种种奇怪的现象。例如，如果说灵感完全是客观所决定的，那么为什么同样生活在一个具体环境中的人，有的有灵感，有的没有？有的有这种灵感，有的却是另一种灵感？同样是一个作家，为什么有时有灵感，有时没灵感？这些问题，如果仅仅从客观条件去分析，怎能得到确切的解答呢？可见对于灵感这种现象，只从主观方面或者只从客观方面去解释，都是不能得出正确结论的。应该以辩证唯物主义的观点，以能动反映论和对立统一规律去解释这种现象。

马克思的女婿梅林在《马克思传》中说："在马克思看来，生活就是工作，而工作就是战斗。……以前一切唯物主义的主要缺点，对于事物、现实、感性，只是在客观或直觉的形式中求理解，而不是主观地，不在实践中，不在人类感性活动中加以理解。"对于灵感这种"事物、现实、感性"，是不能"不是主观地，不在实践中，不在人类感性活动中加以理解"的。怎样以此去理解灵感这种现象呢？

所谓"主观地"，当然不是只从作家的主观上去理解，而是在认识客观决定的基础上，注意主观的能动作用和主导作用。歌德说："在每一个艺术家身上都有一颗勇敢的种子。没有它就不能设想会有才能，也就没有灵感。"所谓"勇敢的种子"，就是作家以一定的世界观和美学观的抱负与追求，就是作家为实现其抱负与追求的创新精神与坚韧意志。

郭沫若之所以会突然产生创造《地球，我的母亲》和《凤凰涅槃》的灵感，与他在这个时期对民主自由的狂热追求和民族解放的伟大抱负分不开，又与他在这个时期对歌德诗歌的倾慕和包括印度佛教在内的种种神话传说的爱好分不开。他有了这"勇敢的种子"，才会在图书馆看书和课堂上听课的时候，产生别人所没有的灵感来。这些还是比较直接的主观方面的因素，更深地挖掘，个中还有作家的气质和自身的独特生活道路等因素。离开这些主观方面的条件，就不能将这种灵感现象解释清楚。当然，从本质上讲，这些主观方面的因素还是客观存在所决定的，即是说，郭沫若对民主思想的追求，还是来自民族的危难和思想解放的社会思潮。如果郭沫若没有自己的主观能动作用，这种社会存在和思潮也就不会使他产生这样的灵感。可以设想，在当时的历史条件下，为什么许多人写不出这样的诗呢？这不就是主观的作用吗？

所谓"在实践中"，就是应当而且只能在作家的生活实践和创作实践中，才能正确地理解灵感的现象。"不入虎穴，焉得虎子"，不进入具体的生活和创造实践之中，也就没有灵感可言。

郭沫若谈他创作历史剧《屈原》的过程，就很能证实这个道理。在困难重重的重庆，他投身在抗日救亡的伟大斗争之中，他领导着抗日文化运动，尤其是戏剧运动。演出需要剧本，需要他写。写什么呢？自然是写自己熟悉的东西。他研究先秦历史多年，当时又做了《屈原的悲哀》的讲演和写过许多有关屈原的学术论文，又写了《高渐离》（后改名为《筑》）和《棠棣之花》等历史作品，于是便想到写屈原。开始是想用歌德诗剧《浮士德》的写法，分成上、下两部。

1942年元旦第二天，他开始动笔。这时，写作进程出乎意料地突破了原来的计划，"各幕及各项情节差不多完全是在写作中逐渐涌现出来的，不仅在写第一幕时没有第二幕，就是第一幕如何结束，都没有完整的预念。实在也奇怪，自己的脑子就像水池开了闸一样，只是不断地涌出，涌到平静为止"。（《我怎样写五幕历史剧〈屈原〉》）他在1月11日的日记里还写着："夜将《屈原》完成，全体颇为满意，全出预想之外。此数日来头脑特别清明，亦无别种心外之障碍。提笔写去，即不觉妙思泉涌，奔赴笔子，此种现象为历来所未有。计算二日开始执笔至今，恰好十日，得原稿一二六页……真是愉快。今日所写者为第五幕之全体，幕分两场，着想亦自惊奇，是将婵娟让其死掉，实属天开异想。婵娟在为永远之光明，永远之日光，尤为初念所未及……"

这个创作过程，自始至终都是在生活实践和创作实践中产生出种种"初念所未及"的"天开异想"的灵感的。可以设想，如果郭沫若不是投身到当时抗日救亡运动和戏剧运动的实践中，就不会有创作这个剧的愿望和要求；如果他没有长期研究历史和屈原，特别是曾经为此做了多次报告和学术论文的实践，就不会想到写屈原；如果他没有写较多历史剧的实践，就不会想到以这种形式写屈原；如果他没有进入这个剧本的具体创作实践之中，就不会产生打破原来计划，将婵娟写为死掉这样的灵感。可见，灵感是从实践中来的。

　　但是，又应当看到，在具体实践中所产生的灵感，又不是与这一具体实践的客观条件完全等同的。如上述郭沫若在图书馆看书时产生写《地球，我的母亲》的灵感，并不一定他所看的书就是讲地球或母亲的内容；他在听课时产生创作《凤凰涅槃》的冲动，也不见得当时上课的内容就是讲这个佛教的故事。虽然郭沫若未讲清楚，到底在具体的情景下是什么具体的东西所引起，但即使讲清楚，也是无关紧要的，因为人的主观能动性使得人对客观的认识不会与客观的具体存在等同，否则人的头脑就只是一部照相机了。所以，在实践中产生和理解灵感，只看到客观条件或将这种现象与具体的客观条件等同起来，是机械而可笑的。因为实践本身包含着客观与主观的辩证关系，既有客观的决定因素，又有主观的能动和主导作用。

　　所谓"在感性活动"中，就是在具体环境和具体心情的条件下去理解灵感的产生。黑格尔说，"美就是理念的感性的显现"，艺术家的思维活动"具有感性和直接性的因素"，是把"内容放在感性的形式里"，"艺术品所提供的内容，不应该以它的普遍性出现，这普遍性必须经过明晰的个性化，化成个别的感性东西"（《美学》）。意大利美学家克罗齐还说过，艺术即"直觉"，"直觉即表现"。这些论述，着重指出艺术的创作是感性的。感性就是具体的、个别的、直觉的。灵感的产生，最直接具体的原因也是如此。这就是产生于具体的、个别的、直觉的情景和心境。郭沫若谈他写《屈原》时打破了原来的计划，甚至写一幕不知下一幕写什么，思想像泉水般涌出；让婵娟死掉，化成光明，是完全出乎意外的收获。这种突然出现的"神来之笔"，在许多作家的创作实践中都曾有过。

　　这种现象之所以产生，是由于作家进入所描写生活中的境界，不自觉地受着这种境界的左右。作家的创作冲动就是"理念"；进入创造的境界就是"感性和直接性"，就是把"内容放在感性的形式里"，"化成个别的感性东西"，这就产生了灵感。如果作家创作的要求仅只是表现某一客观的具体生活，而对这一生活不是"化为个别的感性的东西"，也就是化为作家自己独特的生活情境，如果作家的创作冲动的理念仅仅是一般的理念，不是自己独特的理念，那么，他是不能产生独特的闪光的灵感的。

　　所以，所谓灵感，是在作家的主观对客观的勇敢追求之中，在实践之中，在感性活动之中的产物。灵感确切的名称应当是艺术的触发，因为它是客观生活对作家主观思想的触发所产生的现象,又是作家的主观在一定的客观生活中的触发所产生的奇景。它是主观与客观在一定条件下的对立统一,又是个别与一般在特定条件下的对立统一的结果。如果将其属性完全看作主观的或客观的,都是片面的;将其看作"天赋"的或"神附"的奇能也是不当的。有人有奇异功能,但灵感不是一种奇异功能,而是艺术创作中的一种触发现象。

二、触发是客观与主观积累的爆发

触发是在什么样的情况下产生的呢?是客观对主观的冲击,还是主观向客观的引申?历来有两种看法:

一种认为是由客观对主观的冲击所致。如闻一多说:

> 诗人应该是一张留声机的片子,钢针一碰着它就响。他自己不能决定什么时候响,什么时候不响。他完全是被动的。他是不能自主,不能自救的。诗人做到这个地步,便包罗万有,与宇宙契合了。换句话说,这就是所谓伟大的同情心——艺术的真源。(《文艺与爱国》)

另一种认为是由主观对客观的引申所致。日本文艺理论家厨川白村说:

> 我们的生命,本是在天地万象间的普遍的生命。但如这生命的力含在或一个人中,经了其"人"而显现的时候……就是人们为内底要求所催促,想要表现自己的个性的时候,其间就有着真的创造创作的生活,所以也就可以说,自己生命的表现,也就是个性的表现,个性的表现,便是创造的生活了罢。(《苦闷的象征》)

在该书中他又说,文艺创作是"将蓄在作家的内心的东西,向外面表现出去","文艺是纯然的生命的表现;是能够全然离了外界的压抑和强制,站在绝对自由的心境上,表现出个性来的唯一世界";"文艺上的天才,是飞跃突进的'精神底冒险者'";"……绝对自由,作为纯粹的创作的唯一的生活就是艺术"。

这两种看法,表面上看是对立的,实质上则是统一的。两者从不同的角度去谈问题,各自强调一个方面,而这两个不同的方面或角度,又是触发产生必须具有客观和主观两个方面的因素和条件。两者之所以实质上是统一的，在于触发的主观与客观因素，有对立的一面，又有统一的一面；有对立的过程，又有统一的过程。

事实上，闻一多和厨川白村也论述了这两个方面及其过程。闻一多说诗人到了"不能自主"的地步，"同情心发达到了极点"，这就是主观的能动作用和主观与客观高度统一的境界；厨川白村说"这生命的力含在或一个人中，经了其'人'而显现的时候……就是人们为内底要求所催促"，"个性的表现，便是创造的生活了罢"，这也就是在提出客观因素的同时，以强调主观的作用而指出主观与客观的高度统一。

他们的论述，之所以给人以各自强调不同方面的印象，是因为在触发这种现象中，既有着客观的渊源，又有着主观的渊源，有着客观与主观、个别与一般的对立方面和阶段。这就是客观生活的发展尚未处于矛盾激化的状态，主观的生活积累和思想发展尚未处于成熟的状态，或者由于这两个方面只是一方面成熟另一方面不成熟，尚未能达到两者契合的状态，这就造成灵感不能产生或者虽产生而不能在创作中发展的结果，以至于不能导致创作的完成。他们只是分别从客观或主观方面强调解决两者的对立状况而已，我们不应当作表面的片面的理解，应该既从客观方面又从主观方面辩证统一地看这种现象。灵感的出现，既是客观生活发展的爆发，又是作家主观的生活与思想积累的爆发，是这两个方面在一定条件下的契合，亦即这两个方面对立的统一。所以，灵感实质上是艺术的触发，是客观生活的积累和主观生活的积累在一定条件下的契合与爆发。

这种现象只是主观与客观结合的一个契机，不一定是主观与客观对立统一的最后完成。因而有灵感不等于就有了文艺作品，不等于艺术创作的完成。作家要完成一个文艺作品的创作，还必须在这种现象的基础上进一步去认识生活和思索生活，随着认识和思索的深入，随着客观与主观的发展，就会产生新的矛盾现象；随着这些矛盾现象的不断解决，新的契合不断地产生，新的灵感不断地产生，并且一次比一次加深，达到主观与客观的高度统一，最后完成艺术作品的创作过程。

列夫·托尔斯泰说："灵感是忽然出现了你能够做到的事情。灵感越鲜明，就越须细心地工作来完成它。"他创作《复活》的过程，就很能证明这种现象及其发展过程。

第一次产生创作这部小说的冲动，是在1887年，他的一位做检察官的朋友告诉他一件诉讼案：一个普通的姑娘被一个贵族青年欺骗。但当时只有故事，未写出来。

第二次是在 1889 年和 1890 年，他感到"柯尼的故事已经隐约地积蓄起来了"，"已经明确了柯尼的故事的外表形式，必须从开庭（法庭）的情景写起，立刻写出法律的欺骗和使它正直不阿的必要性"。但即使这样，也未能促使他动笔。

第三次是在 1895 年 11 月 5 日那天，他正在散步，"忽然很清楚地懂得了"，《复活》为什么写不出来，是开头写得不对。他说："这一点我是在思考那篇关于儿童的小说必须从农民生活写起，明白了他们才是目标，才是正面的东西，而另一些——只是阴影，只是反面的东西。想到这里，我就连带地也明白了关于《复活》这部书的道理，应该从它开始。我马上就想动笔。"可是写了一段时间又写不下去，感到已经写出的几章"都是虚假、杜撰、拙劣"的，"一切都已经弄得很糟"。

第四次是 1898 年，一方面，他当时要筹一笔钱来资助因受沙皇迫害而移居加拿大的非灵派教徒，那些是拒绝服兵役和参加各种暴力反抗行动的人；另一方面，他经过多年的观察和思考，日益感到写这部作品会有点价值，它已经有了很多的改变。他说他"在写《复活》的时候，我很庆幸自己能有机会来专心从事于自己的艺术活动，而且还因为这件作品有更大的价值而感到自慰，可是，实际上我只不过是像个醉汉那样，全心沉溺于一件心爱的事，而且工作得那样津津有味，像整个人从头到脚被工作吞噬了进去"。最后他于 1899 年 12 月 18 日完成了这部杰作。

从托尔斯泰这个创作过程，我们可以看到：艺术的触发，在创作过程中往往不只是一次的，而是多次的，且一次比一次深刻。之所以会这样，是因为客观方面有事物的发展过程，主观方面也有积累和思索的过程。托尔斯泰从 1887 年到 1899 年共花了十二年时间才完成《复活》，就是因为客观和主观两个方面的积累此时才达到爆发的程度。他第一、二、三次虽有艺术的触发，但都写不下去，就是因为这两个方面尚未达到"瓜熟蒂落，水到渠成"的程度，尚未取得主观与客观、个别与一般的对立统一。

普希金说："灵感是一种敏捷地感受印象的情绪，因而是迅速理解概念的情绪，这也有助于概念的解释。"并指出："批评家们常常把灵感和狂喜混淆起来。"当代中国诗人梁上泉说："灵感并不能凭空产生，它应该是在熟透了的生活基础上猛烈射出的喷泉，应该是原因深远的火山爆发。"（《生活永远是诗歌的土壤》，载《文艺学习》1956 年第 3 期）这些说法是有见地的。

三、触发是有意与无意的对立统一

艺术的触发，是在客观和主观两个方面的发展和积累都达到爆发状态的契合，这种契合不是经常出现的。因而当其出现的时候，往往出人意料，带有很大的偶然性、奇特性、个别性，好像全是无意得来的东西。"踏破铁鞋无觅处，得来全不费工夫"，"有意栽花花不发，无心插柳柳成荫"，这种现象比比皆是。怎么解释呢？应该既看到这种现象产生的偶然性，又看到其产生的必然性。恩格斯说："被断定为必然的东西，是由纯粹的偶然性构成的，而所谓偶然的东西，是一种有必然性隐藏在里面的形式。"灵感这种现象也是如此，它是必然性与偶然性的辩证统一。

例如，列夫·托尔斯泰创作小说《琉森》，是由他到瑞士琉森休养偶然碰到的一件事情引起的。一天傍晚，他散步回旅馆，看见一个身材瘦小的歌手在街上演奏六弦琴，许多穿着华贵的旅客在旅馆的窗台或门口入神地听着。歌手唱完一曲，请听众给钱，没有一个人给他。他再唱一曲，还是没人理睬。歌手只好悻悻离开。托尔斯泰看不过去，上前请这位歌手到旅馆餐厅吃饭。但一进餐厅，旅客即纷纷离开了，他们不屑于同这样一位卖唱者在一起吃饭。托尔斯泰就以此事写成这篇小说。托尔斯泰来到琉森这个地方，碰到这样的事，是偶然的；他产生写这篇小说的冲动，也是偶然的。但这又是必然的，因为这样的事在旧社会很多，托尔斯泰不来这里也会碰到，也会写成小说；托尔斯泰同情穷苦人的思想，又是一贯的，即使不以此为题材也会以其他同类的事为题材。但就《琉森》这篇小说的创作来说，当然不能否认其偶然因素。如果不是托尔斯泰偶然来到这个地方和碰到这样的事，就不会写出这篇小说，而是写出其他小说了。

在艺术触发问题上，应当注意以下三点。

（一）既要看到普遍性，又要看到特殊性

一般来说，客观生活和主观思想的积累发展到成熟的地步，是会迸发出灵感或产生触发现象的。但是，成熟只是条件，不是迸发的契机。这种契机的出现，往往是带有偶然性和特殊性的。这种特殊性，既有客观的特殊性，又有主观的特殊性，还有这两个方面对立统一的特殊性。

例如，俄罗斯名画家苏里科夫在画《女贵族莫洛卓娃》时，画面上流浪者的形象需要带一条狗。为了画这条狗，他设计了许多草图，都不满意；到市面上找了好几天，都找不到这样一条狗。有一天，他偶然见到一个老太

太牵着一条微跛的小黑狗,马上感到这就是要找的狗的原型了,于是追上去将其速写下来。这件事情是相当奇特的。苏里科夫心中有流浪者所带的狗的原型,这是长期积累和思索成熟的产物,但是,既然是脑子里有的东西,为什么在生活里却难以找到呢?他是不是曾经在生活中见过这样的狗呢?如果没见过,他又是怎么想出来的呢?如果见过,他又为什么设计了多种方案也画不出来呢?如果生活中没有这样的狗,他怎么又终于找到了呢?而他所找到的狗为什么不是像他想象的那样是流浪者所带,而是一个老太太所带?这种奇特的现象,说明即使是作家主观上有丰富的积累,客观上又有充分的依据,也并不见得就会产生或触发灵感;艺术的触发又往往不一定就是与客观的生活存在或作家主观思想完全等同的。

(二)既要看到一般性,又要看到个别性

一般来说,作家对生活和创作的追求和有意识的生活积累与创作积累是产生灵感的前提和条件,对生活有意识地、主动地、自觉地观察才能产生艺术的触发。但是有的时候有的作家对生活的观察,或者是出于一定的目的,或者是没有一定的创作目的,而在生活之中却产生了灵感,或者所产生的触发不是原来的创作目的而是其他的东西;有时几个作家在同一生活条件下所产生的灵感各不相同。这种奇怪的现象就是由于有个别性。这种个别性,有客观方面的原因,也有主观方面的原因。

例如,果戈理在做小公务员的时候,有一天听到公务员中传着这样一个故事:一个贫苦的小公务员很喜欢打猎,但自己没有猎枪,他节衣缩食,积攒了许久,凑钱买了一支猎枪。可是,他在乘小船去打猎时,一不留心,枪掉进了河里,他辛苦打捞了半天也没找到。回来便病倒,不久后就死去了。果戈理听到这个故事,便将猎枪换为外套,将情节变为外套被窃,写成了小说《外套》。

果戈理对这件事情产生创作上的灵感,从客观上说是个别性的,因为这个小公务员过着贫困的生活,也有打猎的兴致,这是个别的;枪偶然丢失和为打捞枪而病死,也是个别的。从主观上讲,作家的感受也是带个别性的,这种个别性,包括:①果戈理在听这故事的时候,还是小公务员,尚未想到当作家,他是后来受到某种触发而想到以此写成小说的;②果戈理在听这个故事时,显然与别的公务员的感受不同;③果戈理之所以对这个故事有独特感受,是因为他做公务员出身,深受其苦,如果是别的作家听到这故事,感受必然不同;④果戈理之所以将猎枪改写为外套,将枪掉下水的情节变为外

套被偷，也是由于其深知小公务员之苦，做些改动更为深刻。这对于其他作家来说，显然不一定会产生这样的灵感。可见，艺术的触发，无论客观或主观方面都是有个别性的。这种个别性，是偶然性、独特性的具体体现。它的出现和产生是无意的，但又是有意的，因为有必然性、普遍性、一般性在里面。

（三）既要看到偶然性，又要看到必然性

偶然性、特殊性、个别性，在人们看来，都是意料之外、无意之间出现的状态，似乎突如其来，无意而获。其实这种状态是必然性、普遍性、一般性在一定条件下的表现形式，其实质是意料之中、有意而生的。没有经过"踏破铁鞋无觅处"和"有意栽花花不发"的艰苦，就不会有"得来全不费工夫""无心插柳柳成荫"的收获。从这个意义上讲，"有意"是因，"无意"是果。在灵感的产生过程中，偶然性、特殊性、个别性与必然性、普遍性、一般性，是对立的统一。在这个意义上讲，有意与无意则是对立的统一。

陆游说："物华有似平生旧，不待招呼尽入诗。"这种创作状态的出现就是如此。如果诗人对"华物"不是平日细心地观察和积累，与之成为"平生旧"，即使硬打"招呼"，也是不会入诗的。要经过有意与"华物"从生疏到熟悉的过程，使其成为自己的东西，使客观与主观、一般与个别统一，才能有"不待招呼尽入诗"这种无意而来的灵感。

所以，从辩证唯物主义的观点去认识灵感这种现象，将其称为艺术的触发，才能比较科学地说明这种现象，将历来对这种现象做出的神秘解释和对其采取不承认主义的态度这两种偏向纠正过来。同时，又可以对其在艺术创作中的作用做出比较确切的估计，既不应将其说成是创作的一切，也不应将其视为不起作用的东西。

别林斯基说："灵感是一切创作的源泉。"这种说法有一定的道理，但也有片面性。因为没有生活的积累就没有灵感，生活才是一切创作的源泉。显然这种说法否定了创作的客观因素，忽略了灵感的客观属性。这也是由灵感这个名称和对这种现象的解释，只是强调其主观因素方面所造成的。当然，作家没有创作的冲动和艺术的触发，也就没有文艺创作，但这是创作的直接因素或媒介，不能说是创作的源泉。这是将灵感的作用过分夸大了。

另一种说法是最近有人认为："灵感不是艺术劳动的原因，而是艺术劳动的结果。"从作家要有长期积累才能产生灵感这个意义上说，这种说法是对的。但是在具体创作实践中，作家往往是因为受到某种触发才燃起创作某一具体作品或塑造某一形象的欲望，从这个意义上说，它不也是艺术劳动的原因吗？显然，只说它是果，不说它是因，是不够全面的。因与果本来就有着辩证的关系，片面强调就会造成偏颇，也就低估了艺术触发在艺术创作中的契机作用。许多事物往往是由于一定的契机而出现的。问题是这种契机（对创作来说就是灵感或艺术触发）的出现是必然中的偶然，是有意中的无意，它不是天赋的，不是以侥幸的心理去面壁坐等可得的，也不是一得到就等于有了文艺创作的一切的。

　　一些青年人对作家的劳动和灵感这种现象有神秘的观念，采取坐等天赐良机的态度，与对灵感的神秘宣传有关；一些人对这种现象不屑一顾，以致未能抓好或抓住这种契机，创作不出作品，这与长期对这种现象的否定有关。所以，科学地探讨和证明这种现象，是很有现实意义的。

第五章　夸张与真实
——艺术的虚构

一、什么是虚构

俗话说："文人多大话。"所谓大话，就是吹牛皮，夸大吹嘘，言过其实。还有人说，文艺作品是作家们坐在房子里瞎编出来的，是"面壁虚构""闭门造车"的东西，因而是不真实的。

事实是不是这样呢？可以说，是这样又不是这样；或者说，有的是这样，有的（或大部分）不是这样。文艺创作不能没有夸张，没有夸张就没有文艺创作。高尔基说："真正的艺术有扩大夸张的法则。赫拉克里斯、普罗米修斯、堂吉诃德、浮士德，并不单单是空想的产物，而是客观事实之完全合乎法则的必然的诗的夸张。"可见，如果作家所说的"大话"是源于真实、符合真实的，那么这种"大话"不仅需要，而且越多越好。作家在经过一段时间的生活积累之后，就必须安静下来，进行思索和创作，在构思的时候，也就必须"面壁虚构""闭门造车"，才能创作出作品来。所以，"面壁虚构""闭门造车"有时也是必需的，不可缺少的。但是，如果"大话"是离开真实或不符合真实的，是离开生活实际去凭空乱造的，那么，这样的话，当然是货真价实的大话、空话、鬼话，这样的东西也必然是脱离生活实际"面壁虚构""闭门造车"的东西。所以，"大话"要看是什么样的大话，不能因为有假大空和伪瞒骗的东西，就一竹竿打死一船人，否定一切文艺，也不应因此而否定文艺创作所必不可少的正确的夸张和虚构，不应否定虚构这一创造艺术形象的思维活动方式和艺术手段。

夸张是正确还是谬误，其区别的界限在于是否有生活真实的依据，是否符合生活的本质真实。虚构，是以夸张（包括想象、假设、幻想、扩大、缩小）来认识和反映真实的一种思维活动方式和艺术手段。虚构是正确还是谬误，其区别也在于是否源于和符合生活的本质真实。所以，要弄清什么是谬误的虚构和正确的虚构，就必须以是否源于和符合生活的本质真实为标志，必须从真实出发去想象、夸张，从而更深刻地认识和反映生活的真实。

要正确而有效地这样做，就必须把握夸张与真实的对立统一关系。

夸张与真实的对立，在于夸张不同于和超出于具体的真实；两者的统一，则在于夸张源于真实又符合真实。这是因为：夸张在一定条件下超出某个具体某种意义或某个方面的真实，但在另一条件下或另一种意义、另一个方面上，又转化和符合更大范围或另一种意义、另一个方面的真实。正确地把握夸张与真实的对立统一关系，就是既要超出一定条件、一定意义、一定方面的具体真实的夸张，又要使夸张转化为一定条件、一定意义、一定方面的真实。这个超出和转化的过程，就是夸张与真实的对立统一过程，就是虚构的作用和作家对其运用并完成的过程。

夸张对真实的超出和转化，是主观与客观、抽象与具体、个别与一般、有限与无限的对立统一在虚构这一思维活动和艺术环节中的体现，它贯串作家认识生活和创造形象的全过程。夸张对真实的超出和转化，是以客观为基础和受客观的限制的，其主导是作家主观的能动作用。

二、超出存在真实的转化

所谓超出存在真实的转化，就是说：主观上的想象和幻想，是超出现实客观的存在，即现实尚未有的东西。因为想象和幻想所产生的虚构（包括思维上的幻觉、追求及其因此而形成的形象），是现实的客观生活中还未出现，还未完成，甚至是不可能出现和完成的。这种虚构，自然是对客观存在的夸张，是超出现实存在的真实的。但是，这种夸张，只要是从一定的现实存在出发，符合客观存在的某个方面或发展逻辑，那么，它就可以在一定条件下，或在某个方面、某种意义上转化为现实存在的真实。

科学幻想小说，就是超出现实存在的想象和幻想的产物。这些想象和幻想，在现实中尚未出现，有的甚至不可能出现，但是这些想象和幻想，是从一定的现实存在出发的，这就是这些作品所写的人的思想感情与活动，而这些思想感情与活动，在某个方面、某种意义上说，是符合现实存在或发展逻辑的。

例如，新时期之初问世的科学幻想小说《珊瑚岛上的死光》（童恩正），写的故事和科学发明是当时现实中没有的，但是其中写的教授和他的学生，他们的思想感情和行为，他们所经受的遭遇，则是符合现实存在的真实的。这个作品超出了现实存在的夸张，但由于其源于和符合现实里存在的某个部分（所写的人的思想活动和行为）和某种意义（所写的资本家受的苦难、教授对科学的忠心和忠于祖国的气节）的真实，所以这夸张是真实的。

某些想象或推理小说，如理由的《真理法庭》，写了一个记者去采访中世纪宗教法庭对伽利略的审判和数十年后的真理法庭的审判情景。这些是不可能有的事情，但是由于其描写的情景和所写的故事的实在内容，又是过去或现在发生过的事，是源于和符合现实生活的真实的，所以这种夸张又转化为现实存在的真实。

有的现实主义小说，也有这样的情况。例如，马克·吐温的《百万英镑》，写资本家让一个流浪汉拿一张面值百万英镑的钞票去用一段时间，保证这段时间之后，这张钞票会原样还回来，而这个流浪汉就变成了富翁。事实上，英镑从来没有这样面值的钞票，这是虚构。但是，写这个流浪汉拿到钞票后的经历，却又是生活中实在的情形：因为这样巨额的钞票是谁也找不开的，人们见到持有这样巨额钞票的人，自然会将其作为大富翁来接待，从而不仅对他购买东西赊欠放心，甚至心甘情愿白送。这个故事十分深刻地剖现了资本主义社会的生活现实。虽然表面上看是超出了现实存在的真实，其实是更集中鲜明地表现了现实生活的真实。

所以，这种超出现实存在的夸张，由于其源于且符合现实某个方面、某种意义的真实发展逻辑，故是可以而且必须转化为更符合现实存在的真实的。这样的虚构，就是夸张与真实的对立统一。

这种虚构，起主导作用的是想象和幻想。想象和幻想，是人类认识和改造生活的动力和实在因素。列宁在《怎么办》中指出："应当幻想……皮萨列夫在谈到幻想和现实的差别的问题时写道：'差别有各种各样，我的幻想可能超过自然的变化过程，也可能完全跑到自然的可变进程始终达不到的地方。在前一种情形下，幻想是丝毫没有害处的，它甚至能支持和加强劳动者的毅力……只要幻想的人真正相信自己的幻想，仔细地观察生活，把自己观察的结果与自己的空中楼阁相比较，并且总是认真地努力实现自己的幻想，那么幻想和现实的差别就丝毫没有害处。只要幻想和生活相联系，那么幻想没有什么不好的地方。'可惜的是，这样的幻想在我们的运动中未免太少了。"（《列宁论文学与艺术》）爱因斯坦说："想象力比知识更重要，因为知识是有限的，而想象力概括着世界的一切，推动着进步，并且是知识进化的源泉，严格地说，想象力是科学研究中的实在因素。""没有幻想是不可设想"的，想象力是"实在因素"。政治活动、科学研究如此，文艺创作更应如此。

阿·托尔斯泰说，文艺创作"虚构得愈多愈好，这才是真正的创作。但是，应当是这样的一种虚构：虚构出来的东西在你们那里已经产生出一种绝对真实的印象。没有虚构，就不能进行创作，整个文学是虚构出来的"。

巴尔扎克说，作家的"心灵始终飞翔在高空，他的双脚在大地上行进，他的脑袋却在腾云驾雾"。

鲁迅说："非有天马行空似的大精神，即无大艺术的产生。"

这些论述深刻而生动地说明文艺创作必须有超出于现实存在真实而又转化为现实存在真实的虚构。

三、超出具体真实的转化

这就是说，虚构是从某个或某些具体事物的真实出发，以联想、想象或幻想，超出和夸大这个具体事物的真实，又经过与其他更多的具体事物的抽取、概括和综合，转化为另一个具体事物的形象。这种性质的虚构，是在对具体事物在范围上的夸张或超越，同时又使这样的夸张和超越，在另一种条件下或另一种意义、另一方面转化为与原来的某个或某些具体事物不同的具体事物的形象。许多小说家的创作，大都是以某一具体生活或事物为依据（模特儿），但创作的形象又往往不同于人物原型和模特儿，这就是超出某个或某些具体的真实，经过夸张虚构而转化为另一个具体的真实。

例如，《红楼梦》作者曹雪芹和他的家族生活是具体真实的。《红楼梦》所写的生活不同于作者的生活，但又符合当时封建社会一个贵族家庭生活的具体真实，这是作家的虚构超越和夸大了他自己和他的家族，转化为另一生活真实的形象的结果。在《红楼梦》的开头，作者就将这种虚构讲得十分明白：

> 因经历过一番幻梦之后，故将其真事隐去，而借"通灵"之说，撰此《石头记》书。故曰："甄士隐"云云……又何妨假语村言，敷衍出一段故事来。

福楼拜名著《包法利夫人》取材于他父亲的一个学生在行医时所娶的妻子，名叫苔尔芬。苔尔芬生了一个女儿，先是和一个近邻相好，后来又结识一名小书记，挥霍无度，最后借债累累，无法偿还，服毒自杀。这是包法利夫人的原型。显然，包法利夫人的形象，是作家超越了苔尔芬的原型进行虚构而创造出来的，是超越苔尔芬原型的夸张经过想象、概括而转化的结果。福楼拜自己这样说：

>《包法利夫人》没有一点是真的，这完全是一个虚构的故事。这里没有一点关于我的感情的东西，也没有一点关于我的生活的东西。正相反，虚像（假如有的话）来自作品的客观性，这是我的一个原则。
>
>我的宗旨的鄙俗有时简直叫我作呕，与此同时，我遥望着那些庸俗的事物，要毫无保留地认真地描绘出来，想到这种艰苦，我感到惊讶！

福楼拜写《包法利夫人》，明明有真实的依据，为什么他又说"没有一点是真的"呢？就是因为它是超出了某个具体的真实，是他在鄙俗让他"作呕"的同时，对"那些庸俗的事物""遥望"（即想象、夸张）而虚构的故事。

不仅以描写人物为主要特征的小说、戏剧、电影等艺术门类的虚构是如此，一些不以写人物为主的艺术，包括诗歌、风景画等，也是这样。例如，艾青的诗《大堰河——我的保姆》，据诗人自己说，大堰河是他家乡的一条河，他写这首诗，是从这条河想到自己受到故乡哺育成长，想到故乡人民受的苦难，想到故乡人民在苦难中的挣扎、反抗和斗争的觉悟，从而将自己这种思念和感情抒写出来。他从大堰河这个具体的真实出发，而又超出这个自然河流的真实，以想象和比拟，将它化为哺育自己成长的保姆，也就是化为自己的故事和故乡人民的形象。这样的想象和比拟，已经离开大堰河这条河的具体真实，但又转化为符合大堰河人民群众形象的真实。这种从一定实体而虚构的形象，就是艾青在《诗论》中所说的："用可感触的想象去消灭朦胧暗晦的隐喻，诗的生活在真实性完成了美的凝结，有重量与硬度的体质，无论是美或幻想，必须是固体。"这就是超越某个具体，又转化为另一具体的思维飞跃和艺术虚构。

歌德说："我的诗都是即兴诗，从现实受到暗示，以现实为基础。我不尊重凭空虚构的诗。""就大体而论……作为诗人而努力想把什么抽象的东西具体化，这不是我们的性癖，我在心里感受了印象，而且是活泼的想象力所供给我的感官的生意洋溢的，快乐的，多种多样的印象。我作为诗人而做的事情只不过是把这样的直观的印象在心里艺术地加以琢磨而使之完成，用生动的描写表现出来，能使别人读或听我所描写的东西而受到同样的印象。"（《歌德谈话录》，第9、135页）歌德所说的"从现实受到暗示，以现实为基础"所接受的印象，就是某一具体的真实，在这基础上，以"活泼的想象力"去"把这样的直观的印象在心里艺术地加以琢磨"，就是超越某某或某些具体真实的虚构，从而使之成为另一具体真实的形象。许多风景画的创作，画家都是从某一或一些具体事物或情景出发，而又超出和夸大具体的真实，转化为另一具体真实而创造出来的。

四、超出个体真实的转化

这就是说，要认识和反映现实存在的某一个体事物，也需要以联想或夸张来超出这一个体事物，又将这联想或夸张转化为这一个体事物的形象，从而更充分地表现这一事物。

这种虚构有两种意义：一是以联想去发掘、发现和概括某个或某些具体事物的内在、过去、未来和分散的东西，将这些东西凸现和集中地表现出来；二是以超出某个具体事物或生活真实的联想来鲜明地表现这个个体事物，这就是通常所说的比喻，比喻也是一种虚构。

第一种意义的虚构，写真人真事的报告文学、传记文学、史诗、戏剧以及表现真人的美术作品等用得最多。虽然这种文艺作品所表现的对象是真人，但也必须有超出一定的具体真实的联想才能完成。这是因为每个真人真事，都有一些不能再去发现的（过去的）和尚未表现出来的（内在的、未来的）东西。这类东西非以联想去发现出来不可。

高尔基说："联想可以补充在事实的链索中不足和还没有发现的东西。"同时，每个真人真事，在生活实际中都是分散的，有的是有意义的，有的是没意义或意义不大的（从对表现某些要写的真人真事来说），这就需要进行取舍和概括。取舍和概括也是虚构，也是超出某一事实上具体真实的夸张（将能舍的隐去，将所取的突出、集中，也就是夸张）。

阿·托尔斯泰说："因为生活就是分散在平面、表面、空间和时间上面的。……把分散开来的生活，把无数分散开来的物体收集起来，集中起来就是虚构。这样，你们就看到比之生活本身还要重大得多的现实主义了。"

例如，马雅可夫斯基写的《列宁》，司马迁写的《史记》，罗丹作的《巴尔扎克》塑像，等等，都是这样创作出来的。

第二种意义的虚构，在文艺作品中几乎随处可见。例如刘禹锡的《竹枝词》：

> 杨柳青青江水平，闻郎江上唱歌声。
> 东边日出西边雨，道是无晴却有晴。

这首诗写一位女子在听到自己所爱之人歌声时的思想感受。这一具体事物，本来只有一句话，无情却有情。这诗却离开和超出这一具体事物，去写天气"东边日出西边雨"。这种超越和夸张的虚构，虽然在形象的表面上转化为原来的具体事物（"道是无晴却有晴"），表面仍然是写天气，然而，由于这种天气形象用词"晴"与"情"谐音双关，因此，仍然是转化和更充分地表现了原来的具体事物。

五、部分超出整体真实的转化

所谓部分超出整体真实的转化，就是说，只对事物的某个部分进行夸张，其余部分则未动，以致使这夸张了的部分超出了原来的面貌，同时又使其超越了这个事物各个部分的原来比例，成了变了形的形象；然而，这夸大了的变了形的形象，却又转化为另一个完整事物的形象，并符合生活的本质真实。

这种虚构的手法，在美术、诗歌、传奇小说中是常用的，主要有以下三种方法。

（一）形态上的变化

例如，有的漫画将一个人的头画得很大，有的将手放大或缩小，这些都是对某个部分的夸张，是为了强调和体现某种思想的虚构。这样的虚构，虽然离开了原来整体的真实，但因为这个夸张的部分，往往是其原来形态的扩展、延伸或收缩、缩小，其本质仍然未变，所以，仍然是或者转化为符合真实的，这是从形态上而言。

（二）性质上的变化

从事物的性质上而言，也有以超出或夸大某个方面的性质，使其离开其原来整体的性质，而又转化为另一种性质的整体的虚构。这种虚构，在童话、寓言、散文等中尤为普遍。对动物、植物、自然界的拟人法，就是属于这种虚构。

在不少童话与散文中，蜜蜂、蚂蚁常常是勤劳的象征。其实，这些动物的勤劳，只是其生物本能，它们是为自己造福，并不像有的作品写的那样只是为他人而忘我地劳动。松树在寒风中生长，它的每个部分都可以为人所用，这也是它的生物本能，并非什么"气节"；它的全身都为人造福，是因为人去利用它，而并非它本身有什么为人类贡献一切、粉身碎骨、鞠躬尽瘁、死而后已的优良本性。桂林的山水是自然造成的，它提供美的享受，但它本身并不是为美而成,那天生自然的石山、流水,它们的性质是石,是水,而不是美。美是它的外形,或是它的一部分性质。给动物、植物、自然景物某种美或丑的属性,或者将其写成像人那样有感情,会说话,过人那样的社会生活,都是人将其性质的某个方面,以想象、幻想、夸张来赋予的结果,是一种虚构。

这种虚构,超出了这些事物原来整体的真实,又转化为符合另一整体的真实。例如,《西游记》写的孙悟空灵活多变,猪八戒笨拙贪馋。这是将猴子的灵活本性、猪的贪笨本性,加以延伸、夸张,并且将这部分与人世间具有这类本性的人联系起来;或者说,是将这种人与猴子、猪的这方面本性联系起来。无论是将猴子、猪的这部分本性与某种人的本性结合,还是将某种人与猴子、猪的这部分本性相联系,都是超出原来的整体真实,但这种超出和结合,却又是转化和符合生活的一定整体性质的真实的。而这样的整体,既不是猴子、猪,又不完全是人,但又比具体的猴、猪和人更真实。

泰戈尔有这样一首诗:

> 真实是沉默寡言的,只有想象才会娓娓动听。现实生活是一座峭壁,堵住了感情的流水,而想象是一把利剑,能把峭壁劈开。

这种部分性质的夸张和转化,就是以想象的"利剑"将"峭壁劈开",而又以一定的整体将其重新组合的结果。

(三)环境的变化

从一定的客观环境或事物出发,将其中某个部分或某个事物夸张。离开了这个客观环境或事物的具体真实,又转化为更为充分地表现这一客观环境的真实的形象。

这种虚构,较多出现于诗歌,特别是浪漫主义诗歌创作中,在中国画的创作中也相当普遍。例如,李白著名的诗句"燕山雪花大如席""白发三千丈",前句写燕山的雪花,将雪花夸张为像席子那样大,当然离开了燕山这个客观环境的真实,也离开了雪花这个事物的具体真实;后句写诗人在苦闷中的形象,将一个人的白发夸大为长达三千丈,当然离开了人的真实,也离开了头发的真实(世上不可能有这样长的头发)。但这又是由真实的因素转化为具体的真实的。

鲁迅说:"漫画虽然有夸张,却还是要诚实。'燕山雪花大如席',是夸张,但燕山究竟有雪花,就含着一点诚实在里面,使我们立刻知道燕山原来有这么冷。如果说'广州雪花大如席',那就变成笑话了。"(《漫谈漫画》)鲁迅说这首诗有诚实在里面,是指燕山有雪花这一真实,将雪花夸张为"大如席",是"使我们立刻知道燕山原来有这么冷",虽然这超越了一定环境和事物的真实;"广州雪花大如席"之所以是笑话,是因为广州根本没有雪花,如果说"广州雪花大如席",那就完全离开客观环境的真实,不是将其中部分夸张,而是无中生有,乱说一通了。同样的道理,"白发三千丈"是将一个人的部分夸大。头发是一般人都有的,又是长的形象,诗人将这个部分夸大,是突出表现自己的"愁"("缘愁似个长"),其实是以发长写愁长,或者说是将愁长寓于发长的形象之中,这是将一种观念或者情绪转化为形象,是将抽象化为具体,是抽象与具体的统一。从这个意义上说,将愁长说成只有"三千丈",是缩小(一个人的愁何止这个数啊!)而不是夸大,但从头发在人体所占比例和常人所有的头发来说,是夸大了;但诗只是说头发长,而不是大,是写诗人的头发,而不是写和尚或鱼的头发,这就是真实的因素。如果将头发写成大如泰山,写和尚或鱼的头发三千丈,那就是笑话了,因为头发只有长短之分,没有大小之别,和尚和鱼是不可能长发的啊!(和尚还俗或像鲁智深那样的花和尚例外)以夸大头发长而表现诗人的愁长,也是对部分真实的夸大,而又充分地表现了真实,使人一看就能想象到诗人是何等的愁!

《诗人玉屑》中说:"《咏雪》有'燕南雪花大于掌,冰柱悬檐一千丈'之语,豪则豪矣,然安得尔高屋耶。余观李太白《北风行》云'燕山雪花大如席',《秋浦歌》云'白发三千丈',其文可谓豪矣,奈无此理何!"这个评论者认为李白的这种夸张"奈无此理何"!就是说如此夸张没有道理。其实,不是李白这样做没有道理,而是这个评论者讲不出这个道理,这就是知其然而不知其所以然。这个道理,不是别的,就是夸张与真实的对立统一,就是虚构。由此可见,无论是作者或评论者,都必须掌握和懂得这一艺术形象建构的基本原理。

在小说创作中,也是有环境变化的虚构的。当代中国著名小说家王安忆在小说《纪实和虚构》中说:"我以交叉的形式轮番叙述这两个虚构世界。我虚构了我的家族,将此视作我的纵向关系。""我在虚构的时候,往往有一种奇妙的心理,越是抽象的虚构,我越是要求有具体的景观作基础。"这种体会,是很有代表性的。

第六章　一斑与全豹

——艺术的构思

一、什么是艺术构思

艺术构思，是作家对生活的认识、积累、思索已成熟，而转入创造形象的思考的一个转折性环节。这个环节，从创作的意义上说，一方面意味着对某种生活认识和思考的总结（当然不是完全结束），另一方面意味着创造形象的起步。

作家在这个环节上的水平高低，对于创造形象过程的顺利与否，以及所创作出的作品的成败或质量高低，是具有决定性意义的。如果构思正确和杰出，一方面能够比较确切地反映出自己对生活的认识、积累和思考；另一方面，则能够有效而成功地把握住所捕捉的形象的脉络，从而顺利地去完成创造形象的过程，使所创造的形象既能充分地体现出所要表现的内容，又能脱臼出新。

艺术构思，又是文艺创造过程中的一种形象思维活动，是作家在某种意义或范围上，取得主观与客观的统一之后，向另一主观与客观的对立统一阶段的飞跃。这就是说，作家对某个事物的客观实际有了充分的了解，并且对它有了深厚的感情（包括爱与憎），于是这个事物便成为作家思想意识中的一个"胎儿"（从客体的存在变成了主体的存在），这样，作家就急不可待而又千方百计地要将这个"胎儿"表现出来。作家在这个时候，对于如何表现这个"胎儿"进行的思维活动，就是艺术的构思。

艺术构思，也是一种艺术手段。这种手段是作家在客观生活中取得一定主观感受的基础上，由主观从客观提炼出某种形象，再回头去把握客观生活的主观感受的方法。比如毛泽东的词《蝶恋花·答李淑一》：

　　我失骄杨君失柳，杨柳轻飏直上重霄九。问讯吴刚何所有，吴刚捧出桂花酒。

　　寂寞嫦娥舒广袖，万里长空且为忠魂舞。忽报人间曾伏虎，泪飞顿作倾盆雨。

这首词将杨开慧、柳直荀两位烈士的牺牲提炼为杨柳到天堂遨游的形象，以这样的形象去集中体现这两位烈士对革命的忠贞和作者对烈士的思念之情。这就是艺术构思。

这种手段，一般是作家在对某种生活有了充分的认识、积累和思考的基础上，进而谋求表现出这种生活和认识而用的手段。但也有许多作家，在观察和思考生活的时候，也往往以这种艺术手段去认识和观察生活，成熟的作家更是如此。这是因为作家对生活的观察认识和创造形象虽然是两个阶段，但这两个阶段是不能截然分开的。作家对生活的观察认识，实际上已经进入形象创造过程，两者只不过是不成熟与成熟、未动笔和动笔的区别而已。

每个作家、艺术家进行每一个作品的创作，都必然要求既确切表现所要表现的内容，又与其他作家以及自己其他作品有所不同的艺术构思。作家对任何所要表现的内容，都有多种艺术构思去把握和表现。艺术构思是变化无穷的，是最不能千篇一律的。每种艺术都有它特有的构思方法，每个作家对每个事物的表现，都可以有不同的艺术构思。

丹纳说："任何一种艺术，一朝放弃它所特有的引人入胜的方法，必然降低自己的价值。"艺术构思的成败高低，以能否找到表现事物内容特有的方法，从而把握和体现这个事物内容的特征为标尺。

虽然艺术构思的方法千变万化，无穷无尽，但也有其基本的原理和法则。这就是必须遵循和正确处理主观与客观、有限与无限之间在一斑与全豹关系上的对立统一。一斑，指一头豹子中的一个斑点；全豹即整头豹子。一斑与全豹的关系，也就是局部与整体的关系。一斑当然不是全豹的整体，但一斑可以概括或体现整体，这就是对立统一。艺术构思的进行和完成，就是要在全豹中找出能够体现整体的一斑，进而以这个一斑去概括、体现全豹。

二、偶然和必然的对立统一

每个人都有一定的生活积累。生活的积累，就是一个人的生活经历和他对这些经历（包括阅历）的主观感受。这些经历和感受，对于搞文艺创作的人来说，往往是形象的、具体的，而又是分散、零碎、不系统、不完整的。有些时候，即使对某种或某个方面、某个地方、某个人、某些人的生活有充分的了解，而且对这些生活有了深厚的感情，在脑海里和感情深处形成了鲜明的形象整体，但又一时找不到适当的、自己满意的方式方法，特别是一个可以带动自己整个积累和神经系统的链条，来将自己积累的内在东西概括起来。在这样的情况下，往往是一些偶然的机会，因为受到某种事物的触动，一下找到了这个链条。于是，便以这个链条去重新思索自己的积累，使这些本来分散、零碎、不系统、不完整的东西集中、系统、完整起来，或者是将虽然已经集中、完整、鲜明的形象，从某一角度或焦点上，更生动地凝聚起来。这个链条或角度、焦点，就是一斑。这个一斑，是作家长期积累的全豹在某个契机上迸发的结果，是从全豹中来的；同时，它又是作家驾驭和体现全部积累的全豹的一种思维活动和手段。这可以说是艺术构思的一个阶段或一种方式的一斑与全豹的对立统一。

这个阶段和方式的一斑与全豹的对立统一，就是从积累的全豹中找出一斑，又从找出的一斑去掌握全豹的进展性。如果说从积累中找出的一斑较多地带有偶然性，属于不自觉或半自觉的状态，那么以这所得的斑去驾驭积累的全豹的进程，则是有意识的、自觉的。前一个进程，虽属偶然，但实际出于必然。这正是周恩来所说的："长期积累，偶然得之。"也就是"踏破铁鞋无觅处，得来全不费工夫"。"得来全不费工夫"的偶然，是长期积累的全豹在偶然所得的一斑中迸发，所以本质上还是自觉的。如果不是自觉，那么即使是面对着应取的一斑，也不会去得之和迸发了。这是瓜熟蒂落，水到渠成，是主观与客观统一的结果。后一个过程，则可说是又一个主观与客观、抽象与具体、个别与一般、有限与无限之间的一斑与全豹的对立统一过程。

这种情形，许多作家、理论家在谈创作经验和理论问题的文章中，都有所谈及。如苏联作家绥拉菲摩维支在《〈铁流〉的创作经过》中说，他创作这部小说之前，早就有写革命农夫的打算，因为"可怜的农夫"写得太多了，他要写农民怎样蜂拥成群地前进，为此而到处打听收集许多美妙的故事，贪婪地记录着许多感人和惊心的英雄事迹。虽然如此，他仍然未能动笔，心里总觉得要等待什么。有一天，他到一个乌克兰朋友家里做客，偶然来了三个人，这三个人向这位朋友讲述他们在黑海边行军的故事。听到这个故事，他突然产生了在一个山间景色中正行进着一条"铁流"的形象。正是这样一个具体形象，引得他原来所收集到的大量农民参加十月革命的材料生龙活虎地涌现出来了。他就以这样一个形象去将积累的材料集中概括。在概括中，有许多原来收集到的、很感人的材料没有用上，原因是"我要写的这部东西，是要具有概括的，要能在一些个别的画面里，表现某种共同的东西，它以一个思想贯串所有的画面，并使这些画面具有意义"。

法国女作家乔治·桑在她的著名小说《安吉保的磨工》原序中说:"这本小说的诞生和其他许多小说一样,是一次散步,一番会谈,一个闲暇的日子,一个无法消遣的时刻的结果。凡是曾经写过幻想的作品,甚至是科学作品的人,不管写得好与不好,都知道精神事物的幻想,常常是从具体事物的幻想出发的。一本小说的结构,当然更可能由于某一件事情或者由于某一个东西的巧合而产生了。在科学天才的作品里,总是凭借思考,从事物本身得出事物存在的理由。在艺术的虚构里,即使是最简单的虚构,也是凭借了想象,来把孤立的事实加以联系,加以补充,加以美化。作品的内容丰富或者贫乏,是另外一个问题;至于精神活动的过程,对于所有的作家都是一样的。"

这些经验和论述,证实和阐明了艺术构思中从全豹中取得一斑,又以一斑驾驭全豹的过程和其对立统一关系。

三、一个层层深化的过程

艺术的构思,往往不是一次完成的,而要经历多次或多阶段。这就是说,在艺术构思的过程中,有着多种范围、多种意义、多种阶段的一斑与全豹的对立统一过程,是一个层层深化的过程。

例如,上面列举绥拉菲摩维支创作《铁流》的过程中,他开始有写革命农夫不写"可怜农夫"的想法,是由于他从全部农民生活中发现了"革命农夫"这个一斑,从十月革命的风暴中发现了"农民参加"这个一斑的结果。这个发现,就是他从农民生活和十月革命生活的全豹中找到的一斑,又以此而取得了"革命农夫"这个一斑与农民生活和十月革命生活的全豹的对立统一。他为此而收集了大量革命农民的英雄事迹,他之所以会收集这些英雄事迹,是由于他认为这些都属于而且能够体现出他所认为的革命农夫的生活。这些收集来的每一个英雄事迹,都是革命农夫生活中的一斑,在这个范围和意义上,革命农夫生活便是全豹了。所以,他收集的每一个材料,都是一次一斑与全豹的对立统一过程,他虽然经历了这样多种意义和范围的一斑与全豹的对立统一,仍然不能进行创作,最后要发现三个来客所说的"一个山沟"这个一斑,才能进行创作,这又是一次大范围、大意义上的一斑与全豹的对立统一。在进行创作之后,他还得将许多原来很动人的材料舍去,将另一些材料进行加工提高。这样的过程,不是说明了艺术的构思是一个多范围、多层次、多阶段的层层深化的过程吗?所以艺术构思不应以取得一点而满足,必须不断地反复、深化,力求最大限度的一斑与全豹的对立统一。

艺术构思的进程性，还表现在每个阶段的一斑与全豹的对立统一是不同的，即后一阶段往往不同于或者高于前一阶段的一斑与全豹的统一。往往动笔创造形象的阶段，与观察认识生活的阶段并不相同，这是主观与客观，从比较低级的对立统一进化到比较高级和高度统一的进展。

清代画家郑板桥在《题画》中谈他创作的经历：

> 江馆清秋，晨起看竹，烟光、日影、露气毕浮动于疏枝密叶之间，胸中勃勃，遂有画意，其实胸中之竹，并不是眼中之竹也。因而磨墨展纸、落笔，倏作变相，手中之竹，又不是胸中之竹也。总之，意在笔先，定则也！趣在法外，画机也。独画之乎哉！

这个创作过程，很能说明艺术构思层层进展的道理。他从"晨起看竹"而有画意，这个画意中的竹，已经"不是眼中之竹"。这是一个阶段的一斑与全豹的对立统一。这个阶段，包含着客观的一斑（早晨的竹）与全豹（所有的竹）的对立统一，主观上的一斑（眼前所有的竹的感受）和全豹（他对所有竹的感受和他的人生观）的对立统一；同时，又包括客观与主观两个方面的一斑（早晨的竹和他对此的感受）与全豹（所有的竹和他对所有竹的感受，以至整个人生观）的对立统一。他"胸中勃勃，遂有画意"，正是由于完成了这一系列统一而来的。下笔以后，"倏作变相，手中之竹，又不是胸中之竹"，则是进入另一阶段的一斑与全豹的对立统一过程。在这一阶段，他"胸中之竹"（即经过客观与主观两个方面的一斑与全豹的对立统一过程所产生的形象）在他的心目中已经是一个待表现的客体。

这个客体仍然存在于他的主观意识之中，是属于观念上的，即虚灵性（虽然有其客观性质）的方面。这个客体，在一定意义上，也是一个全豹的范围。作家要将这个全豹把握和表现，需要找到适当的一斑，这又是一个一斑与全豹的对立统一过程。这个过程只是在作家的心灵中进行，作家要把握体现这个客体的思维活动（即寻求表现其一斑和以一斑把握这全豹）不同和高于前一阶段。如果说前一阶段是主观对客观的把握，那么这一阶段则可以说是将主观意识中的某种观念（即心灵中的客体）作为客体，而又以主观去把握这个主观中的客体，所以这个阶段的一斑与全豹的对立统一，无论是一斑或全豹的具体内容及两者的对立统一结果，都比前一阶段更高一级。

郑板桥说他胸中之竹不同于眼中之竹，是第一个阶段的一斑与全豹对立统一的结果。这一道理，郑板桥意识到了，但未能在理论上明确地说出来。不过，他从这种现象引申出"意在笔先"和"趣在法外"的道理，是很精辟的。所谓意在笔先，不是"主题先行"，这个"意"是指艺术构思，是作家经过主观与客观之间的一斑与全豹的对立统一过程而产生的某种观念（即具体的、具有客观属性的心灵中的客体），即"胸中之竹"。郑板桥是先有这个"意"，才"磨墨展纸、落笔"的。所谓趣在法外，是指当他下笔之后，笔下之竹不同于胸中之竹，其趣在其胸中之竹之外。这句话还包含更丰富的内涵。所谓法，一般是指技法、规则。这个规则是有多种意义的，比如，郑板桥说："意在笔先，定则也。"按照这个定则，本来笔是直抒胸臆的，笔下之竹与胸中之竹应当相同，然而当他下笔后，二者却并不相同。这种不同，正是"趣"之所在，说明"趣"在"意在笔先"的这个"定则"之外。另外，本来画的竹应与客观自然界的竹相同，然而他胸中、笔下的竹都不同于自然界的竹，这种不同，也是"趣"之所在，说明"趣"在这个"法"之外。他所说的"意"，指主观与客观的两个方面的一斑与全豹的对立统一之后所产生的观念；"趣"是指对这个观念的把握和表现的又一次主观与客观（主观中的客体）的一斑与全豹的对立统一过程而产生出来的创造。

这种创造，就是平常所说的"神来之笔""灵感爆发"。这在文艺创作中是常见的。比如，刘心武写《班主任》，开始时（即第一阶段的构思，亦即郑板桥所说的"胸中之竹"）没有想到写谢惠敏的形象，在写作过程中，这个形象才冒了出来。正因为这个形象的出现和创造，才使这篇小说有了巨大的成功。许多作家的创作过程都有这种状况。其实，这种现象不是什么天神的赐予，也不是什么不可知的"灵感爆发"，而是在艺术构思上的一种飞跃，是更高阶段的主观与客观的一斑与全豹的对立统一。如果说，"神"和"灵感"是指作家主观的心灵世界，这个心灵世界孕育着经过一定的主观与客观对立统一过程所产生的某种具体的、有客观属性的观念客体，那么，由于作家要千方百计地表现这个客体而产生出来的奇特的创造，称之为"神来之笔""灵感爆发"，也是可以的。

我国古代名画家董乐闲在《寿素居画家钩探》中说："画卷有神韵，有气魄，然皆从虚灵中得来。若专于实处求力，虽不失规律，而未知入化之妙。"著名画家黄宾虹说："作画以大自然为师，若胸有丘壑，运笔自始畅达矣！"这些经验之谈中的"从虚灵中得来""胸有丘壑"，指作家心灵中的观念客体，它是第一阶段主客观的一斑与全豹对立统一的产物，又是第二阶段（进入创造形象阶段）艺术构思的一斑与全豹对立统一要把握和体现的对象。胸中有了这个对象，再去把握和体现出来，就有神韵、气魄和运笔自如了。如果没有达到这样的阶段和孕育这样的对象，只是一味"专于实处"（即要表现的客观事物，如郑板桥"眼中之竹"），那是"未知入化之妙"，下笔也是不畅的。所以，艺术构思是多阶段、多层次的主观和客观之间的一斑与全豹的对立统一。

四、一斑与全豹对立统一的多样性

从艺术构思作为一种艺术手段的意义上说，它是以一斑对全豹的把握和体现。这就是左思所说的："笼天地于形内，挫万物于笔端。""笼"，是集中概括；"挫"，则是按一定的要求去融化和描写。这句话的意思是，将主观与客观的广阔天地集中于一个具体的形象之中，并按照刻画这个形象的具体要求，去融化和描写所有的事物。这是很能说明艺术构思的基本要求的。文学艺术从来只能在无限中把握和表现有限，同时又以有限去把握和表现无限，是有限与无限的对立统一。一斑是生活的一个侧面，它取于生活的全豹之中，是其中一个部分或一个方面，它可以将生活体现出来，但毕竟只是生活的一部分或一个方面，不是全部。所以，一斑与全豹的统一是相对而言的，有一定的范围、意义和程度，从这一范围、这一意义、这一程度上说是统一，而从另一范围、另一意义、另一程度上说则是不统一。因此，作为艺术构思的一斑与全豹的对立统一，没有绝对的公式和标准，是多种多样，变化无穷的。

（一）全豹的多样性

所谓全豹，有多种范围、多种意义、多种程度上的全豹。我们知道，作家的艺术构思首先是对生活有一定认识和积累，并在表现这些认识和积累的要求的基础上产生的；同时，又必然是对某种生活或某个具体事物（包括思想感受）有了比较深刻的认识感受并有强烈的表现要求才产生的。如果说作家对生活的一定认识和积累，是一个比较大范围的全豹，那么对某种具体生活或某个具体事物的认识和感受，则是一个比较小范围的全豹。如果说作家认识和要表现的某种客观生活或事物是一个范围的全豹，那么，作家对这种客观生活或事物的主观感受，则是另一个范围的全豹。每个作家总是要求自己对生活的认识、积累，对某种生活或事物的认识和感受尽量地扩大加深，同时又力求在每个作品的创作中将这些范围的全豹尽可能地把握和表现出来；但是，又往往由于主观或客观、认识和表现的条件的限制，只能在一定范围或一定程度上去做，这就造成作家所把握和表现的全豹，有不同的范围、不同的意义和不同的程度（包括深度与广度）。这种情况，是艺术构思宽广无限、变化无穷的因素之一。

苏联著名作家法捷耶夫在《谈文学》中说："重要的艺术技巧问题，是要依赖作者人生观的深度和他包罗生活现象的广度来解决的。"所谓人生观的深度，就是作家对生活认识的深度（包括对生活本质的认识和思考）。所谓生活现象的广度，就是作家对生活（包括某种生活或某个事物）的认识和积累。如果对生活有深刻而宽广的认识和积累，那么对于把握艺术构思这样一个"重要的艺术技巧问题"来说，就等于有了广阔的基础和多样的解决途径。

文艺创作中常见的一些失败现象，首先是由对生活的认识浅和积累窄造成的。例如一些题材的"撞车"现象（即写的生活与别人相同），有两方面因素：一方面是对客观生活的认识和把握窄与浅，不能从广阔的生活中和从某一生活面中认识和把握别人所未发现和未把握的东西；另一方面是主观对客观生活的认识和感受窄和浅，不能从客观生活或某一生活面中，迸发或挖掘出独特的认识和感受。其实，所谓题材，不仅是某个生活的横断面，还包括这个生活面的一切有关生活的因素与各个方面及其内在各种因素，同时还包括作家对这生活面的认识以及由此而迸发的一切认识和感受。作家在生活中选取什么样的生活面为题材，都是这两个方面因素的统一的产物，也是作家在这两个方面积累的宽窄深浅和独特之处的表现。所以，确切地说，每个作家从生活中所取的题材，是不应该相同的。题材"撞车"的现象之所以产生，正在于未能从生活中发现和挖掘出别人所未发现的东西和没有自己独特的感受。而这又与对生活的积累和认识欠缺广度和深度有直接关系。由于对生活的认识和积累贫乏，自己驰骋和驾驭的天地窄浅，没有独特的感受，就不会有独特的构思，自然就会同别人"撞车"了。法捷耶夫的话是很深刻的。

当然，对生活的认识和积累虽然是越宽广、越丰富越好，但又必须以主观消化。有的作品，一味卖弄知识，将一些事情写得很细致、琐碎，表面上似乎生活积累很广，实际没有自己的独特感受，也就没有独特的构思。有的作者生活积累不多，对生活的主观感受也不丰富，而祈求创作出与别人不同的作品来，是徒劳的。歌德曾经指出，"当诗人表现他不多的主观感觉的时候，他还不能成为一个诗人。只有当他善于掌握整个世界，并找到它的表现方法的时候,那时他才能成为一个诗人,那时他才是无穷竭的,才是永久常青的。可是当诗人主观的天性,把他内部含有的不多的那些东西表现出来以后,他就会毁灭,而且陷于虚伪的做作"。艺术构思也是这个道理,所以,只要自己对不同范围、不同意义、不同程度的全豹进行表现,那就完全有可能产生出变化无穷的艺术构思来。

(二) 一斑的多样性

一斑,有多种范围、多种意义、多种程度上的一斑。每一种生活面、每一个事物、每一个作家对生活的认识感受本身,都有多种范围、多种意义、多种程度上的全豹;同样,对其认识、掌握和表现也必然有多种多样的一斑。与全豹的多样性相比,一斑的多样性更为明显突出。因为每个事物作为一个客观存在的实体,都有多个方面(例如一个鸡蛋,就有上下左右等方面),对其认识、掌握和表现,也有多种角度和途径(例如对一个鸡蛋,除了从以上方面去看它,还可以通过看、拿、吃、想等主观的活动去认识和表现,至于由鸡蛋而写其他,或以其他而写鸡蛋等途径和方法,那就更是无穷无尽了)。所以,从艺术构思来说,用来把握全豹的一斑,是无穷无尽的,关键在于自己能不能去发现,是否善于运用多种不同的一斑去把握全豹,既从全豹发现新颖的一斑,又以这个一斑去把握全豹,使一斑与全豹辩证统一。

要发现和抓住能够体现全豹的新颖一斑,一方面,对自己所要掌握和表现的客观事物必须有充分的熟悉了解,从客观事物的实际出发去发现和选取,并以能否充分地表现客观事物为基础;另一方面,要有自己对客观事物的独特认识和感受,并以自己的独特感受的某一点作为一斑,去把握和表现客观事物。这就是说,既要抓住和表现客观事物的特征,又要抓住和表现主观感受的特征。要做到这样,就必须在有丰富的积累和深入观察的基础上进行分析,对所要表现的客观事物进行多种角度、多种意义、多种程度的观察分析,并且将这些观察分析所取得的效果进行比较,从中选取最能体现这两方面特征的,就是最理想的一斑。

以写革命历史题材短篇小说而著称的当代作家王愿坚在谈他的创作体会时说:

在许多革命前辈的斗争生活中,有的片断可以完整、充分地表现出人物性格的特征,可是在有的片断里,人物精神的美却只是一闪即过;

这一闪虽然短,但却光辉得耀眼,令人心惊目眩,蕴藏着无限激情和发人深思的思想力量。我想如果捕捉住那么一道光华,或者将从生活中感受到的这种美集中到一个有表现力的环境里,用尽可能省简的篇幅写下来,岂不可以精炼些?

这段话,揭示了从广阔的事物中,经过研究而发现和抓住能够体现全豹而又新颖的一斑的道理。他写的《党费》《普通劳动者》《七根火柴》等正是如此。这些小说都是表现革命战士崇高品格的,每个作品都以一件很小的事情去表现,彼此又是毫无雷同而新颖的。这些闪光的一斑的得来,就是作家在充分熟悉生活和有独特感受的基础上,对所要表现的事物和主观感受,经过多种角度、多种意义、多种程度的观察分析,从中找出比较理想的一斑去把握和表现的结果。王愿坚的经验和实践,说明了一斑的多样性,它是无穷无尽的,不仅广阔的无限的社会生活如此,即使是同样一个事物,也是如此。

文艺创作中雷同的现象,固然首先在于未能把握客观和主观全豹的多样性,而更主要是在于未能把握一斑的多样性。当然,有的作者往往只注意一斑的多样性,而又忽视了其他把握和体现全豹的前提和基础,以致作品表现生活与思想的深度有损,这种情况也相当普遍。这是单纯追求新奇的倾向,是离开了一斑与全豹的对立统一法则的。

雨果说,作家"应该对他同时代的人投射一道历史的那样平静的眼光,他应该不为眼前的幻影、骗人的假象、一时的组合所蒙蔽,应该从时代出发把一切事物放在将来的背景上,一方面缩小它们某些部分,另一方面扩大它们的某些部分"。这个论述说明了艺术构思的一斑,必须从尽可能广阔(包括整个时代的历史的未来)的全豹去选取和体现出宽广的全豹;另一方面,也说明了对一斑的选取把握,要注意研究分析,注意对客观事物的某个部分进行强调或缩小,要发挥主观对客观的能动性,这样才能取得一斑的多样性。

有些看起来是别人写过许多或过时了的题材,但有的作家却写得新意盎然,别出一格,主要就是作者善于发挥主观能动性,以新颖的一斑去表现的结果,也即是以新的思想去挖掘和表现的结果。苏联作家西蒙诺夫说:"必须时时刻刻仔细地分清,而不要混淆作品的题材和它的思想倾向之间的差别。……在我们这里,喜欢按照不大复杂的'题材过时'的原则,把一切都接连报销掉的人,还是有的。"文艺创作从来主要是写已经发生过的事,如果认为"过时的题材"不写或者别人写过的不写，那么，就没有或很少东西可写了。

文艺作品能表现别人没写过的生活，当然很好；但更主要的，是创造别人没创造过的形象。形象是有生活内容和思想倾向的，从生活中挖掘别人没有发掘出的思想，以这思想去表现生活和创造形象，就会别出一格，自有新意。挖掘出新的思想和生活内容，就是闪光的一斑。

生活无尽，思想无穷，在艺术构思上，可以表现客观事物和主观感受的一斑，也是无穷无尽的。艺术形象的新颖和多样化，来源于作家对生活把握和感受的新颖和多样化；艺术形象的多样化和新颖，在很大程度上取决于作家从生活与感受的全豹中所选取的一斑的新颖和多样化。当然，这些一斑必须以与其所要把握和体现的全豹统一为前提。

（三）一斑与全豹对立统一的多样性

既然任何一种生活面、任何一个事物和主观感受的全豹与一斑都有多样性，那么两者之间的对立统一关系、对立统一的可能性和完成的形式，也就有无穷无尽的多样性。这些关系、可能性和完成的形式，有的是在某个事物、某种生活的全豹中找到一斑，而以这个一斑与全豹的对立统一。由于每个事物都有一斑和全豹的多样性，因此，这种可以说为直接的一斑与全豹统一的关系，可能性和完成形式是无限多样的，许多作品的创作都是如此。

另一种情况，是间接的一斑与全豹的对立统一，即在某个事物的全豹之外，以某个与这事物有某种关联的一斑而去把握和表现这事物。因这种一斑是用其他事物把握或表现这事物，只是有某种蛛丝马迹的联系，所以是间接的对立统一。世间的事物总是有某种关联的，主观的想象天地又是无限的。所以，这种间接的一斑与全豹的对立统一更是无穷无尽的，变化无穷的。许多作品奇特的艺术构思和令人兴叹的成功，往往得道于此。例如民歌《血衣衫》：

菱角小，角弯弯，小妹嫁到菱角湾，刚过三天又三晚，哭哭啼啼回家转。丈夫碰到"遭殃军"，拉丁不成遭了难；小小包裹未打开，露出一件血衣衫。

这首民歌是写一个小姑娘出嫁后三天，丈夫就因"拉丁"而死，又回到娘家的情景。所表现的生活与菱角小的形象并没有什么直接关联，但它以菱角小（这一斑）为缘起和概括这件事，却有着多重的意义：一是写小姑娘的形象，表明这是一个扎着两条小丫辫、乳臭未干的姑娘；二是表明她出嫁后遭难回到娘家的经历；三是这小姑娘受到多重灾难（年幼逼嫁、年幼守寡、丈夫致死、小姑娘受罪）的寓意。菱角小与所写的这小姑娘的生活，表面上只是她的夫家（菱角湾）和她的头发形态上有直接的关联，这可以说是实体的关联；但在性质上没有什么直接的关联，主要是间接的、曲折的，经过作者和读者从这所写的生活中的转折思考才理解到的理念上的关联。这显然是作者在经过许多构思上的一斑与全豹的对立统一过程之后，才把握住的艺术构思，这就是以彼一事物的一斑与这一事物的全豹的对立统一。

明确这种一斑与全豹的统一，对于艺术构思是非常重要的。它说明了客观事物的可塑性和对主观的多种触发功能，也就是主观想象的多种媒介和广阔的天地。《白石诗说》中说："诗有四种高妙：一曰理高妙，二曰意高妙，三曰想高妙，四曰自然高妙。碍而实通，曰理高妙；出及意外，曰意高妙；写出幽微，如清潭见底，曰想高妙；非奇非怪，剥落文采，知其妙而不知其所以妙，曰自然高妙。"所有艺术都是如此。艺术构思的一斑与全豹对立统一的多样性，就是这种情形。

例如，有的作品以某种"理"的一斑去把握和体现某种生活，发掘出别人所未发现的思想，或者给一些并不具有这种思想的事物赋予某种思想。如李商隐的名句："春蚕到死丝方尽，蜡炬成灰泪始干。"多少人见过和写过春蚕和蜡烛，却没有人发现和写出这些事物的献身精神，而这些事物本身是没有这种思想的，它们的献身只不过是它们的本能或功能如此而已。作者以献身精神之"理"去写它们，这就是以"理"的一斑去把握这些事物，同时就是以"理"的这一斑化于这些事物的一斑之中，而将作品所要体现的事物和思想感情的全豹把握和体现出来，这就是"理的高妙"。

有的作品，特别是戏剧和小说，能以某种"意"的一斑去把握和体现所要表现的生活。例如莫泊桑的短篇小说《项链》，写一个贫穷虚荣的小职员妻子，为参加教育部长的宴会而去向一个太太借了一条项链，不幸将这条项链遗失了，只好借了一大笔债去买回价值三万六千法郎的一条项链还给那位太太。自己花了十年辛苦才还清这笔债，人也变苍老了，要虚荣也虚荣不起来了。最后她告诉这位太太还债的真相，这位太太才说："这条项链是假的呀，最多值五百法郎。"这种出人意料的艺术构思，就是"意"的高妙，因为这条项链的一斑，实际上是莫泊桑要讽刺某些没有钱而又贪求虚荣的人之意的体现。他是以这个小职员妻子将一条假项链当作真,最后才知其假的过程,将这个人物和她所在社会生活的全豹,同时也将其对这种人物和这种社会生活的思想倾向的全豹把握和体现出来。

有的作品,特别是一些散文、游记,往往是以思想的一斑去把握和表现某种事物或主观感受的,如高尔基的《海燕》、茅盾的《白杨礼赞》、陶铸的《松树的风格》、朱自清的《荷塘月色》《背影》。这些作品,对海燕、白杨、松树、荷塘的刻画细致入微,但并不是为这些事物而写,而是赋予一定人情、人性,赋予一定的时代气息和风格。朱自清的《背影》,写的只是离别他父亲的一瞬情景,然而由于作品从这些微小的事物中引发出深广的思想,或者说是以深广的思想去写这些事物的一斑,又以这一斑表现深广的思想,所以在艺术构思上可谓出奇的高妙。

有的作品,特别是诗歌,往往是情与景浑然一体。例如陶渊明的诗:"采菊东篱下,悠然见南山。"李清照的词:"帘卷西风,人比黄花瘦。"如此等等,就是自然的高妙。这种高妙,也不是"知其妙而不知其所以妙"的。它们妙的道理在于主观与客观的高度统一,一斑与全豹的高度统一,而其所以能如此高度统一,就在于作者在充分地把握了一斑与全豹的对立统一的多样性的基础上,找到了最理想的、最恰切的统一途径和完成了最好的统一形式。这是作者有了长期的艺术实践经验所达到的炉火纯青的境界。所以,在明确了艺术构思的原理之后,还得以自己的实践才能创造精巧的艺术构思;同时也要靠自己的实践,才能真正明确和把握艺术构思的一斑与全豹对立统一的原理。只有这样,才能真正把握个中的奥妙,创造出杰出的艺术作品来。

第五编 形象论

第一章　炼意与造形
——艺术的结构

一、什么是艺术结构

艺术结构是文艺作品，也即是艺术形象的一个组成要素，即形象的骨架、框架、布局、格局。每一个艺术作品都是一个完整的形象，它都应与客观事物一样，有它的结构，才能成为一个整体的、具体的事物，每个艺术品都是因有其结构才能产生和存在的。

生活中每一个人，都有一定的骨架、格局；每个生活面和事物都有一定的框架、布局。艺术形象也是如此。当代中国作家林斤澜说："语言是一切事实和思想的外衣，结构是骨架。这个人长得匀称不匀称，是个儿不是个儿，是由骨架大小决定的。结构就仿佛是骨头架子，它在皮肉里头不容易看得见，容易被忽略。"他认为现在短篇小说越写越长的原因，是不讲究结构，应该重视和研究结构，应该有专门研究结构的书。这个看法是很有道理的。

要探讨结构问题，很不容易。过去有不少作家曾经谈过，但不成系统。在理论上，结构的概念是很明确的，所包括的问题也比较多；在实践上，则往往因人而异，因文而异，因事而异，因时而异。作品的突破和创新，大都是与结构的突破分不开的。

许多艺术形式和创作方法的兴起，也往往是在艺术结构上的改变开始和表现出来的。例如，中国诗歌从四言诗到五言、七言诗，后发展到词、散曲，从格律诗到自由诗，从文言文到白话文，从传奇到小说，在创作方法上从浪漫主义、古典主义、现实主义到自然主义、批判现实主义、革命现实主义、现代主义等的变化和兴起，都是从艺术结构的改变开始和表现出来的。这些艺术形式和创作方法上的变化，有着错综复杂的因素，就其共同性的实质来说，都是内容与形式产生矛盾而要求在新的基础上统一的缘故，都是主观与客观、抽象与具体、个别与一般、有限与无限的对立统一规律在艺术结构上，也即是在形象结构上的反映。从艺术的本质及其在社会中与诸种意识形态和客观事物的关系上来说，也是同艺术与社会生活、社会意识、社会思潮、政治、哲学、美学、民俗习惯等的各种统一关系密切相关的。艺术结构问题探讨的难度之大，正是在于其关系面的复杂和自身所包含的复杂性，至今仍难以出现一本艺术结构学的专著的原因就在这里。

这里，我们只从形象的艺术创造的意义上去探讨艺术结构上的规律性问题，以艺术辩证法的原理去探讨其中的对立因素和矛盾方面，以及这些对立因素和矛盾面是在怎样的条件和形式下求取统一的，又是怎样出现和创造多种多样的艺术结构的。

艺术结构问题，不仅仅是形式问题，它本身就包含着内容问题。列宁在《哲学笔记》中说："形式是本质的，本质是有形式的。"这就是说，任何形式都是本质的表现，任何事物的本质都是有其一定的形式表现的。事物的结构是事物表现形式的主干，它同样是事物本质的表现主干，因而，艺术结构也就是艺术形象本质的表现主干。所以，结构问题，既是形式问题，又是内容问题。

文艺作品的内容，包括两个方面：一是所表现的客观事物，二是作家对客观事物的感受和思想倾向。这两个方面的内容是一个主观与客观的化合体。这个化合体产生于艺术构思阶段，这时候，它就是作家以一定的艺术结构方式进行创造的产物。同时，其本身也包含着一定的结构。这就说明本质是形式的。在进入直接体现艺术构思的艺术实践——艺术结构阶段的时候，作家要将这个本身具有一定结构的化合体表现出来。将其充实深化并以恰切的形式表现而出现的问题，就是要求创造恰切而新颖的艺术结构问题，这样就产生了各种各样的对立因素和矛盾方面。这些对立因素和矛盾方面以主导地位作为主线贯串，是内容与形式的矛盾；从艺术创造的意义上说，主要是炼意与造形的矛盾。这就是：一方面，要依据所表现的内容寻求恰切的艺术结构；另一方面，又要从艺术结构的需求去加工和深化所要表现的内容。所以，艺术结构的问题，核心是炼意与造形的关系问题，是正确而新颖地处理炼意与造形的辩证关系问题。这个关系，贯穿着和表现在艺术结构的一系列问题上。

二、艺术结构的基础

在艺术结构中，始终贯穿着炼意与造形的辩证关系，首先在于其基础本身（即进行和创造艺术结构的基点）有意方面的因素，又有形方面的因素，这两种因素是对立统一的。

所谓意的因素，包括客观与主观两个方面：客观方面是认识和表现的客观事物或思想意识，主观方面是作家对客观事物或思想意识的认识和感受。主观方面的因素包括：理、情和美感。这些因素，在作家头脑中是综合体、化合体。作家进行和创造艺术结构，都是以表现这个意为出发点的。所谓意在笔先，就是以表现意为出发点，是进行和创造艺术结构的前提或基础。

形，即形象，也是进行和创造艺术结构的出发点。它虽然以表现意为前提，但是在一定的条件下，它本身也是表现意的前提。一般来说，艺术创作大都以意造形，但也有以形取意、以形炼意的情况。这是因为：①并不是一切的意都是艺术的意或者能够成为艺术的意，要选取和形成艺术的意，就必须以形的要求去选取意和提炼意，这即是艺术的形象思维，形象的选取和提炼；②艺术形象有一定的构成法则，有美学的要求，这些美学的要求，实际上也是形的要求，要创造艺术形象，选取和提炼出艺术的意，就必须以形为出发点；③艺术形式有一定的客观性和传统性，作家进行艺术创造，对意的表现，也往往选取其熟练和习惯的艺术形式去进行表现，以此去选取和提供意。艺术形式的要求，也就是形的要求，所以形的要求，事实上也是选取和提炼意的出发点或基础。

艺术形象的创造，理论上总是说意决定形，即内容决定形式，但在实践上两者的关系是辩证的，难以机械划分孰先孰后，孰轻孰重。列夫·托尔斯泰说："形式不是虚有的，但只有在内容好的情况下，形式才不虚有……磨砺作品，就是使它在艺术上达到完美，这样它就不会遭到冷遇，就会一再获得预期的成功。"阿·托尔斯泰说："我们有许多人认为，只要会描写燕子如何飞过池塘，翅膀怎样触到了水平面，就是文学了。这样是很不幸的，由此产生了形式主义：只管描写燕子吧，可以不必思考了。'拉普'的已过时的恰恰相反的观点是：文学仅仅是思想的宣传，所以技巧并不是必须的。实际上正好相反，没有艺术的技巧，文学的宣传就不能成为宣传。"鲁迅说："一切文艺都是宣传，但并非一切宣传都是文艺。"这些论述，深刻地指明了内容与形式，也即是意与形的辩证关系。

艺术结构是艺术形式的骨架，也是艺术内容与形式的辩证关系的一个重要问题。所以，在艺术结构的问题上，我们首先要明确其进行创造的基础，是内容与形式，即意与形的辩证统一。

三、艺术结构的方式

在文艺创作中，艺术结构的方式是多种多样、千变万化的。但是，不管是以何种方式或发生什么变化，都遵循着炼意与造形的辩证统一规律。也就是说，任何结构的方式或变化，都是意与形（即神与形）对立统一的一种方式或变化，都是意与形（即神与形）在不同的意义、范围、条件、方式上的对立统一。在比较大的范围上，主要有下列四种结构方式。

（一）从表及里，从里及表

所谓表，指事物的外在；所谓里，指事物的内在。从事物的外在表现事物的内在，是一种比较普遍的创造形象和构成形象的途径和方法。一般现实主义、自然主义、浪漫主义、古典主义大都运用这样的方法，以事物的外在去表现事物的内在。以事物的内在去表现其外在，则是另一种创造形象和构成形象的途径和方式。这种途径和方式，在现实主义等创作流派的作品中也有，但不是作为构成形象的基本法则，而是作为补充；在现代主义的一些流派，如意识流、超现实主义、荒诞派戏剧、未来主义、表现主义、象征主义中，大都以此作为形象创造法则，作为形象结构的基本途径和方式。

这两种形象结构方式或途径的主要特点是：

1. 由表及里的方式

这就是以一定时间、空间的生活形象面来表现生活的内在，这种形象结构法则，与客观生活或事物的外在形态及其结构是一致的。这种形象结构法则，表现在小说、戏剧中，是"三一律"（即时间、地点、情节的一致）。

例如曹禺的《雷雨》，时间就是一天，地点就是周公馆，情节是周鲁两家两代人的矛盾冲突。作品的形象，是以一天时间、两个地点之中有关的几个人物之间发生的事情构成的生活形象画面。为达到这个形象完整性的要求，不能离开这个时间、地点、情节去表现这场矛盾冲突的过去和内在的事情。这些过去的事情和内在的东西，只能让读者或观众从这特定的形象（包括语言、动作）中去思索和感受出来。此剧表现的矛盾冲突，实际是由于数十年前周朴园与鲁侍萍有过爱情关系，并且生了两个儿子（周萍和鲁大海）所产生的。这是矛盾冲突的内在。这内在是不能离开这出戏的时间、地点、情节所规定的形象而去直接表现的。再就是，这场矛盾冲突实际上包含人生报应的宿命论主题（当然还有许多积极的因素，如对封建礼教的虚伪性和阶级剥削压迫的批判，对工人运动的歌颂），每个人物也都有其多种多样、错综复杂的思想感情，也是内在的东西。这些东西，又只能由人从戏的形象中思索和感受出来，不能直接表露和表现。这就是由表及里的形象创造法则和结构方法。这种结构方法，要求以客观事物本身的面貌去体现，以客观事物的形象结构为其形象结构。

2. 由里及表的方式

这就是从事物的内在出发去表现事物的外在。也包括有的只是表现内在而不表现外在（如超现实主义的无意识写作法）。这种形象结构方式，大都是写内心世界。内心世界是事物的里，是无形的。从抽象与具体对立统一的原理来说，无形的内心世界，还必须以有形的方式（形象）去表现，还是要有其外在的。这种外在，还要靠客观事物的形体和语言去表现。但是，从形象结构的意义上说，它的结构方式则不是以客观事物的面貌和结构作为构成形象的法则，而是以内心世界的活动程序与方式去表现内心世界。所谓打破物理时间和空间的限制，以意识的流动方式去写跳跃式、迸发式的思维活动，写在一个时间、空间所思及的上下数千年、纵横数万里的事物，将其组织于同一个形象之中，这就是所谓迸发式、跳跃式的形象结构。

例如王蒙的《春之声》，就是以出国考察回来的工程物理学家岳之峰在火车上的思绪作为表现的对象，并以这思绪的进程和方式而创造形象结构的。这些思绪，打破了一定的时间、地点限制，没有一定的情节。然而，尽管跳跃、迸发，还是要回到乘火车这个时间、地点上来，同时也有一定情节，这就是进程中所引起的种种思想上的矛盾冲突。它一方面以思绪进程的具体描写表现了外在；另一方面，又以这个人的思绪与火车前进声所形成的节奏，表现了新时期开始时的时代节奏。这种节奏的表现，既是现实生活的外在，又是现实生活的内在。所以，这就是由里及表的形象创造途径和形象结构方式。

这两种形象结构的方式和途径的区别主要在于对以意造形的立足点和要求的不同，前者要以客观世界的面貌和结构来造形显意，后者要以内心世界的面貌和结构来造形显意。两者是在不同的出发点上要求和进行炼意与造形的对立统一。应该说，两者都有其局限性，各有其长短利弊。比较而言，前者较适合读者的欣赏习惯与审美要求，也较符合客观事物的显像程序；后者则是将人们的欣赏习惯和客观事物的显像程序颠倒了，自然人们不习惯，不适应，难理解。从对现实的反映而言，前者较直接清楚；从美学意义而言，后者较有思索和回味的余地。

（二）以纵写横，以横写纵

任何文艺作品所表现的都是一定生活的横断面，这个横断面有大有小，有长有短，都要成为一个完整体。能否创造出这个完整体，关键在于能否有一个完整的结构，像造一间房子那样。每个生活的横断面，一方面是无限的生活中的一个片段，是在纵横两个方面抽取的一点；另一方面，在这生活横断面中，也包含着纵横两个方面的无限内容。因此，要将每个生活横断面表现出来，在其内和外都存在着无穷无尽的途径和方式，要选取最恰当的方式和途径，就必须正确地把握其内外的纵横渊源和实际，从中选择出理想的结构方式。

这些结构方式，从大的范围上说，不外乎两种：一是以纵写横，二是以横写纵。两种方式都贯串着纵与横的辩证统一，不过是着重点和途径不同而已。

1. 以纵写横

即写一段比较长的历程，这段历程往往以某个或某些人物的成长道路，或某个地方的历史变迁为线索而组织画面，或以这个线索构成一组形象系列。这个历程的系列，谓之纵；这系列中的一个个形象，就是横。每个横的形象都是有独立性的，是可以自成一部完整作品的，又从属整个形象系列。这就是以纵写横。当然，整个系列形象的逐步完成，又组成一组系列完整的画面。常见的长篇或中短篇小说包括"三部曲""五部曲"即是如此，例如，高尔基的《童年》《在人间》《我的大学》，列夫·托尔斯泰的《战争与和平》，阿·托尔斯泰的《苦难的历程》，巴金的《家》《春》《秋》，欧阳山的《一代风流》，杨沫的《青春之歌》，等等。其实在较短的小说、散文和抒情诗中，也有这种结构方式，如鲁迅的小说《祝福》写祥林嫂，《故乡》写闰土。唐代诗人崔护著名的《题都城南庄》，仅用四句诗即写了相隔一年的纵横画面：

去年今日此园中，人面桃花相映红。
人面不知何处去，桃花依旧笑春风。

古今一些咏史、咏人、咏地诗，纵横跨度就更大了。如：

东临碣石，以观沧海。水何澹澹，山岛竦峙。

> 树木丛生，百草丰茂。秋风萧瑟，洪波涌起。
> 日月之行，若出其中；星汉灿烂，若出其里。
> 幸甚至哉，歌以咏志。（曹操《观沧海》）
>
> 大雨落幽燕，白浪滔天，秦皇岛外打鱼船。一片汪洋都不见，知向谁边？
> 往事越千年，魏武挥鞭，东临碣石有遗篇。萧瑟秋风今又是，换了人间。（毛泽东《浪淘沙·北戴河》）

2. 以横写纵

指写一个完整生活横断面的形象，即一切描绘不超出一定的时间、地点的画面，但在这个画面中，又穿插或包含着许多历史的外在因素。这种形象结构比较普遍，往往又给人较为完整之感。如《红楼梦》《子夜》《高山下的花环》等就是这样。

这两种结构方式，都必须使纵与横辩证统一，在纵中必须有横，在横中必须有纵，否则就没有深度。李国文的《花园街 5 号》之所以有深度，原因就在于以横写纵，并有机结合，首尾呼应。由谌容的小说《人到中年》改编的同名电影，之所以被认为是失败之作，主要失误就在于离开了这个结构法则。鲁迅的《药》的结尾之所以不是多余的，是因为它未离开形象本身的特定时间和地点的结构整体。

（三）以合写分，以分写合

一般小说和戏剧，有所谓单线结构与复线结构之说。单线，指只有一个故事情节的发展线索；复线，则有两个或两个以上并行发展的故事情节。从结构的意义上说，复线是以分写合，单线是没有分合。其实，无论单线或复线，都是有合有分的，不过是着眼点不同而已。无论哪一种，都要达到从合到分、从分到合的辩证统一过程。无论大型或小型的作品，也都有分与合的辩证统一结构，从情节的意义上说是如此，从概括生活的意义上说也是如此。

1. 以合写分

这种方式，实际是将生活面拉开。这是生活规律，也是艺术规律。《三国演义》开篇第一句话就是："天下大势，分久必合，合久必分。"这小说就是从合写分、由分到合的结构。珠江电影制片厂拍制的影片《大浪淘沙》、苏联小说《三个穿皮大衣的人》、欧阳山的长篇小说《三家巷》也是如此。这是生活本身的分化规律的反映。以合写分,其结局也都是合,但是不同的基础上的合,也就是另一种意义上的合,是事物的转化,是经过一段历程——矛盾发展后的重新组合,在小说和戏剧的情节发展进程中,大都是合—分—合的。

2. 以分写合

这是指复线结构的方式,它常常是从分到合的。其开始也还是有合,结局也有分;但这种分合,往往看来还是那么有机,是外在的分、外在的合为多。如列夫·托尔斯泰的《安娜·卡列尼娜》,是拱形结构,是两条线镶合在一起的。这两条线,一条是安娜与渥伦斯基的爱情,另一条是列文与吉提的爱情。两条线的描写,有时交叉,更多的是分开描写。安娜是物质生活美满,精神生活空虚,因而与丈夫关系破裂,同渥伦斯基产生了爱情,这是必然的悲剧,最后不得不自杀而死。列文与吉提的爱情,是物质生活一般,精神生活丰富。小说既是两种爱情的对照和组合,又是城市与农村生活和爱情生活及社会生活的组合与对照。所以,这种从分到合,是一种拓宽生活面、更广地反映社会生活面的艺术结构。

鲁迅的《药》实际也是从分到合的结构。这种复线结构,与列夫·托尔斯泰的《安娜·卡列尼娜》不同,它是分路开展,主次分行,以次分合,以合写次的。它的复线,一条是夏瑜的坚贞和被杀,另一条是华老栓为儿子搞人血馒头治病。通过华老栓找人血馒头的过程,一条线表现夏瑜的坚贞,又表现其脱离群众的悲哀,也表现革命者受人尊敬;另一条线表现群众的愚昧。这种复线结构,也是一种从分到合,表现两个不同而又统一的主题思想。

《水浒传》则是另一种以分写合的方式。小说写一百零八条好汉分别从四面八方被逼上梁山的过程,这种从分到合的结构,是连环式的从分到合。小说《儒林外史》的结构也是如此。

另一种以分写合的结构,是从不同的角度写同一生活及其进展。这种结构方式,往往表面是分,实际也是分,但内在又组合,内在是合。如美国福克纳的意识流小说《喧哗与骚动》,分别从白痴、经济狂、权欲狂和管家等四个不同的角度,描写一个女人遭受强奸后的遭遇。当代中国女作家戴厚英用意识流方法写的长篇小说《人啊,人!》的艺术结构,也是这样。

（四）以平面写立体，以立体写平面

任何艺术的形象结构，都首先立足于一定的平面。如果不首先注重一定形象平面的描绘和显示，就不成其为形象，就会散不成形。因为形象给人展示出的都是一定的平面，但是，如果仅停留在一定的平面，也就欠深度和广度，所以必须在形象平面中显示其本应有的立体。这也是形象结构的一个法则。

从这意义上说形象的结构，大致有以平面写立体和以立体写平面两种方式。

1. 以平面写立体

这种方式，是指在一定的形象平面中，以各种手段向内外纵横引申，又在一定的要求下收合于一定形象平面，使平面有立体感，形成一个立体形象的一个平面，而又不仅是一个平面的形象。这是在平面中体现立体的方式。这种方式较为常见，现实主义、浪漫主义作品大都如此，小说、散文、诗歌、舞蹈、美术都是这样。小说、戏剧都有一定的时间、空间、情节，实际是写一定时间、空间中发生的事情。这些事情，都是有一定来龙去脉的，但是由于时间和空间的限制，不能将其来龙去脉表现，但又要在这个有限的时空里表现来龙去脉，否则就不是立体。只写一定的时空限制内的事，则只是平面的形象。

例如，人们熟悉的李白诗《黄鹤楼送孟浩然之广陵》：

> 故人西辞黄鹤楼，烟花三月下扬州。
> 孤帆远影碧空尽，惟见长江天际流。

这首诗形象的正面是后两句，前两句实则是立体性的补充。同时，它又是写一个立体的形象平面。其立体，在于有视点和距离，有远近的境界（"烟花三月""碧空""孤帆""远影"），以平面的距离拉开而造成了立体，这就是在平面中显立体。

2. 以立体写平面

这种方式，是指在一定的立体形象中，又构成一个平面的形象，即立体的外表实际是平面的形象。王蒙说他的小说是"从一点射向八方，以八方射向一点"。他的小说《春之声》《蝴蝶》都是这样。这种形象结构是立体的，但实际上又是平面的，因为它的"一点"（前者是写岳之峰在列车上，后者是写张思远在飞机上）即是平面形象。不仅现代派小说的形象如此，传统诗词也是这样。例如杜甫的《绝句》：

　　　　两个黄鹂鸣翠柳，一行白鹭上青天。
　　　　窗含西岭千秋雪，门泊东吴万里船。

　　全诗四句，每句分别写不同方向的景色，可说是立体的；但都是从"窗"看到，又都是写在成都思念之心情，故又是平面的。无论是以平面写立体或以立体写平面，其关系都是辩证统一的，而且往往是交织于一体的。总之，形象结构的方式是多种多样、千变万化的，有无限的创造天地。

第二章　抽取与综合
——艺术的概括

一、什么是艺术概括

文艺创作的全过程，可以说就是典型化的过程。为什么呢？因为作家反映生活和体现理想，都是通过塑造典型的手段来实现的。也就是说，通过典型将自己所要反映的生活和理想，更集中、更强烈、更鲜明、更有特征地表现出来。这个过程，就是将不利于表现特征的，有碍于集中、强烈和鲜明的东西去掉，以个别体现一般，使一般寓于个别之中，达到个别与一般的高度统一。所以，创作的过程就是典型化的过程，而典型化的过程就是个别与一般的统一过程，典型化就是艺术的概括。

从实践上和理论上讲，任何一般都在个别之中，"无个性即无共性"。任何个别，都包含着多种意义上的一般，没有不包含着或从属于任何一般的个别。在现实生活中，任何事物莫不如此。依据这个道理，本来对生活中任何事物加以描述，应该说都有一定的典型意义。既然这样，为什么还要在文艺创作中，对现实生活中的事物再来一番改造，再下一番使个别与一般对立和统一的典型化功夫呢？其原因是，相对来说，现实生活是分散的。这分散指两个方面：一是生活或事物通常有比较长时间的发展过程，即可称之为时期或时代者，如一场长期战争，像中国的抗日战争、新民主主义革命，一个人的成长道路，一个地方的发展史，等等，文艺创作毕竟受一定的时间、空间、篇幅、场面等的限制，不可能将其全部反映出来，只能通过一定的横断面和角度去反映它。从这个意义上讲，生活是分散的，这是一个方面。另一方面，作家对生活的反映总要体现自己的某种思想和感受。这种思想和感受，是从某生活面来的，是要通过对生活的某一具体面来表现的。那么，其他无关的生活面对于有关的生活面来说，不是分散的吗？可见，从文艺反映生活的职能和作家体现理想的要求来说，都必须对生活重新下一番改造的功夫，按照文艺创作的需要和体现理想的需要，在遵循生活的客观真实和逻辑的条件下，重新进行一般与个别统一的典型形象的创造。

重新创造形象，是受到诸多方面牵制的，也就是说有许多方面的矛盾。例如，创造的要求与所写生活的矛盾，要体现的理想与生活之间的矛盾，在塑造形象中理想与真实的矛盾、个别与一般的矛盾，等等。这些矛盾的核心，是个别与一般的矛盾。既然是为文艺的职能和体现理想的要求而塑造典型，就意味着形象要具有主观目的上的作用。这个作用要有普遍性的意义，要体现一定的主观思想。这两种目的是一致的，就是要求形象具有概括性和普遍性，这就是一般（共性）。但是，塑造的形象又不能是一个传声筒，不是一个概念的图解，必须是有生命、有特征的活生生的存在，这就是个别。而这个别又不是自己所要体现的一般的全部，自己所要表现的一般，又不是完全能体现在个别之中。这就形成了要将一般寓于个别，而个别又不能体现一般的矛盾。要使形象能够站立起来，就必须将这对矛盾统一起来。所以，典型化的过程，就是个别与一般的统一过程。

典型化的过程，是怎样的呢？毛泽东在《矛盾论》中认为，人类认识运动的秩序"是两个认识的过程：一个是由特殊到一般，一个是由一般到特殊。人类的认识总是这样循环往复地进行的"。这里所指的是认识过程。典型化的过程，包括认识过程和塑造形象过程两个阶段，其次序也同样如此。为什么呢？因为作家对生活的认识往往是从个别开始的，从这一个别，看到其他许多个别，这就是从个别到一般，从许多其他个别，更清楚地认识到这一个别。从塑造形象上说，从一个个别去概括为各种一般，或者以这种一般寓于一个个别之中。所以，典型化的过程，同样是从个别到一般，从一般到个别的循环过程。

鲁迅说："作家的取人为模特儿，有两法。一是专用一个人，言谈举动，不必说了，连微细的癖性，衣服的式样，也不加改变。这比较的易于描写……二是杂取种种人，合成一个，从和作者相关的人们里去找，是不能发见切合的了。但因为'杂取种种人'，一部分相像的人也就更其多数，更能招致广大的惶怒。我是一向取后一法的，当初以为可以不触犯某一个人，后来才知道倒触犯了一个以上，真是'悔之无及'，既然'无及'，也就不悔了。况且这方法也和中国人的习惯相合，例如画家的画人物，也是静观默察，烂熟于心，然后凝神结想，一挥而就，向来不用一个单独的模特儿的。"（《〈出关〉的"关"》）鲁迅这里所说的两种方法，都是从个别到一般，又从一般到个别的方法。

无论是哪一种方法，都是在个别的基础上或以个别为核心而进行的对一般的概括。概括得越普遍而又很有机地组合于个别之中，使个别越突出，越鲜明，即越有特征，那就越有意义，越有生命。苏联作家武尔贡说："真正的技巧力量——这就是艺术的概括力量。"（《苏联人民的文学》，第 137 页）这句话所指的不仅是概括的力量，而且是指将一般有机地体现于个别之中，使个别富有鲜明特征的本领，也即是使一般与个别有机地统一的本领。

什么是有机地统一呢？就是有血有肉地将一般寓于个别之中。无论是"专用一个人"或"杂取种种人"的方法，都存在着如何将一般统一于个别的问题。这是有一段距离的，这段距离，通常的理解是高尔基的说法："假如一个作家能从二十个到五十个，以至几百个店铺老板、官吏、工人中的每个人身上，把他们最有代表性的阶级特点、习惯、嗜好、姿势、信仰和谈吐等抽取出来，再把它们综合在一个小店铺老板、官吏、工人的身上，那么这个作家就能用这种手法创造出典型来——而这才是艺术。"（《谈谈我怎样学习写作》）这里所说的先是"抽取"，后是"综合"的过程，是一般所说的从个别到一般，又由一般到个别的过程，大致地说，典型化过程正是如此。

但是，这个论述并没有完全将典型化的过程确切地表达清楚，因为这种对同类型人物共同特征的"抽取"，只是某个方面的抽象（即一种意义上的一般）；而将这一种意义上的一般"综合"就意味着，这个综合的东西只是一个方面的一般的数量总和，这样的形象，岂不只是一个方面（即一种意义上的一般）的总和体，而不是一个有独特个性的形象了吗？岂不只是一种类型，而不是一种共性与全性统一的典型了吗？看来在"抽取"和"综合"这两个环节上，还有一些具体的东西，高尔基未讲清楚，以致被人们误解，将"抽取"同一般逻辑思维的方法一样，当作将某些特征抽象化，将"综合"当作数量的机械相加。

其实，"抽取"和"综合"，都是形象思维意义上的，即"抽取"是个别的，"综合"也是个别的，"抽取"相类似的细节形象，"综合"于特定的个别形象之中。因为形象思维自始至终是离不开形象的，是以形象为细胞的思维，而形象总是个别的，所谓从个别到一般，在一般中的"抽取"，实际上是同类细节形象的"抽取"，所谓从一般到个别，也即是将许多同类的细节形象按特定的一个个个别形象的内在逻辑有机地组合起来。一般对典型化理解错误和造成概念化的原因，就在于将典型化中的"抽取"理解为理论的抽象，离开了个别的具体的形象；将"综合"理解为概念的相加或类似细节形象的凑合，离开了个别的具体形象的内核。典型化的过程，无论是在"抽取"或"综合"的意义上，还是用"专用一个人"或"杂取种种人"的方法，都是离不开个别的。典型化的核心问题是个别的问题。列宁说，文艺创作的"关键在于个别的环境，在于分析这些典型的性格的心理"（《列宁论文学与艺术》第 2 册，第 711 页）。这段话在俄文版的《列宁全集》第 35 卷第 141 页的原文是："在艺术作品……全部关键在于个别的环境，在于对一定典型的性格和心理的分析。"（《给伊内谢·阿尔曼特的信》）列宁说个别是"全部关键"，可见个别在典型化中有着重要的位置和意义。

"抽取"与"综合"都是以一定的个别创造为基点的，即在一个基点上去"抽取"，在一个基点上去"综合"。这个基点是具体的、个别的。它是作家在经过从个别到一般的认识过程和思索过程之后确定的，又是在不断地将相应的一般融合，将不相应的一般排除，而将其逐步明朗和突出起来，从而成其为个别的。这个基点包括：思想基点、性格基点、特征基点、风格基点。

二、思想基点

所谓思想基点，包括两个方面：一是作家的思想立足基点，二是人物的思想立足基点。两者有联系又有区别。由于作家都是以自己的世界观去看事物，有自己的思想倾向和追求（当然这种思想也是生活所促使的），因此作家总是以自己的思想去评价事物，这就是作家的思想基点，这一思想基点，左右着作家在观察生活中，注意什么，关心什么，认真去注意和观察自己感兴趣的东西，排除自己所不注意的不感兴趣的东西，这是在比较、分析中进行的，就是从广阔的一般之中选取自己所关心感兴趣的个别，这是从一般中挑选个别，又以个别去结合一般。因为他是在挑选的过程中，将自己所关心和感兴趣的融为一体。这是一个个别与一般的对立统一过程。这就是鲁迅所说的"静观默察，烂熟于心"。

作家在生活的观察中发展和充实了自己的思想，更明确自己的独特感受，那么他就更自觉地根据自己要表现思想的要求，去选取和塑造能够体现自己理想的人物，有的是直接地正面地表现自己的理想，有的则是部分地间接地表现，有的则是从反面去表现，这就是说，从自己思想的基点上去对人物做出选择、对人物进行塑造。作家首先是按自己表现思想的需要去选择和塑造人物的，将不能表现的排除，将可以表现的融合，又是一个个别与一般的统一过程。这就是作家的思想基点在典型化过程中的主导作用。作家不会没有，也不会动摇这一思想基点。

这一基点，决定着人物的思想基点，但又不能与人物的思想基点相等同。作家的思想基点，决定着人物在作品中的地位。即是说，这个人物是正面人物、反面人物、中间人物还是二重性人物、圆形人物，或者是每个人物在作品中处于中心位置还是次要位置等，是由作家按其思想基点出发而体现自己思想倾向的需要所决定的。但是，作家又不能完全取代作品中人物的思想。因为作品中有各种各样的人物，不能认为都与作家的思想一致，如果是这样，作品中的人物众多，各有各的思想，一个作家怎能有这样多的思想呢？所以，两者是不能画等号的。作家的思想体现在对作品中人物的褒贬之中。而作家写的人物，又必须首先有每个人物的思想基点。这是作家思想与人物思想基点有联系又有区别的原因。

人物的思想基点，又是典型化的一个轴心，作家对人物的选取和塑造，是从具体人物的思想基点出发的，即在诸多人物中，挑选出这种思想的人物，排除其他一般的人物，将同样思想的人物融为一体。这又是一种意义上个别与一般的对立统一过程。作家塑造人物不能离开人物的思想基点，但这又遵循和从属于作家的思想基点。这是因为：一方面，如果作家不遵循人物的思想基点，人物就不能成为独立存在的人物；另一方面，如果只是遵循人物的思想基点而离开作家的思想基点，那么，作家写这个人物就没有明确的目的性或离开了自己的目的。

这两个方面是矛盾的，但又是必须统一的。而统一的基点，又是作家思想的基点。这种统一，不是取消或改变人物思想基点的统一，而是从作家思想基点出发，将人物思想的不符合部分除掉的统一，是在遵循人物思想基点的前提下进行的。比如文艺作品中的英雄人物，过去的理论是要求"高、大、全"。这是以作家思想基点等同于作品人物思想基点的主张，作家按自己的思想基点去塑造人物，但是人物没有自己的思想基点，也就不成其为人物；作家必须按英雄人物的思想基点去塑造，也可以按突出英雄的思想去除英雄人物身上的非英雄行为而不写，但是英雄人物有他自己的思想发展，有从不是英雄到发展为英雄的过程，就在成为英雄人物以后，也会有许多不是英雄的东西同时存在。如果将这些"非英雄"成分一概删去不写，虽然符合作者思想的基点，却离开了人物的思想基点。所以，作家的思想基点与人物的思想基点是有矛盾的，但又是可以统一的，这种统一是遵循人物思想基点和从属作家思想基点的统一，不是以作家思想基点改变人物思想基点的统一。

鲁迅塑造阿Q形象的过程，很能说明这个道理。他在《呐喊》自序中说，在日本留学的时候，看到一部反映日俄战争的影片，中间一个体格健壮的中国人被绑，被日军斩头示众，而围观的中国人都是麻木的神情。他因此感到医学并非第一紧要事,"第一要著,是在改变他们的精神,而善于改变精神的是,我那时以为当然要推文艺,于是想提倡文艺运动了"。这是鲁迅的思想基点,这个基点的来由是他要救中国,而救中国就要救病态的灵魂。这个基点决定了他着重观察中国人的病态灵魂的各种表现。一方面将不是病态的表现排除,另一方面将病态灵魂的表现进行概括。所以,他的作品大都选取表现各种病态灵魂的形象。阿Q、孔乙己、华老栓、祥林嫂等都是如此。他是以这一思想基点去选择、概括、抽取、综合的,作品是在这一思想基点上进行个别与一般的对立统一的产物。

鲁迅还在《〈阿Q正传〉的成因》中说,"阿Q的影像,在我心目中似乎确已有了好几年"。这就说明是他以这个思想基点去进行概括而得出来的结果。他是按救治病态灵魂的思想基点形成了阿Q的形象,也是按这个基点去塑造阿Q的形象,将不是属于病态灵魂的东西删去,按表现病态灵魂的要求去集中提炼这个形象。据周作人《鲁迅小说中的人物》所说,阿Q的生活原型是一个叫赵阿桂的人,这个人原做过小偷、捐客。鲁迅所写的阿Q又与赵阿桂并不相同,只有偷东西和辛亥革命时在街上大嚷:"我们的时候来了,到了明天,我们钱也有了,老婆也有了。"这两个细节是真有其事的。但偷的东西不是静修庵的萝卜和到城里所偷的那些东西,而是偷文物。如果按赵阿桂的原型写,只能是一个小偷或捐客的形象,阿Q则不是。具体表现在他同尼姑争论:"是你的,你能叫它应么?"明明是偷却要强辩,说成不是偷。写他偷城里人的东西,也不是写他偷的过程和高兴的心情,即表现其贼行,而是通过写他得点东西受到人们钦佩,连赵太爷也对他另眼相看,可是一知内情,个个又都白眼相看,以反衬的写法来揭露病态的灵魂。可见作家写人物,即对人物进行集中概括,是以自己的思想基点为中心的,鲁迅以揭露病态的基点去写阿Q,同时又遵循着阿Q的思想基点去写阿Q,阿Q的精神胜利法之所以与假洋鬼子不同,就在于此。阿Q是个愚昧农民,他只能以自己姓赵(因是大姓)、用"从前比你阔多啦""儿子打老子"等来表现自己的精神胜利,因他是挨打的,又是弱者;他不可能想到去静修庵打菩萨像是"革命行动",只能想到去偷萝卜,在萝卜的主权问题上表现自己的精神胜利;他不可能用钱去买个"柿油党"的牌子,只能在街上嚷嚷要革命。假洋鬼子则是打人,没有在挨打的问题上表现自己的精神胜利;他的知识和地位,使他可以想到打菩萨是"革命行动",有钱就可以买"柿油党"的牌子。他们都是按照各自的思想基点塑造出来的人物。显然,在阿Q和假洋鬼子的思想中,除了这些精神胜利法的表现,还有其他方面,这些在作品中也有表现，但并不是作者所强调的。为什么强调而突出表现精神胜利法这一方面，而不突出表现其他方面呢？这就是作者的思想基点在起着决定作用的缘故。可见，在典型化中，一般与个别的关系，是在作家思想基点的前提下、在人物思想基点的基础上的对立和统一。

阿·托尔斯泰在《致青年作家》中说："艺术跟科学一样，都是在认识生活，科学是用经验（受科学家的观念所指导的经验）来认识真理的。经验越多，事实越丰富，科学的结论就越精确。从任何一种科学研究来说，如果积累起了无限多的实验过的事实，其经验就会接近绝对真理。艺术在进行概括的时候，不必去追求经验在数量上的多少，艺术力图寻求具有特征的事实……你遇上一个人，并且同他攀谈起来，于是你感觉到，根据这个人你可以塑造出一个时代的典型来，这种情况是否可能呢？是可能的。我再说一遍，艺术是依据少量的（跟科学比较而言）经验，但是，它都根据艺术家的信念，即艺术家的'强词夺理'，借以揭示时代概括的那种经验……我不是说，也决不是说，不需要去观察生活，不需要利用记事册。我只是说，不要漠不关心地去观察（去记录事实），而应该在生活中寻找你所要概括的原型。"这段话很清楚地说明了作家的思想基点在典型化中的关键作用。丁玲等许多作家，都谈到过对生活的观察，往往是看到的不是理解的，感动的也不一定是自己所需要的，说的也是这个道理。

三、性格基点

所谓性格基点，指作家的性格和作品人物性格的基本点。它是从属于作家的思想基点和人物的思想基点的，但又有其独立性。其所以是从属，是由于作家要以其体现某种思想，是人物思想的具体体现。其所以是独立的，是因为它又不等同于作家的思想，不等同于人物的思想，而是有着自己的独特存在，有着自己的表现和发展逻辑，在这一点上是不受作家的思想所左右的。鲁迅说他写阿Q，"大团圆"的结局是事先未料到的，而且这么快死也是无可奈何的，这是什么原因呢？就是人物性格有自己的发展逻辑，有相对的独立性，作家写作是从自己的思想基点上去选择、概括某个典型人物，根据这一人物的思想基点进行人物的概括，还要对人物性格的基点进行概括，即将生活中许多某些性格相似的人物的特征融于一体，形成一个有特征性格的人物，又从这个性格的基点去取舍人物的性格表现方式（即事件、场合细节、情节、语言等），将一切非性格特征的东西排除，将符合的融为一体。这就是性格的形成过程和塑造过程，是对立统一的过程。

鲁迅塑造阿Q这个典型，是按这个程序的。可以设想，鲁迅对中国人精神胜利法的表现，观察到的何其多也。事实上他的小说和杂文很多是向这种国民劣根性开火的。显然，这么深厚的观察基础和这么多观察所得，在阿Q形象中尚未完全体现出来。为什么不能完全在阿Q身上体现呢？这里有文艺作品的限制问题，又有人物特定性格所规定的问题，这就是说，只能是在阿Q这个人物性格的基点上凝聚或概括精神胜利法的表现，按其性格基点将这种人物所特有的精神胜利和表现刻画出来，至于精神胜利法的其他表现，只能排除在外；同时，又将阿Q这个人物其他性格方面的表现排除在外，将符合这人物性格特征的精神胜利法融在一起，铸成这个特定的典型。说偷书不算偷，是一种精神胜利法，为什么鲁迅只能用在孔乙己身上而不能用在阿Q身上呢？为什么写阿Q捏了小尼姑脸蛋一下，却又不像写流氓阿飞的作品那样想入非非呢？就是因为阿Q毕竟不是流氓阿飞，他这个行动不是出于调情，而是在被奚落和被侮辱后的一种精神反抗，"和尚摸得我摸不得"，是出自一种不服的思想，是精神胜利法的一种表现，而鲁迅不将阿Q这个行动写成调情，就是由于遵循人物性格的基点。

列夫·托尔斯泰说："我常常写真人的。以前在手稿中，甚至主人公的姓氏都是真的，为的能更清楚地想象我依照来写的那个人，只有当故事润色完毕以后，才更换姓氏……但我认为，如果直接写某一个真人，那写出来的决不是典型的——结果会是个别的、特殊的、索然无味的东西。我们正是应该从某人那里取来他的主要的、有代表性的特点，并且用观察到的另一些人的有代表性的特点来补充，这才会是典型的。必须观察同样的许多人，才能造出一个特定的典型。"（《古典文艺理论译丛》第11期，第116页）这里所说的就是艺术概括中的性格基点。

高尔基说："在特定人物的身上找出最稳定的性格特征。必须理解他的行动的最深刻的意义，以选取最有普遍意义的、最有人性的东西，从而构造某种令人信服的、不可摇撼的东西。"又说："每个人都有自己生物学上的意志。这些品质，是作者将他们从现实里取来的，是自己的材料，是半成品，然后他去制造他们，用自己经验的力量，自己的知识，去琢磨他们，去替他们说尽他们所未说完的话，完成他们所未完成而按他们的天资力量应该完成的行为，这就是——'虚构的地方'——艺术创作。"这些论述，有力地说明了典型化过程中人物性格基点的作用和作家必须遵循人物性格基点的道理。

四、特征基点

所谓特征基点，是性格某个方面的突现，也可说是人物性格基点的补充，是从属于性格基点的。但在塑造形象的时候，这个基点对于坚持性格基点和突出性格有特别意义，所以另列为一个基点。

别林斯基说：典型是"熟悉的陌生人"。所谓熟悉就是普遍意义；所谓陌生，就是新颖的有特征的。在典型化中，特别在塑造形象中，不可只表现熟悉而不表现陌生，那就没有特征，不成为特殊的人；如果离开熟悉去写陌生，也就不能成其为陌生，在理论上是不可能的，在实践上也是不可能的。问题是要辩证处理两者关系，要以陌生（即特征）为基点去写熟悉，在熟悉的基础上写出陌生。丹纳说："艺术品的目的是使一个显著的特征居于支配一切的地位。因此，一件作品越接近这个目的越完善，换句话说，作品把我们提出的条件完成得越正确越完全，占的地位就越高。我们条件有两个，就是特征必须是最显著的，并且是最有支配作用的。"（《艺术哲学》）所以，在塑造形象中，特征与非特征或次要特征，又是在实践中的一个对立关系，如何掌握特征的基点，使非特征或次要特征与其统一，是典型化中的一个环节。黑格尔说："性格同时仍须保持住生动性与完满性，使个别人物有余地向多方面流露他的性格，这方面各种各样的情境，把一种本身发展完满的内心世界的丰富多彩性显现于丰富多彩的表现。"（《美学》第一卷，第304页）这一论述指出：性格是丰富的、生动的、完满的；要使性格有多方面流露，同时必须注意其中"一种"的充分表现。这就是说，性格的表现，既要具有多方面的丰富性，又要突出一个方面的特征。

这就说明，在性格的基点中，还有一个以性格中的某方面特征为基点的问题，即以一个突出的特征为中心去表现性格。这包含着几个方面的意义：一是以这特征作为基点，以点带面地将性格表现；二是以这特征为主线，贯串一切情节细节而表现性格；三是以这特征为轴心将许多同类的特征融于一体；四是以这特征为中心，将一切不利于表现或无关的部分排除。这四个方面的意义，是同时进行的，都贯串着一般与个别的对立统一，即将属于和有利于表现特征的一般融合，将不属于或有碍于突出特征的一般排除，在突出特征的前提下去将一般与个别统一。

例如，孔乙己这个人物，按周作人的记忆，是有原型的。其原型是一个叫孟夫子的人，小说中所写的事，大都是这个人的真事。他还说道："鲁迅在本家中间也见过类似的人物，不过只具一鳞一爪，没有像他那么整个那么突出的,所以就描写了他,而且说也奇怪,本家的那些人,似乎气味更是恶劣,这大概也是使他选取孟夫子的一个原因吧。"(《鲁迅小说里的人物》)这里所提供的情况说明:鲁迅写这个人物是经过挑选的,也就是说,经过一般到个别的过程;鲁迅之所以不写其他"气味更是恶劣"的人而写孔乙己,这里面就有一个性格的基点问题;这性格的基点不是原型所规定的缘故,而是鲁迅经过选择概括,掌握到这种人物的基本品质不是更恶劣,而是像孔乙己这样的。这是经过一般到个别的功夫而掌握住的性格基点。但是,在刻画的时候,这个性格存在着多方面的表现和发展趋向。孔乙己因为不会谋生而潦倒,从而去偷,如果只写这个方面,那么他是一个"更恶劣"的浪子;孔乙己又是一个书生,爱面子,讲斯文,如果只写这方面,他就是一个伪君子的形象;孔乙己还是一个无能的人,除了抄书,什么也不会做,如果只写这一方面,那他就是一个懦夫懒汉的典型;孔乙己还是一个充满笑料的人物,如果只写这方面,他就会成为一个滑稽的小丑;孔乙己还是一个喜欢孩子的人,如果只写这一面,他又是一个慈祥的文人。这说明一个性格有着多方面,在刻画性格时还必须把握其中一个方面为性格的中心,即特征的基点。鲁迅所把握的孔乙己特征的基点是什么呢?那就是作为被封建社会所害而仍对封建礼教麻木的知识分子,他受封建礼教之害仍视封建礼教为高尚,诚心诚意地遵封建礼教之规,循孔孟之道,自己被人害,却从不想害人。作者思想的基点是要以这一形象控诉旧社会的罪恶,唤起人们的觉醒,因而也就以这一性格特征为基点,去概括和统率全篇。在表现孔乙己的生活步向悲剧发展的情节中,强调表现他对封建社会及其礼教这一罪根毫无认识、毫无反感的麻木精神状态。

这一特征基点,使作者选取了这样一些情节:他是唯一到酒店里穿长衫的人,这说明他生活上已潦倒到下等人的境地,但心里仍以穿长衫为高尚,甚至一直到死;他被迫抄书营生,在他来看是高尚的职业,但这营生实在不能赚钱糊口,于是什么都拿去卖了;他被迫偷书去卖,是生活所迫,他之所以这样做,是因为他只能偷书,并且他认为封建礼教的范围内只有偷书不算偷,也就是说,他被迫去偷,但还是不敢越出封建礼教半步;他在酒店被人奚落,没有任何反抗的表示;将感情放在孩子们身上,教小伙计认字,给孩子们分茴香豆吃,他是诚心诚意的。作品写这些细节,是表现孔乙己性格善良的一面,而这一面的描写又是从属于其性格特征基点的,即是他诚心受封建礼教的约束,诚心对人,也诚心对礼教。所以,写他教小伙计识字是从教人读书和记账出发的,因为在他看来,只有读书是崇高的,读书才可以记账；写他分豆给孩子们，见不多了，就情不自禁地说出文言的"多乎哉？不多也"。越是写孔乙己诚心待人，就越是鲜明地写出他诚心对礼教，也就越深刻地写出封建社会及其礼教的残酷。

如果作者不是把握这个特征的基点，那么孔乙己的形象就不是这个样子，虽然不一定会成为另一个人物，但所突出展现的则是孔乙己性格的另一方面了，如不会谋生，或爱孩子，或偷书，这样，就势必会离开作家写这个人物的思想基点，作品所体现的则是另外一种意义上的思想主题了。

从艺术技巧上说，所谓特征的基点，就是取材或写人物的角度。角度在塑造人物方面的意义，是典型化过程中的一个环节。人物的多样化无不与此有着密切的关系，往往思想和性格相同或相近的人物，常常由于特征的基点不同或刻画角度的不同而显出自己的特色；作家又往往由于取得一个独特的角度，而将许多有意义的东西概括在一起，这也是一种对立的统一。

五、风格基点

所谓风格基点，指作家塑造艺术典型的艺术风格特点。

典型化的问题，其基本点是作家如何遵循客观的法则去重新创造符合于客观存在的形象的问题。但是典型又是作家按其所理解的客观来体现一定主观思想的产物，是带有主观性的，典型化的过程，实质上是客观上的主观对立统一在个别与一般问题上的反映。作家既要按其思想基点又要遵循人物思想、性格、特征的基点去塑造典型，同时还受其美学思想、审美观点及由此而主导的创作风格、习惯、方法所左右去进行典型化。

这一点历来被人们忽略，其原因是忽视典型化过程中主观的作用，将文艺创作当作纯客观描写的产物。不同的作家在塑造典型时，总有着某些方面相似的地方，使人一看就知道这典型是出自某作家的笔下，在别的作家那里是写不出来的，即使写得出也不会是如此的；而有些典型，本来在各个方面有许多相同之处，但往往在不同作家写来，都迥然各异。这些现象是普遍的，究竟应该做何解释呢？如果文艺只是纯客观的描写，典型化只是对客观存在的概括，那就不应当有这种现象。然而，这种现象不仅普遍，而且是使文艺画廊中出现千差万别的诸多典型形象的重要原因之一。这种现象的存在，说明在典型化的过程中，除了上述基点，还有一个作家风格的基点。这个基点，对作家本身来说，是统率其整个创作的，对某一典型塑造的思想基点是这个基点在某一问题上的表现，也就直接地左右着人物思想、性格、特征这些遵循客观法则的基点。

这是为什么呢？别林斯基说："创作独创性的显著标志之一，就是典型性——作家的纹章印记，在一位具有真正才能的人写来，每一个人物都是典型的，每一个典型对于读者都是似曾相识的不相识者。"又说"作家从来没有见过他创造的人物"，而且"用感觉底无远弗届的眼睛看到他们"。罗曼·罗兰在写完《贝多芬传》之后说："我终于从我的生活和信仰中重新建立了他的性格和灵魂。现在我有我的贝多芬了。"列夫·托尔斯泰说："我的小说中的英雄，我倾全部的心灵力量去爱他，我竭力从一切美中去再现他过去、现在和将来，他都永远地美丽——他是真理。"阿·托尔斯泰说："艺术家是和自己的艺术一同成长的，他的艺术是和他所反映的人民一同成长的，艺术家是和他所创造的英雄一同成长的。"丹纳在《艺术哲学》中还列举了这样的文学现象：

> 普罗塔斯在舞台上创造了欧格利翁，吝啬的穷人；莫里哀采用同样的人物，创造了阿巴公，吝啬的富翁；过了两百年，吝啬鬼不再像从前那样愚蠢，受人挖苦，而是声势浩大，百事顺利，在巴尔扎克手中成为葛朗台老头；同样的吝啬离开了内地，变了巴黎人，世界主义者，不露面的诗人，给同一巴尔扎克提供了放高利贷的高勃萨克。父亲被子女虐待这个情节，索福克勒斯用来写出《埃提巴斯在高洛斯》，莎士比亚写出《李尔王》，巴尔扎克写出《高老头》。

他指出：

> 所有的小说，所有的剧本，都写到一对青年男女互相爱慕，愿意结合的故事；可是从莎士比亚到狄更斯，从特·拉法伊埃德夫人到乔治·桑，同样一对男女有多少不同的面貌！——可见情人、父亲、吝啬鬼，一切大的典型永远可以推陈出新；过去如此，将来也如此。而且真正天才的标识，他的独一无二的光荣，世代相传的义务，就在于脱出惯例与传统的窠臼，另辟蹊径。

这些论述和切身的经验，都说明作家风格的差异是造成典型多样化的重要因素，是典型化过程中一个重要的起决定作用的基点。为什么作家写出的人物是作家的"纹章印记"？就是因为打上了作家的烙印。为什么作家所写的是"没见过"的人物？是因为这是作家心目中的人物，即作家孕育出来的人物。为什么贝多芬是一个具体的人物，而罗曼·罗兰写他，却又是自己的贝多芬呢？就是作家以自己的风格基点去写这个人物，显然，如果是别的作家去写，则又是另一个作家的贝多芬了。可见，作家风格的作用，不仅在虚构人物的塑造中，在真人真事的描写上也是起重要作用的。丹纳所说的现象，除了有时代不同的因素在内，他也明确地指出了作家在典型化中的作用，说明了作家的才能、美学观点和创作方法对典型化的影响是令人物各异的重要因素。两个托尔斯泰的论述，说明了作家不仅要客观地写人物，而且要主观地写人物，这也是主观在典型化中的作用。

　　这些例证说明，在典型化中，有一个作家风格基点的问题，并且是起主导作用的因素。事实也的确如此。鲁迅笔下的人物都是病态的人物，胡适之的《差不多先生传》也是写中国人的病态的，但鲁迅笔下的阿Q与胡适之笔下的差不多先生不同，后者是一个有趣的形象，前者则是一个深刻的典型。这种现象，不就是作家风格基点所起作用的有力例证吗？

　　从作家与生活的关系这个角度上说，对人人所写的生活面，如果可以称其为一般的话，那么，每个作家从各自的观点出发，则可以说是各个不同的个别。许多作家去看同一生活面，在这个意义上讲，可以说是从个别到一般的一种表现形式。为什么不同作家对同一生活面表现不同，不是有着各自不同个别的缘故吗？作家以自己的风格为基点去选取不同的描写角度，选取不同的题材，概括自己所塑造的典型（这里面又有许多从个别到一般，从一般到个别的内容），将不适合、不利于表现自己风格特点的东西排除，将适合与有利的许多一般融合。这是不是也可以说又是一种意义上的个别与一般的对立统一呢？从文艺实践上看，是可以这样说的，因为这在典型化过程中实际上起着主导性的作用。

第三章 相反与相成
——艺术的环境

一、什么是艺术环境

在小说和戏剧等以塑造人物形象为主体的艺术门类中，一般都要表现所写人物的成长和活动的社会历史环境和自然客观环境，正如黑格尔所说的那样："人要有现实客观存在，就必须有一个周围的世界，正如神像不能没有一个庙宇来安顿一样。"（《美学》第一卷，第312页）。即使不是以写人物形象为主体的艺术门类，如抒情诗、散文、风景画等，也必须要有环境。因为无论抒情还是写意，都必须寓于一定的具体形象之中，使抽象与具体统一。而具体的形象，都是有一定的时间和空间的具体性的，这就是环境。无论是人物活动的环境，还是抒情写意或写景的环境，都是文艺家以艺术方法创造的。所以，都可称之为艺术的环境。

艺术环境是艺术形象创造的重要方面和关键性环节之一。其性质和要旨，同样是主体与客体、具体与抽象、个别与一般、有限与无限的对立统一规律的体现。在以写人物形象为主体的小说和戏剧的艺术环境创造中，主要是在人物与环境的关系上，如何艺术地把握大与小、纵与横、正与反的辩证关系。

要把握这些关系，首先必须在理论上充分认识人物与环境不可分割和相互影响的本质性关系。马克思和恩格斯在《德意志意识形态》中指出："人创造环境，同样环境也创造人。"（《马克思恩格斯全集》第3卷，第48页）又说："历史又是这样被创造着的，即最后成果常常是从许多个别意志的争斗中产生出来，而每一个意志的本身，又是从许多特殊的生活条件中形成的；因此就有着无数的互相交错的力，有着力的平行四边形的无限的丛聚，由此产生一种合力——即历史的事件。而历史事件本身，又可以看作一种整个说来是无意识地和不自觉地起着作用的力的产物。"（《马克思恩格斯关于历史唯物论的信》）狄德罗说："真正的财富只有人和土地，人离开了土地就一文不值，土地离开了人也一文不值。"土地即指环境。这些论述，指出了人物与环境关系的基本原理。

从文学艺术创造而言,恩格斯指出:"据我看来,现实主义的意思是,除细节的真实外,还要真实地再现典型环境中的典型人物。"(《致玛·哈克奈斯》)过去的文艺理论教科书解释这句话时,总是将典型环境与典型人物分割开来,变成了写革命斗争才叫典型环境,写出代表阶级共性的人物才叫典型人物,其实是歪曲了这句话所说的环境与人物对立统一的辩证原理。

对于艺术环境的内涵,也是要弄清楚的。法国19世纪著名作家雨果说:"宗教、社会和自然,这就是人类的三大斗争……人类所遭到的具有神秘意味的磨难,就是从这三者产生的。"所谓人与环境的关系,最根本的就是人在社会和自然界中求生存、求发展,既要适应环境,又力求改变环境的关系。环境的内涵,就是雨果所说的三大斗争事件及其发生的具体时间空间。

丹纳在《艺术哲学》中指出:"文艺作品的产生,取决于时代精神和周围的风俗。"并且指出:"艺术必然表现生活,这儿也不例外。画家的才能与嗜好,和群众的生活习惯与思想感情同时变化,并且朝同一方向变化。地质发生一次深刻的突变,自然有新的动植物出现。社会和时代精神发生一次大变化,也必然有新的理想形象出现。"他还说:"自然界有它的气候。气候的变化决定这种那种动植物的出现;精神方面也有它的气候,它的变化决定这种那种艺术的出现。""精神文明的产物和动植物界的产物一样,只能用各自的环境来解释。"

这些论述,指出了艺术环境的内容包括社会、意识、自然等。在具体作品的创作中,这些内容都是综合于一体并有机统一的。但在不同情况下,有着不同的侧重面或着重点,从而使得艺术环境的描写和创造,有多种类型。较常见的有:历史时代斗争的风云环境,人物成长与活动的冲突环境,民族地方风情的文化环境,自然景象和心态的氛围环境,等等。这些因重点不同而大致分类的环境,一方面都是综合性的,都是围绕着更好地塑造人物形象和使作品更富有内涵的中心或前提而去把握人物与环境的关系的;另一方面,又因为重点的不同,对其艺术把握的方式也会有所不同。但总体而言,都是始终贯串并体现人物与环境之间相反相成的对立统一关系的。

所谓相反,指人物与环境之间不一致、不协调,有矛盾、有冲突;相成,指人物与环境有不可分割的关系,有一致性,或者从相反或对立方面起到更好更大的相互促成作用。应予注意的是,相反与相成是相互联系、互为因果的,而且,无论是相反还是相成,都是有一定的对立统一过程的,即相反是相成的因,也是其果,相成是相反的因,也是其果;相反即是对立或差异，来源于事物之间有一定的联结关系，经发展才成其对立；又因为事物之间对立关系的发展或转化，形成了新的统一关系，才会出现相成的局面或结果。

二、历史时代斗争的风云环境

所谓历史时代斗争的风云环境，指所写小说或戏剧题材的时代背景，即所写人物及其从事斗争活动的时代斗争背景，包括一定时代横断面的重大斗争和时代精神，谓之时代的大环境。而所写人物直接经历或参与的具体的时代斗争或事件，谓之小环境。每个人都有一定的局限性，不可能都参与其所处时代的重大斗争或事件，只能参与个别或与时代重大斗争有直接或间接关系的斗争或事件；而时代重大斗争和时代精神所构成的时代风云，在社会日常生活或人们的心态中，无不或重或轻、或浓或淡地笼罩着。所以，不一定要直接写时代重大斗争才能写出时代大环境，只要善于把握大环境与小环境的辩证关系，将大环境的"抽象"和"一般"，寓于小环境的"具体"和"个别"之中，也可以写出时代斗争的风云。列宁说："在艺术作品中……全部关键在于个别环境，在于对一定典型性格和心理的分析。"（《给伊内谢·阿尔曼特的信》）这就是说，广泛的时代风云环境，既可以又必须是通过个别的小环境体现的，是可以通过人物的典型性格和心理分析体现的；从另一个方面说，个别的环境及其所体现的时代大环境，也同时展现了典型的人物及其心理。这就是从大环境写小环境，以小环境显大环境；以人物写出环境，同时也以环境写出人物。

例如，鲁迅的《阿Q正传》，就是以未庄的小环境，写出了辛亥革命前后中国时代风云的大环境；以阿Q的"精神胜利法"心理和典型，写出了当时半封建半殖民地的社会精神病态及其心态环境，同时又塑造了阿Q等人物典型，体现了大环境与小环境、人物与环境的对立统一。试看第七章"革命"中写辛亥革命消息传到未庄引起的反响：

> "革命也好罢，"阿Q想，"革这伙妈妈的命，太可恶！太可恨！……便是我，也要投降革命党了。"
>
> 阿Q近来用度窘，大约略略有些不平；加以午间喝了两碗空肚酒，愈加醉得快，一面想一面走，便又飘飘然起来。不知怎么一来，忽而似乎革命党便是自己，未庄人却都是他的俘虏了。他得意之余，禁不住大声的嚷道：

"造反了！造反了！"

未庄人都用了惊惧的眼光对他看。这一种可怜的眼光，是阿Q从没有见过的，一见之下，又使得他舒服得如六月里喝了雪水。他更加高兴的走而且喊道：

"好，……我要什么就是什么，我喜欢谁就是谁。

得得，锵锵！

悔不该，酒醉错斩了郑贤弟。

悔不该，呀呀呀……

得得，锵锵，得，锵令锵！

我手执钢鞭将你打……"

赵府上的两位男人和两位真本家，也正站在大门口论革命。阿Q没有见，昂了头直唱过去。

"得得……"

"老Q。"赵太爷怯怯地迎着低声地叫。

"锵锵，"阿Q料不到他的名字会和"老"字联结起来，以为是一句别的话，与己无干，只是唱。"得，锵，锵令锵，锵！"

"老Q。"

"悔不该……"

"阿Q！"秀才只得直呼其名了。

阿Q这才站住，歪着头问道，"什么？"

"老Q……现在……"赵太爷却又没有话，"现在……发财么？"

"发财？自然。要什么就是什么……"

"阿……Q哥，像我们这样穷朋友是不要紧的……"赵白眼惴惴的说，似乎想探革命党的口风。

"穷朋友？你总比我有钱！"阿Q说着自去了。

这段描写，一方面以辛亥革命的时代大环境寓于未庄的小环境中，写出了以小显大的艺术环境形象；另一方面，又以这场革命所引起阿Q、赵太爷、秀才、赵白眼等人物的震动和不同的心理，写出了具有历史时代意义的风云环境，同时又塑造了阿Q等不同的典型人物。

三、人物成长与活动的冲突环境

小说或戏剧写主要人物形象，大都写其成长或活动的一段历程。这段历程无论是长（如十年或一辈子），还是短（如一瞬间、一小时或一天），都在一定（一个或一系列）的具体环境中活动。这个或这些具体活动的环境，除了只写单个人的心理或意识活动的作品，大都是由与主人公有各种各样的人际关系（如家庭、亲戚、朋友、同学、同事、恋人、恩怨等），并由此而产生各式各样的错综复杂的矛盾冲突所构成的。这些具体环境中的联结关系和矛盾冲突，实际上主要是小说或戏剧的事件，即主人公成长或活动的一段历程，也即是矛盾冲突从发端到转化的一段历程。所以，冲突环境的内核，实际上是人物成长或活动的事件。

中国明代著名戏剧理论家李渔在《闲情偶记》中指出："一本戏中有无数人名，究竟具属陪宾，原其动心，止为一个而设……即此一人之身，自始至终，离合悲欢，中具无限情曲，无穷关目，究竟是属于衍文，原其初心，又只为一事而设。"古希腊著名理论家亚里士多德在《诗学》中指出："悲剧模仿事件，事件包括人物，人物必定有性格与思想上的某些特点。人物的性格和思想决定事件的性质，事件也应该从人物的性格和思想自然发生。悲剧的成败全在于事件。"小说创作同样如此。

在创作中，人物和事件是对立统一的，如果离开人物而写事，或者离开事而写人，都不能达到塑造艺术形象的目的。而要在一定的事件中写出人物的成长和活动进程，塑造出具有深广社会和思想意义的典型形象，就必须注意主人公与其具体的环境相一致而又有相反的方面，即主人公与相关的人物有一致、联结的方面，又有对立、冲突的方面，并使这两个方面得到充分展现，而又相互映衬和统一，达到相反相成的效果。

要做到这样，必须充分注意并善于把握人物在成长与活动历程中，尤其是在其展现的具体情境中，纵与横的内涵及其相互交叉展现的关系。纵，就是人物在具体事件发生的情境中，所出现的思想行动的历史缘由或脉络；横，就是人物在当今事件发生的情境中，所出现的思想行动的社会时代的思想或生活依据。纵与横的交叉统一，就是在人物的性格和典型（也即是共性与个性）上的统一。例如中国著名古典戏曲《西厢记》中写张生初见崔莺莺的一段自我介绍："小生姓张，名珙，字君瑞，本贯西洛人也，年方二十三岁，正月十七日子时建生，并不曾娶妻……"接着，红娘对张生反问："谁问你来？"这段自白颇像当今呈名片。别人不问其出生八字，更未问其婚否，竟自己抢着主动告白，既是张生这位"十年窗下无人问"的穷秀才纵的（历求配偶）思想脉络的展现，又是这个书生在清净庙宇偶遇佳人"一见钟情"横的思想感情写照；而这种告白方式及其语言，更是封建时代一个书生的典型展现。这描写形象的寥寥数语，写出不到一分钟的事件的轻轻几笔，真可谓显出冲突环境并塑造出生动形象的千古妙笔。这类工笔，在小说描写中不乏其例。例如欧阳山《三家巷》中写陈万利这个靠"红毛"商人发财的买办资本家和他的儿女们的一段描写：

> 倘若说陈万利从此再没有烦恼了，那也不是公平之论。他是有美中不足之处的，那就是他夫妻俩养女儿太多，儿子太少。这二十年来，他们养了五个孩子，竟有四个都是女儿。大女儿陈文英，今年二十一岁，已经出嫁给香山县一个地主的儿子，叫张子豪的。大儿子陈文雄，今年十八岁，和他姐夫张子豪，和他隔壁周家的二儿子周榕，都是同一间中学里的同班同学。第三个孩子养下来，父母指望它是个男的，而她自己却长成个女的。陈万利给他的二姑娘取了个吉利的名字，叫陈文娣，是要她必须带一个弟弟来的意思。她如今十五岁，也跟她大哥一道上中学。第四个孩子生下来，还是个女的。陈万利很不高兴。就给这位三姑娘取个名字，叫陈文婕，是"截"止再生女孩子的意思，今年也有十三岁。谁知截也截不住，第五个孩子生下来，又赫然是个女的。陈万利生气极了，就给这位姑娘取个气势汹汹的名字，叫做陈文婷，是命令所有的女儿"停"止前来的意思，但这么一停，就连什么都停掉，陈杨氏再也没有生养。

这段介绍性的描写，既写出了陈万利的历史和性格，又写出了他的五个儿女的特征，同时也写出了陈家的具体环境，并埋下了陈家三代人与小说主人公周炳在以后数十年一直恩怨不断的伏笔。

黑格尔在《美学》第一卷中指出："人心感到为起作用的环境所迫，不得不采取行动去对抗那些阻挠他的目的和情欲的扰乱和阻碍力量，就这个意义来说，只有当情境所含的矛盾揭露出来时，真正的动作才算开始。但是因为引起冲突的动作破坏了一个对立面，它在这矛盾中也就引起被它袭击的那个和它对立的力量来和它抗衡。因此动作与反动作是密切联系在一起的。"又说："冲突还不是动作，它只是包含着一种动作的开端和前提，所以它对情境中的人物，只不过是动作的原因。尽管冲突所揭开的矛盾可能是前一个动作的结果。"并且指出："因为冲突一般都需要解决，作为两对立面斗争的结果，所以充满冲突的情境特别适宜于用作剧艺的对象。"这些从美学高度对冲突情境的论述，说明人物成长与活动的冲突环境的描写和创造，是有普遍意义的。

四、民族地方风情的文化环境

小说或戏剧所写的人物形象，一般都具有其所属的民族性和地方性，都力求体现一定民族或地域的历史和现实生活；尤其是所写人物的成长和活动的历程中，有作为其内在素质和文化意识形成过程的逐步增长因素的重要内容——民族传统及地域的风情文化意识和思维方式与行动方式，又有为人物增进和显示其思想性格的外在具体文化环境——具有民族和地方色彩的风土人情环境。所以，在小说和戏剧创作塑造人物形象中，描写和创造有民族地方风情的文化环境，也是重要方面或环节之一。

在这种艺术环境的描写和创造中，把握人物与环境的关系，主要是人物的内在文化素质与外在文化环境的对立统一关系，把握其相反相成的辩证艺术，也即是人物与环境有相一致的一面。在这两个方面的对立统一中，既写出人们形象的文化内涵，又写出具体文化环境民族和地方传统的风情内涵，使人物形象和作品的内容更有民族性和文化底蕴。

鲁迅是把握这种描写艺术的高手。尽管他曾说过"我不去描写风月"，"只要觉得够将意思传给别人了，就宁可什么陪衬拖带也没有。中国旧戏上，没有背景，新年卖给孩子看的花纸上，只有主要的几个人（但现在的花纸却多有背景了）。我深信对于我的目的，这方法是适宜的"。其实，鲁迅是很注重写民族地方风情的文化环境的。例如他的小说《祝福》开头和结尾的环境描写：

> 旧历的年底毕竟最像年底，村镇上不必说，就在天空中也显出将到新年的气象来。灰白色的沉重的晚云中间时时发出闪光，接着一声钝响，是送灶的爆竹；近处燃放的可就更强烈了，震耳的大音还没有息，空气里已经散满了幽微的火药香。我是正在这一夜回到我的故乡鲁镇的。
>
> …………
>
> 我给那些因为在近旁而极响的爆竹声惊醒，看见豆一般大的黄色的灯火光，接着又听得毕毕剥剥的鞭炮，是四叔家正在"祝福"了；知道已是五更将近时候。我正在蒙胧中，又隐约听到远处的爆竹声联绵不断，似乎合成一天音响的浓云，夹着团团飞舞的雪花，拥抱了全市镇。我在这繁响的拥抱中，也懒散而且舒适，白天以至初夜的疑虑，全给祝

福的空气一扫而空了,只觉得天地圣众歆享了牲醴和香烟,都醉醺醺的在空中蹒跚,豫备给鲁镇的人们以无限的幸福。

这两段环境描写,将江南地方民族过春节的风土人情,写得淋漓尽致。其奥妙之处在于:一方面,以这些"祝福"风情,反衬祥林嫂因受封建文化传统和习惯势力的残害和毒害,由于失去"祝福"的资格而在除夕的"祝福"热闹中悄悄死去的悲剧;另一方面,也是以"我"在"祝福"中,从得知祥林嫂的悲剧的疑虑,到"一扫而空""懒散而且舒适"地同全市镇的人们和"天地圣众",都"醉醺醺"地沉醉在"祝福"之中的心态,更加深刻地体现了这种被民俗风情的吉祥景象掩盖着的麻木的可悲的民族文化环境和灵魂。这种内涵丰富、寓意深刻、技巧高明的艺术环境描写,在古今中外著名的小说作品中,比比皆是。所以,这也是具有普遍性的一类环境形象。

五、自然景象和心态的氛围环境

小说和戏剧创作大都着意描写人物活动环境的自然景象,如阴晴、雷雨、烈日、朝霞、黄昏、星夜、月夜……在描写人物的活动和人际交往时,也大都注重彼此心灵交流而构成的心态描写。这两种环境的描写,往往是交叉进行的,起到相互映衬而构成某种寓意或氛围环境的作用,对于刻画人物和提高作品的艺术或美学境界,有很重要的作用。

如果说,写时代斗争的风云环境、事件过程的冲突环境、风土人情的文化环境,都是因有具体的动作性和实体性而论特征的话,那么,这种氛围性的环境,则是较抽象而心灵性、寓意性的。一般地说,自然景象性的环境,是实体性的。但这种描写,大都不是孤立的,也不仅是为强化环境的具体性或实体性而写的,往往是为了显示和强化作品寓意,尤其是增强或体现心灵和心态的氛围环境而写的,是以具体显示抽象的艺术手段,是抽象与具体对立统一的辩证艺术。自然,也有不以天气等自然景象描写,而只是以人物心灵或人物之间的彼此心态描写来创造氛围环境的。这一类描写,也同样是以具体显示抽象的。其具体就是人物的心理活动,或者人物之间的心灵沟通或纠葛而构成的心态氛围。

前面所引述的鲁迅《祝福》开头和结尾的描写中,也有写天气的自然景象,同所写的除夕风情、人物的心态交融一体,是一个杰出的氛围环境的例子。此外,众所周知的曹禺的话剧《雷雨》,所写的自然景象与人物的心灵和心态，也都无处不显出雷雨欲来"风满楼"的气势氛围。加缪的存在主义小说《局外人》，着意写太阳对主人公的直接影响，使他做出了一系列反常的行动，以自然景象的环境揭示人物的性格和潜意识，也都是这种环境描写的成功例子。

曹禺的《日出》中，有个人物金八，自始至终都未出场，但在人们的交谈和心灵中，却无时不感到金八的存在的威胁。《大红灯笼高高挂》中的地主爷，出现的形象不多，但整个大院的阴森氛围都由这个人物的威胁力所造成。小说创作也有许多这种氛围环境的描写。在不是以写人物形象为主体的诗歌和散文之中，氛围环境描写也十分常见。例如：

　　寻寻觅觅，冷冷清清，凄凄惨惨戚戚。乍暖还寒时候，最难将息。三杯两盏淡酒，怎敌它晚来风急？雁过也，正伤心，却是旧时相识。
　　满地黄花堆积，憔悴损，如今有谁堪摘？守着窗儿，独自怎生得黑？梧桐更兼细雨，到黄昏，点点滴滴。这次第，怎一个愁字了得？
　　（李清照《声声慢》）

这是一篇很有代表性的写自然现象与心态的氛围环境的杰作。中国古代诗词，尤其是写景抒情的作品，大都注重这种氛围环境描写。这种描写，同诗词的意境创造是联系在一起的。

六、艺术环境的选择与创造

法国19世纪小说大师巴尔扎克说，小说创作要"寻觅一些与这相似的，但却与原来的真实环境不同的环境。因为现实也是不大真实的"。（《古典文艺理论译丛》第10集，第137页）巴尔扎克的这番话，是指以真人真事为模特儿的小说创作而言的。因为好些真实的人物、事迹或者特性够典型，但其成长与活动环境则不够典型，所以，要重新选择或创造环境，才能将人物形象写好，使环境对人物塑造起到更好的促进作用。其实，这对虚构的人物形象（即无真人为模特儿的形象）说来，道理也一样。

要怎样才能更好地发挥艺术环境对塑造人物的积极促进作用呢？

首先要从所写人物的思想性格出发，选择和创造最能提供人物体现个性条件的环境，并自始至终地让人物在环境中体现性格，又以其性格去展开或变化环境。茅盾在《创作的准备》中指出：单单记得"不把人物离开环境，不是游离环境去观察人物，还十分不够，还必须记住人是在环境影响之下，经常地变动着的。必须要记录他这变动的过程"。

法国19世纪著名作家莫泊桑的小说《漂亮朋友》在报上连载时，因将新闻界写得漆黑一团，受到新闻界的激烈批评。他为此写信在报上发表，以小说创作中人物与环境关系的道理，为这小说做出了申辩。他说："我不过是叙述一个冒险家的生活道路而已。而这种冒险家，在巴黎是每天都能随时碰到的，都是能在现有各种事业中碰到的。"小说的主人公"事实上是不是记者呢？不是，我开始写他的时候，他正准备去马场当练马的马术师。……他身上的流氓种子会在它落下的土壤里发芽生长。这土壤就是报纸"。"因为这样一种环境在我看来是最为有利的，这能清楚地指出我的人物的生活道路的各个阶段；除此之外，拿人们常常反复所说的那样，报纸通向一切。别的职业需要专门知识，要作更长时间的准备，进口的门关得更密些，而出口的门却不那么多。报纸像一个辽阔的共和国，它延伸到各个地方，那儿什么都能找到，什么都能办到。在那里，很容易做一个诚实正直的人，也很容易做一个骗子。所以，我的主人公进入新闻界后，能够很容易利用他应该采取的特别手段来达到目的。"这番申辩，实际上就是精彩的选择和创造艺术环境的成功经验。

选择和创造艺术环境的天地是无限广阔的，艺术环境的种类也是千姿百态的，对其进行描写和创造的方法也是多种多样的。从文艺辩证规律看来，艺术环境与人物形象的关系，在艺术创造中，主要是相反和相成的两类，也可以说，这两类实际上是不同侧重、殊途同归的，即两类都可达到相成的目的。

所谓相反，是指人物与环境对立、差异或不一致、不正常、不协调。如《红楼梦》中，贾宝玉、林黛玉与以贾府为代表的封建贵族环境的对立，刘姥姥进大观园的反差，焦大对荣宁二府的大骂。这些人物从与其环境的对立中显出思想性格，这是艺术环境与人物形象相反之功。但这些人物又是在这环境中成长与活动的。这环境与其思想性格也有一致的一面，有不可分割的联结关系。这是相成部分的内容，但小说不着重写这一面，而是侧重从相反的一面并用相反的手法，使环境起到更好地塑造人物形象的目的，这即是从相反而转化为相成，形成与环境统一的人物形象，也即是只能在其所写的环境中才能产生的人物形象。

欧阳山在答一些文学青年提问的《懂事·知人·善于假设》一文中说："平常的人在某种特定的环境活动，会显出非凡的光彩；平常的事让某种特定的性格去做，会产生意料不到的效果。经常出现的情况是，那种环境对于那种性格越是不利，那个作品就更加动人。我看古典戏曲《穆桂英沙场产子》，写穆桂英产子前还能打胜仗，的确是一位异乎寻常的英勇女将，就钦佩作者假设的大胆和巧妙。"这里所说的假设道理和经验，就是以相反达到相成来创造艺术环境的道理和经验。

相成有两层意思：一是互相一致、相通、同类、关联，二是对立双方矛盾冲突转化后的和谐、统一、协调。从人物与环境的关系上说，前一层意思就是人物与环境一致，后一层意思是经一定矛盾冲突转化后，又取得新的一致。前一层意思的一致，其实是在一致中有不一致的，否则，没有对立矛盾，何来转化？在文艺创作中的艺术环境，也的确有单纯的与人物一致的环境，如写抗美援朝战争的小说和电影《上甘岭》、话剧《雷锋》等，全是英雄人物环境；相反，也有全是写坏人组成的环境的，如果戈理的《钦差大臣》《死魂灵》等。莫泊桑说："如果责难我把一切都看得太黑暗，我注意的中心只是些诡谲的人，那我可以有充分的根据回答：在我的小说人物活动的环境中，很难找到大量诚实的，有美德的人。这句俗话，不是我想出来的：'物以类聚。'"（《关于〈漂亮朋友〉的信》）这些创作实践和现象，说明艺术环境与人物的一致和谐，亦是取得艺术成功的途径之一。

第四章 内外与远近
——艺术的距离

一、什么是艺术的距离

苏东坡《题西林壁》诗云:"不识庐山真面目,只缘身在此山中。"这是绝妙诗句,又是含有深刻的认识和艺术道理的名句。人们会问:通常都说对事物的认识,要深入其内,才能得到真正的认识、了解,即所谓"不入虎穴,焉得虎子",为什么苏东坡倒说不认识庐山真面目,是身在其山中的缘故呢?这个问题的答案,就是艺术距离的原理。这个原理,包括三个方面或者说三个层次上的意义。

(一) 从文艺创作的过程上说

艺术的距离是贯串始终、反复出现、不断深化的阶段。这就是说,对于客观生活和客观具体事物,开始总是不认识、不了解,后来逐步认识了解;开始是在一定范围、一定意义、一定程度上去认识、了解,后来又一步比一步更大范围、更深意义、更高程度上认识了解。这个不认识、不了解与认识、了解,这一步与另一步之间的差距,就是距离。对事物的认识总是不断深化的。从这个意义上说,对事物的认识过程,就是不断地、一步比一步深入地解决主观与客观距离的过程。

在文艺创作的全过程,包括认识生活和创造形象的阶段,始终存在各种各样的、程度不同的主观与客观、具体与抽象、个别与一般、有限与无限的对立统一状况和过程,也就是从一定的距离到解决距离,又出现新的距离,而又解决距离的过程。在解决某个距离之后,出现新的距离和解决新的距离,意味着认识上前进了一步,出现和解决得越多、越广、越深,就意味着对生活的认识和形象的创造越有广度、深度、高度。每一个认识所得,每一个创作步骤的完成和每一个作品的完成,都是作家在一定程度、一定广度、一定深度上,解决了主体与客体、具体与抽象、个别与一般、有限与无限的距离的产物。所以,艺术的距离,是文艺创作过程中贯串始终、反复出现、不断深化的阶段。

（二）从艺术的观察和表现上说

艺术的距离又是一个环节和一种艺术手段。

它之所以是一个环节，是因为文艺家对自己所要认识和表现的事物（包括客观事物和自己对事物的思想感情），是必须从一定的距离上去认识和表现的。这就是说，要将所要表现的事物作为一个客体，自己站在一定的位置上，从一定的角度、一定的视线、一定的焦点去认识和表现。文艺家自己站的位置与所要表现的事物之间的差距，就是艺术的距离。如果没有这样的距离，那就意味着尚未能将自己所要表现的事物作为一个完整的客体去认识，同时表明还没有将所要表现的事物在自己心目中形成完整的具体的形象，也就意味着尚未能站在一定的位置上，从一定的角度和视线或焦点，去认识和表现事物。如果能够和比较好地从一定的距离去认识和表现事物，那么就能够和较好地进行认识和表现。所以，它又是一个创作环节。

它之所以是一种艺术手段，是因为将所要表现的事物作为一个客体之后，即可以站在各种不同的位置上，以各种不同的距离，而采取不同的角度和以不同的视线或焦点，去认识和表现这个客体。这样，就不仅可以更清楚地认识和表现这个客体，还可以以多种多样的角度和视线或焦点，去认识和表现这个客体，以多彩多姿的手法去创造多彩多姿的形象。这样，即使是自己所要认识和表现的事物与别人相同，也会因自己所采取的艺术距离不同而与别人所写的形象完全相异。

（三）从认识生活和创造形象的方法上说

艺术的距离又是一种方法。这有几种情形：

（1）有意识地将客观生活本身原有的距离拉开或缩小，即或者是将现在发生的事推为过去或将来，或者是将过去和将来的事情拉成现在。

（2）将某个具体生活横断面中发生的事情本身的原距离拉开或缩小，即在某个具体时间、地点和人物所组成的具体环境中，有意识地将其中发生的事情略去，同时以种种方式将那些在这个具体环境中所未有发生或不可能发生的事情拉进来。

（3）有意识地将自己与客观生活拉开或缩小距离，或者是保持和变换多种距离，即对某个历史时期的生活或某个具体事物，如果是过去或将来发生的事，将其作为现在发生的事去看（这是缩小距离），如果是现在发生的事，将其作为过去或将来发生的事去看（这是拉开距离）。这是时间距离的变换。对于某种生活或事物，可以从东西南北中去看，又可从上下左右内去看，这是空间距离的变换。

（4）有意识地将自己与客观生活或所创造的艺术形象之间的距离保持或取消。这就是说，自己和自己所要认识、表现的生活或创造的人物（演员则创造角色）毕竟是两个存在，是不同的，是有距离的。有的作家艺术家主张取消这个距离，即将自己与所要认识、表现的客观生活和所创造的艺术形象融为一体，即所谓"无我"，进入角色；有的则主张自己与客观生活和艺术形象之间的距离保持或拉开，即所谓"有我"。

（5）有意识地将读者观众与艺术形象之间的距离保持或取消。这就是说，创造艺术形象，目的是要打动人们。实现这个目的的方法是多种的：有的人主张使人们进入艺术形象之中，使其忘记是在看戏或读作品，这就是取消读者观众与艺术形象的距离；有的则主张使读者观众不要进入艺术形象之中，要使其保持一定的距离。德国戏剧家布莱希特的理论和创作实践，就是这样的。

以上多种情形，都是将距离作为一种艺术方法的。所以，距离也是一种方法。

"不识庐山真面目，只缘身在此山中"的道理，包括艺术距离的这三个方面的意义。这就是说：如果只身在庐山之中，不经过对其以一定的、反复的、多层次的距离来认识的阶段，不经过将其作为一个客体而以一定的距离去认识和表现的阶段，是不能认识表现其真面目的。所以，掌握艺术距离的原理，对于观察认识事物和创造艺术形象，是具有重要意义的。

艺术距离的原理，贯串文艺创作全过程，甚至在创作结束以后的修改中，也要依照这个原理。相对来说，进入创造形象阶段时，是特别需要运用和把握这个原理的。因为在这个时候，自己孕育的形象比较成熟，突出的问题是站在什么位置上，以什么样的距离，从什么角度和视线去将其深化和表现。这对于能否确切地、新颖地创造形象和作品的成败得失，无疑是重要的。把握艺术距离的原理，主要是在主观与客观、时间与空间上正确地把握"内"与"外"、"远"与"近"的对立统一关系。

二、"内"与"外"的对立统一

艺术的距离，首先是从主观或主体与客观或客体之间的关系上而言。如果将作家的思想意识（即主观）称为"内"，将客观生活称为

"外",那么,艺术距离的原理,首先就是"内"与"外"的对立统一。

从对客观生活的认识和表现上说,先将主观与客观之间的距离取消,即开始对客观生活不了解,后来了解了客观,使客观生活变成了主观内在的认识、感受,就是取得了"内"与"外"的统一,将"外"化为"内";又将自己主观的内在思想感受,作为一个自己所要认识和表现的外在物,即是将"内"变为"外",这就是距离。

取得这个距离之后,又要以自己的主观去认识和表现心目中的这个"外"(即孕育中的形象),要将其认识清楚和表现出来,这样,又是一个"内"与"外"的对立统一过程。

艺术的距离,就是为了更好地完成这两个过程。这两个过程,都是"内"与"外"的对立统一。只是后一个是主观中的"外",不同于第一个完全是客观的"外";两个"内"都是主观思想,但有不同的深度和内容。在这里,艺术的距离,既是其变化进行中的一个阶段,又是完成其统一的一个环节和方法、手段。

日本作家小林多喜二在《小说写作法》中说:"我们在日常生活中,看到的听到的,感受到的各种各样经验,它不停留在每个人眼界里,仅仅是主观的东西。但是(现在假定)当它作为一篇作品而存在的时候,它就不应当再是个人的主观的东西,在它里面所描写的任何一个感情、任何经验,必须能够引起广大读者的共鸣,响彻他们心中所有的角落。换句话说,原属于个人的、主观的东西,在这里需要把它们转变为客观的事物才行。所谓必须整理和组织感情和经验,所指的是如下过程:由主观的事物达到客观的事物。"这段话所说的就是这个道理。

因为什么和根据什么将这"内"作为"外"(即将主观的东西转换为客观的东西)呢?

(1)将主观的东西转换为客观的东西,也即是将主观的感受变成客观存在的形象,就必须将"内"作为一个客体去对待,才能使其成为一个客体。

(2)在主观的东西中,本来就包含着客观的东西,因为主观的东西是从客观来的,是对客观认识和反映的产物。

(3)对于另一个主观来说,这一个主观的东西则是一个客观的东西,要使另一个主观或更多的主观认识和了解这一个主观,就应该而必须将其作为一个客体。这就是说,自己的主观东西,对于别人来说则是客观的东西,要使别人认识到自己的主观,就应该将自己的主观变作一个客观的东西。

（4）在一个主观之中，有各种和各个阶段的思想活动，每种思想活动之间，前与后的思想活动之间，都有一定的差别存在于一个主观之内；以这一种思想去考虑、对待另一种思想，以后一个时候的思想去考虑和对待前一个时候的思想，也可以说是"内"中有"外"。这种考虑和对待也就是一种形式的将"内"转换为"外"。每个人的思想中都有各种矛盾斗争，每个人都有对过去生活的回忆和对过去思想的思考。这种思维活动的情形，就是将自己的某种思想或某个时候的主观东西，作为一个客体去对待，这就是"内"中有"外"。因此也就应当而且可以将这"内"中之"外"，作为一个客体去认识和表现。

基于以上四点，将主观的东西转换为客观的东西，不仅是必要的、可能的，而且事实上也是如此。要将主观的东西表现出来，就必须这样做。英国作家华兹华斯说："诗起于在沉静中回味过来的情绪。"俄国作家契诃夫说："要到你觉着自己像冰一样冷的时候才可以坐下来写。"鲁迅说："我以为感情热烈的时候，不宜做诗。否则，锋芒太露，能将'诗美'杀掉。"这些看起来似乎费解的论述，其道理就是上述四个原因。所谓沉静中回味过来的情绪，就是将过去的某种思想作为一个客观对象去对待，并对之重新思索。这种对待和重新思索，就是将"内"转换为"外"，与之保持一定的距离（事实上也存在这个距离）。这样，使得自己的现在为过去的某种思想活动过程所感动，从而燃烧起将其表现的欲求，便有了创作的冲动，将这种思想活动过程写成文字。因为在这时候，作家将自己过去的某种思想活动视作一种客观的东西，所以，将其表现也就是客观的东西。如果不是将其作为一个客观的东西，也就不可能或难以将其转换为客观的东西。鲁迅所指"感情热烈的时候"，一般还未将自己主观的东西转换为客观的东西，还不能将其作为一个客体去对待，只是主观地表现，不能或难以构成一个客观的形象，自然就不能供人思索和感动，会将"诗美"去掉。列夫·托尔斯泰说艺术的主要特性是表现"艺术家所体验过的感情"，就是这个道理。

当然，将主观的东西当作客观的东西，也不是（也不可能）将其与主观完全分割开来或独立起来，因为这个"外"，毕竟仍然是在"内"中之"外"，要将其当作"外"，采取一定的距离，实际上也是为了更好地解决这个距离，并且不断地进行将"内"变为"外"、使"外"变成"内"这种拉开距离又解决距离的反复活动，才能将"内"比较完满地转换为"外"。文艺创作的构思过程和修改过程，实际上就是这个由"内"变"外"，又由"外"转"内"的过程的反复和不断深化，直到最后将"内"比较完满地转换为"外",即创造形象和完成作品的过程。

俄国作家果戈理说:"首先需要抛弃最初写成的东西,虽然这不怎么好,但得下这一决心,连那个笔记簿也要忘记,随后,过一个月,过两个月,有时也许要更长久些(这可以由自己决定),你再拿出你所写的东西来读一读吧,你就会发现很多不对的地方,你在空白上做一些订正和注解,重新抛弃开那个笔记簿吧,当下次读它的时候,仍要在空白上添加新的,直到那里没有地方好写了——就移至远一点的页边,当全部被写成这样的情形的时候,你便亲自把这些文字写在另一个笔记簿上。这里就给你看到新的光辉,剪裁,补充,词句洗练,在以前的文字中间会跳出一些新的字句,这些字句,不知怎样都能够一下子就涌现出来。就再放下那个笔记簿吧,你去旅行,去消遣,你什么也不要做,或者去写别的东西,时间一到,你就想起你抛开的笔记簿来了。……应该这样做八次……才能得到创作的真谛。"

这段话是说动笔写作过程的情形,其道理同未下笔前脑子中的思维过程是一样的。这个过程,就是反复地将"内"当作"外",又从"外"而"内",也即是将构思的东西(笔记簿)"抛开",又反复地拿起来剪裁、补充、订正、修改的过程。这个过程始终贯串着各种各样、不断深化的内与外的对立统一,即主观与客观的对立统一,贯串着从这一距离到另一距离的多次多层的反复深化。真正的文艺创作,都是经过这样的过程完成的。所以,这是"创作"的"真谛"。

契诃夫所说的"冰一样冷"以后才动笔写东西,是一种比喻,即是将自己与所写的客观生活及对这种生活的感受拉开一定认识和感情距离的比喻。这样说,并不等于在激动的时候不能写作,也不意味着要对自己所写的东西采取冷漠无情的态度。事实上,几乎所有作家在创作的时候,都是全神贯注于所写的生活和境界之中的,都是对所写的人物和事件充满感情的(包括爱和憎)。许多杰出的作品都是作家在心情激动时的产物,像鲍狄埃写《国际歌》、鲁热·德·李尔写《马赛曲》、聂耳写《义勇军进行曲》,都是心情澎湃时创作的作品。《红旗谱》的作者梁斌在写其续篇《播火记》的时候,曾经有人去向他调查一个曾经与他共事的干部的材料,他当时正在写这小说中的一个叛徒形象,便将自己心目中叛徒的材料当作这位干部的历史材料写下来,寄给调查的单位了。后来自己偶然想起这件事情,便立即去信把材料追回来,这事差一点就害了一个同志。这些作家的创作实践说明,作家在写作的时候,事实上是不可能与所写的生活有距离和没有感情的。

那么,为什么契诃夫说要"冰一样冷"后才写作呢?其道理就是作家在动笔之前要对所写的东西有一定的认识和感情距离，要经过"冷处理"之后，才能"热处理"；这距离也包括作品完成之后的修改。鲁迅说写完后要看几遍，将可有可无的字句删去，马雅可夫斯基说写完后放下，果戈理说写完后要反复放下八次，都是指写完后反复从一定的距离上去修改、加工。

在构思过程和创造形象过程中的反复考虑和加工，也是反复以一定的距离去思考和表现形象。每个构思和形象，都是经过多次从一定的距离上去琢磨、塑造的过程而完成的。但是，与所写的客观生活和形象拉开一定的距离，毕竟又只是创作过程中某些时候的环节或阶段，不能说全过程都是如此。应当说有些时候要拉开或保持一定距离，有些时候则要取消或缩小这距离，这就是进入所写形象的境界。在激动的时候写作和进入所写或所演的角色，就是如此。而这种情形，实际上也是经过拉开一定的距离的阶段或环节之后，以一定的距离去反复琢磨和加工修改的。所以，如果对契诃夫、鲁迅、果戈理的话片面理解，也即是对艺术距离原理和这种手段的片面理解。

三、"近"与"远"的对立统一

"近"与"远"的对立统一，是指在对客观生活的认识和表现上，可以按艺术的需要，在时间与空间上，拉开或缩小主观与客观之间的距离。拉开距离谓之"远"，缩小距离谓之"近"。在文艺创作中，将主观与客观之间的距离拉开（远）和缩小（近），是相反相成、对立统一的，又是反复地进行和不断深化的。

拉"远"主观与客观距离的意义，是为了更清楚地看清和表现客观，所以也就是缩小（拉"近"）主观与客观的距离。所谓拉"远"距离，意味着两个方面：一是让客观生活随时间的推移而拉"远"距离；二是以主观的努力去拉"远"与客观的距离。恩格斯说："今天被认为是合乎真理的认识都有它隐蔽着的、以后会显露出来的错误的方面，同样，今天已经被认为是错误的认识也有它合乎真理的方面，因而它以前才能被认为是合乎真理的。"（《马克思恩格斯选集》第 4 卷，第 244 页）这段话的意思是人对客观的认识往往是受一定时间和空间的局限的，也是受客观和主观的局限的。因为客观事物的真相，在一个时间和空间之内还未完全显露出来，或者是因为主观条件的限制，在一个时间和空间之内还未能将客观事物认识清楚，或者往往只能在这个时间和空间之内，从客观事物的某个部分得出某种结论，随着客观事物本身的发展变化而逐步显露真相，就暴露出原来的结论不切合客观实际了。因此，对于客观事物的认识，是经过一段时间才认识清楚的，这就是让客观事物本身拉开距离,即在某种客观生活过去之后再去看客观生活,才能看清它的面貌。

马雅可夫斯基在《怎样写诗》一文中说:"我懂得,写作的困难和长久时间——在于被写者和自己的环境太一样了。……环境卷着自己,不给抽出身来,不给予感触,不给予所需要的字眼,也不给予唤起锐气的字眼,由此差不多是规律,为了创作诗的东西,必须改换地方或时间。例如写生图也是这样,画一个什么样的物件,你应该走开些,到那个物件的三倍大的距离去,不这样办,你就简直看不见你所要画的东西。物件或事件愈大,应离开它的距离也就愈大,软弱无力者就地踏步,并等待事变走过去而后再来反映它,强有力者跑步到时间前面去。叫今天战斗的当事人来写现代,会常常是不完满的,甚至是不正确的,至少是片面的。显然,这样的工作——是两种工作的总和与成果,现代人的记录和将来的艺术家的概括工作,这就是革命作家的悲剧所在——可以拿出极好的记录来,和无望地伪造没有任何距离的概括。假如不是时间和地点的距离,那也要有头脑的距离。变换发生这个或那个事实的平面,距离是一定需要的。这自然不是说,诗人应该坐在海滨等天气,让时间从旁过去,他应该赶时间,用地方的交换来代替时间的缓进。事实上过了一天,但是在幻想中要作为一百年,为了写轻易的和小的东西,这样的变换可以应该人为地作(它本身在作)……时间对于写好了的东西是否经得起考验,也是需要的。所有我写的刻不容缓的题材的诗,在精神最奋发的时候写的,完成时自己也喜欢,但是过了一天我就觉得它肤浅,微不足道,不完善,片面。经常地非常想把什么修改一下。因此,我写完一个东西之后,就要把它锁在抽屉里,过几天取出来,马上就看出在这以前所看不见的缺点。"

马雅可夫斯基是比较强调主动地、有意识地以主观的努力去拉开与客观生活的距离的,也即是以拉开而达到缩小距离的目的,达到"远"与"近"的对立统一。可以说,所有成功的文艺作品的创作,都是以距离的方法创造出来的。有的是在将客观生活拉开距离之后,进行对这一客观生活的反映。例如,一些写历史题材的作品如《李自成》《红旗谱》《保卫延安》《青春之歌》等,这些作品写作的时间与其所写的客观生活相距几百年、几十年、十几年,距离较远,看得清楚,也就反映得较深刻;相对来说,距离越近,是越难看清楚的。

像恩格斯所说的那样,往往当时以为正确或者错误的,经过一段时间之后,客观生活情形证实完全相反,这种情况是相当多的。比如1957年、

1958年和"文革"时中国社会的某些生活，在当时的主导认识看来是正确的，但事实上却不完全如此或根本不是如此，这是经过一段时间的距离，才看清楚，才认识到的。当时正面表彰这些时期斗争生活的作品，随着时间和空间的距离，暴露出其错误或片面性；而时间与空间距离的加大，也使现在的一些作者能够比较准确地看清楚那时的客观生活，因而得出与那时文艺作品所完全不同的认识和反映。如中国新时期描写过去农村生活的小说《李顺大造屋》《剪辑错了的故事》《许茂和他的女儿们》《芙蓉镇》等被称为"伤痕文学""反思文学"的作品，就是这样的。显然，即使是这些作品的作者，在那样的年代，写他们这些作品所写的生活，也不可能写出他们今天所写的那样的作品。拿茹志鹃在新时期写的《剪辑错了的故事》和她在过去写的《春暖时节》相比，就可说明和证实这一点。前者写的是对"大跃进"教训的思索，后者写的是对"大跃进"的歌颂。如果将《许茂和他的女儿们》与过去写农村生活和"文革"中生活的作品相比，也证实了距离的道理。至于以后对这些生活的评价和反映是不是又会不同呢？是不是会一步比一步更深刻呢？按理是必然如此的。

但是，不能因此就认为对现实生活正在发生的事都应采取回避的态度，像马雅可夫斯基所批评的那样，坐着让时间从身边流过，然后才去写生活。这是懒汉的无所作为的思想和做法，应该采取马雅可夫斯基所主张的主动地、有意识地拉开距离的方法。历来文艺家较多是以这种方法进行创作的，许多杰出而又震动社会的作品都是以这种方法创造的。例如《红楼梦》，曹雪芹本来写的是他生活时代的社会生活，但他有意识地拉开距离去认识、去写，将当时现实生活中发生的事情，说成一个空空道人发现的一个古老石头的故事，将这个石头当作女娲补天遗留的碎石块，将贾宝玉当作这石头的化身，将林黛玉托为这石头旁边的一株草，将宝、黛的爱情托为这石头与这株草的恩情，将当时封建社会的生活当作这石头与这株草所经历的故事，又将这故事当作"假语"（即"贾雨村言"），并且写明这是作者偶然得到的一本"情僧录"，拿回来在悼红轩里"批阅十载，增删十次"（这就是十年的距离了）。

曹雪芹的这些做法和说法，虽然有明显的回避时世的味道，但从艺术创作的原理上而言是合情合理的。这样宏大的著作，经过"批阅十载，增删十次"才完成，毫不奇怪。这个批阅和增删的时间和过程，不就包含着将主观和客观的距离反复地拉开和缩小，"近"而"远"，又"远"而"近"吗？再说，即使这小说所写的是曹雪芹的家史，他也是在家族"树倒猢狲散"之后，在西山的破屋里面对过去生活的回忆而写的呀！这不就是距离吗？

司汤达写《红与黑》的故事，原是 1826 年在兰纳发生的真人真事，但书中则写成 1827 年发生在维立叶尔城的故事，将原本发生的时间和地点都改变了。这就是有意识地拉开了一年的距离。这个拉开的时间距离不算长，拉开的空间也不算大（仍然是在法国），但这也是有了距离。

福楼拜写的《包法利夫人》也是一个真人真事，在时间和地点上也是拉开了距离的，在人物和事件上也有了变化，这些变化，是典型的原理。在一定的意义上，典型化（即艺术概括）也是属于艺术距离的原理（即拉开和缩小了距离）。所以，距离对于文艺创作是有普遍意义的。

丹纳在《艺术哲学》中说："艺术是一个和谐的、经过扩大的回声，正当现实生活到了盛极而衰的阶段，反映现实生活的艺术达到完全明确而丰满的境界。"这段话所说的"现实生活到了盛极而衰的阶段"，如果只是指某种盛世的衰落，是片面的；如果是指某个时候的某种生活，在相对地完成了一个阶段之后，则是正确的，有道理的。因为这个或这种客观生活本身有了一个起讫，成了一个整体，那么，对这个整体就能够全面地暴露其真相，人们也就可以从一定的距离上去认识和表现它。

另外，从人对生活的认识来说，身在其中，必受生活本身所牵制，对其认识和感受必然随其发展而起伏，也就不能对其进行冷静的认识和思考。当对生活的感情由"盛极而衰"（即由热而冷，即契诃夫所说的"冷"，也即是通常所说的"冷处理"）的时候，与客观生活和自己对生活的感情拉开了距离，也就可以更清楚地去认识和表现它。

这个道理，实际上就是通常所说的"旁观者清"。使自己从局内走到局外，从近而远地拉开距离，也是为了清除种种认识上的障碍，使自己能够更清楚地认识和表现客观事物。从这个意义上说，将距离拉远，也就是将立足点提高，从高处看事物，而不是与客观事物站在同一水平线上。唐朝诗人王之涣《登鹳雀楼》的名句"欲穷千里目，更上一层楼"，王安石《登飞来峰》的名句"不畏浮云遮望眼，只缘身在最高层"，所说的就是这个道理。王之涣在鹳雀楼上看到"白日依山尽，黄河入海流"的宏伟景色，是"更上一层楼"的结果；王安石在飞来峰上有"飞来山上千寻塔，闻说鸡鸣见日升"的宏观视野，是"身在最高层"的缘故。所以，将立足点提高，也就是将距离拉远；从高处看低处，是为了将低处看得更清楚，也就是拉"近"距离。所以，高与低的对立统一，也就是"远"与"近"的对立统一。

四、形象结构的距离艺术

在形象结构上，将一定的生活面（或自己心中的一定形象）之内的各个部分之间，一定的生活面内部与其外部的生活面之间，拉开、缩小或变换距离，也是一种很有成效的艺术手段和创造形象的方法。

恩格斯说："当我们深思熟虑地考察自然界或人类历史或我们自己的精神活动的时候，首先呈现在我们眼前的，是一幅由种种联系和相互作用无穷无尽地交织起来的画面。"（《自然辩证法》导言）这就是说，每一种客观的生活和我们心中的一定形象，都是由各种因素交织而成的，其外部又是有着各种各样的因素交织着的。这些因素或构成部分之间，都有一定的距离，这些距离不同，构成的形象画面就会不同。因此，要构成别具一格的新颖形象，在这些距离上下功夫，是一个重要而有效的途径。

（一）从对形象的描绘上说

我们知道，形象是所有艺术的共同特征，任何艺术都要以各种手段创造出鲜明具体的形象。所谓创造形象，就是作家将自己心目中内在的东西，构成外在的具体的东西，从而让别人看得见，感觉得到。而要做到这样，就必须按照自己和人们一般看见的客观存在的具体东西那样，从一定的角度、以一定的视线和一定的焦点，将自己心目中内在的东西描绘出来，使人们能够和自己一样，看出这的确是一个具体的存在的形象。

一般来说，作家描绘形象的角度和视线，也就是读者或观众观看形象的角度和视线。作家没有一定的角度和以一定的视线，是不可能描绘出形象的。因为人们看任何客观存在的东西，都是以一定的角度和视线去看的，客观事物也是以一定的角度向人们展现其形态的，所以，要将心目中内在的东西表现为外在的形象，也就必须以一定的角度和视线去描绘，让读者和观众也以这个视角和视线去将自己所写的形象看出来或想象出来。

角度，是描绘形象的立足点和窥向；视线，是描绘形象的观察线。作家的立足点与描绘对象之间的差距，就是距离。这个距离，也即是视线的距离。如果没有这个距离，或这个距离不明确、不稳定，也就意味着没有形象或形象不明确、不稳定；如果这个距离新颖、多样，那就意味着形象新颖、多样。本章开头所引苏东坡的两句诗，前面还有这样两句："横看成岭侧成峰，远近高低各不同。"这两句所说的就是从不同的角度和距离去看客观事物而有不同的道理。"横""侧"是角度,"远近高低"是距离。

例如,与苏东坡齐名的宋代诗人黄庭坚的《雨中登岳阳楼望君山》一诗:

满川风雨独凭栏,绾结湘娥十二鬟。
可惜不当湖水面,银山堆里看青山。

这首诗,前两句是写风雨中登岳阳楼瞭望,见对面的君山十二峰,像是女神湘夫人头发的十二个髻。后两句是写如果在湖水面上看的话,就好像是在银山(指水的波涛)中看青山了。这就是说,前两句与后两句所写瞭望的角度和视线不同,从而观看的距离就不同,由此使得所见的同样是一个君山,因观看距离不同而形象不同。将这首绝句与其他同样写岳阳楼的诗比较,更能说明这个道理。

例如,杜甫的《登岳阳楼》:

昔闻洞庭水,今上岳阳楼。
吴楚东南坼,乾坤日夜浮。
亲朋无一字,老病有孤舟。
戎马关山北,凭轩涕泗流。

这首诗同黄庭坚诗一样,是写在岳阳楼上瞭望。但杜甫对黄庭坚精细描写的君山视而不见,只见洞庭湖东南方向的天地像天拆了下来,整个世界好像是在日夜浮动;年迈有病仍离亲别友,孤零零地在战乱中颠沛流离的自己和现在自己所站的岳阳楼,都好像是湖中的一条船,在风浪中颠簸浮动着。显然,这诗所写的岳阳楼的距离,比黄庭坚的诗所写的大得多,远得多,形象和意蕴也深广得多。这两首诗,虽然所写距离不同,形象不同,但很明显是写岳阳楼的,不会与王之涣写的《登鹳雀楼》或其他人登的其他楼相同,这就是距离不同而形象不同的道理。当然,这些形象不同的原因,主要是作者以不同的心境去看岳阳楼,或者是在岳阳楼上所得的感受不同。艺术距离的原理,是在这样的前提下发挥作用的。反过来说,不同的心境也必须以不同的距离去创造形象而得到体现。杜甫是在安史之乱的动荡漂泊中经过岳阳楼而写这诗的,这种动荡的生活与动荡的心情,使他看到和表现的岳阳楼景色,都是动荡的图景。而他要表现这个动荡的图景,也就必然而必须与岳阳楼景色采取相应的距离。这就是将自己与岳阳楼的距离从"外"拉"内",又从"内"拉"外";从"远"拉"近",又从"近"拉"远";从"小"拉"大",又从"大"拉"小"。写登岳阳楼及自己的漂泊,是从"外"拉"内";又将漂泊的生活和感受化为洞庭湖上的一条孤舟,将岳阳楼以至整个乾坤化为日夜浮动的一条船,是由"内"拉"外";从"昔闻洞庭水"到"今上岳阳楼",是由"远"拉"近";又从岳阳楼而见"吴楚东南坼,乾坤日夜浮",是由"近"拉"远";从感到岳阳楼在洞庭湖中浮动而想到整个乾坤在浮动,是由"小"拉"大";从乾坤的浮动而想到自己老病像一条孤舟,是由"大"拉"小"。这就是作者动荡的主观与客观而要求采取的距离,同时,这样的主观也必须以这样的距离去表现。

黄庭坚是在被贬复职回乡(江西)时路过岳阳楼的。他这时的心情是复杂的:一是希望很快到家,看到家乡;二是希望快复官,走马上任。他是有具体的目的和追求的。因此,他以一定的追求去看岳阳楼的景色,已就相应地要以种种距离去表现这种追求。他在楼上看君山像湘夫人的发髻,只是拉开一个直线的距离去看君山,明显地表现了他在"满川风雨"似的愁闷之中,有了某一希望所在,而眼睛又只看到这个所在;他又从"银山堆里看青山",这种距离的转换和形象,又寄寓和表现了他对这个所在仍有犹豫和迷惘之情。这首诗的艺术距离不如杜甫的诗宽大,就在于其所体现的主观与客观本来就不如杜甫宽大。

所以,距离的大小和变换,是主观与客观所要求和决定的;在形象描绘上的距离变换也是体现和遵循"内"与"外""远"与"近"的对立统一的。这就是"横看成岭侧成峰,远近高低各不同"的道理。这个道理,在一切艺术形式中是共通的,在雕塑艺术和绘画中更显而易见。

(二)从形象结构上说

在形象的结构上,艺术距离的原理更是千姿百态,变化无穷。

所谓形象结构,是指以什么具体事物和如何将这些具体事物有机地统一于一个整体,成为一个完整的、生动的、寓有一定意义的画面。要创造这样一个形象画面,必然面临两个方面的问题:一是如何从自己所要反映的生活和体现的思想中,摄取和概括出一个事实上的时间与空间所构成的具体形象,而又在这样一个具体形象中,准确、鲜明和尽可能丰富地将生活和思想反映和体现出来;二是为了这个目的,就必须在这个具体形象中的各个构成因素之间,以一定的比例和层次去布局,使其能够充分地表现所要表现的生活和思想。这两个密切关联而又有所区别的命题,就是形象结构上的两种距离的艺术。

前者是从对生活的概括和体现过程来说的。当我们对客观生活有了一定认识和要求表现它的时候,总要选取一定的时间和空间的生活横断面去表现它。而这个生活横断面,总是有一定时间和空间限制的,因而其所能表现的东西也是有限制的。这样,就造成了这个要求与这个生活横断面的限制的矛盾。这个矛盾,从形象结构上说,就是"内"与"外"的矛盾,即一定的形象之内所能包罗的东西和难以包罗的东西的矛盾。我们要求在一定的形象之内联系和包罗那些看来难以包罗的东西,就是拉开和超出一定形象结构的距离。艺术上常用的联想、比喻、夸张、虚构、倒叙、插曲、夹议等,实际上就是这种拉开和超出距离的手段。我国古典戏曲常用的"自报家门",走台一圈表示走了许多路;当着另一个角色的面,举起手对观众说出某些内心话;在电影中,常见从某个镜头拉开去放映其他生活镜头;在小说中,常见从某个情节中引申出过去的某些生活;在诗歌中,常见从某个事物联想其他事物,或以其他事物来比喻;特别是一些用意识流手法写的小说,从某个一瞬的思念一下写到另一思念,等等,就是从一定的形象中拉开距离,而后又回到原来的形象结构内的做法。这种距离的运用,突破一定时间和空间的局限,也即是拉开一定的时空距离,而又回到原来的时间与空间之中。这对于扩大和丰富一定形象的容量,加深对生活的反映和形象的意义,是很有作用的。

德国著名现代派戏剧家布莱希特的"距离论",实际上是这一距离原理的延伸。他认为戏剧有"戏剧化剧场"和"史诗剧场"两种,前者是"将观众置于角色的处境之中",后者是"将观众转化为一个观察者,但是引起他行动的力量",是"为观众提供激情"。他是主张"史诗剧场"的。他在话剧《伽利略传》最后一幕中,写伽利略的学生去看这位科学家,写到这个禁闭中的伟大人物如何贪馋地吃教皇送来的鸡和交出自己的认罪书的情景时,这位学生离开剧情,站在一旁评说。这就是拉开距离,即"将观众转化为一个观察者"。

改革开放之初,首部体现布莱希特"距离论"的现代话剧《特别法庭》,就是将人物一时置于情节之中,一时又拉出情节之外,使观众既进入情节之中,又从情节中出来。不要忘记自己是在看戏,与戏剧中的人物和情节保持一定距离,既拉开戏剧中人物的距离,又拉开读者与戏剧中人物的距离。这些距离的拉开,都是突破一定的时间和空间的局限,拉开形象的内外距离，起到扩大和增强形象的容量和艺术力量的效果。从这个意义上说，拉开距离也是为了起到缩小距离的作用。

像《伽利略传》将学生的形象与伽利略的距离拉开，也就可以将作者对伽利略的评价直接让学生说出来，使得观众不用思考就明白了；《特别法庭》中将人物从情节中拉开来，直接论述戏中的人物，将戏中内容和对戏的评价，置于一个舞台形象之中，使一个时空同时表现两个方面的内容，使观众同时了解对剧情和对戏的评价，这样扩大和增添了形象的容量，同时又起到使读者与形象的距离缩短的作用。所以，这种距离的原理，仍然是"内"与"外"、"远"与"近"的对立统一。

后者是从构成形象的各个部分之间，以怎样的距离布局而言的。这是指在一定生活横断面（也即是在一定的形象）之中，各种事物之间以怎样的距离构成形象。这是由所要表现的内容决定的。要表现出一定的内容，又非如此去构成形象不可。每个艺术形象都由各种事物组成，多种事物之间，无不有着一定的距离，能否按一定的内容要求而将这些距离拉开、缩小和变换，往往决定形象的成败和艺术力量的大小，也反映出作者思想艺术水平的高低。优秀的艺术作品，无不是在形象结构上很妥善而巧妙地运用了距离的手段。例如：

> 长安回望绣成堆，山顶千门次第开。
> 一骑红尘妃子笑，无人知是荔枝来。（杜牧《过华清宫绝句》）

> 莫言下岭便无难，赚得行人错喜欢。
> 正入万山圈子里，一山放出一山拦。（杨万里《过松源晨炊漆公店》）

这两首诗的共同特点，就是善于变换多样的距离来构造形象。

杜牧的诗，自长安城之外"回首"而望，是自"外"而"内"的远距离；第二句写的情景是这距离之所见，距离未变。但是这不变里面又有变，就是宫殿的"千门次第开"。这么多的宫门，一个接着一个开，这不是一个又一个地拉开距离了吗？一系列宫门一个接着一个开，不是距离拉得很远而又有层次吗？后两句是作者想到当年唐明皇为给杨贵妃吃到她所喜欢吃的荔枝，而不惜人力财力从南方运来时的情景，写的是飞骑送荔枝进宫的情形。这段情景的距离，是由城外进宫内，距离又与第二句不同。第一句是从

"外"及"内",第二句是由"内"而"外",第三、四句又是由"外"而"内",这是一种变化;第二句既是由"内"而"外",又是由"远"而"近",第三、四句既是由"近"而"远",又是由"远"而"近",这又是一种变化。这些变化,仍然在原来的距离(即回首望长安)之中。但由于其中有了几重的距离变化,形象的内涵就丰富而生动了。

杨万里的诗是写下山的感受和情景,其形象构成主要是第三、四句。第三句是写"正入万山圈子里",这就意味着将要拉开的距离是越拉越远的;第四句开始写"一山放出",这就意味着结束了一个距离,又面临着新的距离,接着又写"一山拦",这又意味着距离一个接着一个,也就是层层的距离。第四句写层层的距离,直接呼应了第三句距离遥远,又以层层距离的形象体现了下山的情景和心情。这也是距离变化的艺术。

(三) 从形象的层次和深度上说

一些文艺作品能够在小小的形象里体现出明朗的层次和深广的生活思想内涵,在浅白的形象中寓有无穷意境,其艺术奥秘,也是与作家善于在形象结构中运用距离的艺术密切相关的。其中尤其注重并巧妙运用"远"与"近"的对比和相互映衬而构成形象的艺术,在绘画和诗词创作中尤其明显而普遍。

杜甫《戏题王宰画山水图歌》云:"尤工远势古莫比,咫尺应须论万里。"司空图《与李生论诗书》云:"近而不浮,远而不尽,然后可以言韵外之致耳。"宋代山水画家郭熙《林泉高致》云:"山欲高,尽出之则不高,烟霞锁之则高矣;水欲远,尽出则不远,掩映断其脉则远矣。"宋代画家宗炳《山水画序》云:"竖划三寸,当千仞之高;横墨数尺,体百里之迥。"宋代沈括《梦溪笔谈》云:"图书空咫尺,千里意悠悠;目尽见幅,而神驰千里。"元代画家饶自然《山水家法》云:"绘宗十二忌:布置迫塞,远近不分,山无气脉,水无源流,境无险夷。路无出入,石止一面,树少四肢,人物拘偻,浓淡失宜,点染无法。"这些论述,充分说明了"远"与"近"的辩证艺术在形象创造上的重要性,尤其是在形象的层次和深广度的表现和拓展上的艺术作用。试以两首古诗词为例:

清明时节雨纷纷,路上行人欲断魂。
借问酒家何处有,牧童遥指杏花村。(杜牧《清明》)

衣上征尘杂酒痕，远游无处不消魂。
此身合是诗人未？细雨骑驴入剑门。（陆游《剑门道中遇微雨》）

这两首诗，高明地运用了两种不同的艺术距离的手法：前者是重于大和远，后者则是重于细和近。

前者的"路上行人"是以不断行进的形态而扩大距离，以此表现广阔的天地。"借问酒家何处有"，可以说是这些行人在"借问"，也可以说是诗人从这行人不绝的画面上问。牧童的"遥指"，一个"遥"字，即拉开了很远的距离。这个距离，可以说在这画面内看不到杏花村在哪里，也可以说是在画面上最远的地方，不管是哪一种远，都是在一个小小的形象里，写出很大的境界。

后者之细和近，是从"衣上征尘染酒痕"写起，能看到衣服的灰尘和酒痕，不是很近的距离吗？"骑驴入剑门"，是由远而近的形态，所以距离是细和近的。但是，在这细而近的距离里，实际上又是大和远的距离的凝聚和体现，因为"征尘和酒痕"，正是长途远征和许多销魂的结果，骑驴也是长途跋涉的表现；入剑门之后做什么，也是未知数。所以这细和近，正是体现了大和远。第二、三句，既是第一句的说明和补充，也可以说是拉开了距离。因为是从衣服写起，进而写内心感慨，而且是相当长时间和在许多地方的内心感慨（"远游无处不消魂"）。第三句更是绝妙好句，从距离的原理上说，是巧妙地拉开和变换"内"与"外"的距离，它集中体现了细雨中的感受、征尘的销魂、酒后的迷惑情境，既可以说是诗人在这些情境中沉醉到连骑驴的人是不是自己也怀疑的地步，又可以说是诗人对这个骑驴进剑门的人是不是自己的疑问；既可以说是诗人自己以"内"为"外"的写法，又可以说是从"外"而"内"的用笔。因而，"细雨骑驴入剑门"这一全篇的警句所突现的形象，也就是一个"远"与"近"、"内"与"外"高度统一而又有鲜明层次和甚有深广度的形象，成为一个其味无穷的意境。

仅从两首古诗的分析即可看到，艺术距离的方法是多种多样的。又可见艺术距离原理的运用，是无穷无尽的，其艺术的意味和趣味，也是无穷无尽的。

此外，在中国和外国文艺史上有一种值得注意的现象，就是：有一些作品，在它产生的时候不受注意或重视，其实是价值未被人发现或认识；在若干年代之后，才被人发现和重视，从而重新发出本有的光辉，成为不朽的世界艺术瑰宝。如荷兰现代派著名画家凡·高的作品，就是在他死后好些年，其价值才被人们发现和认识的。另外，也有一些作品在它刚问世的时候或者在某个时候甚受欢迎，名噪一时，但好景不长，经过一段时间之后，人们就忘记了它。这两种现象，在一定意义上，也是艺术距离原理的一种体现。这两种现象的产生比较复杂，虽然原因主要在于作品本身，但与时代的社会思潮和其他因素也有密切关系，已超出本书命题范围，故不详细论述了。

深圳《特区文学》1999年第3期发表了一首散文诗《距离》（谢克强作）颇有意思，有助于理解艺术的距离的原理和艺术。特抄录如下：

（一）

黎明的太阳与夜半的月亮之间，
开花的骨朵与灌浆的果实之间，
迷离的爱情与真诚的友谊之间，
单调的现实与多姿的梦幻之间，
该用怎样的长度去度量它们之间的距离呢？

（二）

抬起目光，遥向岁月的远岸，目光丈量着距离。
远岸，有你的岸口么？

（三）

雾里看花，水中望月。
不要太远，远了什么也看不见，一片空蒙；
也不要太近，近了什么也看不清，一片混沌。
美的艺术，其实就是距离的艺术。

（四）

距离是水不同的流向；
距离是山不同的角度；
距离是人的不同关系。

（五）

或许距离是一种瞬间的存在，

或许距离是一种永远的迷失，
或许距离是一种甜蜜的许诺，
或许距离是一种铭心的相思。
距离是时间还是空间，
也许站在距离之外，
你才会真正理解距离的含义。

第五章　状物与传神
——艺术的形象

一、形象的创造法则

艺术形象的性质，是主体与客体的对立统一，其特征是具体与抽象的对立统一。艺术形象的具体性和实体性，就是要求形体和内涵的真实性、生动性，即状物与传神都必须真实生动，并相互统一、浑然一体。也就是说，所描绘的人物、事物或景物的形状、形体或形态，都要真如其状其形，同时真切生动地体现其内在精神和作者的思想感情。这就是状物与传神的统一。要达到这个要求，就必须正确而高明地处理好状物与传神的对立统一关系，掌握好状物与传神统一的形象创造法则。状物，即是写形、写体、写态、写景、写象，都要如所写的人物、事物、景物、环境或场面、动作或表情等。传神，就是表现出所写对象和作者的精神。神，包含思想、感情、情绪、性格、哲理、意念等。

状物与传神对立统一的形象创造法则包括以下五个要点。

（一）原形与变形的统一

文艺创作所写的艺术形象，要求必须符合所写对象形态的原形真实，但又不是酷似原形，而是大体的基本的相似，有时还可以变形。但所写或所变之形，必须与原形在基本点或某个方面相似。

中国画的状物艺术的基本要求是："作画要在似与不似之间。太似为媚俗，不似为欺世。"诗歌、散文和小说描写也大致如此。西方国家的艺术则较精细，尤其是油画。据说有人用现代科技扫描蒙娜丽莎像，发现画中人体每个皱纹都是不同的。

黑格尔在《美学》中指出："艺术可以说是要把每一个形象可以看得见的外表上的每一点都化为眼睛或灵魂的住所，使他把心灵显现出来。""不但是身体的形状、面容、姿态和姿势，就是行动和事迹、语言和声音，以及它们不同生活情况中的千变万化，全都要由艺术化成眼睛。人们从这眼睛里就可以认识到内在的无限的自由的心灵。"高尔基号召青年作家"向托尔斯泰学习造型技巧，浮雕般的描写；学习他把对象描写得几乎可以用肉体感触到的技巧"。可见，现实主义大师对状物的要求是精细的。

浪漫主义及现代主义对造型的要求不同，可以变形。如中国古典小说《西游记》，外国现代派小说卡夫卡的《变形记》。这些小说将所写的动物人化，但依然具有所写动物的基本或某方面原形和本性。孙悟空和猪八戒等形象真实生动的原因就在于此。

（二）形与神的统一

中国画的传统理论一贯强调形神统一。早在西汉《淮南子》中，即有"君形"之说，即重写形之意。晋朝画家顾恺之则提出绘画要"以形写神"。

唐代画家张彦远说："夫象物必在于形似。形似虽全其骨气，骨气形似皆本于立意而归于用笔。"又说："至于鬼神人物，有生动之可状，须神韵而后全。"

宋代画家袁文说："凡人形体，学画者往往皆能。至于神采，自非胸中过人，有不能为也。"宋代诗人陈郁说："写照非画物也，盖写形不难，写心惟难也……盖写其形，必传其神，必写其仆。否则君子小人，貌同心异，贵贱忠恶，奚自何别？形虽似何益？"

元代画家倪云林说："以中每爱余画竹，余之竹聊以写胸中逸气耳。岂复较其是与非，叶之繁与疏，枝之斜与直哉？或涂抹久之，他人视以为麻芦，仆亦不能强辩为竹。"清初画家石涛说："夫画者，形天地万物也。舍笔墨其何以形之哉！"清代画家沈宗骞说："形或小失，犹可也；若神有少乖，则竟非其人矣。"

现代中国画家石鲁更强调"以神写形"："我之观物，先神而后形，由形而后神。凡物，我之感应莫先乎神交，无神虽视无睹。神先入为主，我则沿形而穷形。"

这些从古代至现代在形与神问题上的中国画论，说法各有不同，但多是主张形神统一，以形写神的。其他艺术创作道理也一样。

（三）景与情的统一

清代戏曲家李渔在《窥词管见》中说："词不出情景二字。然二字亦分主客，情为主，景是客。说景即是说情，非借物遣怀，即将人喻物。有全篇不露丝毫情意，而实句句是情，字字关情者。"如赵师秀的《有约》："黄梅时节家家雨,青草池塘处处蛙。有约不来过夜半,闲敲棋子落灯花。"

清末学者王国维在《人间词话》中指出:"一切景语皆情语也。"又说:"大家之作,其言情也必沁人心脾,其写景也必豁人耳目。其辞脱口而出,无矫揉装束之态。以其所见者真,所知者深也。诗词皆然。持此以衡古今之作者,可无大误矣。"

绘画也是如此。明代画家唐志契在《山水性情》中说:

> 凡画山水,最要得山水性情。得其性情,山便得环抱起伏之势,如跳如坐,如俯仰,如挂脚,自然山性即我性,山情即我情,而落笔不生软矣。水便得涛浪萦回之势,如绮如云,如喜如怒,如鬼面,自然水性即我性,水情即我情,而落笔不板呆矣。或问山水何性情之有?不知山性即止而情忘,即面面生动;水性虽流而情状,则浪浪具形。探讨之久,自有妙过古人者。古人亦不过于真山真水上探讨。若依旧人,而只取旧本描画,那得一笔似古人乎?岂独山水,虽一草一木,亦莫不有性情。若含蕊舒叶,若披之行干,虽一花而忽含笑,或大放,或背面,或将谢,或半谢,但有生化之意。画写意者,正在此看精神,妙在未举笔之先,预有天巧耳。不然,画家六则首云气韵生动,何所得气韵耶?

这些珍贵的创作理论和经验,对于散文和小说创作同样适用。自古人们称道王维"诗中有画,画中有诗",就在于王维的诗画情景交融;范仲淹《岳阳楼记》、刘白羽《长江三日》等散文名篇脍炙人口,也在于做到了景与情统一。

(四)境与理的统一

境,既是意境、境界,又是情境、景象。两者只有深浅程度之别,又都要求寓有一定哲理性。这就是境与理的统一,在抒情诗和哲理诗创作中尤其如此。例如:

> 霜风呼呼的吹着,
> 月光明明的照着。
> 我和一株顶高的树并排立着,
> 却没有靠着。(沈尹默《月夜》)

> 繁星闪烁着——
> 深蓝的太空，
> 何曾听得见他们对语？
> 沉默中，
> 微光里，
> 他们深深的互相颂赞了。（冰心《繁星》）

古典诗词的名篇名句，大都做到境理交融。例如：

> 半亩方塘一鉴开，天光云影共徘徊。
> 问渠那得清如许？为有源头活水来。（朱熹《读书偶感》）

小说、散文、戏剧则较多地在某些形象语言中或总体形象中寓现哲理。如张洁的长篇小说《沉重的翅膀》中许多关于人生的议论，以及由书名显示的境理统一的寓意。茅盾的《子夜》《霜叶红于二月花》也是成功的范例。

（五）象与意的统一

中国自古书法与绘画同理，以象为形。象，是艺术品的总体之形；意象，是内容与形式统一的体现。《周易·系辞》云："圣人立象以尽意。"三国时期易学家王弼在《周易略例·明象》中曰："象意莫若象，尽象莫若言。言生于象，故寻言以观象；象生于意，故寻象以观意。意以象尽，象以言著。"又说："言象者，出意者出；言者，明象也。"可见，意象是意与象高度融合而又清晰表现的形象，即钱钟书《谈艺录》中所言："水中盐，镜中花，无痕有味，观相无相，立说无说。"

古今文章大家之名篇，寓情理意于一象而"无痕有味"者，方可称之意象一体之作。如文天祥的《正气歌》：

> 天地有正气，杂然赋流形。
> 下则为河岳，上则为日星。
> 于人曰浩然，沛乎塞苍冥。
> 皇路当清夷，含和吐明庭。
> 时穷节乃见，一一垂丹青。
> ……………

二、形象的构造艺术

艺术形象的创造，虽然主要在于写意传神，但状物造型也是不可忽视的。苏东坡说："有道而无艺，则物形于心，不形于手。"指出要表现思想，还得要有艺术。明代画家王履说："画虽状形立乎意，意不足谓之非形可也。虽然意在形，舍形何所求意？故得其形者，意溢于形。失其形者，形乎哉！画物欲似物，岂不可识其面。"可见同"皮之不存，毛将焉附"的道理相似，状物不形，何以传神？鲁迅曾说："我们的绘画，从宋以来就盛行写意，两点是眼，不知是长是圆，一画是鸟，不知是鹰是燕，竟尚高简，变成空虚，这弊病还常见于现在的青年木刻家的作品里。"可见状物造型也是重要的。这就必须掌握形象的构造艺术。

（一）放收结合

状物造型，在于构成完整形象。要这样做，只刻板地描绘对象的平面形状是不行的，还必须向相关的大处扩展，或从大处着眼，这就是放；但又不能一味地放，必须围绕所写对象而放，并且要回到以构成完整形象为目的上来，这就是收。所以，形象的构成必须有放有收，放收结合。诗歌创作尤其如此。《诗人玉屑》云："若欲波澜阔，规模须放弦。端由吾气养，匪自历阶升。勿漫工夫觅，况于治择能。"如韩缜的《凤箫吟》：

> 锁离愁，连绵无际，来时陌上初薰。绣帏人念远，暗垂珠泪，泣送征轮。长亭长在眼，更重重、远水孤云。但望极楼高，尽日目断王孙。
> 消魂。池塘别后，曾行处、绿妒轻裙。恁时携素手，乱花飞絮里，缓步香茵。朱颜空自改，向年年、芳意长新。遍绿野，嬉游醉眠，莫负青春。

这词开篇两句，从收而放；接下来几乎每两句一收一放，直至终篇。散文也有这样的手法。小说戏剧则多在故事情节和矛盾冲突上表现。

（二）虚实互现

从具体与抽象对立统一的文艺特征来说，实就是具体，虚就是抽象；实也是指实体，虚也是指空间。在艺术形象的构造中，总体说是要求具体的，其所含的实体事物越多，所构成的形象就越具体。艾青在《诗论》中说：

"用可感触的意象去消灭朦胧暗晦的隐喻。诗的生命在真实性之成了美的凝结，有重量与硬度的体质，无论是梦是幻想，必须是固体。"

但是，在形象构造中，却又不能只有实体而无虚体，必须有虚有实，虚实交错，相互体现。每种艺术形式，莫不如此，但各有所不同。诗词的虚是指抽象，绘画等视觉艺术的虚则主要指空间和气势。焦宏在《诗名物疏序》中说："诗有虚有实。虚者有其宗趣也，实者其名物也。"宋代词人姜白石说填词要"实者虚之，虚者实之"。他的《小重山令·赋潭州红梅》就是这样：

> 人绕湘皋月坠时，斜横花树小，浸愁漪。一春幽事有谁知？东风冷，香远茜裙归。
>
> 鸥去昔游非。遥怜花可可，梦依依。九疑云杳断魂啼。相思血，都沁绿筠枝。

清代画家笪重光在《画全》中说："空本难圆，实景清而空景现。神无可绘，真境逼而神境生。"又说："虚实相生，无画处皆成妙境。"清代学者方士庶在《天慵庵随笔》中说："山川草木造化自然，此实景也。因心造境，以手运心，此虚境也。虚而为实，是在笔墨有无间——故古人具此，山苍树秀，水活石润，于天地之外，别具一种灵奇。"

孔衍栻《画诀》云："树石人皆能之，笔致缥缈，全在云烟，乃联贯树石合为一处者，画之精神在焉。山水树石实笔也，云烟虚笔也。以虚运实，实者亦虚，通幅皆有灵气。"

刘熙载在《艺概·诗概》中指出："山之精神写不出，以烟霞写之；春之精神写不出，则以草树写之。"又说："词尚清空妥溜，昔人已言之矣。惟须妥溜中有奇创，清空中有沉厚，才见本领。"

传说沈周画《风雨归舟图》，仅堤柳数条，远沙一抹，孤舟蓑笠，宛在中流，其余空白。人问："雨在何处？"沈周答曰："雨在画处，又在无画处。"这个画及其故事，很能说明虚实互现的道理。

（三）疏密得体

这是指在形象构造中要艺术地把握同几何学与数学、力学相关的一些问题，如形象中的疏与密、轻与重、繁与简、多与少、大与小、参差与整齐等的比例和关系问题，都要以得体为目的去使其对立统一。

中国画古诀云："疏如晨星,密若潭雨。疏可走马,密不透风。疏密相间,错落有致。疏密得宜,自有神行。"现代中国画家黄宾虹解释说："中国画讲究大空小空,即古人所谓密不透风,疏可走马。疏可走马,不是空虚,一无长物,还得有景;密不透风,还得有立锥之地,切不可使人感到窒息。"从绘画的笔墨和所绘实物上说,轻与重的比例是必须匀称的,不可轻重失调。繁与简的得体,在于状物传神均得,显出风韵。

清代诗人袁枚在《随园诗话》中说："诗有干无华,是枯木也;有肉无骨,是夏虫也。"现代中国画大师齐白石说："莫将画竹论难易,若道繁难简更难。君看萧萧只数笔,满堂风雨不胜寒。"多与少,大与小,也是同样道理。郑板桥说："余始画竹,能少而不能多。既而能多矣,又不能少。此层功夫,最为难也。"

相传宋徽宗时,任安与贺真两位画家被请共绘一幅画。任安善绘建筑物,贺真善绘山水。任安先绘,故在画面画满楼台亭阁,余地小,以为难贺真。贺真并不为难,接笔在画面上添加淡淡几笔,即勾出远山近岫和江岸形势。贺真被人称赞以少胜多。就参差与整齐的关系说,也应以得体为上。

清代学者刘大櫆在《论文偶记》中说："文贵参差。天生之物,无一无偶,而无一齐者。故虽排比之文,亦以随势曲注为佳。好文字与俗下文字相反;如行道者,一东一西,愈远则愈善。"诗评家沈德潜则认为："诗贵性情,亦须论法;杂乱无章,非诗也。"宋代画家黄休复在《四格》中说:"画之逸格,最难其俦。拙规矩于方圆,鄙精研于绘画,笔简形具,得之自然,莫可楷模,出于意表。故谓之曰逸格耳。大凡画艺,应物象形。其天机迥高,思与神合,创意立体,妙合化妆,非谓开厨已走,拔笔而飞。故谓之曰神格尔。画有性周动植,学侔王功,乃至结岳融川,潜鳞翔羽,形象生动者,故谓之能格尔。"这些论述虽是针对诗画而言,但其他艺术门类的状物造型也是可以借鉴的。

（四）含深浅露

在形象创造中,既要将表现的事物浅白清楚地表现出来,又要在形象中内含深刻的内容,并且要吸引人阅读和读后有回味余地,这就必须艺术地把握深入与浅出、含蓄与显露、曲折与直白等的对立统一关系。

中国当代著名作家周立波说："做人要直,作文要曲。古代中国把文人叫文曲星,文曲星嘛,就是说作文要曲。"古代诗评家梅自言在《舒伯鲁集序》中说："凡诗阅一二字可意得全句者,非佳诗也。文气贵直,而其体贵屈。不直则无以达其机，不屈则无以达其情。为诗文者，主乎达而已矣。"屈或曲，即是曲折、转折，使人意料不到，才有吸引力，才有余味。《白石诗说》云："篇终出人意表，或反终篇之意，皆妙。"

传说明代画家唐伯虎被请去参加一位富婆的生日宴会，即兴赋诗，开口吟首句"这个婆娘不是人"，四座皆惊；吟到第二句"九天仙女下凡尘"，才使人舒口气；然而第三句"个个儿孙都是贼"，又吓人一跳；说出末句"偷得蟠桃奉至亲"，使全场惊喜万分，宾主叹服。这一传说不知是真是假，却是运用"曲笔"的很好例子。

元王构《冬词鉴衡》云："文有三等：上焉笔锋不露，读之自我滋味；中焉步骤驰驰，飞沙走石；下焉用意庸常，专事返语。"清刘大櫆《论文偶记》云："理不可以直指也，故既物以明理；情不可以显出也，故即事以寓情。"又说："善露者未始不藏，善藏者未始不露……若主露而不藏便浅而薄。"

这些论述，都强调藏和蓄。然而，含深若不显露浅出，不能吸人悟人，含深何在？又有何用？所以应求二者统一。古代有幅著名国画《踏花归去马蹄香》，画面没有花的形象，只有两只蝴蝶跟着马蹄飞。这就意味着花香在马蹄中，吸引着蝴蝶。可见这画是含深于浅露之中，也由此而流传千古。所有艺术的形象构造莫不如此。

三、形象的比较美学

艺术形象的创造，还有美的性质及其体现问题。因为文艺的性质是包含真善美的，文艺形象也必须是美的或以一定的美学观点和方式创造的。状物，是状美之物或以美状物；传神，是传美之神或以美传神。状物与传神的对立统一，就是在一系列为体现文艺美的性质和美学原则的形象创造问题上的对立统一。这些问题，一方面是关于形象本体性质的，如美与丑，善与恶，崇高与卑鄙，高尚与庸俗，欢喜与悲哀，恩与怨，爱与恨，等等；另一方面是属于作者思想感情倾向的，如褒与贬，喜与怒，冷与热，扬与抑，歌颂与暴露，赞赏与讽刺，等等。这两个方面一系列问题上的对立统一，就是比较美学在形象创造上的艺术体现。其要点包括以下五个方面。

（一）美与丑的关系

艺术形象是为表现美和以美创造的，为此必须表现美及其对立面——丑，并善于以美写丑，以丑写美，将两者的对立化为统一的相形关系。

法国著名雕塑大师罗丹说:"美到处都有的。对于我们的眼睛,不是缺乏美,而是缺少发现。在美与丑的结合中,结果总是美得到胜利。"又说:"自然中认为丑的,往往要比那认为美的更显出它的性格。因为内在真实在愁苦病容上,在皱忧秽恶的瘦脸上,在各种畸形与残缺上,比在正常健全的相貌上更加明显地呈现出来。"他还说:"一位伟大的艺术家或作家,取得了这个丑或那个丑,能当时使它变形……只要魔杖触一下,丑便化成美了——这是点金术,这是仙法。"罗丹强调发现和表现美的主观作用,俄国 19 世纪美学家车尔尼雪夫斯基则注重客观的生活美。他说:"艺术作品里的美,必然从现实地反映生活中得来。艺术就是生活。我们在那里看到依照我们概念应当如此的,就是美。任何东西凡是独立表现生活或是使人忆起生活的,就是美。"又说:"美丽地描绘一副面孔和描绘一副美丽的面孔,是两种全然不同的事。"车尔尼雪夫斯基的这些说法,显然对美的主观性认识不足,忽视了写美的形象和以美写形象的有机统一关系。

(二)善与恶的关系

文艺的性质,决定艺术形象的创造必是惩恶扬善的,也必然是颂扬高尚崇高,贬斥卑鄙庸俗的。艺术形象的创造,必须艺术地把握这两个对立统一方面的对比和强化关系。

汉代学者王充在《论衡》中说:"誉人不增其美,则闻者不快其意;毁人不溢其恶,则听者不惬其心。"法国 18 世纪思想家狄德罗也说:"使德行显得更为可爱,恶行更为可憎,怪事更为触目。这就是一切手中拿笔杆、画笔或雕刀的正派人的意图。"

但也有人不赞成强化的表现,而认为实在的有节制的或交叉对比性多的表现为好。中国现代诗人闻一多说:"多数从事文艺的人们都是善良的,而做诗的朋友尤其心软,这是他们的好处。但如果被利用了,做了一种人软化另一种人以便加紧剥削的工具,那他们的好处便成了罪恶。我在'温柔敦厚诗之教也'这句古训里,嗅到了数千年的血腥。"闻一多这说法除去具体的历史条件所指,我们能从中看出另一种以节制为主的表现善与恶的美学准则。雨果的《巴黎圣母院》对善与恶的实在和交叉的对比表现,则令人拍案叫绝。

(三)喜乐与悲哀的关系

英国散文家威廉·赫兹利特说:"人是惟一会哭和笑的动物。"人因悲伤痛苦而哭，因喜悦欢乐而笑。文章本是有情物，艺术形象也就必须体现这种情感。要创造好形象，就必须艺术地把握喜乐与悲哀，也即是笑和哭的对立统一关系。

从文艺性质上说，写喜悦欢乐，即是现美扬善。正如法国心理学家立晋斯说："一切审美喜悦都是一种令人愉快的同情感。"法国作家大仲马说："作家的事业，是为了使读者生活得愉快。不使人愉快的作品有什么价值呢？"

然而，文艺作品并不仅仅是写喜乐才使人愉快，写悲哀痛苦也会使人们振奋和获得美与善的喜悦。亚里士多德说："悲剧的作用在于唤起悲悯与畏惧之情，使感情得到陶冶。"鲁迅说，诗要"以不可见之泪痕悲色，振奋邦人"。

自古以来，总是悲剧多，流传广，想是人多对苦难有同情心的缘故。列夫·托尔斯泰的名著《安娜·卡列尼娜》开头就写道："幸福的家庭都是相似的，不幸的家庭各有各的不幸。"王国维说："古诗云，谁能思不歌，谁能饥不食；诗词者，物之不得其平而鸣者也。故欢愉之辞难工，愁苦之言易巧。"别林斯基说："任何矛盾都是可笑性喜剧性的源泉。""使人发笑的艺术，比使人感动的艺术更难。"

其实，无论悲或喜都不易表现。关键是真喜真悲，并掌握辩证艺术。明末清初学者王夫之在《姜斋诗话》中说："以乐景写哀，以哀景写乐，一倍增其哀乐。"贺拉斯在《诗艺》中说："一首诗仅仅具有美是不够的，还必须有魅力，必须能按作者愿望左右读者的心灵。你自己先要笑，才能引起别人脸上的笑；同样，你自己得哭，才能在别人脸上引起哭的反应。"《红楼梦》写黛玉死时听到远处传来一阵音乐，可谓以乐写哀；许多小说戏剧写人物突然听到意外喜讯而哭，可谓以哭写笑。

值得注意的是，哭不一定是悲的表现，笑也不一定是乐的表示。讽刺喜剧使人发笑，但有时是含泪的笑。美国当代学者哈里·兰顿在《笑的严肃方面》中认为："促进人们发笑的四大要素是：生硬呆板、自行其是、荒唐怪诞和违反常情。""最惹人喜爱的喜剧人物，是引起我们发笑的人，而不是和我们一起发笑的人。因为人们不会笑在生活中做什么事的那些人，而是生活本身为他们做了什么事的那些人。"这说法是很有道理的。

（四）恩爱与怨仇的关系

恩与怨、爱与仇的关系，在社会人与人之间是普遍存在的，也是文学艺术中普遍表现的,尤其在小说戏剧中,简直缺之不可。故事情节,矛盾冲突,都是人与人之间恩恩怨怨、爱恨情仇的纠葛。作家艺术功力的高低,很大程度上体现于能否别出心裁地把握这个对立统一关系。

丹纳在《艺术哲学》中说:"有一种超乎一切之上的动力,就是爱。因为爱的目的是促成另外一个人的幸福,把自己隶属于另外一个人,为了增进他的幸福而竭尽忠智……我们看到爱的面目就感动,不论采取什么形式,是慷慨还是慈悲,还是和善,还是温柔,还是天生的善良。我们的同情心遇到它就起共鸣,不管它的对象是什么,或者是构成男女之间的爱情,一个人委身一个异性,两个生命融合为一;或者是构成家庭之间的各种感情,父母子女的爱,兄弟姐妹的爱;或者是巩固的友谊,两个毫无血统关系的人互相信任,彼此忠实。——爱的对象越大,我们越觉得崇高。"

丹纳这话说得好,但只讲了恩和爱方面,未讲怨和仇方面。其实,这两个方面是互为依存、相为对应的,恩有怨伏,怨会转恩,爱能变仇,仇会化爱。古今中外,从社会现实到文学艺术,无不如此。

(五) 褒与贬的关系

每个文艺家对所写的事物莫不有自己的爱憎态度。爱则褒扬歌颂,憎则贬斥暴露。所以,每个艺术形象,无不包含这种爱憎感情因素,并体现出或褒或贬的思想倾向。因而,艺术地把握褒与贬的对立统一关系,也是创造形象的一条重要的美学原则。

一般来说,作家对所喜爱的事物是直接地、正面地、热烈地颂扬之,对所憎恨的事物则直面地、冷漠地鞭挞之。但在艺术形象创造中,褒贬方式却是多种多样的。有的是明褒实贬,有的是明贬实褒;有的是褒贬并有,有的是褒贬互现;有的是欲褒先抑,有的是欲抑先扬;有的是欲褒故冷,有的是欲贬故热……总之,以或正或反、或直或曲的方式去进行,以达到更好的艺术效果。

杜勃罗留波夫说:"以极端反抗极端,最后从最忍耐的人们心中所提出来的抗议,也是最有力的。"鲁迅说:"讽刺作者虽然大抵为被讽刺者所憎恨,但他却常常是善意的,他的讽刺,在希望他们改善,并非要捺这一群到水底里。"又说,他写的杂文"论时事不留面子,砭痼弊常取类型"。茅盾说中国古代文学中有一种"寓贬斥"的手法,即在形象中自现褒贬倾向。恩格斯说:"倾向性要在形象中自然流露出来。"也是同理。

这种关系的表现和把握,还有一个爱憎感情的节制和体现方式的问题,褒贬倾向的表现，往往含蓄曲折的效果会更好。俄国19世纪著名诗人莱蒙托夫说："感情与思想的全面和深度，是不容许有狂暴的冲动的。"当代中国著名表演艺术家金山在向青年演员谈经验时说："喜而不露，怒而不纵，哀而不伤，乐而不淫，含而不贫，勇而不莽，思行不离，学而不儒。"这些珍贵的思想艺术修养之谈，未尝不是把握爱憎褒贬关系的良好艺术经验。

第六章　有尽与无穷
——艺术的意境

一、什么是意境

古今中外的作家艺术家，都比较注意在自己的创作中创造意境。大凡流传千古的不朽之作，都有着丰富的高妙的意境。清末著名学者王国维在《人间词话》中说："词以境界为最上。有境界自成高格，自有名句。"境界即是意境。其实，何止词须创造意境，诗歌、散文、小说、杂文、戏剧、音乐、美术、摄影、电影、舞蹈，无不是以有意境为高。简直可以说，一部作品的思想艺术深度的深浅和质量的高低，是以有无创造意境和意境的高低深浅为衡量之准绳的。

那么，什么叫作意境呢？怎样创造意境呢？如何衡量意境的有无和意境的高低深浅呢？

浅白简单地说，意境就是在艺术形象中体现出来的思想和美的境界。它是客观的，又是主观的；是抽象的，又是具体的；是个别的，又是一般的；是有限的，又是无限的。它是主体与客体、具体与抽象、个别与一般、有限与无限的对立统一。它是象外有象、言外有意、弦外有音、韵外有味，是有限中之无限，无限中之有限。

在人们的印象中，通常认为诗画才有境界，而且只是写景物的作品才有境界，这是对境界狭隘的、片面的理解。其实，不仅诗画有，写景的作品有，一切艺术形式，一切题材的作品都应该有意，并可以创造艺术的意境。

当代中国美学家宗白华在《美学散步》一书中说："介乎学术与宗教两者之间，以宇宙人生的具体为对象，赏玩它的色相，秩序，节奏和谐，借以窥见自我的最深心灵的反映，化实景而为虚境，创形象以为象征，使人类最高尚的心灵具体化，肉身化，这就是艺术境界。"这个说法清楚表明，艺术的意境属美学范畴；而美学性能和美学理想，是一切文艺创作必须具备和必求体现的。所以，艺术的意境也就必然是一切文艺创作体裁或门类的作家都力求完成的课题，并且他们还千方百计地去创造各种各样的艺术境界。因而，自古以来文艺创作中的艺术境界种类繁多、丰富多彩。

从艺术境界的内容上说，大致可分为四类。

（一）景物的境界

景物境界，是较普通并特受注意的一种。这种境界在诗歌、美术、摄影、散文、小说中为多。这种境界，由于往往是作者以一定的思想感情去看自然的景物，或者是为了写人物活动的环境和体现人物思想感情而创造的，因而都有一定的思想感情色彩，或者是为体现某种思想感情的。但是，由于作者比较含蓄地体现自己的思想感情，着重以客观的景物形象的本身面貌去写自然的景物，形象的主观感情色彩和主观的规定性并不特别显露，因而有相对的客观性，使得人们可以将其看作客观自然的景物，并按自己的思想感情和美学思想去重新认识和创造其所呈现的自然美景，欣赏自然美的境界。风景画、山水诗、风景摄影、静物摄影、游记等作品的境界，就是如此。

古人说王维的诗是"诗中有画，画中有诗"。王维既是一位风景画家，又是一位风景诗人。如他的诗《送梓州李使君》：

万壑树参天，千山响杜鹃。
山中一夜雨，树杪百重泉。

虽然要表现他送这位朋友的心情，但是，感情的色彩并不直接显露。所呈现的只是深山之中雨后清晨的壮丽景色，使人似亲临其境，受其自然美的熏陶。又如杜牧的《山行》：

远上寒山石径斜，白云生处有人家。
停车坐爱枫林晚，霜叶红于二月花。

这首诗虽然直接描写人和人的感情（是人"远上"，是人"爱枫林晚"），但这里的人和感情已成为这首诗的形象的组成部分，而又是对这自然景色的爱，不是借题发挥（即"兴"式）、借景抒情或以情造境，所以所构成的还是自然景物的境界。

此外，著名的写景散文，如王勃的《滕王阁序》、范仲淹的《岳阳楼记》、柳宗元的《小石潭记》、陶渊明的《桃花源记》、朱自清的《荷塘月色》,以及刘鹗在《老残游记》中对大明湖风景的描写等篇章,所创造的优美的艺术意境,可以使人在各种不同的情况下,从相似的自然景物中看到或想到其境界。又可以经过自己的联想改造而寓以新的意境。例如,茅盾的小说《霜叶红于二月花》,毛泽东的词《沁园春》中"看万山红遍,层林尽染"的描写,都可以说是杜牧《山行》诗中"霜叶红于二月花"的优美境界的发展或再用。可见,文学艺术创作中的自然景物之境界是极其宽广的。

(二) 感情的境界

这种境界,很普遍,也很受注重。各种艺术都有,以诗为最。生离死别,悲欢离合,喜怒哀乐,人之常情也;思乡、思友、思亲、思旧、单恋、双恋、热恋、失恋,莫不以情入诗,情境盎然。例如下列名诗所写的各类感情的境界。

写喜乐之境者,如杜甫的《闻官军收河南河北》:

　　剑外忽传收蓟北,初闻涕泪满衣裳。
　　却看妻子愁何在,漫卷诗书喜欲狂。
　　白日放歌须纵酒,青春作伴好还乡。
　　即从巴峡穿巫峡,便下襄阳向洛阳。

写怒哀之境者,如杜甫的《自京赴奉先县咏怀五百字》:

　　朱门酒肉臭,路有冻死骨。

写友情之境者,如白居易的《答微之》:

　　君写我诗盈寺壁,我写君句满屏风。
　　与君相遇知何处,两叶浮萍大海中。

写兄弟间的无情之境者,如曹植的《七步诗》:

　　煮豆燃豆萁,豆在釜中泣。
　　本是同根生,相煎何太急?

此外，写思乡之情境者，如巴金的散文《繁星》；写思父之情境者，如朱自清的散文《背影》；等等。这些境界，都为人们所广泛传诵和运用。

（三）哲理的境界

这种境界，尚未受人注意，大都是与自然的境界和感情的境界混淆了。其实，这种境界的影响更大，对艺术作品的艺术生命起到更大的作用。例如下面这些诗句：

> 对酒当歌，人生几何？譬如朝露，去日苦多。（曹操）
> 春蚕到死丝方尽，蜡炬成灰泪始干。（李商隐）
> 欲穷千里目，更上一层楼。（王之涣）
> 大江东去，浪淘尽，千古风流人物。（苏轼）
> 人有悲欢离合，月有阴晴圆缺，此事古难全。（苏轼）
> 人生自古谁无死，留取丹心照汗青。（文天祥）
> 江山代有才人出，各领风骚数百年。（赵翼）
> 我劝天公重抖擞，不拘一格降人才。（龚自珍）
> 生命诚可贵，爱情价更高；若为自由故，两者皆可抛。（裴多菲）

不少小说与戏剧中，也有富有哲理的意境。例如鲁迅的小说《药》和《祝福》的结尾就是这样。曹禺的名剧《日出》中，主角陈白露在落幕前的最后四句台词，就生动地描绘出一个哲理的意境：

> 月亮出来了，太阳留在后面。太阳不是属于我的，我要睡了……

（四）人物的境界

这种境界也未受到应有的重视。这是因为人们往往只注意典型人物的概括性、代表性和性格的特殊性，不注意人物形象也是一种美学理想所体现的境界。其实，人物的境界，或者说具有意境意味的人物，在文艺作品中是相当多的。尤其是著名的人物典型，大都具有这种境界。

鲁迅在《阿Q正传》发表的时候，特别坚持Q字一定要用英文的大写，其用意是要保留住这个字的尾巴，他要使这个名字起到增加形象感的作用，使人一看就会想起阿Q的辫子。这条辫子不仅是人体的辫子，也是精神上的辫子，是一种精神的化身。值得注意的是，鲁迅几乎在他写的每篇小说都写到了辫子。显然，他是将辫子作为一种封建奴役的象征物来写的。阿Q的形象之所以使人们难忘，固然在于写出了"精神胜利法"这种人们的通病，还在于这个带辫子的形象生动地体现了半封建半殖民地社会的中国人病态精神的意境，甚至生动体现了人的某种本性的意境。所以，阿Q这个形象，可以说既是半封建半殖民的旧中国的病态典型，又是超越国界、超越民族、超越阶级、超越历史的典型，甚至成为人类共同使用的名词，并且可以在各种不同的场合使用它。如阿Q对"亮"的忌讳，本是阿Q形象的一个方面，即害怕别人揭自己的短处，这也是人的通病之一，从而人们也就常用阿Q这个忌讳来讽刺批评某些人为自己护短。

曹禺的话剧《王昭君》中的孙美人，与其说是一个有性格的人物，不如说是一个有意境的人物。因为这个人物集中体现了宫女的辛酸与深情，使人想到和看到孙美人以外的宫女。《红楼梦》的林黛玉也是一个有意境的形象，因为她是个"诗魂"。茹志鹃的《百合花》、孙犁的《荷花淀》、王蒙的《风筝飘带》《蝴蝶》《春之声》等，都是有人物的意境的。冯骥才的小说《神鞭》所写的主角具有特异功能的辫子形象，可以说与阿Q有异曲同工之妙。

以上的境界分类，只是大致的划分，不是机械的、绝对的划分。其实，在许多情况下，这四种意境是互相交织的，又是有彼此互变的可塑性的。这是因为作为一种境界，既然是比较广阔的，那么，它的容量自然是丰富的。同时，境界是已经客观化的形象，客观的形象在不同的读者或观众看来自然不同；或者在不同情况下，会由于读者或观众的美学理想和思想感情的不同，而对其有不同的理解、取舍、加工、创造，从而往往会出现景物的境界变成哲理的境界，感情的境界变成人物的境界，景物的境界变成人物的境界，或者这四种境界融为一体的情形。所以说，境界的分类只是相对而言的。

二、怎样创造意境

意境，是有意之境；境中有意，意融于境，即为意境。有意无境，意美焉存？有境无意，即无灵魂；意与境悖，无意无境；意与境融，境意无穷。创造意境，既要炼意之功，又要炼境之术；既要有以意化境之技，又要有以境显意之巧。

意者，既是作家主观的感受，又是客观事物本身的含义；既是作家独特的感受,又是人们共有的感受;既是个别事物本身的含义,又是一般事物的含义。所以,它既是主观的、个别的,又是客观的、一般的。

境者,既是作家依据客观事物提炼出来的具有主观色彩的形象,又是客观事物本身的形象;既是作家所独特提炼的形象,又是一般人们所共同感受的形象;既是某种事物所独有的个别的形象,又是一般事物所共有的形象。所以,它既是主观的、个别的,又是客观的、一般的。

因而,所谓意与境的统一,实际上是主观与客观、个别与一般的辩证统一。这是一层含义,即是从意境的构成因素上说的。

从另一层意义上说,即从意境的容量上说,每一个意境都是有限的,因为每一个意境都是具有其特定含义和范围的形象,都是作家从特定的客观实际和特定的感受塑造出来的。但它又是无限的,因为每一个意境都会被人们更丰富、更宽广地去认识和理解,往往超出其本来的特定意义。所以,意境又是有限与无限的辩证统一,是无限中的有限,有限中的无限。这一层意义,也是客观与主观、个别与一般的对立统一,即意境创造的主观性与意境的客观性的对立统一,意境的特定性(个别性)与意境的一般性(普遍性)的对立统一。

以王维的《相思》为例:

红豆生南国,春来发几枝?
愿君多采撷,此物最相思。

这首诗的意境是以红豆寄托对爱人的思念。从这个意境的构成因素上说,它的客观因素是在春天的时候,一个妇女想念远在南国的丈夫,希望他采撷红豆的时候,想起对自己的思恋;从主观因素上讲,作者实际上是以此写自己对爱人的思恋。所以,这个意境,既是主观的,又是客观的。这个意境,是在南国春天红豆盛发的情景下产生的,是个别的;但又是一般的,因为这种思念之情,在其他情景下也会使人产生。例如《西厢记》中"碧云天,黄花地,西风紧,北雁南飞",写的也是这种思念之情。因此,这首诗的意境,既是王维所独有的感受,又是人们普遍的感受;既是个别的,又是一般的。

从意境的容量上讲,这首诗是王维在特定的环境下以独特的感受写出来的,是为表现自己对亲人的相思之情写的,所以是有限的。但是,当人们读这首诗后,所产生的感想,却远远超过了王维在创造这一意境时的原本含义,如:夫妻离别时会想到这意境,恋人重逢时会想到这意境;相思者喜欢这意境,单思者也会想到这意境;有时甚至还会用于根本不是情人相思的意义。如20世纪50年代周恩来总理曾称赞广东的粤剧是"南国红豆",著名戏剧家田汉题诗称粤剧是"南国红豆发新枝"。这些引申或借用,就是在有限中的无限。

可以想见,当王维写这首诗的时候,是在红豆春发的情况下寄寓相思之情,但他所概括的又不仅仅是他此时此境之情,不仅仅是他自己之情,而是他在许多情况下曾有过之情,是许多人曾有过的相思之情。他写这首诗,是将自己和许多人有过的无限的相思之情,在有限的形象中体现出来。

所以,意境,是客观与主观、个别与一般、有限与无限的对立统一。因而要塑造意境,就必须在有限之中,即在有限的客观、主观、个别和一般之中,体现无限的客观、主观、个别和一般,使有限与无限对立统一。为此,应当注意处理一系列的对立统一关系。

(一)现实与理想的关系

意境是概括现实生活而创造出来的,又是体现作家一定理想的。它来自现实,但又不等同于现实,而是经过作家改造了的现实。所以,能否创造出意境,首先在于能否从现实出发去创造,同时又在于能否以理想去改造。这就要处理好现实与理想的辩证关系。

丹纳说:"艺术的境界不是一个范围有限的高峰,而是整个广阔的人生,每个心灵都能找到一个面目分明的领域;理想的天地是狭窄的,只能让两三个天才居住;现实是没有边际的,四五十个有才能的人都有立足之地。"(《艺术哲学》,第233页)这是在意境创造问题对意境的现实基础,即现实有理想的形象论述。无论意境如何广阔,都比不上现实人生的广阔;人生的广阔是意境广阔的基础,要创造意境不能离开这个基础;意境的广阔也在于符合和作用于这个基础。但是,并不是有了现实生活就有艺术的意境,没有作家的创造是没有意境的。

王国维说:"山谷云:'天下清景不择贤愚而与之,然吾特疑端为我辈设。'诚哉是言!抑岂独清景而已,一切境界,无不为诗人设。世无诗人,即无此种境界。夫境界之呈于吾心而见于外物者,皆须臾之物。惟诗人能以此须臾之物,镌诸不朽之文字,使读者自得之。遂觉诗人之言,字字为我心中所欲言,而又非我之所能自言,此大诗人之秘妙也。境界有二:有诗人之境界,有常人之境界。诗人之境界,惟诗人能感之而能写之,故读其诗者,亦高举远慕，有遗世之意。而亦有得有不得，且得之者亦各有深浅焉。若夫悲欢离合、羁旅行役之感，常人皆能感之，而惟诗人能写之。故其入于人者至深，而行于世也尤广。"（《人间词话》，第 79 ~ 80 页）这一说法强调了作家的主体能动性，强调以诗人之眼去看生活才能创造意境，是很有道理的。艺术的境界既来自现实生活，又不同于现实生活；既不同于现实生活，又由于现实生活的基础而使"其入于人者至深，而行于世也尤广"。意境的创造，也必须在现实的常人的意境的基础上，经过作家的创造才能出现。这就是现实与理想的辩证关系。

在现实与理想的关系中，作家的创造是矛盾的主导方面。法国 19 世纪著名女作家乔治·桑说："艺术并非在检视已存的真实，而是在追求理想的真实。"同样，可以说意境是作家在"检验已存的真实"的基础上，根据"追求理想的真实"而创造出来的；也可以说是在"已存的真实"的形象中，体现出"追求理想的真实"的。这种"理想的真实"，所指的不仅是现实中尚未有过而可能会有的东西，还包括那些已经有，但不是某个具体地方有，而是普遍有或刚开始有的东西；不仅是自己所感受、所追求的东西，还是人们所共同感受和追求的东西。所以，它既是有限的，又是无限的；既是有限的现实，有限的理想，又是无限的现实和无限的理想。

例如，屈原《离骚》中"路漫漫其修远兮，吾将上下而求索"的意境，既是屈原当时生活的写照，又是他所追求的理想；既是他个人的感受和追求，又是人们的共同感受与追求。鲁迅将这两句诗题在他的第二部小说集《彷徨》的扉页上，旨在以此点出他这部小说的意境，显然是引申和借用屈原这两句诗的意境。由此可见，意境是作家以现实与理想的统一而创造出来的，是有限与无限的统一。

（二）抽象与具体的关系

意，是属于思想上感情上的，即意识形态的东西，是观念性、理念性的，因而是抽象的。境，则是具体的、形象的、实体的，可感可触的。从实体性上讲，意是无限的，境是有限的。要以意化境，境中显意，也就是要抽象与具体统一，才有无限与有限辩证统一的意境。

宋代诗人梅尧臣说："状难写之景，如在目前；含不尽之意，见于言外。"这可以说是对意境的创造和要求的精辟概括。要将景，即境，写得"如在目前"，又要"含不尽之意"于诗的形象（景）之外，还要在景中可"见"其意。这就是要抽象之意与具体之景（境）高度统一。艾青在《诗论》中说，要"用可感触的意象去消泯朦胧暗晦的隐喻"。诗的生命在真实性之成了美的凝结，有重量与硬度的体质，无论是梦还是幻想，必须是"固体"，也是同样道理。

例如闻一多的诗《一句话》：

有一句话说出来就是祸，
有一句话能点得着火。
别看五千年没有说破，
你猜得透火山的缄默？
说不定是突然着了魔，
突然青天里一个霹雳，
爆一声：
咱们的中国！

这首诗中的"一句话"，本来就不是具体的实体性的东西，由于用了"点得着火""火山"等实体性的形象，便使这句话所体现的爱国热情、对国难的悲愤，有如火山爆发、晴天霹雳，跃现眼前。显然，没有具体的形象，就没有意境；但欠缺深意的形象，也不能说是意境。所以，要创造出真正的意境，必须是抽象与具体统一，也即是进行抽象与具体同时体现的形象思维，正如胡风所说："作家的认识作用是形象的思维，并不是先有理念再化成形象，而是在可感的形象状态上把握人生，把握世界。"

这些看法是有道理的。因为事物本身的内在意义和其外在的形象是同时存在、不可分割的，作家对事物的分析概括，也不能离开具体的形象。歌德说："我的诗都是即兴诗，从现实受到暗示，以现实为基础。我不尊重凭空虚构的诗。""就大体而论……作为诗人而努力想把什么抽象的东西具体化，这不是我们的性癖，我在心里感受了印象，而且是活泼的想象力所供给我那样的感官的生意洋溢的，快乐的，多种多样的印象。我作为诗人而做的事，只不过是把这样直观的印象在心里艺术地加以琢磨而使之完成，用生动的描写表现出来，能使别人读或听我所描写的东西而受到同样的印象。"（《歌德谈话录》，第9、135页）

例如李白的《春夜宴从弟桃花园序》：

夫天地者，万物之逆旅也；光阴者，百代之过客也。而浮生若梦，为欢几何？古人秉烛夜游，良有以也。况阳春召我以烟景，大块假我以文章。会桃花之芳园，序天伦之乐事……

李白将宽广无垠的天地作为"逆旅"（即旅舍）来写，将无影无迹的光阴作为"过客"来写，将泛泛的人生作为"梦"来写。这就将无限化作有限的东西，将无形化作有形的东西，使抽象化为具体。然而，这个"化"，并不是作者先找到虚的东西或是找到实的东西，然后再去相互化之，而是作者在生活中接触和观察具体东西的时候，即对其中抽象的含义有了感受，即在见到"逆旅""过客""梦"的时候，即有"天地""光阴""浮生"的感受，抽象与具体的东西是一齐完成的。

再如朱自清的散文《匆匆》：

燕子去了，有再来的时候；杨柳枯了，有再青的时候；桃花谢了，有再开的时候。但是，聪明的，你告诉我，我们的日子为什么一去不复返呢？是有人偷了他们罢？那是谁？又藏在何处呢？是他们自己逃走了罢？现在又到了哪里呢？

朱自清将时间、光阴这些抽象的东西，用燕子、杨柳、桃花的去归来形容其匆匆，真是具体形象，连动态也出来了；再加上使用"有人偷了"和"是他们自己逃走了"等有情趣的问话，更是生动地将实感性、动态性推进一层。显然，作者是在见到燕子等形象时，就有了惋惜时间匆匆而过的感受的。所以，无限的意境，来自有限的形象；只有在具体形象之中，才能见到抽象，使抽象与具体统一。

（三）思想与形象的关系

一般来说，意境是思想与形象的高度统一，但在许多情况下，意境的形象往往大于其原本包含的特定思想。这是艺术形象具有客观性，读者面对客体的形象，往往会以自己的感受和想象去进行再创造的缘故。这种现象，同每个作家对客观生活会有不同的认识和反映的道理一样，是主体对客体的再创造。

例如唐代诗人刘禹锡的《陋室铭》：

山不在高，有仙则名；水不在深，有龙则灵。

这篇著名的铭文，本来是作者写自己的书室而抒发信念。但自古以来，它的意境被人们广泛流传并引申或借用，既可用来表达观赏风景的感受，又可用来作为写文章的哲理，其形象意义远远超出了其所包含的思想。从这个意义上讲，意境的形象是无限的，其原本思想则是有限的。

在创造意境的时候，是不是作家本来就认识到或者目的是创造具有无限意义的形象呢？不可能这样。如果这样，他就不能创造出意境了，甚至连形象也创造不出来。因为任何形象都是具体的、实体的、有限的，不首先写好写实具体的形象，而只去一味追求无限的、可以广为人们所用的形象，其结果必然就只是抽象，也就离开或没有了形象，离开或没有了具体的感觉。因为作家创造艺术的意境，总是在具体的形象中将深邃的思想体现出来的，也就是为了体现某种思想而创造特定的形象。离开具体思想的形象是没有的，作家不可能离开具体的思想目的去创造形象。

黑格尔说："没有思考和分辨，艺术家就无法驾驭他所要表现的内容。认为真正的艺术家不知道自己在做什么，这是一个错误的想法。"（《美学》）陶渊明所写的"欲辨已忘言"的意境，是指主体与客体高度融合的境界，不是说作家不知道自己在想什么或做什么。显然，没有具体的思想目的，不赋予特定的思想内涵的创作，是没有的。如有人说有，也必是骗人的鬼话。形象的客观意义是一回事，形象的本身意义是另一回事，因为形象的客观意义比其本身意义丰富而否定形象的本身意义，或者否定以一定思想去塑造形象的必要性，是完全错误的。

意境，是作家以一定的思想感情去改造客观生活而创造出来的，又是以客观的形象体现主观思想的结果，是形象与思想统一的结果。怎样才是形象与思想的统一呢？就是情景合一，理形合一，形神合一，即"一切景语皆情语也"（王国维），"词理意兴，无迹可寻"（《沧浪诗话》），"以形写神"（顾恺之）。要做到这些"合一"，就必须既有炼意之功，又有造型之妙，更要以意炼形，以形谐意。

五代画家荆浩在《笔法记》中说："夫画有六要：一曰气，二曰韵，三曰思，四曰景，五曰笔，六曰墨……气者，心随笔运，取象不惑；韵者，隐迹立形，图遗不俗；思者，删拔大要，凝想物形；景者，制度适宜，搜妙创真；笔者，虽依法则，运转变通，不质不形，如飞如动；墨者，高低晕淡，品物浅深，文采自然，似非因笔。"这些说法，对于一切创造艺术形象的文艺创作，都是适用的。这"六要"，实际上所谈的都是如何辩证把握炼意与造型的关系。所谓气、韵、思，即是意；景、笔、墨，则是形，是境。"心随笔运，取象不惑"，是思想自然地体现于形象之中，形象很明确很清楚地表现思想；"隐迹立形，图遗不俗"，是说形象与思想融合得不露人工的痕迹，而形象清晰但又不落俗套；"删拔大要，凝想物形"，是说形象塑造要抓住事物的主要东西表现，又要将思想最精华的东西自然地融于其中；"制度适宜，搜妙创真"，是指形象要布局得体，搜集奇妙的东西表现又要使其符合真实；"虽依法则，运转变通，不质不形，如飞如动"，是指形象的塑造要符合法则，但遵循法则又要运用自如，不死板，不造作，要生动活泼；"高低晕淡，品物浅深，文采自然，似非因笔"，就是要使形象有透视感、立体感，像自然的形象一样，不像是用笔画出来的。应该说，这样的形象，才是有意境的形象。

三、怎样衡量艺术意境

（一）意境的有与无

简单地说，意境是具有深邃意义的形象。在意境中，意与境，两者缺一不可。有的作品有意无境，有的作品有形象而无深邃之意。有意无境，就是思想未化为形象，或者是思想与形象脱离，或者是因词害意、词不达意，或者是思想与形象不协调、不融合。有形象无意境，就是形象苍白、死板，欠思想深度，没有余味。这两种情况都称不上是有意境。

《白石诗说》云："诗有四种高妙：一曰理高妙，二曰意高妙，三曰想高妙，四曰自然高妙。碍而实通，曰理高妙；出及意外，曰意高妙；写出幽微，如清潭见底，曰想高妙；非奇非怪，剥落文采，知其妙而不知其所以妙，曰自然高妙。"还认为："一篇全在句尾。如截奔马，辞意俱尽。如临水送将归，辞尽意不尽。若夫辞尽意不尽，剡溪归棹是已。辞意俱不尽，温伯雪子是已。所谓辞意俱尽者，急流中截后语，非谓辞穷理尽者也。所谓意尽辞不尽者，意尽于未当尽处，则辞可以不尽矣，非以长语益之者也。至如辞尽意不尽者，非遗意也，辞中已仿佛可见矣。辞意俱不尽者，不尽之中因已深尽之矣。"其实白石所云"四妙"，实际上谈的都是意与境的高度统一。他所谈的尽与不尽，实则是意境的多种体现方式。

（1）所谓辞尽意不尽，即言有尽而意无穷。如辛弃疾的《摸鱼儿》：

　　更能消几番风雨，匆匆春又归去。惜春长怕花开早，何况落红无数。春且住！见说道，天涯芳草无归路。怨春不语。算只有殷勤，画檐蛛网，尽日惹飞絮。

　　长门事，准拟佳期又误，蛾眉曾有人妒。千金纵买相如赋，脉脉此情谁诉？君莫舞，君不见，玉环飞燕皆尘土。闲愁最苦。休去倚危阑，斜阳正在，烟柳断肠处。

（2）所谓意尽辞不尽，即意已表现，但辞未写完。如李清照的《醉花阴》：

　　薄雾浓云愁永昼，瑞脑消金兽。佳节又重阳，玉枕纱厨，半夜凉初透。
　　东篱把酒黄昏后，有暗香盈袖。莫道不消魂，帘卷西风，人比黄花瘦。

（3）所谓辞意俱尽，即描写的形象已将其意完整表现。如李白的《早发白帝城》：

　　朝辞白帝彩云间，千里江陵一日还。
　　两岸猿声啼不住，轻舟已过万重山。

（4）所谓辞意俱不尽，就是既未完整地写完形象，又未将其意写尽。如王之涣的《登鹳雀楼》：

　　白日依山尽，黄河入海流。
　　欲穷千里目，更上一层楼。

　　以上这些关于意境的分析，虽然也有一定道理，但不够确切。因为这些不同方式，区别不很明显，而且相互之间往往是兼而有之或互相交错的。这些分法，主要是从不同角度去分析。值得借鉴的是，其中所强调的意境"溶一为妙"和"辞"与"意"统一的理论。这可以说是区别文艺作品是有意境还是无意境的根本标志。

　　在中国古典诗词中，因理害境、因辞害意、因用典故害意的情况，历代都有，而以宋代以后的诗作为多，就连大诗人也未能幸免。例如清光绪年间诗人文廷式写战场的《过洞庭湖》，诗意是较高的，形象却较差：

> 舟人祷福祀灵君，我有狂言愿彻闻。
> 借取重湖八百里，肆吾十万水犀军。

而陈毅元帅的《梅岭三章》同是写战场，却是有意有境：

> 断头今日意如何？创业艰难百战多。
> 此去泉台招旧部，旌旗十万斩阎罗。

明代诗人陈维崧写山的《点绛唇》，有意无境：

> 晴髻离离，太行山势如蝌蚪。稊花盈亩，一寸霜皮厚。
> 赵魏燕韩，历历堪回首。悲风吼、临洺驿口，黄叶中原走。

而毛泽东的词《念奴娇·昆仑》，则既有气派，又有意境：

> 横空出世，莽昆仑，阅尽人间春色。飞起玉龙三百万，搅得周天寒彻。夏日消溶，江河横溢，人或为鱼鳖。千秋功罪，谁人曾与评说？
> 而今我谓昆仑：不要这高，不要这多雪。安得倚天抽宝剑，把汝裁为三截？一截遗欧，一截赠美，一截还东国。太平世界，环球同此凉热。

从这些对比分析可见，艺术意境的创造，不仅是辞与意的关系问题，还取决于作家的思想艺术风格和气派。

（二）意境的有我与无我

王国维说，词的境界"有造境，有写境。此理想与写实二派之所由分。然二者颇难分别，因大诗人所造之境必合乎自然，所写之境亦必邻于理想故也"。他将意境分为"有我之境"与"无我之境"："有我之境，以我观物，故物皆着我之色彩；无我之境，以物观物，故不知何者为我，何者为物。古人为词，写有我之境者为多，然未始不能写无我之境。此在豪杰之士能自树立耳。"他还将诗人分为"客观诗人"和"主观诗人"，并认为"客观之诗人不可不多阅世，阅世愈深则材料愈丰富愈变化，《水浒传》《红楼梦》之作是也。主观诗人不必多阅世，阅世愈浅则性情愈真，李后主是也"。这些关于"阅世"的看法是值得商榷的,但他从创作态度上给诗人分类,却颇有道理。实际上,王国维所说的"客观诗人""写境",指的是现实主义;而"主观诗人""造境",指的是浪漫主义。但是,从作者的态度上分为"有我之境"和"无我之境"就欠妥了。

首先,意境是文艺创作者所要追求达到的一个创作目标,在这个意义上,它同要塑造人物、要体现主题思想、要反映社会生活等目标一样,都是文艺创作所应该而且必须达到的。难道我们可以将文艺作品中的人物,分为现实主义人物和浪漫主义人物吗?可以将主题思想、反映生活的深度、广度和真实性等分为现实主义和浪漫主义吗?不同的创作方法,是人们艺术地掌握世界的不同方式。而就对世界的认识反映而言,不同的创作方法是殊途同归的。贾宝玉、林黛玉和孙悟空、猪八戒,是不同的人物,但不能说前者是现实主义人物,后者是浪漫主义人物,只能说前者是以现实主义创作方法塑造的人物,后者是以浪漫主义方法塑造的人物。

其次,从作者对现实的态度上说,对生活的描写采取不同的态度,是区别创作方法的标志之一。但是,其目的都是表现生活。它们的区别只在于对生活不同体现的区别。其实,不管是注重主观表现,或是注重客观表现,都是以主观创造客观,以客观体现主观的。因而,在意境的问题上,也就难以划分出什么是"有我之境",什么是"无我之境",什么是"造境",什么是"写境"。

就拿王国维所认为的"无我之境"的诗来说,他认为"采菊东篱下,悠然见南山"是"无我之境"。陶渊明的这首诗是这样的:

> 结庐在人境,而无车马喧。
> 问君何能尔,心远地自偏。
> 采菊东篱下,悠然见南山。
> 山气日夕佳,飞鸟相与还。
> 此中有真意,欲辨已忘言。

从这首诗看,是谁在人境"结庐"?是谁"心远"?是谁"采菊"?是谁"见南山"?是谁"欲辨已忘言"?是作者自己。这不是"有我"吗?

王国维认为秦观的《踏莎行》是"有我之境"。现看全词:

> 雾失楼台,月迷津渡,桃源望断无寻处。可堪孤馆闭春寒,杜鹃声

里斜阳暮。

　　驿寄梅花，鱼传尺素，砌成此恨无重数。郴江幸自绕郴山，为谁流下潇湘去？

　　其实，这首词既可说是"有我"的，也可说是"无我"的。词中"可堪孤馆闭春寒，杜鹃声里斜阳暮""郴江幸自绕郴山，为谁流下潇湘去"所呈现的形象与境界，不也可以说是"无我"的境界吗？

　　王国维之所以这样划分艺术意境，原因在于他离开了客观与主观的对立统一去看文艺现象。但是，从意境的创造是否能做到主观与客观高度融合这个意义上说，也即是能否做到有我与无我统一的命题上说，这种看法有一定道理。在《人间词话》中，王国维也曾指出，意境的创造有一个"隔"与"不隔"的问题。所谓隔，就是主观与客观未能融合。他说："梅溪梦窗诸家写景之病，皆在一隔字。""若问隔与不隔之别，曰：陶谢之不隔，延年则稍隔矣，东坡之诗不隔，山谷则稍隔矣。"他还举例说："'生年不满百，常怀千岁忧。昼短苦夜长，何不秉烛游。服食求神仙，多为药所误。不如饮美酒，被服纨与素。'写情如此，方为不隔；'采菊东篱下，悠然见南山。山气日夕佳，飞鸟相与还。''天似穹庐，笼盖四野。天苍苍，野茫茫，风吹草低见牛羊。'写景如此，方为不隔。"这些"隔"与"不隔"的例子，说明其"隔"与"不隔"的界限，在于"有我"与"无我"是否统一。

　　他还说："古今之成大事业大学问者，必经过三种之境界：昨夜西风凋碧树，独上高楼，望尽天涯路，此第一境也；衣带渐宽终不悔，为伊消得人憔悴，此第二境也；众里寻他千百度，回头蓦见，那人正在灯火阑珊处，此第三境也。"这段著名的"境界说"，虽然被广泛运用于读书做学问中，但其实际上也是指创造意境的过程：第一境，即是第一步，在客观生活之中，有所感受，但尚觉得茫茫然；第二境，即第二步，进入创造形象阶段，为追求意境而苦思苦想，连身体也消瘦憔悴了；第三境，即第三步，经过苦思苦练之后，豁然开朗，回头突然见到寻找了千百遍的意境，原来就在眼前。这就是从"隔"到"不隔"的过程，也就是"有我"与"无我"之间逐步统一的过程。

　　创造意境的过程，包括炼意，包括炼形，包括用词造句。有的作家由于艺术功力不足，往往会出现有其意而不善造其境的现象。如宋代有个诗人写有这样的诗："遥知杨柳是门处，似隔芙蕖无路通。"这是有意无境。著名诗人王安石将它重新改写为："漫漫芙蕖难觅路，萧萧杨柳独知门。"这样一改,就有动感,有实感,有意境了。

文坛上也常出现因造境而害意的现象。《蔡宽夫诗话》说:"诗大忌用功太过。盖炼句胜,则是不足;语之而意不足,则格力必弱,此自然之理也。"《诗人玉屑》中说:"凡作诗须命经篇之意,切勿以先得一句一联,因而成章;如此则意不多属。"陆机《文赋》说:"恒患意不称物,文不逮意。"所以,境界的"有我"与"无我"的问题,不仅是主观与客观的融合问题,还包括形象的塑造、用词造句、艺术构思等问题。

(三) 意境的大与小

王国维说:"境界有大小,不以是而分优劣。'细雨鱼儿出,微风燕子斜',何遽不若'落日照大旗,马鸣风萧萧'?'宝帘闲挂小银钩',何遽不若'雾失楼台,月迷津渡'也。"但他又说:"词至李后主而眼界始大,感慨遂深,遂变伶工之词而为士大夫之词。""后主之词,真所谓以血书者也。宋道君皇帝《燕山亭》词亦略似之。然道君皇帝不过自道身世之戚,后主则俨有释迦、基督担荷人类罪恶之意,其大小固不同矣。"王国维这两段说法是互相矛盾的:前面说不应以境界的大小而分优劣,后面却说词至李后主以后的"眼界始大,感慨遂深","变伶工之词为士大夫之词"。这评价显然有分优劣之意。看来意境的大小不同,是事实;但对于意境大小的优劣如何评价,则应当分两个方面来看。

一方面是从意境所含的内容上说。作品的思想深度和概括生活的广度,是有大与小和优与劣之分的。例如,李后主和宋徽宗都是皇帝,都先后做了俘虏,又都在被俘后写出了著名的词,但他们的词的意境是有大小不同的。试做比较:

春花秋月何时了?往事知多少!小楼昨夜又东风,故国不堪回首月明中。

雕栏玉砌应犹在,只是朱颜改。问君能有几多愁?恰似一江春水向东流!(李煜《虞美人》)

裁剪冰绡,轻叠数重,淡著燕脂匀注。新样靓妆,艳溢香融,羞杀蕊珠宫女。易得凋零,更多少、无情风雨。愁苦,闲院落凄凉,几番春暮?

凭寄离恨重重,这双燕,何曾会人言语。天遥地远,万水千山,知

他故宫何处？怎不思量，除梦里，有时曾去。无据，和梦也新来不做。（宋徽宗《燕山亭》）

  这两首词，确如王国维所说，前者境界大，后者境界小。但王国维对李后主词的评价显然过高，说李煜有"释迦、基督担荷人类罪恶之意"，太过了。这不是李后主的本意，也不符合历史事实。据史书记载，李煜是个整日过着"灯红酒绿，纸醉金迷"生活的皇帝。他不会治国，充其量也不过是想治好国，并爱写诗词而已。他在这首词中所思的"故国"，并不是人民，而是"雕栏玉砌"的宫殿，同宋徽宗词中所想的"宫女""故宫"是一回事。应该说，两首词都有意境。李后主词之所以高明，主要在于能较好地提高和放大形象的境界，从较大的范围去写："春花秋月何时了？往事知多少！"一开始就以时序和哲理性的反问，将所写景象拉宽，补其所窄；"问君能有几多愁？恰似一江春水向东流"又将普遍性的愁情化于广阔的形象之中，既掩盖了"雕栏玉砌应犹在，只是朱颜改"之拙，又使诗的形象与感情具有更宽广、更普遍的效果。因为这些时序的更换，对往事的思念、别离的哀愁等心情，是普遍的；人们如读写描述这些心情的诗，往往会只是看到和记住这些具有普遍性的形象及其意境，不会计较其具体所指，所以具有意境宽广的效果。这是艺术提炼意境之功，不是李后主有什么"担荷人类罪恶之意"的体现，因为李后主本无这样的"意"。

  宋徽宗的词，一开始就具体地写梅花的花瓣，又同宫女比较，形象是细致的，却是狭窄的，写他所思念的，却又是"故宫"何处。后面虽然扩大生活面，写了"天遥地远，万水千山"的壮景，却又收窄视野，接着写的是"除梦里，有时曾去""和梦也新来不做"这些狭小景象，实际上起到了否定前面拓开广阔境界的后果。从艺术辩证法的原理上说，这首词的创作，是该放不放，不该收而收，因而意境狭窄。造成如此状况，主要是这位皇帝的心境本来就如此狭窄的缘故，同时与作者不善于炼意炼境也是有关的。宋徽宗爱画，是画家，不如李后主的辞章精熟，这也是其中原因之一。这个对比说明，从内容上看，意境的大小是有优劣之分的。

  另一方面，从形象面的宽窄来看，艺术形象所反映的生活面，是有宽有窄的。宽即大，窄即小。不一定大就好，小不好，也不一定宽就优，窄就劣。从艺术意境上说，不应也不能以孰大孰小而分优劣，而是各有各的长处，各有各的价值。王国维列举了同是杜甫写的两个意境——"细雨鱼儿出，微风燕子斜"，是境小，而"落日照大旗，马鸣风萧萧"，是境大，应是各有其优，不可取代，难分优劣的。因为各自体现的是不同的意境，所以将不同内容的意境做优劣对比，是不科学的。

（四）意境的深与浅

艺术的形象美，贵在含蓄。意境的高低和优劣的区别标志，主要在于形象内涵的深浅程度，也即是意境的深与浅。

曾子固说："诗当使一览无遗，语尽而意不穷。"《诗人玉屑》中说："诗以意义为主，文词次之，意深义高，虽文词平易，自是奇作。"又说："古人为诗，贵在意在言外，使人思而得之"，"作者得于心，览者会以意"。这些论述，都强调两个方面——形象要浅白，含义要深邃，即浅与深的对立统一。

要做到这个统一，是很不容易的。有的作品，形象浅白，使人"一览无遗"，但没有深意，缺乏意境；有的诗为了使含义深，便忽视了形象的浅白，不是使人看不懂，就是使人不能领略其意，也就没有意境。

王国维对这种现象提出了尖锐的批评："词忌用替代字，美成（即周邦彦）《解语花》之桂华流瓦，境界极妙，惜以桂华二字代月耳。梦窗（吴文英）以下，则用代字更多。其所以然者，非意不足，则语不妙也。盖意足则不暇代，语妙则不必代。此少游（秦观）之小楼连苑、绣毂雕鞍，所以为东坡所讥也。""沈伯时《乐府指迷》云，说桃不可直说破桃，须用红雨、刘郎等字。咏柳不可直说破柳，须用章台、灞岸等字。若惟恐人不用代字者。果以是为工，则古今类书俱在，又安用词为耶？宜其为《提要》所讥也。"由此可见，这种用代字的现象在古诗词中是相当普遍的，这是一种表面是深，其实是浅，意浅的现象。

另一种现象是："好作奇语，自是文章一病。"这是使人费解，而不是意深，更不是意境。古诗较多用典，有的用得很难懂，很偏，但文人却以此为深。这也是有文无意，更无意境。这些都是未能做好浅与深的统一的表现。

要做到这两者的统一，就要深入浅出。所谓深入，就是要深入思想感情和事物的实质；所谓浅出，就是要以平易的、清楚的、贴身的形象来表现。试将董解元的《西厢记》和王实甫的《西厢记》写长亭送别的一段景物描写做对比：

莫道男儿心如铁，君不见满川红叶，尽是离人眼中血。（董）

晓来谁染霜林醉，总是离人泪。（王）

这两种写法，都是有意境的。但是董解元的意境却比王实甫深，为什么呢？王实甫将分别的痛苦心情，化为昏昏然的霜林形象，并将这形象都化为离人的眼泪，即是将这种感情意境化。但这形象还只是形的和谐，尚欠情的深化，即霜林皆眼泪表现了泪之多，也就是离情之多。而董解元则是将分离之情化为满川红叶的形象，将"满川红叶"化为"离人眼中血"。这就使分离的感情有量的形象，又有情深的形象，既是情多，又是情深，所以意境更深。董解元的特点就是深入浅出，即将分离之情写得更深，血的形象比泪的形象深，也就是意境比较深；但又是浅出的，因为满山红叶和血的形象是浅白的，是常人熟悉的，又是贴人心的（因为人们通常都对血的形象产生伤感）。王实甫的"霜林醉"的形象则是人们生疏的，"离人泪"的形象又是泛的，表面的，所以其意不深，境也不浅，因而，其意境也就是欠缺深入浅出的意境。

深入浅出，既是指在观察生活、提炼生活和表现生活这个过程中要层层深入和层层浅出，又是指在塑造形象的时候，即在作品的结构层次上，要层层深入，层层浅出。一方面意思要层层深入，另一方面形象要层层浅出。例如李后主的《乌夜啼》：

无言独上西楼，月如钩。寂寞梧桐，深院锁清秋。
剪不断，理还乱，是离愁，别是一般滋味在心头。

上片是写诗人所见的静夜的景象，下片是写诗人在这景象中的哀愁，意思上层层深入。上片和下片对景象与情绪的描写，也是层层深入的，而在形象上，却又是层层浅出的。上片写诗人上西楼的景象，"无言独上西楼"的情景是一个景，上楼看见什么还不清楚；接句"月如钩"，说明看到了月亮，又说月亮像个"钩"，就进一步清楚了。但这是什么时候的月亮，又是什么样的情景呢？还不清楚。接着写"寂寞梧桐深院锁清秋"，进一步说明这是在秋天的一个有梧桐的院落里所见的月亮，这个西楼也是在这个地方，那就更清楚地将时间、地点、人物、气候、景象都表现出来了。下片写诗人的心情。"剪不断，理还乱"是什么呢？接下来写"是离愁"说明。而这离愁，以"剪""理"来表现，还只是形态的说明，尚不是实体性的，接下来写"别是一般滋味在心头",则清楚地说明这是心头的另一种滋味,也就进一步讲清楚是什么样的心情了。这就是形象结构上的层层浅出。"别是一般滋味在心头"一句,可以说是讲清楚,也可以说是未讲清楚,因为前两句的"剪不断,理还乱"讲的就是这种"一般滋味",未讲清楚就是这种"滋味"到底是怎样的还未讲明白,这就是明中有不明。但这不明,是读者可以理解、可以领会得到的,因为人人的"心头"都有过这种"一般滋味"。《四溟诗话》云:"结句当如撞钟,清音有余。"就是使人有思索回味的余地。而这个余地,就是含蓄,是在形象中具有的,不是没有表现的,是已有的省略,不是有言而不尽。否则,就不是余味,而是缺味了。

总之,无论是对意境的理解、意境的创造还是意境的分析与评价,都要从有限与无限的对立统一规律上去理解和把握,在有限中体现无限,将无限寓于有限之中。这就是意境创造的艺术辩证法。

第六编 艺美论

第一章 天然与人工
——艺术美与技巧

一、什么是艺术美

文学艺术是人类以一定的美学观念去认识和反映世界的一种方式。人们以这种方式去认识反映自然美或客体美,同时体现自身或主体的美学观念和理想。所以,文艺既是人的一种美的认识方式,又是人的一种美的体现形式。这就是文艺具有美的性质和功能的由来和根本所在。文学艺术的基本特征和规律,文艺各种门类或形式的特征和规律,都是由此萌发并始终与此密切关联的。甚至可以说,文艺创作就是以艺术美进行的创造或进行艺术美的创造,文艺作品就是艺术美的体现和结晶,文艺家是人类艺术美的主要体现者和创造者。

我们说文艺的性质是主体与客体的对立统一,其实主要是主体与客体在艺术美的对立统一。具体与抽象、个别与一般、有限与无限等文艺规律的对立统一,也主要是在艺术美上的对立统一。通常说的文艺真善美的性质和认识教育与审美的功能或作用,其实也主要体现于艺术美的有无和发挥程度上。真,不全是美;只有美的真和真的美,才是文艺,才是艺术美。善,是人性美、道德美;具有艺术美的善,才是文艺,才是艺术美。美,有自然美、生活美、心灵美、艺术美,要经过艺术美去加工创造其他的美,才是文艺,才化为艺术美。可见,文艺的真善美性质的有无和程度,取决于艺术美的有无和程度。离开艺术美,就谈不上进行文艺创作,也就没有文艺作品。

什么是艺术美呢?就是人以自身美的本性去认识和改造世界时,从不自觉到自觉地按照自身对美的需求和理解,而去把握加工自然美或客体美,从而逐步形成的一种认识反映世界,并使自身的审美欲得以体现或满足的方式。这种方式,就是以文艺掌握世界的方式,即创作方法或艺术方法。这种方式的准则及内涵,即艺术美。以这种方式进行的活动,即文艺创作活动。艺术美主要是文艺作品和建筑物中的人工美或人造美,但它又是从客观生活与自然中来的,与客观天然的美是对立统一的。也就是说,真正高明的艺术美，虽是人工人造，却无人工人造的斧痕。

德国18世纪美学家鲍姆嘉通说："美学是以美的方式去思维的艺术，是美的艺术的理论。"闻一多说："读诗的目的在求得审美的快感。"朱光潜说："自然只是死物质。艺术却使这死物质具有生动的形式。""艺术不但不模仿自然，并且还要变化自然。所以我们用模仿自然的标准去衡量艺术，没有一件上流作品不露有几分不自然。"钱钟书在《谈艺录》中说："人事之法天，人定之胜天，人心之通天。""法天"似摹写自然，但结合人事就有意义；"胜天"似工夺造化，但"胜天"必须"通天"，即符合自然。这些论述，精辟地阐述了艺术美来自自然美又超出自然美，并有自身独立性、能动性的道理。

二、艺术美与艺术技巧

人的美学观念和审美意识，同人的社会意识和文化意识一样，有一个积累和积淀的过程。一个国家民族或地域如此，一个普通人或文艺家也是这样。每个国家民族或地方有自己的美学与文艺传统和风格特点的原因，就在于有自身的艺术美的积累和积淀；文艺家之所以有自己的独特风格和艺术功力的高低，原因在于自己的素质和素养，而这有赖于自身有无艺术美的积累过程与功力。文艺家对艺术美的把握和创造的优劣，同他的艺术美素养的高低是成正比的。

艺术技巧是艺术美的体现方式和手段。对艺术技巧的运用和高妙程度，取决于文艺家的素质和素养。同其对艺术美的积累深浅和素养高低程度，也是成正比的。艺术美的素养差而低，其艺术技巧的功力就差而低，反之就越有功力。苏联作家法捷耶夫说："重要的艺术技巧问题，是要依赖作者人生观的深度和他包罗生活现象的广度来解决的。"武尔贡说："真正的技巧力量——这就是艺术的概括力量。"茅盾说："技巧实在是形象思维的组成部分，而不是在构思成熟以后加上去的。"这些说法虽各有不同，但都是肯定技巧是作家素养和艺术功力的有机组成部分或标志，不是后加的纯技能或技术性的东西。

巴金在《随想录·探索集》后记中说："我不是用文学技巧，只是用作者的精神世界和真感情打动读者，鼓舞他们前进。我的写作的最高境界，我的理想绝不是完美的技巧。"罗丹说："真正的艺术是忽视艺术的。""真正的素描，好的文体，就是那些我们想不到去赞美的素描与文体。因为我们完全为它们所表达的内容所吸引。"又说：艺术创作是"强烈的思想上的努力,为了悦目的形象更加充实而给'它们'一种意义"。这些艺术大师之所以说得如此极端,一方面确实是内容决定形式和技巧,另一方面在于他们的艺术素养和艺术功力已达到炉火纯青、畅所欲为的境界,即所谓"巧夺天工"的境地。

艺术技巧包括而不能等同于带技术性的艺术技能。在文学艺术领域,文学是语言艺术,技能性较少,艺术的各种门类(如音乐、绘画、雕塑、电影、电视、摄影、舞蹈、杂技等)的技能性则相对较多。所以,艺术门类的艺术技巧的技能性较多,相对独特性较强,由此而造成的可传授性和遗传性也较强。自古以来有不少音乐世家、戏剧世家、绘画世家、书法世家、舞蹈世家等,作家世家则寥寥可数(如中国宋代的苏洵、苏轼和苏辙三父子,法国的大仲马和小仲马父子)。同时,有不少从事艺术行业的人只被称为画匠、艺匠、乐师、舞女、戏子而不被称为"家",虽然这是旧社会艺人受歧视的表现,但也是与这些行业较具技能性有关的。因为掌握一定技能即可为业,即可为匠为师,但未能进而从事艺术创造,也就不能称之为"家"。因此,不应将艺术技能与艺术技巧等同。

要从艺术美和艺术素质素养上认识艺术技巧的内涵和意义,就要在整体形象创造和整个艺术创造过程及每个环节中都注重与运用艺术技巧。其实,本书从总体论、规律论、基点论、创作论、形象论,到接下来的方法论、批评论,无不贯穿并涉及艺术技巧问题。我们认为,艺术技巧即艺术美的体现方式和手段,没有艺术美就没有文艺。离开艺术技巧,又以什么来表现艺术美?

三、天然美、美感与艺术美

我们以"天然与人工"为题谈艺术美和艺术技巧问题,是因为艺术美是天然美与人工美的对立统一,艺术技巧则是实现这两者统一的手段和体现方式。从艺术美与艺术技巧的关系来说,艺术技巧是艺术美的体现手段,是文艺家艺术素养的体现方式,而其能否成功体现艺术美和艺术素养或体现的程度如何,也在于能否做到天然与人工的统一。从创造真正具有艺术美的形象来说,也必须切实而多方面地把握天然与人工的对立统一关系。

文艺家要创造艺术美的形象,必须从艺术的美感出发,在天然美中选取和提炼出人的天然美感所需所求的美,又以艺术美的方式来进行形象创造,从而达到天然与人工的统一。所谓天然美,指自然状态的客观美,如自然美、生态美、生活美、人体美、人性美等。所谓人的天然美感,指人性本有的对美的需求本性,人体感官及其本能感觉(即五官及皮肤的感觉:眼的视觉、耳的听觉、鼻的嗅觉、口的味觉、皮的触觉)所需求和能接受的美。天然美经人工才升华为艺术美。人性和人体感官的美感,也靠人工才升华为艺术的美感。创造艺术美的形象,就是要在这两种"天然"(天然美和天然美感)需求的基础上,按这两种"天然"的形式进行创造,以艺术的技巧将这种"自然"升华为艺术美和艺术美感。这样,在艺术形象创造中,我们要特别注意人性和人体感官的美感对艺术美的需求(这即是艺术的美感),并为适应这些美感需求而创造透过视觉、听觉、嗅觉、味觉、触觉功能而体现艺术美的形象。这是古今中外的文艺家都注意运用的艺术经验,也是文学艺术各种门类都相通共用的原理,但各门类的做法各不相同。

  文学是语言艺术,主要以语言为媒介,通过阅读(视觉)或朗诵(听觉)而创造并传送艺术美的形象;美术以线条色彩为媒介,通过观赏(视觉)而创造并传送形象;音乐以音符和节奏为媒介,通过欣赏(听觉)而创造并传送形象。但更为主要的则是通过这些媒介和感觉,触动人的心灵,产生美感和美的想象,从而创造并传送或接受艺术美的形象。心理学家阿恩海姆在《艺术与视觉心理学》一书中论证了这个道理。他说:"观察视觉客体所经验到的力,至此乃可以认为是在大脑视觉区域内所产生的生理之心理的对等力,也就是说,虽然这程序是生理地发生于大脑,但是却被当作是被观察物本身所有的特性,被我们心理地经验了。"

  虽然每个艺术门类所用的媒介和功能不同,又往往主要是通过一两种媒介和功能而创造并传送艺术美的形象,但都是同时以多种艺术手段表现人的各种感性的艺术美形象的。文学作品,尤其是西方现代主义好些流派更是这样。如美国后象征主义诗人艾略特说,要用"知觉来表现思想","把思想还原为知觉","像你闻到玫瑰香味那样地感知思想"。试以他的诗《窗前晨景》为例:

> 地下室餐厅里早点盘子咯咯响,(味觉、听觉)
> 顺着人们走过的街道两旁,(视觉)
> 我感到女人们潮湿的灵魂,(触觉、嗅觉)
> 在大门口绝望地发芽。(视觉、意念)
> 一阵黄色的雾向我掷来,(触觉)
> 街后面人们的歪脸,
> 从穿着溅满污泥的裙子的过路人那里,(视觉)

撕下来一个空洞的微笑，它在空中飘荡，（触觉、视觉）
朝屋顶那条水平线消失了。（视觉、意念）

其实，中国古典诗词早有这种艺术美形象。如宋代晏殊的《浣溪沙》：

一曲新词酒一杯，（味觉）
去年天气旧亭台。（触觉）
夕阳西下几时回？（视觉）
无可奈何花落去，（视觉）
似曾相识燕归来。（视觉）
小园香径独徘徊。（嗅觉）

戏剧、电影、电视等综合性艺术所创造的艺术美形象，更具这样的功能和美感。

第二章 紧张与松弛
——艺术的节奏

一、什么是艺术的节奏

在宇宙星球，在地球万物，在人类世界，在每个生命体，凡是有生命有活动的地方，无不有着自然的或本性的活动，并有其活动规律。活动的规律性及其规律性表现，就是节奏。如地球绕太阳转一周为一年，月亮绕地球转一周为一月，地球一年四季的气候及其所造成的自然现象变化，人类社会生活发展及其所造成的社会生活节奏变化，每个人从呼吸系统到日常生活也都有一定的活动规律和节奏。节奏，是生命活动的象征和体现，也是体现自然美的一个方面或方式。文艺要表现客观生活与自然美，当然要表现其节奏。经艺术化提炼并具有艺术美的，才叫艺术的节奏。表现艺术节奏，是表现并创造艺术美的重要组成部分。

所谓节奏，即规律性的动态起伏或节拍，是事物发展或活动的内在旋律和代码。它是内在性和抽象性的，又是带实体性和旋律性的。要把握生活的节奏和体现艺术的节奏，必须把握事物深层的内在与活动规律，必须把握其体现的形体与旋律，将其自发的、分散的、浅表的、不明显的、不规则的东西艺术地升华为本质的、形象的，并具有风姿性、音乐性的旋律。这种旋律的体现和创造的关键是善于艺术地把握紧张与松弛的对立统一关系。

紧张与松弛是一对矛盾。对客观事物的活动旋律来说，即快与慢，或张与弛；对人的心态旋律来说，则谓紧与松，或急切与从容；从文艺体裁和文体的构造来说，则是紧与松、重与轻、急与缓、高与低、曲与直、起与伏等对立或对称性的关系。这些对立面之间的联结和转化所形成的旋律，即艺术节奏。这些对立面以什么样的方式联结和转化为何种方式，是千姿百态、千变万化的，因而文艺家在其基础上所体现和创造的艺术节奏也是多种多样、各逞其能的。

古今中外的文艺家都很注重艺术节奏。法国雕塑大师罗丹说："塑造的时候，千万不要在平面上，而是要在起伏上思考。""当你们勾描的时候，千万不要着重于轮廓,而是注重形体的起伏,是起伏在支配轮廓。"俄国戏剧家李却·波里士斯基说:"节奏是一件艺术品中所包含的一切不同要素之有次序的、有节奏的变化——而这一切变化,一步一步地激起欣赏者的注意,一贯引导他们接触艺术家最后的目的。"(郑君里译《演技六讲》)

中国最早的音乐理论著作《礼记·乐记》云:"比物以饰节,节奏以成文。"李渔《闲情偶记》云:"尽有当断处不断,反至不当断处而忽断;当联处不联,忽至不当联处而联者。此之谓缓、急、顿、挫。此中微妙,仅可意会,不可言传;但能口授,不能以笔舌喻者。"袁枚《随园诗话》云:"文似看山不喜平。"龚自珍云:文章"以曲为美,直则无姿;以奇为美,正则无景;以疏为美,密则无态"。

中国古典小说评论家更重视小说节奏。脂砚斋评《红楼梦》第五回说:"惯于擅起波澜,又惯于故为曲折,最是行文诀。"金圣叹评《水浒传》第八回说:"说使棒反吃酒,极力摇曳,使读者心痒无挠处。""此一回书每用忽然一闪法,闪落读者眼光,真是奇绝。""奇哉,真所谓极忙极热之文,偏要一断一续而写。令我读之叹绝。"在第三十九回中又批道:"偏是急杀人事,偏要细细写出,以惊吓读者。盖读者惊吓,是斯作者之快活也。读者曰:不然,我亦以惊吓为快活,不惊吓亦不能快活也。"毛宗岗评批《三国演义》中有云:"一味杀去,有何异趣?""寒冰破热,凉风扫尘。""霹雳火中,偶杂一片清冷云,为妙。"

当代中国美学家宗白华在《中国艺术表现的虚与实》中指出:"中国舞台动作在二千年的发展中形成了一种有高度节奏感和舞蹈化的基本风格,这种风格既是美的,同时又能表现生活的真实,演员能用一两个极洗炼而又很典型的姿式,把时间、地点和特定情景表现出来。"

总体来说,艺术节奏的把握,主要是艺术地把握紧张与松弛的对立统一关系。具体表现在下面所举三个方面或三类把握方式。

二、客体活动节奏——快与慢

一般来说,文学艺术各种门类中,除音乐外,主要是有长度、有情节的作品,包括小说、戏剧、电影、电视等以客体活动的表现为形象特征的艺术,有比较明显的艺术节奏。其特点是:快与慢或张与弛的对立统一。所谓客体活动,即描写人物行动进程的客体形象。从艺术创造上说,所写的人物活动要有劳有逸,动速有度,不应一味紧张快速,也不应太过拖沓缓慢,而应是快慢适当,变化和谐,才可称得上具有艺术的节奏。

另外，从读者或观众的接受态度和美学欣赏要求上说，一部小说或一部戏剧的故事情节，如果是从头紧张到尾，或者自始至终发展缓慢，都是不能接受的。有张有弛，紧松有度的艺术节奏，才能产生应有或更好的艺术效果。这就要求在创作的主要环节中辩证地把握快与慢、张与弛的关系。

首先是在构思和结构上，要注意把整个故事情节或社会生活发展进程的活动性画面，按其内涵的轻重和速度的快慢，做出交错相间的布局，使整个进程构成一串有机的画面，而又是一曲以轻重相间、快慢匀称、张弛有度、错落有致的旋律所谱出的乐章。

其次是在故事情节或矛盾冲突的发展安排上，发端切入不可慢，推向高潮不可快；进入高潮要紧张，高潮过后要松弛；结局应是新高潮，出人意料有余音。这样的发展安排，有快有慢，张弛交错，构成旋律，即有节奏。

再次，在人物行动的描写上，也应有快有慢，有张有弛，交错和谐，才有节奏。中国当代女作家茹志鹃的著名短篇小说《百合花》可说是全面体现这些特点的范例。莫泊桑的《项链》、契诃夫的《套中人》等世界著名短篇小说在这方面也做得十分出色。

三、心态活动节奏——张与弛

所谓心态活动节奏，主要是指三个方面：一是如前所述，要适应文艺接受者（读者、观众、听众）的心态有张有弛；二是指描写人物的心态要张弛有度；三是指作者及其体现于作品的心态要张弛交错、和谐有度。现只谈后两种心态活动节奏。

作品中所描写的人物的心态活动，主要是写出人物的思想性格，以其张弛有度的节奏显其心灵美和性格美。如郭小川的名诗《将军三部曲》，描写的是抗日战争时期一位中国将军在一次重大战斗中的光辉形象。第一部《月下》，写将军做完战斗部署后月下散步，抒写了这位"粗犷神态，刚强性格"的人物，尚有"如微风絮话，河水扬波"的心态；第二部《雾中》，写将军在战斗危急情况下，"声色不露"，而内心却受着"深重的折磨"，"起了万种风波"；第三部《风前》，写将军调任离队前夕的告别，既写出他对部队的严，又写出他的恋恋深情。这样的心态活动描写，可谓张中有弛，弛中有张，劳逸结合，紧松有度。这就是艺术美的节奏。

作者体现于作品的心态，以表现自我和心灵的现代主义艺术特别明显。例如王蒙的短篇小说《春之声》，以刚从国外归来的岳之峰在火车上的心态表现作者的心态，以火车"赶上赶上"的节奏表现人物心态活动的节奏，以火车和人物心态的节奏所构成的旋律，体现中国 20 世纪 80 年代"第一春"的时代旋律。

四、文体构造节奏——紧与松

每种文艺体裁或文体的构造，都有一定的要素和构成框架。在一定框架中，都有一定的结构环节。这些环节及其要求的内涵，都是整个作品的有机组成部分，又都是以其紧松、重轻、急缓、高低的交错组合，而形成带旋律性的节奏，即谓之文体构造节奏。这种节奏，是抽象的；但在有实体内涵之后，即在具体作品中，则是实体性的。这种节奏，主要表现为紧与松的对立统一，包括重与轻、急与缓、高与低的交错和谐。

小说的构造，有长篇、中篇、短篇、微型之别，尽管篇幅不同，但都不能缺少开头、发展、高潮、转折、结尾等组成部分，也即是结构环节。这些环节或部分，各有不同的紧松要求或内涵，艺术地将其交错组合，即成艺术节奏。

戏剧多种多样，有话剧、歌剧、戏曲、故事影剧、电视剧，各有艺术特点，但其构造，都有发端、转折、高潮、结局等。这些结构环节寓以实体内涵，也即有紧松或重轻不同而交错组合的节奏。

散文是自由的文体，但也是有其构造规律的。中国古代的"八股文"的规则是"启承转合"，每篇文章都是按这序列构架，这当然是老套。但如果将这四个字作为散文内容必需的几个组成部分或结构环节，不做序列性的规定，则这四个环节及内涵，也体现了紧松重轻不同的节奏旋律："启"和"转"可说是松或轻，"承"与"合"可说是紧或重。中国古诗的结构也是如此，格律诗的平仄押韵，辞义和文字的对称，启承转合的交错，也即构成富有艺术美的节奏旋律。如唐代诗人杜牧的《山行》：

> 远上寒山石径斜，白云生处有人家。
> 停车坐爱枫林晚，霜叶红于二月花。

首句可谓"启"，二句可谓"承"，三句可谓"转"，末句可谓"合"。全诗四句平仄对仗，音调高低起伏，结构松紧交错，张弛有度，寓有声的节奏和无声的节奏于一体。中国古诗词大都有这样的功力。其他文艺体裁也各有其节奏美，只是各自的构造特点有异，从而体现的方式有所不同而已。

第三章 浓烈与清淡
——艺术的色彩

一、艺术的色彩美

宇宙万象,世间万物,在太阳光的作用下,莫不呈现出一定的色彩,从而显出其形象特征,并形成为自然美。文学艺术要创造艺术形象和艺术美,就必须表现形象的色彩,创造艺术的色彩美。每个艺术门类都必须如此,以语言文字为要素的文学作品是这样,以线条色彩为要素的绘画艺术更是这样。从传统的中国画到西方的现代派美术都极其重视色彩,千方百计地创造独具一格的色彩美。

艺术形象的创造,既要写出所写事物客体之形,又要写出事物和作者之神。无论写形或写神,都要写出其本有的色彩,表现和创造出艺术的色彩美。早在汉代,刘熙在《释名》中即称:"画,挂也,以彩色挂物象也。"被视为中国画传统法典的南朝画家谢赫的《六法》,即"一气韵生动是也,二骨法用笔是也,三应物象形是也,四随类赋彩是也,五经营位置是也,六传移模写是也"。五代画家荆浩在《笔法记》中提出:"夫画有六要:一曰气,二曰韵,三曰思,四曰景,五曰笔,六曰墨。"前者所说的"赋彩",后者所说的"笔"和"墨",都是指色彩,可见,色彩在形象创造中具有不可缺少的重要地位。

艺术色彩美的表现和创造,主要是在主体与客体、形与神对立统一的前提下,艺术地把握色彩上的浓烈与清淡的对立统一,包括空间上的密与疏,层次上的浓与淡,意象上的杂与纯,感性上的热与冷的对立统一。

二、空间的色彩——密与疏

每个艺术形象都是一定空间中的事物的艺术显现。在艺术形象的空间中,所写事物的多少、轻重、虚实、疏密等的比例和布局,实际上是艺术的空间色彩问题。

朱景玄在《唐朝名画录》中说:"伏闻古人云:画者,圣也。盖以穷天地之不至，显日月之不照，挥纤毫之笔，则万类由心；展方寸之能，而千里在掌。至于移神定质，轻墨落素，有象因之以立，无形因之以生。"这段话精辟地指出了绘画是作者的心灵和天地的无限空间的形象体现，也即是说，绘画的笔墨所显示的艺术空间，意味并体现了心灵和天地的广阔空间。画中的每一个物象，就是空间结构中的一个符号；画中的黑白颜色线条，即物象的标志。

中国画主要以墨为色，唐代张彦远《历代名画记》云："运墨而五色俱。"清代画家盛大士在《溪山卧游录》中说："画以墨为主，以色为辅，色之不可夺墨，尤宾之不可逐主。故善墨者，青绿斑斓，而愈见墨彩之腾发。"同是清代画家的唐岱在《绘事发微》中说："以色助墨光，以墨显色彩。""一色之中更变一色。"可见，中国画是以墨为主而显示空间和色彩的。

文学是以语言描绘物象的存在而显示艺术空间的，所以，每种艺术都有以物象的多少、轻重、虚实、疏密的比例和布局所构成的色彩艺术问题。每个文艺家在此问题上都见仁见智、各显神通，但又是有辩证规律的。其中最主要的，是在一定艺术空间中的物象之间的疏与密的对立统一艺术。作品所写的实体事物（即一定艺术空间中的物象）多，在作品空间中则重、则实、则密；所写物象少，则轻、则虚、则疏。物象过密则不能透气，太疏则流于空泛，要疏密得体，疏中有密，密中有疏。例如马致远的《天净沙·秋思》：

枯藤老树昏鸦，小桥流水人家，古道西风瘦马。夕阳西下，断肠人在天涯。

这首著名的散曲，历来被称道，因其不用连接词而又构成有机画面，甚有意境。其实，从艺术美学上说，它高明地把握了艺术空间疏密的对立统一的色彩原理。这首诗的前三句，每句写了三个物象，末句是两个物象（因"在"为连接词）。从表面看，前三句因不用连接词而使物象之间显得过密；但实际效果不是这样，而是别出心裁，恰到妙处。这是因为每句所写的物象，都用形容词（即枯、老、昏、小、流、人、古、西、瘦）修饰而显间隔，更为重要的是，因没用连接词，物象之间没有连接的规定性，反而间隔增大，空间更宽。这种实中有虚、密中有疏的本领，正是这首词成功的奥秘所在。

一般来说，在成功的艺术作品中，没有多余的或毫无内涵的空间，平面视觉艺术尤其明显。中国传统画特别讲究"空"的艺术。当代中国美学家宗白华说："中国画里的空间构造，既不是凭借光影的烘染衬托，也不是移写雕像立体及建筑的几何透视，而是显示一种类似音乐或舞蹈所引起的空间感型，确切地说是一种书法的空间创造。"

佛教《般若波罗蜜多心经》云："色即是空，空即是色。空不异色，色不异空。"色指表象，空指本质。用于绘画，色即色素，空即为有。所以，山水画中的空白，实则是有；人物画的背景空白，也实则是有。中国戏曲舞台往往不用布景，在舞台做模拟性动作表示去了另一个地方，这种表面"空"或"虚"，而实则是"有"或"实"的空间艺术，也是空间色彩艺术的一种表现。

三、气质的色彩——浓与淡

在太阳光辐射下的自然界色彩，通常谓之七色，即赤、橙、黄、绿、青、蓝、紫。此外，尚应加黑色和白色，故应统称九色。如果将这些色素以多种多样的方式进行交配调和，变出的色彩更是无数而无穷无尽。这样的自然界造就的人类生活也是多色多彩的，人的本性也是多色多彩的，人的爱好和追求也是多色多彩的。高尔基说："人是杂色的，没有纯粹黑色的，也没有纯粹白色的。"所以，无论写自然界或人类生活，无论写人的内在或外在，都必须写色彩美。表现和创造艺术美，更须如此。

艺术的色彩美，既在于色彩的种类是否多样，又在于色彩的层次是否丰富，更重要的是这些色彩是否和谐。所谓和谐，既指多种色彩和多种层次色彩的和谐，更是指所写对象和作者本意的和谐。这就要求主体与客体、形与神的对立统一，并在这个前提下艺术地把握浓与淡的对立统一，包括主与次、深与浅、艳与雅、远与近、对比与调和等在气质上的对立统一。

关于主与次的论述，清代画家邹一桂《小山画谱》云："五彩彰施，必有主次，以一色为主，而他色附之。"同是清代画家的乍朗在《绘画琐言》中云："凡著色之法，有正必有辅。如用丹砂宜带燕脂，用石碌宜带汁绿，用赭石宜带藤黄，用墨水宜带花青。如衣之有表里，食之有盐梅，药之有君臣佐使。单用则浅薄，兼用则厚润。"这些论述都是讲中国画的色彩艺术必须有主有次、主次统一的道理。无主次的多色彩必是杂乱的，其他艺术门类也是同样的道理。如"万绿丛中一点红""霜叶红于二月花"，既是诗，又是画。色彩的主次映衬和谐，才能显出气质的本有色彩。

关于浓与淡的论述，中国当代名画家潘天寿在《听天阁画谈随笔》中说："设色须淡而能深沉，艳而能清雅，浓而能古厚，自然不落浅薄，重浊，火气，俗气矣。"清代学者袁枚在《随园诗话》中说："诗宜朴不宜巧，然必须大巧之朴；诗宜淡不宜浓，然必须浓后之淡。"这些论述都是从气质上论浓与淡的辩证关系的，也都是适用于一切艺术形式或体裁的。

再看苏轼的名诗《饮湖上初晴后雨》："水光潋滟晴方好，山色空蒙雨亦奇。欲把西湖比西子，淡妆浓抹总相宜。"前两句写西湖在"初晴"和"后雨"的两种色彩景象和风韵，比若中国千古美女西施的"淡妆"和"浓抹"，正是气质的色彩美的典范体现。陶渊明的"采菊东篱下，悠然见南山"，李清照的"帘卷西风，人比黄花瘦"等名句，也是以淡雅的色彩而显淡雅气质的佳作。

画家和诗人常以浓淡相宜的色彩来显示自己特有的气质，小说家和散文家也同样如此。当代中国著名小说家张承志在《北方的河》后记中说："我又想起了我对画家凡·高的追踪以及我从他那里得到的决定性的影响。平均地看待美术史的人是不会像我这样热爱他的，也没有一所美术学院能教出我自己找到的凡·高的知识和认识。这位孤独地毙命于三十七岁的伟大画家不可能知道，他还有一幅画就是我，虽然这只是一幅不成功的小品。"这段自白清楚地表明张承志要学步凡·高，从他的小说注重色彩并以"黑骏马""北方的河"等有浓重色彩的物象抒情寓意的风格特点看，他的艺术气质也是与凡·高相通的，这也表明气质的色彩艺术是具有普遍性的原理。

四、意象的色彩——杂与纯

中国古代的色彩观，是以"五色"（即青、赤、黄、白、黑）来代表一切颜色的，并且是"天人合一"的思想的直接体现。《周礼·考工记》曰："画绩之事杂五色：东方谓之青，南方谓之赤，西方谓之白，北方谓之黑，天谓之玄，地谓之黄。"这种以不同色彩赋予不同方位的说法，显然有浓重的文化性和意象性，是意象性的色彩观。这种色彩观影响很广泛，直接影响文学艺术，尤其是传统中国画；这种色彩观，强调主体的意念或意识与客体的神或气的对立统一，要求色彩上杂与纯的对立统一，从杂升华至纯的境界。

首先是重感神取气，不重造型定法。南宋画家宗炳在《画山水序》中说："夫以应目会心为理者，类之成巧，则目亦同应，心亦俱会，应会感神，神超理得。"

清代画家王原祁在《麓台题画稿》中说:"画中设色之法,与用黑无异,全论火候,不在取色,而在取气。"清画家恽寿平在《瓯香馆集》中说:"前人用色有极沉厚者,有极淡逸者,其创制损益,出奇无方,不执定法。"清画家方薰在《山静居画论》中说:"设色好者无定法,合色妙者无定方。明慧人多能变通之,凡设色须悟得活用。活用之妙,非心手熟习不能,活用则神采生动,不必合色之工,而自然妍丽。"

这些传统画的色彩理论,体现在创作上就是有鲜明的主观性、意念性、随意性、单纯性等所构成的意象性,显出杂与纯的对立统一。如中国画有一年四季以不同颜色标志而作画的说法,宋郭熙《林泉高致》云:"水色,春绿,夏碧,秋青,冬黑。""春山艳冶而如笑,夏山苍翠而如滴,秋山明净而如洗,冬山惨淡而如睡。"这些说法大致符合四季的自然色彩之态势,更主要的是体现了中国的传统文化意识和艺术的色彩观;每季一色的概括,既是对杂色向纯色的提炼升华,又是自然与人的意识合一的意象化。

当代中国画家潘天寿在《听天阁画谈随笔》中说:"花无黑色,吾国传统花卉,却喜以墨色作花,宋人尹仁起也。竹无红色,吾国传统墨戏,却喜以朱色作竹,眉山苏轼始也。画事原在神完意足为极致,岂在彩色之墨与朱乎?九方相马,专在马之神骏,自然不在牝牡骊黄之间。"这段话将中国画的意象性色彩特征说透了。

意象性的色彩观是"天人合一"哲学思想的艺术体现,其实质是自然与人的精神统一,主体与客体的统一,杂与纯的统一。这个原理,不仅在中国画,在其他艺术领域也有同样体现,尤其是写景抒情的诗、词、散文,所有传诵名篇都是例证。刘白羽在谈他写散文《长江三日》的体会时说:"我以为散文最可贵的品质是纯(纯朴、纯净、纯度……),纯的境界是一个很高的境界……中国禅宗的自然、凝炼、含蓄,比较近之。"在这篇散文里,"我记下的就是我眼中所见的长江,但在我随意挥写的笔记中,很自然地把我长期革命的造化,信仰追求,自己心灵烈火的燃烧,我的性格,我的情操,我的美感,也就是我的血泪与生命,一切倾注入大自然"。这个体会正是这个原理具有普遍性的有力例证。

五、感性的色彩——暖与冷

自然的色彩是客观的,但被人接受和加工(即"自然人性化")以后,便变成感性的色彩了。也就是说,它同人体的器官感觉(即视觉、听觉、嗅觉、味觉、触觉)和心灵感受有密切关系,并带有人的感觉或感性的特征和色彩。如人们通常称红、橙、黄等颜色为暖色，称青、绿、蓝等为冷色，即是色彩的感性化。

据报刊介绍，有专家认为，碗碟的颜色会影响食欲，例如，用红色或者黄色的碟盛载食物，会更令人垂涎，会比较开胃；用蓝色或浅绿色的碟，则有一种饱满感，会使人少吃一点。营养学家也认为，暖的色调会增进食欲。可见，色彩与人的感觉和生活，都有密切关系。要表现和创造艺术美，必须艺术地把握感性的色彩美，把握好暖与冷的对立统一关系，并充分而巧妙地发挥色彩的感性功能和艺术。

把握暖与冷的对立统一关系，就是善于运用暖冷对比或相互映现的艺术。例如杜牧的《阿房宫赋》："歌台暖响，春光融融；舞殿冷袖，风雨凄凄。"苏轼的诗："暮鼓朝钟自击撞，闭门倚枕对残红；白灰旋拨通红火，卧对萧萧雪打窗。"王维的诗："日落江湖白，潮来天地青。""桃红复含宿雨，柳绿更带春烟，花落家童未扫，莺啼山客犹眠。"

王安石的诗尤工此道。自古咏梅多咏白，而他则咏之为"鬓撚黄金危欲堕，蒂团红蜡巧能妆"，可谓以热写冷。他的"北风吹树急，西日照窗凉""水泠泠而北去，山靡靡以旁围。欲穷源而不得，竟帐周以空归""青山扪虱坐，黄鸟挟书眠""紫萸凌风怯，苍苔挟雨骄"等诗句，亦有异曲同工之妙。

色彩的感性功能和艺术，大致有下列两种发挥方式。

一是赋感于物，即将色彩的感应功能赋予描写的事物，使其成为有色彩功能的生命体，从而创造出有感性色彩美的艺术形象。在艺术方法上，通常说的拟人法，即是这种功能的发挥。诗词中常用这方式，例如：

> 国破山河在，城春草木深。
> 感时花溅泪，恨别鸟惊心。
> 烽火连三月，家书抵万金。
> 白头搔更短，浑欲不胜簪。（杜甫《春望》）

> 好雨知时节，当春乃发生。
> 随风潜入夜，润物细无声。
> 野径云俱黑，江船火独明。
> 晓看红湿处，花重锦官城。（杜甫《春夜喜雨》）

前首写花会"感时"而"溅泪",鸟会"恨别"而"惊心",后首写春雨像是会形动的生命体,可"随风潜入夜,润物细无声",都是赋感于物的方式。前首写"烽火"与"白头",后首写"云俱黑""火独明""红湿""花重",都是以彩写物写景,以色彩增强景的真切和诗意。可见,赋感于物的诗,还要与以彩写物结合。

二是赋彩于物。这种方式有两种现象:一种是以客观事物的色彩写事物,如前举杜甫诗以彩写物之例;另一种是以主观感性色彩写事物,强化感觉色彩。一般现代主义和新感觉派多是这样,例如莫言的著名小说《透明的红萝卜》中,描写黑孩在帮老铁匠拉风箱打铁的时候,发现了一个金色的红萝卜,产生奇异的感觉:

红萝卜的形状和大小都像一个大个阳梨,还拖着一条长尾巴。尾巴上的根根须须像金色的羊毛。红萝卜晶莹透明,玲珑剔透。透明的、金色的外壳里包孕着活泼的银色液体。红萝卜的线条流畅优美,在美丽的弧线上泛出一圈金色的光芒。光芒有长有短,长的如麦芒,短的如睫毛,全是金色……

这段色彩斑斓的描写,显然是对红萝卜本有色彩的夸张,也是对黑孩所见红萝卜色彩感觉的夸张,其艺术目的是强化黑孩的饥饿感,以美丽的色彩感觉反衬贫乏的饥饿,出色地体现了色彩的辩证法。

第四章　阳刚与阴柔
——艺术的音调

一、艺术的音调美

宇宙苍穹,是有声音的大千世界。人是有声音的性灵,不仅能发声、听声,而且能以声交往,以声表心,并以声求美。文学艺术,既是人以声交往和以声表心的一种方式,又是人以声求美和求美之声的产物。以音符所创作或演奏的音乐作品,固然是这种方式和产物的主要种类;而无声的文学艺术种类(如小说、诗词、散文、美术、摄影、建筑等)是否也属于求美之声的产物并有音调表现呢?这恐怕不一定是人所皆知的了。

世界著名的音乐大师贝多芬说:"音乐是流动的建筑,建筑则是固定的音乐。"推而广之,其他无声的文学艺术,实际上也是固定的音乐。因为每个成功的文艺作品,都是有生命的艺术形象,其中必然包含客观世界的音乐,又有心灵的音乐,所以,同样也是以声求美和以美求声的产物,同样是具有艺术音调美的艺术形象。

丹纳在《艺术哲学》中说:"人的喜怒哀乐,一切骚扰不宁、起伏不定的情绪,连最微妙的波动,最隐蔽的心情,都能由声音直接表达出来。而表达的有力、细致、正确,都无与伦比。"可见声音对于表现人的心灵有特别的功能与作用,在文艺创作上尤其明显而重要。

据史料记载,高则诚写戏曲《琵琶记》时,每写完一个曲子,都右手扶几案,左脚踩着按板,对着曲词,自打拍自吟唱……声也哑了,手拍案板处,指痕竟有一寸多深,脚踩的地方踩出一个小洞。他如此写了三年,才完成这部戏曲。张维屏在《名人记略》中云:"有味外之味,故咀之而不厌也;有音外之音,故聆之愈长也。"可见前人写作对音调特别重视。

艺术的音调美不仅是创造艺术形象不可缺少的部分,也是人不可缺少的精神需求,对人的身心健康有积极的作用。据报刊介绍,有心理学家试验证实:博凯里尼的《A大调交响曲》,贝多芬的《第八交响曲》,可治疗情绪不安定;李斯特的《匈牙利狂想曲二号》,西贝柳斯的《芬兰颂》,可治疗精神抑郁症；海顿的《G大调奏鸣曲》，李斯特的《梅菲斯特圆舞曲》，可治疗神经衰弱；贝多芬的钢琴奏鸣曲，巴赫的《D小调小提琴协奏曲》，可治疗高血压症；贝多芬的《第七号钢琴奏鸣曲》，可治胃肠功能紊乱。这些音乐治病的说法不一定确切，但辅助作用是会有的。这些说法也表明，音乐声调的不同，与人的心灵有密切关系，同自然界和社会生活也密切相关。所以，要确切地表现和创造艺术的音调美，必须把握生活与心灵的脉搏，同时必须善于把握各种艺术音调美中的各种对立统一关系。

二、旋律的音调美——高与低

音乐是一种以音符和音阶而构成旋律的艺术。其旋律的音调美，在于艺术地而又新颖地将音符和音阶之间的连接与间隔，编谱出高与低、昂与沉、重与轻、起与伏的对立统一构成的有节奏的旋律。南朝声乐理论家沈约说："欲使宫羽相变，低昂殊节，若前有深声，以后须切响。一篇之内，音韵尽殊；两句之中，轻重悉异。妙达此旨，始可言文。"

丹纳在《艺术哲学》中说：

> 在肉眼看得见的大小之外，还有耳朵听得见的大小，就是说音响震动速度。既然这些速度也是大小，当然也能构成由数学关系联系起来的总体。——第一……一个乐音，是物体的速度平均而连续震动的结果。单是速度平均这个性质已构成一种数学关系。——第二，有两个音的话，第二个音的震动可以比第一个音快两倍三倍四倍。可见两个声音之间又有数学关系。音符记在五线谱上，所以要隔着一定距离，就是表明这数学关系。假定音不止两个，而是一组相等距离的音，那就组成一个音阶，所有的音各自按照在音阶上的位置而同别的音发生关系——这些关系可以组织或用连续音，或用同时发的音。第一种音系构成旋律，第二种音系构成和声，这便是音乐，而音乐就包括这两个主要部分。

丹纳以数学关系解释音乐的旋律及其辩证关系，是别致的，深刻的，也较好地论证了音乐的旋律音调美中的对立统一关系。

诗歌是一种与音乐有密切关系的艺术。中国古典诗词从来是有曲谱可唱的，汉代的乐府诗、宋代的词、元代的散曲，都是有一定的词牌曲谱的，如《凉州词》《子夜吴歌》《燕歌行》《竹枝词》《忆江南》《天仙子》《江城子》《临江仙》《浪淘沙》《天净沙》《红绣鞋》《水仙子》等。没有词牌或曲谱的律诗或绝句，也有平仄、押韵、对仗等旋律节奏上的规则。这些曲谱和格律，规范了诗词语言的音节和音调，抑扬顿挫，高低起降，平仄对仗，起承转合，构成了有节奏的音乐程式，具有旋律的音调美。

不仅古体诗词如此，自由体的现代新诗也有旋律的音调美。著名诗人徐志摩说："诗的真妙处不在它的字义里，而在它不可捉摸的音节里。"诗人闻一多说："诗不能没有节奏。标点的用处，不但界划句读，并且能标明节奏。长篇无韵式的诗，每行字数似应多点才称得住。句子似应稍整齐点，不必呆板地限定字数。但各行相差也不应太远，因而才显得有分量些……长篇的结构谋篇布局，要合于一种法度，转折处尤其要紧。"又说："十四行与韵脚的布置是必须的，但非重要条件。有一个原则：第八行末尾定规要一个顿，严格的应以前八行为一段，后六行为一段，八行中又以每四行为一小段；六行中以三行为一小段，或以前四行为一小段，后二行为一小段；共计四小段，第一段启，第二段承，第三段转，第四段合。理想应是三百六十度圆形。"闻一多的这些话，虽是阐述他提倡的新格律诗，但其中对音节和节奏的看法，对现代自由体新诗是有普遍意义的，说明了新诗存在或应当注意旋律的音调美问题。

三、形象的音调美——有与无

对于无声的文学艺术门类（如小说、散文、诗歌、绘画、雕塑、摄影等）来说，如何在无声中写出有声，表现出音调美，是创造艺术形象的重要方面。因为成功的艺术形象是立体的，是有综合性的总体和谐美的，即具有包括色彩美、音调美在内的丰富艺术美内涵。所以，古今中外的文艺家总是力求在自己创造的艺术形象中具有丰富的音调美，或者是以音调美来创造形象。这样，如何在无声的艺术中表现有声，如何在无声的有声中表现出音调美，或者如何以无声的音调美来创造艺术形象，就是带有普遍性的研究课题。这个课题的中心，就是如何艺术地在无声的形象中把握有声与无声的对立统一。

无声艺术中的形象音调美大致有四种方式：一是以有声写无声，二是先声夺人，三是以无声显有声，四是有声与无声交错。

（一）以有声写无声

这是文学艺术中常见而又难度甚大的艺术技巧。文艺通常要表现的情绪、意念、心境、气候，是抽象的，是无形体的，又是无声的。声音虽是物质，却是无形体的。情和气之类，往往与声音相关；以声表现情是一条艺术途径，但以无形的声写无形的情则是难度甚大的。文艺家的艺术本领的高低也在此显示出来。欧阳修的著名散文《秋声赋》，可谓这种方式的代表作，仅摘其开篇一段为例：

> 欧阳子方夜读书，闻有声自西南来者，悚然而听之，曰：异哉！初淅沥以萧飒，忽奔腾而砰湃。如波涛夜惊，风雨骤至。其触于物也，鏦鏦铮铮，金铁皆鸣。又如赴敌之兵，衔枚疾走，不闻号令，但闻人马之行声。余谓童子：此何声也？汝出视之。童子曰：星月皎洁，明河在天，四无人声，声在树间。余曰：噫嘻，悲哉！此秋声也，胡为乎来哉……

短短百来字，就将秋的天气、秋风，人的秋情、秋气，寓于秋声毕现、如闻在耳的形象中，真可谓高妙之至。

（二）先声夺人

即未见其人，先闻其声。这是现实中常有的事，也是艺术上常用的手法，尤其是戏曲和小说。中国京剧或地方戏曲，往往角色未出场时先在幕后唱一两句，或者来一段与角色性格相应的锣鼓或曲乐作为前奏，即是未见其人，先闻其声。《红楼梦》第三回写林黛玉初进荣国府时，写王熙凤出场：

> 一语未了，只听后院中有人笑声，说："我来迟了，不曾迎接远客！"黛玉纳罕道："这些人个个皆敛声屏气恭肃严整如此，这来者系谁，这样放诞无礼？"心下想时，只见一群媳妇丫鬟围拥着一个人从后房门进来……

写凤姐未出场先有声已是特殊，而且在"个个皆敛声屏气"中的"放诞无礼"的笑声更是特殊，活灵活现地表现出凤姐的泼辣性格和独特地位，可谓先声夺人的妙笔。

在诗词中，也有这种方式。如王维的《鹿柴》："空山不见人，但闻人语响。返景入深林，复照青苔上。"张继的《枫桥夜泊》："月落乌啼霜满天，江枫渔火对愁眠。姑苏城外寒山寺，夜半钟声到客船。"这些脍炙人口的诗，都有先声夺人之妙。

（三）以无声显有声

在无声的艺术中写出有声，是这种方式的基本表现。再就是在艺术形象里，常有以人的姿态动作，或者以自然景物或生活事物的形态的刻画，来表现声音的，如绘画、雕塑、舞蹈、摄影等多是如此，人们称道优秀的美术作品为"无声的诗"，就是因为其在无声的形象中成功地体现了音调美。在诗词中，也常有在无声的形象里体现出有声的。如：

> 日照香炉生紫烟，遥看瀑布挂前川。
> 飞流直下三千尺，疑是银河落九天。（李白《望庐山瀑布》）

> 天门中断楚江开，碧水东流至此回。
> 两岸青山相对出，孤帆一片日边来。（李白《望天门山》）

两首诗都未直接写其声音，但从诗写出的无声形象里，可以如闻如见瀑布"直下三千尺"的飞流声，以及楚江碧水的"东流"声。可见，无声见有声的艺术，一般是形出声至。

（四）有声与无声交错

即既写有声，又写无声，相互间隔交错，对立统一，写出音调美，本身又具有音调美。如白居易的名诗《琵琶行》的前半部分：

> 浔阳江头夜送客，枫叶荻花秋瑟瑟。
> 主人下马客在船，举酒欲饮无管弦。
> 醉不成欢惨将别，别时茫茫江浸月。
> 忽闻水上琵琶声，主人忘归客不发。
> 寻声暗问弹者谁？琵琶声停欲语迟。
> 移船相近邀相见，添酒回灯重开宴。
> 千呼万唤始出来，犹抱琵琶半遮面。
> 转轴拨弦三两声，未成曲调先有情。
> 弦弦掩抑声声思，似诉平生不得志。
> 低眉信手续续弹，说尽心中无限事。
> 轻拢慢捻抹复挑，初为霓裳后六幺。

> 大弦嘈嘈如急雨，小弦切切如私语。
> 嘈嘈切切错杂弹，大珠小珠落玉盘。
> 间关莺语花底滑，幽咽泉流冰下难。
> 冰泉冷涩弦凝绝，凝绝不通声暂歇。
> 别有幽情暗恨生，此时无声胜有声。
> 银瓶乍破水浆迸，铁骑突出刀枪鸣。
> 曲终收拨当心画，四弦一声如裂帛。
> 东船西舫悄无言，唯见江心秋月白。

正面写琵琶弹声之前的诗行，大致上每隔一句写声音，形成有声与无声的间隔；正面写弹琵琶声的诗行，既写大弦的嘈嘈，又写小弦的切切，有高有低，错杂间歇；又先后写了两度"此时无声胜有声"的停歇，更构成了曲折起伏的旋律，既写出音调美，又具有音调美。

四、生命的音调美——动与静

世界上有生命的事物，总是发展变化的。所以，有生命的事物总是处于动态和静态之中，或者说，其内在或外在都有一定的动态和静态。这样，文艺要表现出有生命的事物，就必须创造有生命的动态和静态的艺术形象。而要创造这样的形象，就必须艺术地把握动与静的辩证关系，表现出生命的音调美。

恩格斯在《自然辩证法》中指出："物体相对静止的可能性，暂时的平衡状态的可能性，是物质分化的根本条件，因而也是生命的根本条件。"可见，物体或事物的存在和发展，总是在或动或静的状态中。而动与静，又不仅是状态的形式问题，同时是声音或音调问题，因为或动或静的状态，本身具有音调性；而动与静的交错间隔，相互的对立统一，也构成有节奏音调美的旋律。这在有声或无声的文学艺术中，都是同样的，只是表现手段不同而已。

（一）以动写动

一般来说，文艺家大多注重写动态的形象，往往以动写动。巴尔扎克说："持续不断的劳动是人生的铁律，也是艺术的铁律。"法国美术大师罗丹说："大教堂变动不定的阴影表现出运动。动是一切物的灵魂，只有这样的创作是永远有价值的，即它在自己内部具有着力量，把它自己的阴影完满地体现出来。在重新修复这大教堂时,鲁莽的手把这一切可能性毁灭了,这是多么无知!"这些强调以动写动的理论,在各种创作实践中都是有体现的。尤其是西方现代主义的未来派,强调表现运动的速度与力度。如马雅可夫斯基的《未来派进行曲》的开篇两段:

> 让你们造反者的脚步敲打广场!
> 让一排排骄傲的头颅高扬!
> 我们要用第二次洪水泛滥,
> 把一切尘世的城市涤荡。
>
> 时日的公牛毛色斑驳,
> 年代的牛车徐徐漫步。
> 我们的上帝是飞奔,
> 心脏是我们的大鼓……

(二) 以静写静

与主张以动写动恰恰相反,有部分文艺家或文艺流派则主张以静写静。如西方消极浪漫主义创始人之一华兹华斯在《抒情歌谣集》序言中说:"城市生活是使人麻木的,只有安闲幽静的田园生活是适合于诗歌的。因为在田园生活里,人们的热情便与自然的美而永久的形式合而为一;因为在这种生活里,人心中主要的热情找着了更好的所在,能够达到完成,少受拘束,并且吐出一种更纯朴更动人的声音。"强调写田园生活或写静的主张和创作,中国自古就有,陶渊明是杰出代表,如他的名诗《饮酒》之五:

> 结庐在人境,而无车马喧。
> 问君何能尔,心远地自偏。
> 采菊东篱下,悠然见南山。
> 山气日夕佳,飞鸟相与还。
> 此中有真意,欲辨已忘言。

(三) 以动写静

从艺术方法和表现技巧上说,写动和写静往往是不可分割的。要善于把握两者的辩证关系，巧妙运用以动写静或以静写动的辩证法，做到动静交错和谐统一于有机的艺术形象中，具有动与静对立统一的音调美。

以动写静是较常用的方法。这是因为有生命的事物没有绝对的静态，而相对的静态，又总是在动态的比较和显示中表现出来的。无论其形其声，都是如此。如温庭筠的《更漏子·玉炉香》写妇人在静夜中对丈夫的思念，而词写的却是动态与声音：

玉炉香，红蜡泪，偏照画堂秋思。眉翠薄，鬓云残，夜长衾枕寒。梧桐树，三更雨，不道离情正苦。一叶叶，一声声，空阶滴到明。

以动态写静物，中国画创作尤重此道。明代画家唐志契《绘事微言》云："山本静，水流则动；石本顽，有树则灵。"郑板桥在他作的《竹石》画中题诗："咬定青山不放松，立根原在破岩中；千磨万击还坚劲，任尔东西南北风。"20世纪70年代末，著名戏剧家陈白尘写的《大风歌》问世时，名演员赵丹题送郑板桥的《竹石》诗表示祝贺。电影《阿诗玛》有一段阿黑追赶阿诗玛的唱词："两天路程一天追，只见树林往后飞；五天路程两天赶，只见山坡朝后退。"这些诗句和唱词，将竹石、树林和山坡等静物，写得动感十足，栩栩如生。

（四）以静写动

以静写动的手法，即"动在不动中"，或"于无声处听惊雷"。动与静的形态和声调，往往是环境气氛和人的情感情绪热冷起伏的直接体现，自然也是最好的艺术体现方式之一。戏剧是最有动感的艺术，掌握动与静的辩证法尤其重要。清代戏剧家李渔《闲情偶记》云："传奇无冷热，只怕不合人情。如其离合悲欢，皆为人情所必至，能使人哭，能使人笑，能使人怒发冲冠，能使人惊魂欲绝。即使鼓板不动，场上寂然，而观众叫绝之声，反能震动天地。是以人口代鼓乐，赞叹为战争。较之满场杀伐，战鼓雷鸣，而人心不动，反欲掩耳避喧者为何如？"可见，合乎人情是动静表现的前提，有时以静写动效果会更好。中国古诗创作也精此道。据《诗人玉屑》载，王安石将"蝉噪林逾静，鸟鸣山更幽"两句诗的前句，改为"风定花犹落"，未讲出理由。其实，原因是原两句都是以动写静，改过后前句则是以静写动，这样改动之后，两句是先以静写动，后以动写静，从而具有交错对称的音调美了。

沉默是静的一种，又内含着动，并是更大的动的间歇。以沉默写反抗，也是以静写动的一种方式。如《天安门诗抄》中的一首："天惊一声雷，地倾绝其维。顿时九州寂，无语皆泪水。相告不成声，欲言泪复垂。听时不敢信，信时心已碎。"将"史无前例"的"文化大革命"中人民群众的愤怒和反抗心声在沉默中表现得更为深刻有力，更显示出时代的最强音和音调美。

五、气质的格调美——刚与柔

艺术风格是文艺家个人思想艺术气质和品格在其创作中的综合体现，格调则是他的艺术风格在其作品的音调上的体现。这种体现，主要是性格气质上的。如果是刚强或豪放的性格，其作品的格调往往是"金钟大吕"式的阳刚之音；如果是温柔慈软的性格气质，其所喜爱的格调多是"柔情似水"的阴柔之乐。当然，这只是大致上相对而言，并非完全绝对如此。因为人的性格气质是多种多样的，文艺家的风格和格调也是多种多样的。但总体来说，大都是刚与柔的不同表现，或者是刚与柔的交错和以诸多方式对立统一的体现。前面举的高与低、有与无、动与静等的对立统一，实际上也是刚与柔在不同音调领域的表现形式。

中国传统艺术历来是很重视很讲究刚与柔的辩证法的。《一瓢诗话》云："喜清幽者，则出痛快淋漓之作为愤激，为叫嚣；鼓苍劲者，必恶宛转悠扬之音为纤巧，为卑靡。"清代散文大家姚鼐《复鲁洁非书》云："其得于阳与刚之美者，则其文如霆，如电，如长风之出谷，如崇山峻崖，如决大川，如奔骐骥，如光也，如杲日，如火，如金镠铁；其于人也，如凭高视远，如君而朝万众，如鼓万勇士而战之。其得于阴与柔之美者，则其文如升初日，如清风，如云，如霞，如烟，如幽林曲涧，如沦，如漾，如珠玉之辉，如鸿鹄之鸣而入寥廓；其如人也，漻乎其如叹，邈乎其如有思，唤乎其如喜，啾乎如悲。观其文，讽其音，则为文者之性情形状，举以殊焉。"这段话，真是将刚柔之气、之形、之音写透了。

值得注意的是，在文学作品中，格调与情绪和语言有密切关系。列夫·托尔斯泰在一封致友人的信中说："我有一次跟你谈过那部严肃的东西。我起初曾用四种不同的调子写作过，我把每种调子写了约莫三个印张，然后就搁下不写了。因为不知道选择哪一种调子好，或者怎样把它们糅合在一起，或者把它们统统抛开。"中国当代作家王蒙在《短篇小说杂议》中说："短篇小说应该是一首发自心灵的歌，每一个作者在写每一篇作品的时候，应该先确定这一篇作品的调子。"中国当代小说家高晓声在《生活、目的和技巧》中说:"你是什么样的情绪,你就用什么样的语言,而一连串的语言就决定一篇作品的意境(按:应是格调)。如果你是深沉的情绪,你就会有一串表现深沉情绪的语言流出来,那么作品的意境也必然是深沉的,你是明快的情绪,那就会有欢快的语言……这实际上就是给作品定调子。"前一种情况可以他的名作《李顺大造屋》为例,《陈奂生上城》则属于后一种情况。自然,情绪也是性格气质的一种表现。所以情绪性的格调也属气质的格调美的内容,同样要善于把握阳刚与阴柔的对立统一。

第五章 相形与互现

——艺术的对比

一、艺术的对比美

宇宙万物，千姿百态，各有特性，千差万别。相互之间，又有多种的联结关系。这些差别和关系，是自然的自在，具有自发的性质和状态。文学艺术既要反映这种差别和关系，又要在其基础上加工创造，使其变成自觉的有机的具有艺术美的差别和关系，这就是艺术的对比美。

对比美的艺术，旨在塑造完整的有机的艺术形象。因此，在被对比的事物之间，彼此的关系是有机的；所做的对比，也是有机的，而且是相互的，即既有互相比较的关系，又有互相表现的关系。换句话说，就是甲与乙的对比，既是甲表现乙，也是乙表现甲。所以，艺术的对比，必须切实把握相形与互现的艺术辩证关系。鲁迅说："优良的人物，有时候是要靠别种人来比较衬托的，例如上等与下等，好与坏，雅与俗，小气与大度之类。没有别人，即无以显出这一面之优。所谓'相反而实相成'者，就是这。"鲁迅这段话常被人片面理解，好像只是为"一面之优"，而用来"比较衬托"的人是从属的、不重要的，忽视了"相反相成"这句话。其实，鲁迅的意思是，以比较的方法写出了"优良的人物"，同时也"相成"了"衬托"的人物。不应当只看到艺术对比中单方面的作用和效果，只见相形，不看互现，那就是违反艺术辩证法了。

当然，文艺作品中的人物形象，是有主次之分的，不写人物形象的作品，其所写的事物或内涵也是有主次之分的，为了使主要的人物或事物更显出"主"的地位，用多些工夫和笔墨也是应该的；但这不等于说次要的人物或事物就可以掉以轻心，不可忽视主要人物或事物，同时对其起到比较刻画的作用。

世界上的事物无穷无尽，可以互相对比的事物无穷无尽，事物之间可以相互对比的方面、层次、方式，也是多种多样、千变万化的。所以，艺术对比美的表现和创造天地是极其广阔的。大致上说，艺术对比美主要有下列四个种类。

二、性质的对比——同与异

世间万物,既有与其他事物相区别的独特性和个性,又具有与其他同类或相关事物相同的共性或相通的共通性。这就是说,事物与事物之间有相同的共性,又有不同的个性。也就是说,事物与事物之间往往是同中有异而又异中有同的。文学艺术要确切地表现出事物的性质和特点,就必须从其共性中找出其个性,又从其个性中表现出共性,即同中找异、异中现同。要这样做,就得运用对比,进行性质的对比,从而表现出事物与事物之间的同与异。艺术形象的创造,从艺术上说,实际主要是从同中找异,又在异中现同。

古今中外的文艺都是很重视这种艺术对比方法的。英国19世纪浪漫主义诗人华兹华斯说:"人的头脑能从不同之中看出相同而感到愉快。"中国古代诗评家谢榛在《四溟诗话》中说:"观则同于外,感则异于内。"中国古代有的文艺理论家称同与异为避与犯,如清代毛宗岗在《三国演义》批注中提出:"作文者以善避为能,又以善犯为能。不犯之而求避之,无所见其避也。唯犯之而后避之,乃见其避也……譬如树同是树,枝同是枝,叶同是叶,花同是花,而其植根安蒂,吐芳结子,五色纷被,各呈色彩。读者可悟:文章有避之一法,又有犯之一法也。"

在塑造人物形象的文艺作品中,无论是以塑造人物典型为核心的现实主义,还是以反典型为旗号的现代主义,都自觉或不自觉地以艺术的对比表现出人物形象的同与异。例如:《水浒传》写宋江为首的一百零八条好汉各有个性,同时又有被"逼上梁山"的共性;鲁迅的《阿Q正传》写的阿Q、假洋鬼子、赵老太爷是不同的典型人物,但都有相同的阿Q精神。这些著名人物典型的异与同,也都是在相互的对比而又相互映现中刻画出来的,现实主义作品大都如此。

现代主义反人物典型,有的流派也写人物形象,虽然这些人物形象大都是抽象性或理念性的,但也仍在对比中显出同与异。例如,法国存在主义代表作家阿尔贝·加缪的小说《局外人》,主人公是小公务员莫尔索,他在一系列情节中接触到的人,如养老院院长、女打字员、邻居雷蒙、记者等,各有特点。这些人物,衬托出莫尔索对外界事物完全无动于衷的态度,又表现了大家共有的世纪病——对混乱世界秩序的不满、冷漠和忧郁。显然,这部小说在体现存在主义理念的同时,也在人物形象的同与异的对比中,写出了人物特性和时代共性。

表现事物形象的文艺作品，如花卉山水画、山水诗、抒情诗、游记等，将不同的事物写于同一画面或形象之中，同样是在艺术对比中同中现异、异中现同。中国画常在一幅画面中同绘松、竹、梅，或者写石边的竹、山中的松、茅舍边的菊、孔雀开屏于牡丹花旁……都是以不同事物组成形象，都是在艺术对比中显出各自的异，同时显出精神（气节、坚毅、清雅、吉祥、富贵）上的同。诗、词、散文更是如此。

尤其值得注意的是象征主义的诗歌。由于象征主义崇尚对应哲学，认为宇宙万物之间都存在着对应关系，因此主张诗歌应以不同的而又是对应的事物来构成形象。即同时写两个对应的事物，以两者某点相同或对应而相互象征，不是一方为另一方做比喻，而是对等的相互或并列性的对比，从而构成具有双重意味的并且是同异共现的艺术形象。例如法国20世纪晚期象征主义大师瓦雷里的名诗《风灵》：

> 无影也无踪，
> 我是股芳香，
> 活跃和消亡，
> 全凭一阵风！
>
> 无影也无踪，
> 神工呢碰巧？
> 别看我刚到，
> 一举便成功！
>
> 不识也不知？
> 超群的才智，
> 盼多少偏差！
>
> 无影也无踪，
> 换内衣露胸，
> 两件一刹那！

全诗四段，前两段写风灵，后两段可说是写少女，以"两件一刹那"

对应。这也是同中有异、异中有同的一种艺术对比方式。

三、审美的对比——美与丑

文艺的真善美性能，使其在艺术表现上必然注重与假恶丑的对比，以弘扬真善美而鞭挞假恶丑。尤其是在审美的对比上，以美与丑的对比更有助于表现和创造艺术美的形象。

雨果在《克伦威尔》序言中说："万物中的一切并非都是合于人情的美……丑就在美的旁边，畸形靠近着优美，粗俗藏在崇高的背后。恶与善并存，黑暗与光明相共。"他还指出："美只有一种典型，丑却千变万化。因为从情理上来说，美不过是一种形式，一种表现在它最简单的关系中，在它最严格的对称中，在与我们的结构最为亲近的和谐中的一种形式。因此，它总是呈献给我们一个完全的，但却和我们一样拘谨的整体。而我们称之为丑的那个东西则相反，它是一个不为我们所了解的庞然整体的细部，它与整个万物协调和谐，而不是与人协调和谐。这就是它为什么经常不断呈现出崭新的，然而不完整的面貌的原因。"雨果的这些话，指出了美与丑的依存和对比的普遍性，尤其指出了丑的多变性和复杂性，是很有意义的。

雨果的创作，就是按他的理论实践的。小说《巴黎圣母院》就是代表作。小说写的人物吉卜赛女郎、诗人、敲钟人、侏儒、侍卫官、副主教，都分别是有美的一面又有丑的一面的人，相互之间又有多方面的美与丑的对比关系。对副主教以善为外衣掩藏的丑尤其揭露得淋漓尽致，又在同外貌丑而心灵美的敲钟人的对比中，更显其虚伪凶残；敲钟人和吉卜赛女郎也更显其心灵美和形象美。

在文艺创作中，美与丑的对比不仅用于人物之间的对比，其意义也不仅在于弘扬美和鞭挞丑，还可以用于对比世界上一切事物，包括真与假、善与恶、高尚与庸俗、崇高与卑贱等，更可以揭示宇宙万物的复杂性、多变性和体现人的美学观念与追求。所以，许多文艺作品都侧重于此。例如当代中国诗人流沙河的诗：

> 天真的眼睛到处看见朋友，
> 阴沉的眼睛到处看见敌人；
> 恐惧的眼睛到处看见陷阱，
> 贪鄙的眼睛到处看见黄金；
> 忧愁的眼睛到处看见凄凉，

欢笑的眼睛到处看见光明。
两只眼睛常常发生矛盾：
一只太天真，一只太阴沉。
于是眼睛一片混乱：
敌人像朋友，朋友像敌人。（《眼睛》）

人说眼睛是灵魂的窗子，
你说此话可信又不可信；
为什么我看熟了你的眼睛，
却始终不了解你的灵魂？
可能你的眼睛一贯作假，
可能你的灵魂见不得人；
也可能这两个可能都不是，
只怪我自己从来不长眼睛。（《又是眼睛》）

这两首诗都是从眼睛写审美对比，前首从"外"（所见）而写，后首从"内"（灵魂）而写，美与丑的对比，旨在揭示人的复杂性和多变性以及诗人的美学理想。

四、数量的对比——多与少

文艺创作中的艺术对比，常常用数量来对比，即多与少的对比。这种对比艺术的运用，不是为比其多，也不是为比其少，而是为比出鲜明生动的形象。一般来说，这个对比，往往是以少现多。"以少胜多"的古语，不仅是军事用兵之经典，也是文艺创作之经典。刘勰《文心雕龙》云："以少总多，情貌无遗。"刘知几《史通·叙事》云："睹一事于句中，反三隅于字外。"宋代学者周辉《清波杂志》云："司马迁文章所以奇者，能以少为多，以多为少。"司空图云：作诗须"万取一收"。方东树云：作文应"以数言而统万物"。李渔《闲情偶记》云：作文贵在"意则期多，字惟期少"。北宋诗人王安石诗云："浓绿万枝红一点，动人春色不须多。"

更多的是以多与少的相互对比和映衬而共同构成形象。如宋代词人辛弃疾的两首名词：

东风夜放花千树，更吹落、星如雨。宝马雕车香满路。凤箫声动，玉壶光转，一夜鱼龙舞。

蛾儿雪柳黄金缕，笑语盈盈暗香去。众里寻他千百度，蓦然回首，那人却在灯火阑珊处。(《青玉案·元夕》)

明月别枝惊鹊，清风半夜鸣蝉。稻花香里说丰年，听取蛙声一片。
七八个星天外，两三点雨山前。旧时茅店社林边，路转溪桥忽见。(《西江月·夜行黄沙道中》)

前首正面描写元宵佳节灯火盛会的热闹景况，在众多的花灯人潮中，独现一个"那人"；后首写道中静夜，以众多鹊声、蝉声、蛙声，对衬寥寥"七八个星""两三点雨"，更显其静。可见，多与少的对比艺术，既可写动写热，也可写静写冷，是多功能、多样化的。

五、形体的对比——大与小

文艺创作中的艺术对比，最为普遍的是大与小的形体对比，既有以大写小，又有以小写大，更多的是大小并写，相互对比或映衬，使形象鲜明生动，更有艺术美。

大与小的辩证关系，是世界万物的普遍存在，也是带普遍性的哲学命题。老子《道德经》云："为大于其细。"韩愈《原道》云："老子之小仁义，其见者小也；坐井而观天，非天小也。"佛家大师惠施云："至大天外，谓之大一；至小天内，谓之小一。"这些说法，都是指明所谓大与小是相对而言的，无绝对的大与小。尺有所短，寸有所长；山有所小，虫有所大。对比不同，大可为小，小可为大。所以，大与小的形体对比，是多种多样、变幻无穷的。

中国古今的文艺家都极重视并常运用大与小的艺术对比。刘勰《文心雕龙》云："兴之托喻，婉而成章，称名也小，取义也大。"唐代诗人白居易说："应似诸神观下界，一微尘内斗英雄。"唐代诗人刘禹锡《陋室铭》云："山不在高，有仙则名；水不在深，有龙则灵。"清代学者王闿运云："无所感则不能为诗，有所感而不能微妙亦不能为诗。"清代学者刘熙载《艺概》云："景有大小……诗中言景，既患大小相混，又患大小相隔……广大者要不廓，精微者要不僻。"鲁迅说：创作要"烛幽索微，物无遁形"；又说："巨细高低，相依为命。也譬如身入大伽蓝中，但见全体非常宏丽，眩人眼睛，令观者心神飞越。而细看一雕阑一画础，虽然细小，所得却更为分明，再以此推及全体，感受遂愈加切实。"郁达夫在《中国新文学大系·散文二集》导言中说："一粒沙见世界，半瓣花上说人情。"丰子恺为自画集所作代自序中云："泥龙竹马眼前情，琐屑平凡总不论。最喜小中能见大，还求弦外有余音。"

西方文艺大师也是很注重大与小的辩证艺术的。法国《红与黑》的作者司汤达在1840年写给巴尔扎克的信中说：作家要写的是"关于某一种情欲或某一种生活情境的最大量的细小的真实的事实"。巴尔扎克说："在现实里，一切都是细小的，琐屑的；在理想的崇高境界里，一切都变大了。"又说：写小说是"用最小面积惊人地集中最大量的思想"。又说："只有细节才形成小说的优点。"列夫·托尔斯泰说："只有艺术家找到构成艺术作品的无限小的因素时，他才可能感染别人。"

从以上论述可见大与小的辩证艺术对于文艺创作的重要意义。从具体与抽象、个别与一般、有限与无限的对立统一规律而言，大与小的辩证关系也是这些文艺规律的具体体现。总体来说，文艺创作都是以小见大的。但在具体的形象创造中则分别有以小写大、以大写小、大小并写等手法，分别以不同的艺术对比创造艺术美的形象。

所谓以小写大，多是以具体的微小的事物或动作，去形容或表现无限的巨大的客体。这种手法，在诗歌创作中常见，尤其突出表现在一些富有浪漫主义精神的名句中。如韩愈的"刺手拔鲸牙，举瓢酌天浆"，苏轼的"擘开青玉峡，飞出两白龙"，王安石的"崒云台殿起崔嵬，万里长江一酒杯"，毛泽东的"小小寰球，有几个苍蝇碰壁""安得倚天抽宝剑，把汝裁为三截"，等等。

所谓以大写小，即是将微小的事物放大来写，具有放大的艺术效果。据《诗人玉屑》载，苏小妹取笑苏东坡脸长，特讽诗云："去年一滴相思泪，今日未流到嘴边。舌向口角寻几回，萋萋春华（指胡须）掩洞天（指口）。"温庭筠写刚睡醒的妇人的眼睛眉毛"小山重叠金明灭，鬓云欲度香腮雪"更妙。

所谓大小并写，即同时以大与小相互对比映衬的方法创造形象。如：

前不见古人，后不见来者。
念天地之悠悠，独怆然而涕下。（陈子昂《登幽州台歌》）

春早，柳丝无力，低拂青门道。暖日笼啼鸟，初坼桃花小。

遥望碧天净如扫,曳一缕轻烟飘渺。堪惜流年谢芳草,任玉壶倾倒。(寇准《甘草子》)

前首诗是前大后小,以"悠悠"的天地而映衬个人的渺小。后首诗是小中有大,大中有小,以"柳丝""桃花""一缕轻烟",映衬"春早""暖日""碧天净如扫",既使相互更显其大其小,又构成并更显其清其静的境界。

第七编 方法论

第一章 什么是创作方法

一、创造艺术形象的方法

任何文艺作品，都是文艺家以一定的创作方法去进行艺术创作的产物。要进行文艺创作，必须掌握一定的创作方法；懂得和掌握创作方法的道理和特征，才能更好地阅读和正确地评价文艺作品。创作方法也即是艺术方法。

这个道理，同社会生活中任何事物的道理是一样的。在现实生活中，每一个物质的或精神的产品，都是人们根据一定的方法去对一定的物质或精神进行加工创造的结果。例如：常用的剪刀，是人们以制造剪刀的方法去将钢铁加工制造而成；桌子是以制造桌子的方法将木材加工制造的结果；一个工艺品（如花瓶、盆景、牙雕、石雕）是人们用一定的方法去将原料加工创造而成；甚至一些世界上并不存在的某些精神的东西（如神、妖、鬼、怪），也是人们以一定的方法去对某些观念或现象加工创造的结果。例如世上并没有龙，是人以一定的方法去对蛇的形象进行加工创造出来的；世上并没有什么"鬼火"，是人们以一定的方法从"磷火"中创造出来的……如此等等都说明，世上任何人工创造出来的物质或精神的产品，都是以一定的方法创造出来的。没有一定的方法，这些产品就不会生产出来。文学艺术的产品同样如此。

任何文艺产品，都要创造出一定的艺术形象。所以，文学艺术的创造方法，就是创造艺术形象的方法。文学艺术包括许多领域或艺术样式，文学中有小说、诗歌、散文、寓言、剧本，艺术包括戏剧、电影、音乐、美术、曲艺、舞蹈、摄影、电视文艺、杂技等。除了这些艺术样式所必需的物质技术条件与创造技能（如摄影、灯光、制片、化妆、演奏技法等），文学艺术的创造包括创作和表演两个方面的创造。创作要有创作方法，表演也要有创作方法。比如说，演某个戏中的角色，演唱或演奏某支歌曲，都要在遵循原剧本和歌曲的基础上进行创造，这种创造，是表现原来剧本和歌曲已经创造出的形象，其创作方法的意义不很明显。但进行表演和演唱或演奏，还是有一定的方法的，这方面主要是风格和技法上的意义。

　　创作方法，主要是就艺术形象的创造而言，是文学艺术各个门类或样式，都以各自不同的特点和手段，去创造艺术形象的一般方法。比如说，文学（包括小说、诗歌、散文、寓言等）以语言来创作艺术形象，美术以线条和色彩来创造形象，音乐以旋律、节奏来创造形象，舞蹈以形体、动作来创造艺术形象，杂技以特别的技能和形体动作来创造形象，等等，各自的手段不同。每种艺术样式创造艺术形象的方式方法不同，但在创造艺术形象的基本要求和法则上，又是相通的、一致的。这就是说，都要创造出具有一定思想或美学意义的，具体生动、可感可触，使人们得到某种启迪和美的享受的艺术形象来。而要创造出这样的艺术形象，就要运用一定的方法，这就是创作方法，就是创造艺术形象的方法，或者说，是在创造艺术形象的过程中所运用的方法。创作方法是任何艺术都具有的，在基本原理上是相通的。过去有的人认为只是文学创作讲究创作方法，或者说创作方法只是针对文学创作而言，这是片面的、不准确的。

二、创作方法的定义

　　创作方法又称为艺术方法。比较公认的创作方法的定义是：艺术地认识和表现社会生活的方法。这就是说，进行艺术形象的创造，是贯穿着对生活的认识过程和表现过程的；所谓创造艺术形象的方法，既是艺术地认识生活的方法，又是表现生活的方法。这是因为艺术形象的创造，不是在拿起笔来创作的时候才开始的，而是在观察生活和对生活进行思索的时候就开始了。所谓创作过程，包括从开始观察生活到思索生活、表现生活，直至创造出艺术形象的全过程。所以，创作方法也是指在这全过程中所运用的方法。将创作方法仅仅理解为提笔写作的时候才运用的方法，即只认为它是表现方法，是片面的，也是有害的。因为这样理解就等于说文艺只是对某种已经想好的东西（概念）用形象去图解；或是说，只是在提笔创作的时候才去寻找和讲究方法。这就是将整个文艺创作过程分割开来，造成舍本求末或者弃因求果，这是难以创作出生动深刻的艺术形象来的。

　　这是因为作家提笔创作的时候，已经是创作过程的第二阶段，即表现阶段。这个阶段，当然必须寻求和讲究方法。但是，如果在前一阶段，即寻找要表现的东西的阶段没有一定的方法，那么，不是找不到值得表现的东西，就是找到了，也因为不得其法，而使找到的东西得不到适合的表现或难以表现，以致造成表现上的困难，甚至不得不重新回过头去寻找一番。认识过程与表现过程是密切关联、难以分割的,不过是先后次序之分而已。在创作实践中往往这两个先后阶段循环反复,即当自以为可以进入表现阶段的时候,往往不行,又得对生活重新进行认识,待一定时候才进入表现阶段。这种反复的情况,大多是认识阶段不成熟和不得其法所造成的。认识阶段和表现阶段的成熟程度,是成正比的;没有认识阶段的成熟,就没有表现阶段的成熟;表现阶段的得心应手,是认识阶段成熟和得法的必然结果。所以,不能将创作方法仅看作表现方法,不能将认识阶段和表现阶段机械地割裂开来。

什么是艺术地认识生活呢?就是以艺术的方式去认识生活。

所谓艺术的方式,主要指形象的方式,因为艺术的基本特征就是以形象反映生活。所谓形象,就是具体的、生动的、可视或可触的、具有实体性的。任何文学艺术都必须以形象为基本,没有形象的东西,不成其为艺术。当然,这不等于说,任何有形象的东西都是文艺作品,像自然界的山、水和动植物(如一棵树、一条鱼),像地图、生理解剖图等,就不能说是艺术作品,而只是文艺的基本要素,真正能成为艺术形象还需要具备种种条件(这须另外说明)。所以,艺术的方式主要是指形象的方式。

所谓形象的方式,是指认识生活包括对现实的观察、研究、分析、概括,都要从形象出发,都要以形象进行,即形象地观察,形象地思维,形象地概括。形象地观察是指对现实生活所注意的是具体的形象,通过形象去看其本质,注意其体现本质的形象;形象地思维是指对现实的思索,从对事物的感性认识到对事物的分析、研究,都是以形象为基本单位进行(这同一般理论的思维活动是不同的,理论思维活动方式是从对事物的感性认识进到理性认识,是以概念进行的);形象地概括是指对现实的认识和概括,从个别到一般和从一般到个别,都是通过形象的抽取和综合进行的。认识生活的阶段,包含观察、思维、概括这些环节(在实际活动中常常是适时进行的)。艺术认识方式要求这些环节都以形象进行,以形象贯串全阶段,并且与其他方式明显区别。所以,艺术方式其实是一种独特的艺术认识方式。

所谓艺术地表现(或反映)生活,即是以艺术的形象再现(或重新创造)生活。这就是在认识生活的过程中取得要表现的东西后,采取什么样的方式来表现的问题。这种表现方式,是以将所要表现的东西变成一个(或一幅)具体的、生动的、有思想和美学意义的形象为目的,而采取的组成(或构成)形象的方式和途径,也即是按什么方式来反映生活和组成形象的问题。比如说,有的作品是按生活本身的方式来反映生活的,即按我们在生活中所常见的样子,将要表现的东西表现出来(如某个人在某个时间,某个地方做了什么事情，就按照原来的样子，一座山就按这座山的样子，一条鱼就按这条鱼的样子）。这种方式，就是高尔基说的"对于人类和人类生活的各种情况，作真实的赤裸裸的描写的，谓之现实主义"的创作方法。有的作品不是按照生活本身的方式反映生活，而是用主观想象的方式来反映生活，像高尔基所说的是"在从既定的现实中所抽出的意义上面再加上——依据假想的逻辑加以推想——所愿望、所可能的东西，这样来补充形象"，这就是浪漫主义创作方法。这两种是基本的创作方法。此外，还有种种介乎两者之间或在这两者中突出某些特点的表现社会生活的方式。艺术表现生活的方式是很多的，所以创作方法自古至今是多种多样的。16世纪文艺复兴时期意大利著名哲学家、诗人布鲁诺说："世界有多少种类型的真正诗人，便可能有多少种类型的规则。""人的感情和创造有多少种方式，便可能有多少种类型的诗人。"由此可见创作方法的多样性。

三、创作方法的要素

艺术表现方法多种多样，彼此不同，尽管都是有共同要求。它们的共同要求就是要表现出生活并创造出形象。要实现这个共同要求，虽然有途径和方式的不同，但在实现共同要求的一些基本环节或方面，则有每种创作方法都必然遇到和必须解决的问题。否则就不能创造出艺术形象，也就不能成其为创作方法。各种创作方法的区别，常常表现在对这些环节或方面的解决途径与方式的不同上。这些环节和方面，即创作方法的要素，主要包括以下四个方面。

1. 题材的选择和提炼

文艺创作中对题材的选择和提炼，即是反映生活的角度或途径问题。题材是文艺作品的内容，是构成艺术形象的基本要素。选择什么题材和怎样提炼题材，是创作艺术形象的一个基本环节，也是创作方法的一个重要方面。创作方法的不同往往首先表现在题材的选择和提炼的不同。

例如：现实主义方法往往取材于客观生活中确有发生的人和事，并且将这些人和事加以典型化，使其有个性又有普遍性；浪漫主义虽取材于客观生活，但往往加上主观的想象，甚至主要是从体现主观感情或理想上去选取和提炼题材；象征主义虽取材于客观生活，但着重于选取某些事物之间或主观与客观之间的某种所谓彼此对应的东西，并将这些东西作为"彼此象征"而提炼；意识流所取材的是人的内心活动和所谓潜意识；超现实主义选取的是某些所谓现实之外而又存在于现实之中的某种精神东西。由此可见，各种创作方法是选取不同的题材作为组成艺术形象的元素的，都各有其不同的反映生活的途径或方式。

2. 构成什么样的形象

任何艺术，都要创造形象，但不同艺术要求的是不同的形象，因而创作方法的不同往往在于要求构成的形象不同。

现实主义方法要求创造的形象是与生活本身一致的形象；浪漫主义所创造的是既有现实依据，又不同于现实本身样子的形象；象征主义所创造的，是现实中不能一下见到的形象；意识流创造的是心灵的形象；超现实主义创造的是虚幻的形象；荒诞派所创造的，是现实中不可能出现的荒诞的形象。此外，还有创造的是平面的形象还是立体的形象等区别。

3. 怎样构成形象

由于对创造什么样的形象的要求不同，因此以什么方式和途径来创造形象也不同。

现实主义由于要求创造符合客观本身面貌的形象，因而它构成形象就要求表现出一定时间和空间的事物，也就是要以一定的环境、人物或具体的情境来构成形象；浪漫主义有些地方如此，但有些地方则不如此，如较少注重环境和人物的特定条件的表现，有些时候以现实不可能出现的东西来构成形象；象征主义是以对应的事物来构成形象；意识流以及其他许多现代主义方法，是以打破时间空间的心理活动来构成形象。这些构成形象的区别还包括种种艺术手法（如白描、夸张、象征等）的不同运用等。

4. 创造什么样的人物和怎样创造人物形象

文学是人学。以创造人物形象为特点的艺术（包括小说、戏剧等）都必须创造人物形象。不以创造人物为特征的艺术（如诗歌、音乐等），也要创造出体现人的某种思想感受的艺术形象。创作方法的不同，有的表现在写什么人物上（如古典主义创造理想人物，批判现实主义主要写批判的人物），有的表现在创造什么人物上（如现实主义注重典型环境中的典型人物，古典主义则注重以道德典范寓于类型性人物，积极浪漫主义以高昂的激情体现理想的人物），有的根本反对写有性格的具体人物，反对以情节和环境创造人物（如现代主义的一些流派），而主张写某种人或莫须有的意识、情绪、梦境、虚念等。

以上四个方面，既有表现什么内容的问题，又有以怎样的表现方式去表现的问题。表现什么内容的问题，之所以属于创作方法问题，是因为从对现实生活的反映来说，表现什么内容（题材、形象、人物），意味着从什么角度或途径来反映整个社会的生活。因为对于文艺创作来说，写什么不仅只是表现所写的事物，而是通过所写的事物反映整个社会的生活（例如，古典主义写古典性人物，是以这种人物反映整个社会生活；批判现实主义写批判的人物，也是以这种人物反映整个社会生活）。所以，写什么内容，也是创作方法的问题。这两个方面，主要是从艺术地表现生活的意义上而言，是艺术的基本内容。其实，在艺术认识的过程中，也是具有这些内容的，也是要进行这些方面的考虑和创造的。

艺术地认识生活和艺术地表现生活，是一个贯串如一的完整的过程，是一种完整地认识和反映生活的方式，都是以形象的方式进行，都是以创造艺术形象为目的的。所以，创作方法就是创造艺术形象的方法，是不同于任何物质和精神生产的、具有自己独特的规律的方法。

每一个从事文艺的人，对世界和对艺术都是有一定的看法的，这就是世界观和美学观。每个人以什么样的世界观和美学观看待生活和艺术，决定他以什么样的态度认识生活、反映生活和创造形象。萨特针对美国意识流代表作家福克纳的《喧哗与骚动》中所使用的创作方法不被人们理解，被说成"不正常"的情况而指出："如果认为这些反常情况仅是技术上的小手法，那就错了。小说家的美学观点，总是要我们追溯到他的哲学上去。批评家的任务，是要在评价他的写作方法之前，找出作者的哲学。"由此可见世界观、美学观的指导作用。

文艺家艺术地认识和反映生活，都是有一定的思想和美学法则的。这些法则，是创作方法的前提。所以，较多的文艺理论著作一般都从一定的世界观和美学观出发，而提出认识反映原则作为创作方法的核心或主要内容，这是有道理的。但是，一定的认识反映原则，虽然重要，然而毕竟是基本的原则，还不能完全取代创作方法的全部内容；同时，还有同样的认识反映原则会产生多种方法的情形（例如，现实主义的认识反映相同，但出现古典现实主义、批判现实主义、自然主义、社会主义现实主义等方法；浪漫主义有消极的、积极的、革命的之分；现代主义有象征主义、印象主义、未来主义之别；存在主义有新小说、荒诞派等不同）。由于有这种现象，因此对创作方法的概念及其包含的要素，至今仍然存在着种种分歧意见。不管怎样，从一定的世界观和美学观出发提出的艺术认识和反映原则，是创作方法的前提或基础，是没有问题的，没有争议的。

第二章　一种掌握世界的方式

一、什么是掌握世界的专门方式

创作方法是一种掌握世界的专门方式。所谓方法，就是人们对待现实的方式，也即是认识反映现实世界的方式。所谓创作方法，也就是人们艺术地认识和反映世界的方式。

创作方法在文学艺术创作中之所以具有普遍意义，就在于一切艺术都要以认识和反映世界为目的，一切艺术创造都是艺术地认识和反映世界的创造，因而一切艺术创造都要经过艺术地认识和反映世界的过程，都要以艺术地认识和反映世界的方式进行。所以，一切文艺领域和一切文学创作都要运用一定的创作方法。

文学艺术的创造，之所以不同于人类其他任何精神的或物质的创造，也在于文学的创造方法与其他精神或物质的创造方法不同。所谓方法的不同，就是从认识到反映的全过程，自始至终所采用的方式是不同的。这就是说，从出发点到思维过程，以至表现方式都有自身特点和规律，从而与人类其他精神或物质的创造方式都是不同的。

马克思在《政治经济学批判》导言中有一段精辟的话："整体，当它在头脑中作为被思维的整体而出现时，是思维着的头脑的产物，这个头脑用它所专有的方式掌握世界，而这种方式是不同于对世界的艺术的、宗教的、实践—精神的掌握的。实在主体仍然是在头脑之外保持着它的独立性；只要这个头脑还仅仅是思辨地、理论地活动着。因此，就是在理论方法上，主体，即社会，也一定要经常作为前提浮现在表象面前。"这段话所说的就是：人类掌握世界有种种"专有方式"，各种"专有方式"从出发点到思维过程以至方式是各不相同的。虽然都从客观世界出发，客观世界也不会因各种"专有方式"的认识和结果的不同而变样；同时，尽管各种"专有方式"认识和反映世界不同，但客观世界的实质，始终是各种"专有方式"的基本前提。所谓整体，就是客观世界在人类头脑中的反映（或经过认识过程所得出的）的总的观念。这就是以不同"专有方式"掌握世界所得的结果。这个结果又因所用"专有方式"的不同而有所不同。

当代中国著名文艺理论家蔡仪，在《马克思究竟怎样论美?》一文中，对马克思这段论述的解释是：

> 这句话的主要意思，简单说来就是：理论的掌握世界的方式，不同于艺术的、宗教的、实践—精神的掌握世界的方式。……所谓掌握，在这里主要的意思就是"认识"或"反映"。那么，所谓"掌握世界"，主要意思就是"认识世界"或"反映世界"。主要是样式或形式的意思，有时也会含有"方法"的意思，或者说是一定的"方法"形成的样式。于是所谓掌握世界的方式，主要意思就是"认识世界"的样式或"反映世界"的形式。它指的主要是意识活动的方式，是意识活动的成果。所谓理论的掌握世界的方式，主要是"把直观和表象加工成概念"，再由概念来判断和推理这种意识活动的形式。

蔡仪这个解释是很有见地的。他论述了理论的掌握世界的方式的特点和过程。理论的基础是从直观的表象加工的概念，是从概念进行判断到推理的过程的方式。艺术的基础是从直观和表象加工的形象，是以形象为基本去抽取和综合的思维过程和方式。后一种意识活动方式，也是艺术世界的方式，也就是创作方法。所以说，创作方法就是一种掌握世界的专门方式。

二、创作方法的特性

（一）独特的直接性

所谓独特的直接性，即创作方法对客观现实的认识和反映，具有与其他掌握世界方式同等的而又不同的独特的直接性。

这就是说，人们以这种方式掌握世界，是直接以客观现实为对象的，不是以其他掌握世界的方式为媒介或桥梁而去掌握客观现实的，其他掌握世界的方式绝不能取代它。这就是马克思所说的，它与理论方式一样，都是"主体"（即社会），也一定要经常"作为前提浮现在表象面前"。过去提出的"文艺为政治服务"的口号，常见的以文艺图解政治的现象，在理论上的偏误，就是否定文艺对客观认识反映的直接性，而要以理论方式为媒介或桥梁去掌握现实，使得文艺成为政治概念的"传声筒"，而不是对现实生活的直接认识和反映。人们说这种现象违背文艺规律是很有道理的。更确切地说，那样做就是否定文艺对现实把握的直接性，否定艺术掌握世界的方式对现实的直接性。创作方法的概念和理论，长期混乱和不科学的原因首先就在于此。

创作方法对现实把握的直接性，从概念上说在于艺术是生活的直接产物，是作家直接从生活中得来，并力求符合生活实际而进行的创造，从而艺术创造的方式，也就不能不是对现实的直接把握。尽管历来各种创作方法对现实把握的直接性有种种不同，甚至有的可以说失去了对现实把握的直接性（如象征主义、超现实主义等），但就其主观意图来说，无不是力求以其认为符合现实本身的方式而去把握现实的。让我们以几种创作方法的代表来加以说明。

法国19世纪著名批判现实主义作家巴尔扎克，曾经批评司各特"没有想象出一套理论，只是在工作的热情中，或是由于这种工作的必然结果，才找到了自己的写作方式"。他由此认为，作家对于自己的写作方式是"必须给它一个结论"的。这就是说，必须有自己明确的创作法则。他认为"作家所以成为作家，作家（我不怕这样说）能够与政治家分庭抗礼，或者比政治家还要杰出的法则，就是由于他对人类事务的某种抉择，由于他对原则的绝对忠诚"。这是鲜明地强调创作方法的重要性和直接性的见解。巴尔扎克之所以被恩格斯称为"现实主义的伟大胜利"，其主要原因之一，就在于他不仅在理论上强调创作方法对现实把握的直接性，而且在实践上也是这样做的。列夫·托尔斯泰写《安娜·卡列尼娜》，为自己写出安娜卧铁轨自杀的结局而惊异；福楼拜写《包法利夫人》，也为自己最后写出包法利夫人服砒霜的味道而惊奇。这些奇异的事情，人们常以作家对所写人物的深切体验来解释。其实，所谓对所写人物的体验，本身就是艺术掌握世界方式的手段或环节之一，是创作方法对现实认识和反映的直接性的体现。

让我们再以存在主义文学为例。众所周知，存在主义是一种哲学。20世纪法国哲学家萨特将这种哲学用于文艺创作，产生了存在主义文学。这是一种文艺思潮，同时又是一种创作方法。在对现实的基本看法上存在主义哲学与存在主义文学是一致的，但哲学与文学把握现实的方式不同。萨特说他创造存在主义文学的原因，是"纯理智无法将复杂多样、晦暗暧昧的人和事表达得适当公允，只有小说和戏剧性的感性形式才能说明经验的具体性和戏剧性"。正因为如此，他才进行文学创作。由此可见，即使这样一个明确宣传以存在主义哲学为写作目的的人，也认为文学与哲学不同，也不是以其存在主义哲学的方式，而是以艺术的方式去掌握世界，这岂不是更可见艺术方式掌握世界的直接性吗？

超现实主义的代表作家布勒东说："超现实存在于现实本身之中，既不离开现实，也不在现实之外。"他说超现实主义所着力表现的潜意识和梦境，是表现人"内心在什么"，"揭示这些梦境是如何产生的"。可见，即使是打着"超现实主义"旗号的艺术，所提出的主张和遵循的艺术法则，还是从现实出发的，是对客观现实的直接把握。所以，无论什么样的文艺思潮或创作方法，无不强调对客观现实把握的直接性，区别只是不同的直接性和什么性质的直接性而已。

（二）独特的能动性

所谓独特的能动性，即创作方法对客观现实认识和反映具有独特的能动性。

这就是说，以艺术方式掌握世界，是直接从现实出发的，但又不是刻板地去认识和反映现实的，而是从客观现实所取得的主观意识和从客观现实所存在的形象，形成一种掌握现实的整体观念和方式，并以这种整体观念和方式去认识和反映现实。这就是马克思所说的"整体，当它在头脑中作为思维而出现时，是思维着的头脑的产物。这个头脑用它所专有的方式掌握世界"。所谓从现实出发所取得的主观意识，就是通常说的思想和美学原则；形象是客观现实的一种存在（不是全部存在，因本质、精神之类也是客观存在，但这些存在不一定是形象的，有形象的东西又不一定体现本质或精神）。一定的思想美学原则是一种整体观念。进行艺术认识反映，还必须将这整体观念化为形象的要求（或者说以形象的要求体现）结合构成一种整体方式。这种整体方式就是创作方法。作家总是以这种整体方式去认识和反映世界的。这就是创作方法对现实认识和反映的能动性。

俄国19世纪著名批判现实主义作家列夫·托尔斯泰在《战争与和平》跋中说："艺术是有法则的。"他是"依从自己的习惯和力量描写这些人物的"。他在书信中还说，"每一个作家的特色是把所看见的生动事物像用一块棱镜一样，集中到一点上"，"一切作品要写得好，它就应当……是从作者的心灵里歌唱出来的"；"生活是真实的东西，人所体验到的一切留在他心中成为回忆，我们永远是以回忆为生的。我比较强烈地感觉到的常常不是我实际体验到的，而是我所写的以及我和那些被我描写的人物所共同体验到的"。他干脆说，艺术的"主要特性"，就是"艺术家所体验过的感情"。所谓回忆中生活，所谓体验过的感情，就是经过主观消化的客观生活和主观感情。所谓依从自己的习惯和力量去描写，像用一块棱镜一样将生动的事物集中到一点上，就是他主张的"艺术法则"。这也就是创作方法的能动性。

在一般人的印象中，自然主义只是主张对客观的自然描写，是没有什么艺术法则的，也就没有什么创作方法的能动性。其实不然，自然主义的首要倡导者左拉说："自然主义意味着回到自然"，它是"从物体和现象出发，以实验工作为基础，通过分析进行工作"，"它是直接的观察，精确剖解，对存在事物的接受和描写"，"从人生的真源来认识人"，"从基础上把握结构，尽量提供有关人的文献并在逻辑的次序中呈现它们"。他还着重说，这种方法是"承认艺术家必须具有个人的气质和自己的表现"，因为"实验的观念本身就带有加工、修改的观念"，用这种方法是"以一种观念为基础，而观念本身又产生于观察，观察在指出，实验在教导"。这些说法充分表明，即使是最强调客观表现的自然主义创作方法，也是承认和强调创作方法的能动性的。其他创作方法也就可想而知，不必赘言了。

（三）独特的完整性

所谓独特的完整性，即创作方法对客观现实的认识和反映具有独特的完整性。

这包括两方面的意义：一是艺术掌握世界的方式本身是完整的；二是它对现实的把握是完整的，以完整的方式进行，进行的是完整的创造。这两方面，就是马克思所论述的前一段意义，即每种掌握世界的方式是以"思维着的头脑的产物"——"整体"去掌握世界的。什么是艺术方式的"思维着的头脑的产物"的"整体"呢？是形象。形象是艺术方式的整体，也就意味着以这种方式掌握世界，始终都是以形象进行的。从认识到反映、表现，从对现实的观察到思维、概括，都是以形象进行的；也就是以形象为整体而形成形象认识和反映的系列，它对现实的把握是完整的，以完整的方式进行，进行的是完整的（即构成为艺术形象）创造。

将创作方法仅看作表现方法，否认其同时也是一种对生活的认识方法，否定"艺术地认识生活"的提法，就是忽略或否定这种完整性所造成的偏误，也是忽略或否认各种掌握世界方式（包括艺术方式与理论方式，即一般的唯物辩证法的认识方法）之间，在现实把握的"整体"和因此形成的完整性与系列性的根本区别；将形象思维和典型化与创作方法的概念并列，认为创作方法是作家在形象思维和典型化过程之后才考虑的课题的观点，也是由于未能将创作方法看作一种完整的掌握世界的方式，未能将形象思维和典型化看作这种方式的活动中的两个内容或两个环节（因为形象思维是艺术掌握世界方式中的思维活动方式，典型化是对现实的概括方式，所以是创作方法的两个内容或环节）。如果忽略或不论创作方法掌握世界的完整性，自然会造成概念混乱和使人怀疑。没有完整性和确定性的概念，怎能不使人迷惑？怎能不使人怀疑其存在的实际和意义呢？

关于创作方法作为一种艺术掌握世界的方式的完整性，我们不仅从马克思的论述中得到启示，而且可以从许多著名作家、理论家的有关创作方法的理论与创作中得到证实。被称为现实主义理论创始人的希腊时代哲学家亚里士多德，是最早指出艺术的"整一性"学说的人。他认为一切艺术都是"摹仿自然"，也就是认为艺术要按自然的样子去认识和反映世界。据此，他认为戏剧"是对于一个完整而具有一定长度的行为的摹仿……所谓'完整'，指事之有头、有身、有尾。所谓'头'，指事之不必上承他事，但自然引起他事发生者；所谓'尾'，恰恰与此相反，指事之按照必然律或常规自然的上承某事者，但无他事继其后；所谓'身'，指事之承前启后者。所以结构完美的布局不能随便起讫，而必须遵照此处所说的方式"。亚里士多德这里说的"整一性"，是指戏剧的结构，但这结构理论，不是狭义地指戏剧，而是较广义地指所有艺术的形象结构（他对荷马史诗也以此评价，可证实如此）。这种形象要求是从他认为的艺术所把握的"整体"（"摹仿自然"）而提出的。也就是说，他所主张的创作方法，就是按照客观自然去把握现实，并由此而提出相应的形象创造要求，以按照自然面貌的方式去观察现实，进行形象思维的艺术概括。这就是创作方法的完整性。

德国18世纪著名作家歌德对此论述得更清楚。他认为艺术创造是一种"完整体"。他说："艺术要通过一种完整体的世界说话，但完整体不是他在自然中所找到的，而是他自己心智的果实。或者说，是一种丰富的神圣的精神灌注生气的结果。"文艺创作是"有特殊才华的人感到需要努力在外部世界寻找与大自然赋予他们的才智相等的对应物，从而使内在的东西上升为完整的、确定的东西"，文艺创作是作者"在自己心中造一处世界，并按照这种方式内向地创作出最优异的作品"。他还指出："艺术家在把握住对象那一顷刻中，就是在创造那个对象，因为他从那处对象中取得了具有意蕴，显出特别引人入胜的东西，使那对象具有更高价值。因此，他仿佛把精妙的比例分寸，更高尚的形式，更基本的特征，加到人的形体上去，画成了均匀完整而有意蕴的圆。"所谓圆，是指包括完整的内容和形式的和谐统一的形象。这些论述，比亚里士多德的见解前进了一步，体现了主观与客观辩证统一的思想。这种对"完整性"的论述，说明了以艺术掌握世界的方式的创作方法，是有完整性的。这种"完整性"，既是客观的，又是主观的；是从客观炼出的主观，又以主观把握客观，进而创造出既表现客观，又体现主观的完整形象。

荒诞派戏剧的创作，从创作方法的意义上而言，也体现了独特的整体性的道理。荒诞派代表作家尤奈斯库说，他进行的这种创作，"是一种情绪，而不是一种意识状态，是一种冲动而不是一种纲领；严密的一致性使处于原始状态的感情具有正规结构，这种一致性是为了满足内心的一种需要，而不是为适应外界强加的某种结构程序的逻辑；并不屈于某种预定的行动，而是精神原动力的具体化，是内心斗争在舞台上的一幅投影图，是内心世界的一幅投影图"。又说："我试图通过物体把我的人物的局促不安加以外化，让舞台道具说话，把行动变成视觉形象……我就是这样试图延伸戏剧语言。"这段自白，说明了就算是以表现内心世界（一种情绪）的艺术，其认识和反映的方式也是具有完整性的。它的完整性就是"精神原动力的具体化"，即把握"一种情绪"，并把这种"情绪""物体""加以外化"，"把行动变成视觉形象"，创造"内心世界的一幅投影图"。可见，即使是以表现虚幻内心（情绪）的艺术，也要求以完整的形象体现，并且同样要求以完整的艺术方式去认识和把握对象，说明这种艺术创作方法，也具有或要求创作的完整性。

综上所述，创作方法的概念是科学的、完整的、实际的，不应当将其仅作为表现方法，还应当肯定它是一种认识方法。是否承认它是一种独特的掌握方式，意味着是否承认文艺本有的规律。文艺与其他意识形态有所区别，重要因素之一在于此；文艺之所以具有其他意识形态不能取代的特殊功能，重要因素之一也在于此。文艺创作上有多种创作方法存在的主要原因和各种创作方法之间的主要区别，也在于人们对这种掌握世界的方式从艺术认识到艺术反映，都有着种种区别。确认创作方法是一种掌握方式，是创作方法理论的一个基本的、重要的前提，否则就不能解释种种理论和实践现象，也就不能使创作方法理论科学化，不能切合创作实际，从而不利于文艺的繁荣发展。

第三章　创作方法与其他掌握世界的方式

一、创作方法的独特性和能动性

创作方法是人们以形象掌握世界的一种独特的方式。作家以这种方式认识和反映生活，都不是孤立地、单一地以这种方式进行的，往往同时结合或交织着其他掌握世界的方式（如哲学、政治等），甚至经常会受到哲学、政治等方式左右，直接影响或决定着对生活的认识和反映。这种现象，是普遍的、众皆所见的事实。既然普遍如此，那么，创作方法的独特性的作用岂不是成为问题了吗？怎样看待这种现象呢？

首先，必须清楚认识创作方法与其他掌握方式（尤其是哲学、政治的方式）的辩证关系。长期以来创作方法理论混乱和脱离实际的重要原因之一，就在于将创作方法与其他掌握方式等同。这是苏联"拉普"派提倡所谓"艺术上的辩证唯物主义方法"开始的。这种主张，将哲学的方法与创作方法混为一谈，原因在于他们忽略或否认创作方法与其他掌握世界的方式是有联系而又有区别的。他们只注意到两者统一的、联系的一面，忽视或否认两者对立的、区别的一面，不能以辩证唯物主义的观点去看待和处理两者的对立统一关系。长期流行的"一种哲学观（或一种政治观）一种创作方法"的理论和做法，实际上也不同程度地反映了对创作方法与其他掌握世界的方式之间关系的不正确认识。对此，关键是弄清两个问题：一是创作方法在与其他掌握世界的方式的关系中，是否具有自身的独特性、能动性和完整性；二是一种哲学观或政治观，是否可以包括或派生多种创作方法。

众所周知，每种事物因有其本身特点才成为一种事物。任何密切关系的事物之间都是对立统一的。这是辩证唯物主义的基本原理。诚然，任何作家都有一定的哲学观、政治观，都以一定的哲学观、政治观去对待现实和文学艺术，而且总是以一定的哲学观、政治观去把握创作方法。这是因为哲学观、政治观是人的思想基础和灵魂，创作方法是美学观的体现形式，美学观又从属于哲学观、政治观。这个道理是不言而喻的。然而，任何一个作家虽然都以一定的哲学观、政治观去对待现实、文学艺术和把握创作方法，但又主要以一定的创作方法去掌握现实,而不能以哲学、政治的方式去把握现实。否则,他就不是进行形象思维活动和创造艺术形象,而是进行逻辑思维的理念分析活动了。创作方法与哲学、政治等掌握世界的方式的对立统一关系,正是由此而产生和充分地表现出来的。当一个作家去认识和反映生活的时候,他一方面受到一定的哲学观、政治观的制约,另一方面又必须以艺术的方式去掌握现实,受到艺术创作规律的制约。这两个方面的制约,有时是一致的,有时则是矛盾的。每个作品的创作过程,每个作品的完成,都可以说是这两个方面的制约在一定程度上统一的结果。这个过程,是作家在创作实践中自我完成的,往往表现得不怎么明显。其实在这个过程中,作家大都是以遵循创作规律的制约为主的,甚至是以此为准绳去接受或克制哲学观、政治观的制约的。因为他要进行文艺创作,就必须以创作方法为主去认识和反映现实。创作方法的独特性、能动性、完整性,往往是在其与哲学、政治等方式矛盾的情况下尤为鲜明地表现出来的。

关于巴尔扎克的世界观与创作方法的矛盾,历来争论不休,至今仍未得到使人满意的解释。其实,这种现象是普遍存在的,不过有的作家在创作实践中解决了,因而在作品中未显露出来罢了。这种现象和道理,首先是恩格斯发现和提出来的。很有必要认真领会恩格斯的这一论述:"巴尔扎克在政治上是一个正统派;他的伟大的作品是对上流社会必然崩溃的一曲无尽的挽歌;他的全部同情都在注定要灭亡的那个阶级方面。但是,尽管如此,当他让他所深切同情的那些贵族男女行动的时候,他的嘲笑是空前尖刻的,他的讽刺是空前辛辣的。"为什么恩格斯说巴尔扎克让他所深切同情的贵族男女"行动的时候",才出现讽刺他所同情的人物的情形呢?这是因为他要刻画这些人物形象,就必须遵循艺术形象的创造法则,让人物按其本来面貌活现出来;而这些人物的本来面貌却是丑恶的,要同情也同情不了。显然,这就是由作家遵循艺术创作的规律,以创作方法为主而克制其反动政治观点的制约所致。

鲁迅创作《阿Q正传》的过程,也可证实创作方法具有独特性、能动性、完整性的道理。他开始是作为"开心话"来写的,后来越写越不"开心";他曾想让阿Q多活些时候,但又不得不让阿Q早死。这是因为阿Q的命运,在客观生活本身是严肃的、严峻的,主观上想"开心"也开心不起来;阿Q的人生道路,是必然随着社会生活的发展而发展的,社会发生革命,他必卷入革命洪流,从而必遭厄运;阿Q的思想性格,是具有形象本质和发展的必然逻辑的,是不能随意改变的。这个形象之所以离开鲁迅开始时和创作中的一些主观愿望,正在于鲁迅遵循创作方法的制约,在于形象的法则起到了独特性、能动性和完整性的作用。

这些事例也说明创作方法具有如此能动作用的原因,即它源于客观现实,是受客观现实制约的。因为它是根据客观现实的形象而进行再创造的法则,自然就必须以现实的形象为依据和以是否符合现实的形象为基准。恩格斯说巴尔扎克是"现实主义的伟大胜利",毛泽东说"马克思主义只能包括而不能代替文学中的现实主义",就是这个道理。

二、哲学观、政治观与创作方法的联系和区别

作家必须以一定的哲学观、政治观去把握现实,去理解和把握文艺创作的特点和规律。这个道理是人所共知的。但是,在不同的领域运用和体现一定的哲学观、政治观,又要遵循不同的特点和规律;在文艺领域运用和体现,就必须遵循文艺的特点和规律。一定的哲学观、政治观,在不同的领域,因特点和规律不同而有不同的运用和体现;同样,在一定的领域对一定的哲学观、政治观也会有种种不同的运用和体现方式。这又是哲学观、政治观与创作方法之间有联系而又有区别的一个道理和一种必然的现象,是一种哲学观、政治观包括和可以有多种创作方法的体现的道理。

古希腊著名唯心主义哲学家柏拉图认为"诗人的创造不凭智慧,而凭一种神圣的灵感,好比巫师的灵感",这是他以唯心主义哲学观去解释文艺所得出的结论。同时,他又承认"一切使先前不存在的东西成为存在的技能,我们都称为创造的艺术",认为艺术创造"不是简单地把自己的见解说出来,而是用可以感觉到的形式来表达",要"形象化",并且认为"模仿是一种创造——创造形象而不是创造实物"。这些见解,又表明他承认艺术创造的客观性,要以存在的东西来体现不存在的东西,要以形象体现抽象,要以模仿客观而创造形象。这些见解与其哲学观有联系而又有区别。这就是遵循文艺的特点和规律运用和体现其哲学观的结果。他认为艺术有"两种双重创造:一种方法是神的创造和人的创造,另一种方法是物体本身和某种相似的产物"。一种是"用建筑的艺术造房子",另一种是"用绘画的艺术画房子",画的房子就是人造的梦,是"造出来给醒着的人看的"。他赞成"神的创造"和"用绘画的艺术画房子",但也承认"人的创造"和用"建筑的艺术造房子"同样是艺术。这些观点表明,即使具有唯心主义哲学观的柏拉图,他的哲学观与他的创作方法理论也是有联系又有区别的,既赞成与其哲学观一致的创作方法,又承认与其哲学观并不相同的创作方法。

亚里士多德以唯物主义的哲学观提出文艺创作的"摹仿说"和"整一性"理论，为现实主义创作方法奠定了理论基础。意大利文艺复兴时期的文艺批评家卡斯特尔维特罗，是极为遵从亚里士多德的唯物主义者，但他的创作方法理论与亚里士多德不同。他认为艺术创造不是被动的，不是机械地再现现实，而是凭借想象，虚构描述代表性的事件，"诗人这个名称"就是由于"虚构"这个特征而来的；他又强调情节、时间、地点一致的"三一律"，为他后来的古典主义创作方法提供了理论依据。显然，卡斯特尔维特罗以及他以后的古典主义创作方法理论，与亚里士多德不同。与他同时代的意大利哲学家、诗人布鲁诺，也是唯物主义者，但他反对以亚里士多德的《诗学》规则来衡量诗人，也反对亦步亦趋追随荷马的古典主义，而主张"世界有多少种类型的真正诗人，便可能有多少种类型的规则"，认为"一切有关必要的、有用和方便的事物的技艺，乃至大部分有关人类娱乐的技艺，都是诗的时代，在哲学还没有出现的时代发明的，因为各种技艺都不过是自然的模仿，诗在某种意义上是凭事物构成的"。可见，同样是唯物主义者，创作方法理论也有种种差别。这些事实，也说明一种哲学观会有多种创作方法；同时，也说明一种哲学观在文艺领域有多种不同体现方式。

存在主义是一种唯心主义的哲学。值得注意的是，法国存在主义哲学家萨特所创作的作品（包括其他存在主义作家的作品），大都是以我们常见的现实主义或自然主义的方法来写作的，极其注重形象的客观描写，注重细节的真实，注重以人物的行动来展现人物的内心世界，不像其他现代主义那样打破时间、空间和情节的限制，而是有确定的时空环境和完整的情节，但这种文学又与现实主义创作方法不同，不注重典型环境、典型人物的表现和创造，而是着重人物在一定自然条件或事件中的内心展示，以人物内在心理与自然环境或在事件中的矛盾冲突，展现其存在主义哲学思想的。

例如，加缪的小说《局外人》就是这样的作品。这篇小说，写一个职员，由于太阳光太热，他在奔母丧、守灵时毫无感情；为了避热去游泳，见到女友，共同玩耍往来，也是机械动作，毫无感情；也是由于炎热，他毫无意识地开枪杀了人；直到关进监狱，对他审判，宣布处决，他都因为炎热而无动于衷。他是一个实实在在的当事人，而内心世界却是一个"局外人"。这篇小说，体现的完全是存在就是"虚无""荒谬"的哲学思想。而这种思想，却是以真实的存在的形象来展现的。

20世纪五六十年代在法国出现的"新小说"（又称"反小说"），基本思想与存在主义哲学是一致的，但在创作方法上是不同的。这派的小说，一方面，对客观的描写是纯客观的自然描写，反对任何对自然"人化"的"沾染"；另一方面，对人的描写，却着意于用意识流的方法展现内心世界。将两者并合于一个作品之内，表现出存在有"自在存在"（客观）和"自为存在"（人的意识）之别，从而表现出世界就是这两种存在的组合，体现"存在先于本质"的存在主义哲学思想。

与新小说同时兴起的荒诞派戏剧，也是以存在主义的哲学思想去对待现实的。但这派作家所运用的创作方法，则完全是以荒诞的、虚无的形象，去表现现实是荒诞、虚无的主题，它是荒诞、虚无的形式与荒诞、虚无的内容的统一。

英国戏剧批评家马丁·艾斯林在《荒诞派的荒诞性》一文中指出："存在主义与荒诞派的重要区别是：存在主义依靠高度清晰、逻辑严谨的说理来表达他们所意识到的人类处境的荒诞无稽，而荒诞派则公然用改变理性手段的推理思维来表现它所意识到的人类处境的毫无意义。如果说萨特或加缪以传统形式表现新的内容，荒诞派戏剧则前进了一步，力求做到它的基本思想形式的统一。从某种意义上说，萨特和加缪的戏剧，在表达萨特和加缪的哲理——这里用的艺术术语，以有别于哲学语——方面还不如荒诞戏剧那么充分。——正是这种主题与表现形式统一的不懈努力，使荒诞派戏剧从存在主义中分离出来。"可见，同样是以存在主义哲学观去掌握现实的荒诞派戏剧，其创作方法与存在主义文学和新小说也是不同的。

类似以上情况的事例，在文艺史上多如牛毛，不胜枚举。它说明了艺术掌握世界的方式与其他掌握世界的方式有着不可分割的关系，特别是哲学观、政治观，对创作方法有直接的决定作用。但是，如果由此认为创作方法没有独特性和能动性，否定它在创作方法中的主导作用，并得出一种哲学观、政治观只有一种创作方法的结论，则是不科学、不实际的，这是离开辩证唯物主义看问题的形而上学观点。

第四章 创作方法与文艺思潮、艺术流派

一、有联系，又有区别

创作方法的概念和理论之所以混乱和争论不休，创作方法问题之所以成为一个极其复杂的问题，重要原因之一在于创作方法的概念与文艺思潮和艺术流派的概念有着极其密切的关系。

一般地说，当某种文艺思潮或艺术流派破土而出的时候，为体现其思想和文艺主张，以及为了表现其所要体现的文化内容，总是要有其相应的认识和反映的艺术方法。这就意味着，每种创作方法的出现，总是随一定的文艺思潮或艺术流派的出现而出现的。

无论是当世或后世的人们，对某种文艺思潮或艺术流派的评价，往往将其所体现的思想内容和其所动用的创作方法联系在一起，常常因为某种文艺思潮或艺术流派的思想反动性或落后性而对其否定，随之也对其创作方法一股脑儿否定；反之，如某种文艺思潮或艺术流派具有积极性或先进性，也就对其思想、内容和艺术方法一概予以肯定。这种现象，古今中外普遍存在，人们习以为常。正因为如此，由此而产生的诸多问题，始终未得真正解决。所以，弄清楚创作方法与文艺思潮、艺术流派的关系问题，是带普遍性的历史问题和迫切的现实问题。

所谓文艺思潮，是在一定历史时期内，由于经济变革和政治斗争的发展或变化，而产生出来的某种带社会性的思潮倾向在文艺上的表现（或通过艺术的形式或主要是在文艺领域），简言之，是社会思潮在文艺上的表现，或者是文艺中的思想倾向。所谓艺术流派，是在一定历史时期内一些作家或艺术家，由于政治、哲学或艺术思想一致，或者在艺术方法、风格上相近，而形成了政治、哲学、思想、艺术比较自觉（或明确）的主张，在文艺主张和实践上也形成了某种相同的具有一定体系的创作方法。但是，也有一些文艺思潮，主要是社会思潮，在创作方法上并未形成比较明确或完整的特点，如西方现代派中的"愤怒的青年""垮掉的一代""黑色幽默"等。

艺术流派的概念，用得比较广泛，构成流派的条件有种种不同。有的主要是政治上见解相同的作家、艺术家的组合（如英国19世纪的宪章派），有的只是联结感情或关系的行业性或工会性质的团体（如中国20世纪30年代的文学研究会），有的是地方性或区域性的一群作家、艺术家之称谓（如中国明代的公安派、竟陵派、临江派、吴川派，现代的山药蛋派），有的是艺术风格或题材相近的作家、艺术家的组合（如中国唐诗的边塞诗派、花间派，宋词的婉约派、豪放派，中国京剧艺术的程派、梅派，等等）。这些没有明确创作方法意义（或不是从创作方法意义上而言）的文艺思潮和流派，这里暂不去谈它，现在只谈具有创作方法意义的文艺思潮或艺术流派的问题。

这种思潮或流派共同的或基本的特点，是一定社会思潮（或者说社会意识）在文艺上的体现，其所形成的创作方法，实际上也是以一定的思想（社会意识）去把握现实和艺术所产生出来的艺术法则。所以，它们的艺术主张，在一些文艺理论中，也被称为"艺术纲领""艺术潮流""艺术倾向"，也有将其称为"新的风格""新的形式""新的方向""完整的流派""广泛的纲领"等。

高尔基就说过，现实主义和浪漫主义是文学上的两个基本"潮流"或"倾向"，社会主义现实主义也被称为文艺的"纲领""道路""方向""路线"，这些称谓，有待理论界进一步去探讨。但是有人把这些称谓的多样或混乱作为一条否认创作方法概念存在的理由，则是不对的。任何一种文艺现象（包括文艺思潮或艺术流派），都是客观存在的。对一种客观存在（而且是具有丰富意义的）有不同的理解或从不同的意义上去认识，从而有种种不同的称谓，是不奇怪的。这些不同称谓产生的原因，主要在于此。将文艺思潮、艺术流派的实质或主张称为"潮流""倾向"或"纲领""方向"等，并不等于否认其具有创作方法上的意义，不过是将这种意义换一种说法，将其"扩大化"或"提高"而已。自然，称谓的多样与混乱，也在一定程度上造成了创作方法概念的混乱。但分析问题要看实际，据此否认创作方法的存在是不对的。

根据马克思在《政治经济学批判》导言中关于人们"掌握世界的专有方式"种种不同的论述，我们认为创作方法就是一种掌握世界的独特方式。蔡仪在《马克思究竟怎样论美？》一文中，对马克思所说的掌握世界方式做了这样的解释："掌握世界的方式是'认识世界'或'反映世界'的意识活动方式。仅就'掌握方式'来说，它和认识的内容是无关的。而意识形态则不是如此。'意识形态'并不是意识活动的形式，而是意识形态活动的结果。如哲学这种意识开始是指对世界的总的认识或根本观点；艺术这种意识开始是指艺术观点和艺术作品；宗教这种意识形态则是指宗教教义乃至宗教仪式。由此可知，虽说是意识形态或思想形式，却都是各有自己的内容的。而他们之所以称为意识形态或思想形式，是从社会的整体来说的。……因此，'掌握世界的方式'和'意识形态'是完全不同的术语。是根本不能混淆的两个概念。"根据这个观点，我们就可以清楚，一定文艺思潮或艺术流派用一定的创作方法来体现一定的社会意识，可以说是以一定意识把握现实和艺术的产物；但创作方法与社会意识又是"不能混淆的两个概念"。

同时，我们可以看到，创作方法作为一种掌握世界的方式，是既受客观现实的制约，又受一定的社会意识制约的。因为它是作家把握世界的一种手段，又是作家以一定的社会意识而把握艺术规律的一种手段或方式。

客观现实的多种多样和发展变化，决定了创作方法的多种多样和发展变化。一定历史时期的文艺及其创作方法，是一定历史时期客观现实和社会意识的反映的产物。当客观现实和社会意识发生发展变化的时候，特别是发生重大的剧烈的变化，并由此兴起某种或多种重大的社会思潮的时候，客观现实和社会意识要求文艺变革发展是更为明显而强烈的。文学史上各历史时期种种艺术流派、艺术潮流、艺术倾向、艺术纲领的涌现、发展和消失，就是这个道理。

每种社会思潮的产生、发展和消失，都有其历史的必然性；它们在社会发展中所起的正反作用也是因时、因事、因地而改变的。与之相应的文艺思潮也是如此。对于这种历史的和今后也必然出现的现象，我们应该以科学的态度去对待，应该以辩证唯物主义的观点进行具体分析。一方面，人们从中可以看到任何创作方法都不可能是持久不变的。客观现实和社会意识是发展变化和多样的，与之相联系的创作方法也必然是发展变化的、多种多样的。因而在创作方法问题上，不应抱着固守不变和只求一尊的观点。另一方面，又要看到创作方法与一定的社会意识（包括社会思潮）的联系和区别。这就是说，某种创作方法虽然因一定的社会思潮而产生，但这种创作方法在文学形象创造的手段上，又有着某种发展和丰富的作用与意义。这种作用和意义，虽然对与其相应的社会思潮和文艺思潮起到直接的显示作用，但作为文艺表现手段而言，则不应因其从属的社会思潮和文艺思潮的变化与消失对其完全否定，应当将其在形象创造上的发展和丰富意义，予以实事求是的肯定和借鉴吸收，这也是创作方法的独特性和继承性的表现。

二、不能等同，又不能割裂

只有明确创作方法与社会思潮、文艺思潮的这种辩证关系，才能看清楚创作方法相对的独立性和完整性，认识到其时代性和继承性，从而将每种创作方法，在创造形象上的发展和丰富意义，与其所从属的社会思潮、思潮的性质和消退的现象，科学地区别开来，这对艺术形象创造的发展是很有意义的。历史上许多文艺思潮和艺术流派及其创作方法的发端者，大都能注意到以这种区别的态度去汲取或利用过去的艺术潮流与创作方法的艺术来进行新的创造。

例如，浪漫主义的发端本来始于德国的浪漫派，这个文学流派，是在反对法国大革命和拿破仑的一种社会思潮——民族解放运动中兴起的，是一股反动的社会思潮。它由于拿破仑被推翻而兴起，后来又随着进步和反动的界线日益明朗而衰落下去。它是为体现这种社会意识而产生的创作方法。刘半九在《德国的浪漫派和海涅的〈论浪漫派〉》一文中指出，这个流派有如下几个特点：①抹杀各艺术的界限，主张文学越俎代庖，承当一切艺术的功能；②要求文学家采取玩世不恭的"嘲讽"态度，攻击一切他们所认为的文化上的门外汉和审美上的"低能儿"；③反对追踪希腊罗马，强调发掘民间文学，鼓吹精神与自然相一致；④以中世纪的天主教信仰为生活与创作的基础。这四个特点，是这个流派为体现一定意识所做出的思想与艺术的要求。

这些要求从其思想内容上讲，是保存和发扬日耳曼的古有国粹，反对拿破仑吹来的资产阶级法治的东风，维护封建残余；从艺术上讲，则是强调以主观的表现来脱离现实，企图以"嘲讽"同庸俗社会划清界限。他们重主观而轻客观，贵想象而贱理智，诉诸心而不诉诸脑，强调神秘而不强调常识，既反对古典主义的清规戒律，也反对后来兴起的现实主义的直白。他们用这样的方法来认识和反映现实，用这样的方法构建形象。

这种体系因其有相对的独立性和完整性而为其他人所用（用其部分或主要特征），又可适应于体现其他社会意识。在德国的浪漫派衰落之后，在法国、英国先后兴起的浪漫主义潮流，就是以这种形象体系去认识和反映代表人民进步要求的思想感情和强烈生命力的。法国浪漫派的雨果、贝朗瑞，英国的拜伦、雪莱，都是与德国浪漫派在思想内容上根本不同，而在创作方法上一致的浪漫主义代表作家。我国在"五四"时期以郭沫若为代表的浪漫主义，在解放战争时期和新中国成立时期以贺敬之为代表的革命浪漫主义，显然与德国浪漫派在思想意识上根本不同，但在创作方法上则是有相承关系的。这就表明，文艺思潮、艺术流派与创作方法是密切关联而又不能混淆、不能等同、不能割裂的。

第五章　创作方法的支点类型

一、什么是创作方法的支点

任何创作方法的创造和运用，都要通过作家个人。世界上没有不是人创造的方法，任何方法都要通过人的使用。每种方法虽有其法则和系统，要求使用者遵循，但往往由于使用者不同，同样的方法也会有所变异；每种方法的功效大小，往往取决于使用者的运用方式和能力的高低。

文艺家总是使用一定的创作方法也即是艺术方法进行创作的。提倡创作方法多样化，归根到底，实际是作家使用创作方法的多样化。只有每个作家都能够使用自成一格的方法，也即是做到创作方法的个性化，才是真正多样化，才真正形成文艺多样化的繁荣局面。

作家之所以被称为"家"，应当具有自己独特的艺术风格。风格的主要表现，就是以自成一格的方法进行创作实践，从而使自己的作品具有独特的风度、气派、格局，形成一种独特的艺术系列，在艺术领域自成一体。创作方法的构成，关键是艺术支点；风格的形成关键也在于艺术支点的独特，风格的发展也在于艺术支点的发展。

艺术支点是主观与客观、抽象与具体、个别与一般、有限与无限的统一，是整体性与个体性的统一。从作家作为艺术风格核心的艺术支点来说，则是客观的社会生活或文艺现象的整体与他自己的世界观、文艺观的个体，他的生活道路的整体与他对生活的独特发现的个体的统一。文艺创作的认识反映对象，是客观现实生活，作家的艺术支点，往往产生和凝现于对生活独特的发现。作家往往是以自己独特的发现去认识反映对象（现实生活或文艺现象的整体或个体）的，是以此主导着自己的一切创作活动，并为此而确定一系列要遵循的法则和去运用一系列手段方式、方法的，这就是艺术的支点。

由于这独特的发现是作家从对客观现实生活或文艺现象的整体把握中得来，是自己的世界观、文艺观的具体体现，是从自己的生活道路的整体中来，是自己的思想、性格、爱好、特长的具体表现，同时又以此去认识反映现实生活或文艺现象的整体，体现出自己的世界观、文艺观和生活道路、思想、性格、爱好、特长的整体，所以，每个作家的艺术支点，都是主观与客观两个方面的整体性与个体性的统一。

如果说，艺术风格的主干是刘勰在《文心雕龙》中所说的"风骨"，那么，艺术支点则是支撑起这"骨"的支点或转动的轴心。它支撑和推动着作家所把握的整个对象的转动，又同时让作家的特有功能得以充分的迸发。这就是古希腊著名物理学家阿基米德所说的"给我一个支点，我就能够撬动整个地球"（即通常说的"阿基米德支点"）在文艺上的运用和体现。之所以作家对现实的独特发现即是他的艺术支点，是因为作家这独特的发现是经过他对现实生活的整体观察和思索，又经过他与其他作家对生活的独特发现比较之后找出来的，同时，又是他自觉地以此去认识反映现实生活，形成一种创造艺术形象的法则和体系，并且以此为核心而组成形象整体的。

二、创作方法的支点类型

文艺家对现实的独特发现，包括多种多样的内容，也就是说，可以从多个方面去找出独特的发现，以多种多样的发现作为艺术的支点。从古今中外许多著名文艺家对创作方法的论述和实践的总体情况来看，虽然千姿百态，各显神通，但较常见的支点可以分为下列六种类型。

（一）实体型

这种类型的艺术支点，是着重从客观生活的实体形象出发，以客观形象的实体（或者从某个方面、某种现象，或者是其具体的性质、结构、形态等）作为认识反映世界的出发点和作为创造艺术形象的基本点。

这种类型的作家，大都是古代现实主义者或自然主义者，以及现代的新现实主义者。当然，这并不意味着他们没有或不表露出主观的思想倾向性，他们选择写什么和怎么写，无不有自己的观点，只是他们着重从客观实体的存在去把握现实。

例如英国的莎士比亚，他是以"镜子说"作为自己的艺术支点的。他在《哈姆雷特》一剧中，通过剧中人物宣称了他这一支点，他说："特别要注意一点，你们切不可越出自然的分寸，因为无论哪一点这样子做过了分，就是违背了演剧的目的。该知道演剧的目的，从前也好，现在也好，都是仿佛要给自然照一面镜子，给德行看一看自己的面貌，给荒唐看一看自己的姿态，给时代和社会看一看自己的形象和印记。""艺术本身正是出于天然。"

正因为如此，他的创作中贯串着形象的真实性和准确性的基本特点。

法国自然主义代表作家之一莫泊桑，反对"只讲真实，只讲全部真实"的现实主义，主张将"纯粹分析"和"纯客观"结合，将"自我"隐藏起来，"要根据事物的普遍逻辑给人关于'真实'的完整的景象"。这主张表明，他的艺术支点是客观事物的"逻辑"真实，这就是"不啰唆地解释一个人物的精神状态，而要求这种心理状态在一定的环境里使得这个人必定完成行动和举止"，要"相当准确地确定他们的性格，以你能预见他们在各种不同情况下的行动方式"。这一特点在他的创作中无处不见。

英国19世纪现实主义作家狄更斯，主张创作的"目的就是追求无情的真实"。他说他写《双城记》的主旨，是"忠实地依据着那最可靠的证人的信念"，去描述"法国人民在大革命以前或革命时期的情形"，是"希望能增添一些理解这可怖的时代的通俗的生动的资料"。所谓无情的真实，并不是说作家没有感情，而是写"真实"的"无情"，即生活的罪恶。他要揭露出这些罪恶本身供人思考，"因为现实生活中，对于那些令人毛骨悚然的罪恶，普遍地缺乏一种有益的思考"。

意大利的新现实主义主张以生活中确有的新闻事件作为创作题材。这一流派声称：新现实主义定义就是"表现真名实姓的人"。它的代表作家之一罗西里尼说："艺术都表现了事物的含义，完全超脱于任何说教的意图。"他说他"不愿意靠论点来帮助自己，只是希望按照事物的本来面目加以表现，既不添枝加叶，也不揭头去尾，完全逐字逐句地信守现实"。他说他这种手法"与统计学或科学上的成果完全吻合"。绘画上的照相现实主义，其艺术支点也是如此。从这些有限的例子即可看到，即使同样是以着重客观现实的实体性为艺术支点，也是各有不同的，是千变万化的。

（二）情感型

情感类型的艺术支点，是着重以情感去把握现实。"文章本是有情物。"从广义说，任何文艺作品都具有作者的情感。这里所指的，是以着重表现生活中的情感或着重从情感的矛盾冲突来表现生活的这类作家的作品。这就是说，这类作家是以认识和反映生活中的感情世界为其艺术支点的。这类作家很多，又各有不同的具体的独特性，以此为支点的作家，遍布各种文艺思潮、艺术流派、创作方法中。

例如，积极浪漫主义代表人物之一、英国诗人雪莱说，诗是诗人的感情、思想和人类的思想与自然"综合组成的总体"，诗人的"心灵是反映一切形体的镜子,一切形体在镜中合为一个整体"。"如果我生来有什么与众不同的地方,那就是我能辨识感觉的细致微妙之处,这种感觉与外界的自然有关,或者与我们周围的人们有关;同时,我们能把审察整个时代精神或物质边界所得的思想表达出来。"雪莱的这种主张,表现出他是以"辨识感觉的细致微妙之处"这一特点,又以心灵的形体性和时代性、客观性的统一而构成形象"总体"作为其艺术支点的,这是感情类型的艺术支点的一种。

伟大的批判现实主义艺术大师列夫·托尔斯泰是以感情作为艺术支点的突出代表。他认为艺术的"重要特性"是表现"艺术家所体验过的感情","区分真正的艺术与虚假的艺术的肯定无疑的标志,是艺术的感染力"。感染力的深浅决定于下列三个条件:①所传达的感情具有多大的独特性。②这种感情的传达有多清晰。③"艺术家的真挚程度如何,换言之,艺术家自己体验所传达的那种感情的力量如何。""而实际上只决定于最后一个条件,就是艺术家内心有一个要求,要表达出自己的感情。"他还说,艺术可分为"宗教的艺术"和"世界性的艺术"两种。"宗教的艺术,传达正面的感情——对上帝和世人的爱,同时也传达反面的感情——违反这种爱的愤怒和恐惧。""世界性的艺术,传达大家都能体会的感情。""艺术品只有当它把新的感情(无论多么微细)带到人类日常生活中去时才能算是真正的艺术作品。"他的创作实践是贯串和体现了这一艺术支点的。《安娜·卡列尼娜》《复活》所写的生活,主要是人的感情生活,所写的矛盾冲突主要是人物的感情冲突,所写的人物形象主要是感情的形象。正因为如此,他与其他批判现实主义作家有别,也与任何作家有别。

与列夫·托尔斯泰齐名的伟大批判现实主义大师巴尔扎克,也是以感情为艺术支点的,但他又与列夫·托尔斯泰不同。他说,艺术创作的表现,就是要"摄取人的灵魂"。他说他笔下的人物,是"以他们的时代的五脏六腑孕育出来的,全部人类感情都在他们皮囊底下颤动着,里面往往掩藏着一套完整的哲学"(见《人间喜剧》前言)。从巴尔扎克这些主张和他的创作实际上看,他以感情为艺术支点,是着重于人物形象内含感情的时代内容和本质的表现,以反映出社会生活和"它的运动的理由",表现出社会的"风俗"和社会的各种人物的"画廊"和"系代"。显然,这与托尔斯泰着重表现社会生活的感情冲突的支点是不同的。

在现代主义的范畴中,属感情型艺术支点的作家不少。他们以这种支点把握世界的方式,也有种种不同。德国的表现主义代表作家之一卡斯米尔·埃德施米特说,表现主义主要"表现经久不衰的激情。他们不是着眼于一时一刻，而是抓住时代的影响。他们不是展示马戏团五彩缤纷的队列，而是表现经历，某一阶段的经历。首先要反对印象主义那种原子分析式的琐细的手法，而代之以巨大的、包容一切的感情。将地球包容于这种感情之中，存在是一种巨大的幻象，幻象之中既有感情，也有人。情感和人形成核心和始祖……人所以伟大，是因为人的存在和人的经历属于天和地这个伟大的存在的一部分。人的心和一切事物紧密相连，人的心和世界一样，都是在相同的节拍中跳动。为此，就需要对艺术世界进行确确实实的再创造"（《创作中的表现主义》）。从这些主张可见，表现主义将感情看作世界的一切，但他们不是以客观的实体形象及具有客观环境确切性的形象来表现，而是以"幻象"来表现感情，是表现某一将要经历的感情来进行艺术世界的再创造。

美国在20世纪50年代冒起的一种名为"愤怒的青年"的文艺思潮，也是着重以感情的表现为其特点的，他们主要是写那些感情"愤怒"的人物典型，写人物生活在"愤怒"的环境之中，写人物对一切都"愤怒"，可以说是创造"愤怒"环境中的"愤怒"人物。这种现代主义流派则与表现主义不同。可见，同属感情类型的艺术支点也各个有异。

（三）理想型

一般地说，每个作品无不寄寓着作者的理想。作品是理想的产物。因此，以理想作为艺术支点的作家不少，这是一种较广义的支点，是艺术把握世界的一个方面，每种方法的作家都不同程度地用它，但各有不同，比较突出运用这类型支点的作家，以古典主义、浪漫主义、社会主义现实主义为多。

古典主义是以理性第一为基本特征的。古罗马时代的代表诗人贺拉斯是以"师法自然"为旗号的。但他们所指的"自然"，"不是客观存在的自然"（他所说的自然包括现实世界的一切）。他主张文学必须宣传真理，但这个真理，也只是理性所认可的真理。同样，他所谓的文学应当表现真实，也只是理性所认可的真实。

古典主义创作方法是从上述认识现实的方法产生的。正因为把理性放在那样重要的地位，而完全否认经验在认识过程中的地位，完全否认经验在认识过程中的必要性，古典主义创作方法在认识现实时，就必然是片面的。它要求人物"只是一种固定不变的性格，而且由作者的理性加以理想化；它反对描写本来面目的自然，而主张应描写理智化的，即经过加工的整整齐齐的园林化的自然；它崇尚理智的冷静，反对感伤，也反对想象"（茅盾《夜读偶记》）。贺拉斯和他的理性第一主张，被历代古典主义作为"圣人"和"经典"推崇。

17世纪法国古典主义代表作家之一莫里哀虽也遵奉这样的法则，但他还提出"在所有法则中"最大的法则是"叫人欢喜"。他斥责那些"口口声声法则的人"，那些"最爱法则的人，也比别人多知道法则的人，写出来的戏反而没有人夸好"。正因为如此，莫里哀既被称为古典主义者，又被看作古典主义的逆道者。

18世纪的德国古典主义代表人物莱辛，认为"艺术的使命是，使我们在这种分辨美的领域里得到提高，减轻我们对于自己注重力的控制"。"天才是有目的的写作，有目的地摹仿。""对于主要人物性格的安排和形成总是寄寓更多更大的目的性。"他认为"摹仿自然"的法则，只是指"自然的一半"，即只是"摹仿自然的各种现象，而丝毫不注重摹仿成感情和精神力量的自然"。

将贺拉斯、莫里哀、莱辛的这些主张进行对比，我们就会发现，虽然他们都遵循古典主义的"理性第一"的法则，但是各自的艺术支点是有所不同的：贺拉斯是"规范化"，莫里哀是"叫人欢喜"，莱辛是"目的性"与"感情和精神力量的自然"。

古典主义者以"理性第一"为特征，其艺术支点属于理想型，浪漫主义则不同。法国消极浪漫主义代表作家之一诺谛埃说："原始诗人及其优雅的模仿者古典诗人的理想，在于完善我们的天性。而浪漫主义诗人的理想在于我们的苦难，这不是艺术的缺点，这是我们社会改善有所进展的一个必然结果。"

同样是法国消极浪漫主义代表作家的夏多布里昂则认为，艺术的目的是要表现"理想的美"，而理想的美就是"挑选和隐蔽的艺术"。他说"除了神秘的事物"，再没有什么美丽、动人、伟大的东西了。最美妙的情操是那些朦朦胧胧地激动我们的情操；羞涩、纯洁的爱，忠实的友谊都是充满着奥秘的。

从上可见浪漫主义的理想表现与古典主义不同，而同是浪漫主义，诺谛埃以"苦难"而与夏多布里昂的"神秘"有异，其他作家更是如此，如拜伦、雪莱、海涅这些积极浪漫主义者。

在人们的印象中，批判现实主义是不表现理想的一种创作方法，其实并非如此。著名的法国作家罗曼·罗兰的代表作《约翰·克利斯朵夫》，就是一部理想主义的代表作,他的《欢悦的灵魂》更是这样。他说创作就是要体现"作者的理想",他强调作品"要用文艺和史诗的火焰把我们国人的英雄主义与信仰重燃起来"。创作必须将"现实中的强有力的潜力"挖掘,"迫使它们呈现到表面上来"。

社会主义现实主义主张现实与理想结合的创作方法。它的创始人和主要代表作家高尔基说:"艺术的主要使命正在于上升到高于现实的地方,即应从工人阶级所提出的那些美好的目标的高处来观察当前的事物。我们都关心对现有事物的描写的精确性,其精确程度只能以这样的标准作根据,就是:为了更深刻,更明确地理解我们应该消除和应该创造的一切事物,我们需要这种精确性到什么程度,新描写到什么程度。"(《论剧本》)

如果说罗曼·罗兰所指的理想表现是一种现实本已自在的"精神"和"潜力",那么,高尔基的理想表现,则主要是"目的"和"需要"。可见,理想型的艺术支点是千差万别的,从而使得这种类型的作家的艺术风格也是各有千秋的。"文革"前我国革命现实主义的作家大都属于这种理想的类型。

(四) 哲理型

这种类型的艺术支点,又可以分为两种类型,一是以哲理去认识反映客观生活,二是以哲理去认识反映生活的哲理。

前一种类型,主要是从艺术认识反映的原理和艺术形象的构成上而言,即其艺术主张具有哲理性,艺术形象的构成法则具有哲理性。

例如,德国著名作家歌德的艺术主张,是"整体"说。这种主张的内容是:"艺术要通过一种完整体向世界说话。但这种完整体不是他在自然中就能找到的,而是他自己心智的果实,或者说,是一种丰产的神圣的精神灌注生气的结果。"他认为"有才华的人感到需要努力在外部世界追求与大自然赋予他们的才智相应的对立面,从而使内在的东西完全上升为完整的、确定的东西,那么可以肯定,这样也一定能产生使当代和后世都心悦诚服的人物"。

他还认为"艺术应该是自然的东西的道德表现。同时涉及自然和道德两方面的对象才是最真正的艺术"。这些看法,表明他的艺术观是以主观与客观的对立统一为基础的。在艺术形象创造上,他的主张也是具有辩证观点的,他认为"诗人应该抓住特殊,如果其中有些健康因素,他就会从这特殊中表现出一般"。"全能的大自然也不可能长久保持完善,不可能使他产生出来的美持续下去。这是因为，严格说来，完善的人只有一瞬间才是美的。于是艺术来弥补这一不足。……艺术品一经制作出来，它那理想的形象一旦伫立在世界上，便会产生一种持久的作用，极其巨大的作用。""人是一个整体，一个多方面的内在联系着的能力的统一体。艺术品必须向人的这个整体说话，必须适应人的这个丰富的统一体，这种单一的杂多。"这些主张表明从艺术的产生、功能、形象的构成到对象的适应，他的看法都是有哲理性的。

象征主义的实质是以唯心主义的"对应论"哲理为基础的创作方法，它以此去认识世界的一切现象，以此作为艺术形象的基本结构方式，并且也包含着表现生活中的哲理的内容，因而可以说是哲理性的两种类型兼而有之，但属于这种创作方法的作家，也有种种艺术支点的差异。

法国20世纪象征主义诗人瓦雷里说，诗有一种"独立的诗情"，"它与人类其他感情的区别，在于一种独一无二的特性，一种很可赞美的性质"，这就是"它倾向于使我们感觉到一个世界的幻象（这个世界中的事件、形象、生物和事物）虽然很像普遍世界中的那些东西，但都与我们的整个感觉有一种说不出的关系"。

同属象征主义的比利时诗人梅特林克说，在日常生活中，有一种"悲剧因素"，它"不仅仅局限于物质，也不仅仅局限于心理，它超出了人与人之间、欲望与欲望之间的不可避免的斗争，它超出了责任和情欲之间的永恒性冲突。更确切地说，它的本分是揭示生活本身有多么美妙，那有助于我们看清在永无休止的无限空间中灵魂的独立自在，并使理性和感情的对立沉默下来，方能在骚乱中听到人和他的命运之间的严肃悄声对话"。

这些看法，都是说诗的独立感情的"独立性"，但前者着眼的是这种诗情的"美妙"，后者则着重于"悲剧"。

而以象征主义方法创作出反映苏联十月革命的长诗《十二个》的作者勃洛克则着意于革命的风暴激情。

从某种意义上说，现代主义思潮的大多数流派，都不同程度地具有两种类型的哲理性，其中以存在主义尤为明显、突出。它的主要特征是以哲理认识和表现生活中的哲理，自然这哲理是唯心主义的，甚至是带有神秘性的。

近些年来，我国的文艺创作，着重于对生活哲理的追求者增多，有些作家以此形成特色（或特色之一），曾经一度兴起的"朦胧诗"，大都属于这种类型。这是一种值得注意的趋向。

（五）意识型

这种类型的艺术支点，多属于现代主义的大部分流派。这些流派，一方面，虽然在总体的艺术支点上，即其流派所具有的艺术支点是一致的，但就具体作家而言，又是有种种不同的。另一方面，由于现代主义及其流派，又是种种不同因素组合的综合体，即既有哲学、美学、心理学等的思想基础，又有实践、感情、哲理等的内涵，这样，同一流派的作家，有的在创作方法上或者在感情、哲理上有独特的发现，从而有所侧重，有的则在意识上有所侧重，从而分属不同类型，是不奇怪的。所以，不应因为意识流是现代主义的基本创作方法，就得出所有现代主义作家的艺术支点都属于意识型的结论。

让我们看看意识流这种创作方法的代表作家亨利·詹姆斯，他是"意识流"在创作实践上的首创人。他是以创造新的"角度论"实践意识流方法而著称的。他认为创作应以一个人物的"意识"为中心，"其余的一切人（全部变幻不定的和戏剧性场面）都是生活呈现给上述意识的"；要靠人物"行动的每一个节奏，而这行动又是最完整、最细腻地体现了"人物；应该深入挖掘这个人物，"愈深愈好，不要去挖掘其他人"；要创造一个集中的情景和视觉画面，将要写的人物的"相貌、行动、言谈、举止"，与各种人物的相互关系和事件"结合在一起"；创作"要做好事不属于生活的直接行动方面，而属于生活的思想和反省方面，也就是说不是供用的领域，而是供欣赏领会的领域"。

这些主张的意思，就是要改变传统的说故事的方法，以直接写人的意识活动的新角度来表现生活，同时改变文学作品只是供应用的性能，代之以供"思考和反省"的欣赏性能。

另一位意识流代表作家弗吉尼亚·伍尔芙，主张的是"交叉点"论，她说用意识流方法是将传统方法所建立的作家与读者的"交叉点"变换过来。她说交叉点就是"一种媒介"，这媒介将作家与所写的人物"沟通起来"，把作家与不相识的读者"沟通起来"。她说传统方法是将所写的人物给人的印象"撕得七零八碎"，要重新建立和组成新的交叉点，就是要把涌入脑海的千万景象，杂乱无章地倾倒出来，并把"这个生动的、压倒一切的印象比作一阵风或一股烟火味"，使读者"参照我的幻景斟酌每一个字，尽可能使两者配合得恰如其分"。

这些主张显然与詹姆斯有所不同，她是从接受对象的角度主张意识流创作方法的，前者则是从表现对象去考虑，因而有艺术支点的差异。

超现实主义的支点，则着重于作家本身的意识。他们提倡所谓无意识的书写法，即在写作时，只要把脑子里偶然涌现出来的东西速记下来，便是文艺作品。这样写出来的东西，词与词、句与句之间是没有什么关联的，往往是文理不通，令人费解，连作者自己也觉得莫名其妙。他们的根据是人有潜意识，艺术就要表现这种潜意识。人的梦境，偶然的思维活动，即是这潜意识的表现，所以要无意识书写。

（六）索美型

文学艺术本有真、善、美的性质和功能。作家以一定的艺术支点认识和反映世界，其支点本身无不包含着这三种性质或因素，只是各有不同的侧重而已。这也就是说，无论在这三种因素的任何一种上对生活有新的发现，作为认识反映世界的支点，都是可以构成一种艺术形象创造体系或艺术风格的。

如果说，上述的实体型、情感型、理想型、哲理型、意识型支点，都不同程度地具有这三种性质，那么索美型也是如此。因为真、善两种因素本身包含着美的因素，美是与真、善分不开的。但从创作实际上看，有相当多作家的艺术支点，是较着重于美的求索，主要是出自对生活美的独特发现。

在文艺史上，打出"唯美主义"旗号的作家和流派是不少的，而且是持续不断的。所以，不能否认这种类型的存在，也不应否认从美的方面去对生活取得新的独特发现的可能。当然，唯美主义的提倡者，以及某些"为艺术而艺术"的提倡者，与许多在艺术的真、善的基础上，较注意美的发现和追求的作家、作品是不同的，不应混为一谈。

现代主义的一些流派，是有唯美主义倾向的，如象征主义、印象主义、超现实主义等。因它们的艺术支点所包含的因素比索美的因素突出和占较主要地位，故已在上述类型中分别论述。但不排斥这些创作方法的作家，有的具体艺术支点是以索美为主要因素的。同样，属于现实主义、浪漫主义、社会主义、革命现实主义的作家，其艺术支点大都分属上述类型，也不排斥其中一些作家，或者一些作家的部分创作，是着重于对生活美的独特发现而创作的，其艺术支点是以索美为主要因素的。

拿我国的作家来说，徐志摩的诗，闻一多的诗，以及"湖畔诗人"的诗，相当突出的是对美的追求。在新中国成立以来的创作中，有数位别具一格的作家，如孙犁、茹志鹃，所写的虽是火热的斗争题材，但写的又都是美的生活、美的人物、美的心灵，正因为如此，他们才自成一格。周立波从《暴风骤雨》到《山乡巨变》，风格变化明显，变之所在，是对心灵美和"禾场上"的农村生活美的追求。近年刘绍棠的创作也似乎有这种趋向。由这些迹象看来，要从艺术支点的独特和变异、发展去做解释，才能较为准确和符合实际，如果仍像过去那样，统统以革命现实主义去包括或说明，则是抽象的、笼统的、不够确切的。我们要充分注意和支持文艺家对现实生活的独特发现，也就是倡导作家要有自己独特的创作方法支点，才有真正的艺术风格，才有真正的"百家争鸣、百花齐放"。

第八编 批评论

第一章 什么是文艺批评

一、文艺批评的对象和性质

文艺批评,又称文艺评论,是对文学艺术的创作、现象、形象、作者、作品进行分析评价的一门学问。它属于文学艺术领域的一个门类,也属于人文和社会科学领域的一个学科。

"批评"一词的含义,不是现代中国人通常所说的对缺点或错误的谴责或责备的意思,而是指对文艺作品的客观分析和评价,包括对其优点和缺点、成功或失败、水平的高低等的分析评价。所以,文艺批评也叫作文艺评论。"批评"一词来自中国古代的批评方式,因为古代的印刷品每页上方留有较大空间,行与行之间有直线分隔,行距也较宽,学者在读书时,喜欢随手写上一些心得或评论的文字。这些文字,写在每页上方空隙的叫"眉批",写在行距间的叫"横批"或"点评"(用墨点或文字表示)。例如金圣叹批《水浒传》、脂砚斋批《红楼梦》就是如此。"批评"一词由此而来。可见它的本义,不是贬义的,而是中性的。

文艺批评的对象主要是文艺作品的文本,但除了作品文本,还包括同文艺作品的产生、创造相联系和所体现的一切方面,即作品的作者、作品产生及其体现的社会思想意识、民族历史文化、作品的形象创造及其内涵和外延等。文艺作品主要是创造出艺术形象,为了更确切而深刻地论析形象,又必须论及导致文艺作品产生及其体现的一切现象(包括作者及其所代表的思想或文艺思潮等)。所以,文艺批评的任务,就是分析评价文艺形象和文艺现象。从这个意义上说,文艺批评就是文艺形象和文艺现象的分析学。

文艺批评根据什么去分析评价文艺形象和文艺现象呢?主要是根据文艺的特点和规律。一般来说,人们对文艺的特点和规律是有共识的,如艺术的形象特点、艺术创造的内容和形式等,但又往往由于文艺观的不同(包括世界观、哲学观、美学观的不同),对文艺特点和规律的看法不同,导致文艺批评观的不同,这就使得人们分析评价文艺形象和现象的根据不同,由此产生不同的文艺批评性质和标准,出现各种各样的文艺批评学、文艺批评方法或文艺批评学派。尽管如此,在以文艺作品作为对象和其作品分析评价的目的和功能要求的基本点上,是一致的或大同小异的。

由于文艺批评有着明确的固定的对象,有着基本一致而又多种多样的论析依据和性质任务,且都有着基本一致的特点和规律,因此,它是可以自成一门学问的,即有其自身本体的,这就是对文艺形象和现象的分析评价,而不是离开这个对象或与这对象无关的批评。由于其对象是文艺,因此是文艺领域的一个门类;由于它不是进行艺术形象的创造,而是对文艺形象和现象的分析评价,是科学性的对象研究分析,因此它又是人文和社会科学的一门学科。

文艺批评是对文艺形象和现象的理论分析,属于文艺理论,但又与一般的文艺理论有别。文艺理论主要研究阐释文学艺术的基本原理、特征和规律,包含对文艺创作和文艺批评的研究;而文艺批评主要是针对文艺作品及其相关的文艺形象和现象,即使接触文艺原理和规律的探究,也是从具体的形象和现象出发的,对形象和现象的规律性论析,是旨在实践性和现实性的,不是着重于原理性的。

文艺研究包括文艺理论研究和作家作品研究。文艺理论研究属于文艺理论领域,作家作品研究属于文艺批评领域,两者都是对文艺形象和文艺现象的论析。但在当今学术界的观念中,作家作品研究,尤其是对古代和外国文艺的研究,一般都不划入文艺批评领域,而是当作一门单独的学科,即将文艺研究中本来包含的文艺理论研究和文艺批评划分出来,变成主要对这门学科的称谓。这就是说,文艺研究主要是指对古代文学、外国文学,以及距当今时间较久的(如新中国成立前的中国现代文学)作家作品及其文艺发展史的研究;而文艺批评,主要是对当今现实文艺形象和现象的研究论析。所以,文艺批评又是有较强的现实性和实践性的。

文艺欣赏也属于文艺批评,或者说,文艺批评也属于文艺欣赏,因为文艺批评中有欣赏的成分,欣赏中也有批评的成分。但两者不能等同:文艺欣赏是读者(或观众)对文艺作品的接受、共鸣和评价,带有较重的主观性、随意性和感性,而文艺批评虽然也有批评家的主观性,但还是着重于客观性、科学性和理性;欣赏重于主观的接受或反接受,批评重于客观的肯定或否定;前者着重于感受,后者着重于论析。所以,两者是有联系而又有很大区别的,不能将两者画上等号,不仅不应以文艺欣赏取代文艺批评,还应将文艺欣赏作为文艺批评的研究对象,对其做出客观的、科学的、理性的研究。

二、文艺批评是主体与客体的对立统一

文艺的认识反映对象是客观事物和人们的思想意识,这是客体;文艺家的认识反映,是主体。文艺的性质,是主体与客体的对立统一。文艺批评的认识分析对象,是文艺的形象和现象,这是客体;文艺批评家的认识分析,是主体。文艺批评的性质,也是主体与客体的对立统一。文学艺术的对立统一规律,包括主体与客体的对立统一、具体与抽象的对立统一、个别与一般的对立统一、有限与无限的对立统一等规律,也是适用于文艺批评的;但个体的、形象的、感情的特征则是文艺批评欠缺的。文艺批评必须掌握这些规律和特征对文艺形象和现象进行分析评价,同时,以理论的、抽象的方式去掌握这些规律。

由于文艺观的不同,故自古以来对文艺批评的主体有两种对立的观点。一是认为主体应是批评家,二是认为主体是客观的文艺作品及其所反映的社会生活。这两种对立观点,过去在西方和中国古代以不同方式有过争论,最近最激烈的一次争论,是在20世纪80年代中叶,中国文坛上以刘再复与陈涌为代表的论争。刘再复主张文学的主体应当是人,即在文艺创作中,作家是主体;在艺术形象中,人物是主体;在文艺批评和文艺欣赏中,批评家和读者是主体。陈涌则持异议。现将两人的代表性观点分别综述如下:

刘再复在《论文学的主体性》(载《文学评论》1985年第6期、1986年第1期)一文中提出:人的主体性包括实践主体性与精神主体性。文艺创作强调主体性,包括两层基本内容:一是把人放到历史运动中的实践主体的地位上,即把实践的人看作历史运动的轴心,把人看作人;二是要特别注意人的精神主体性,注意人的精神世界的能动性、自主性和创造性。历史是客观世界的外宇宙和人的精神主体的内宇宙互相结合的运动过程。文学的主体包括作为对象主体的人物形象,作为创造主体的作家和作为接受主体的读者和批评家。肯定对象的主体性就是肯定文学对象结构中人的主体地位和人的主体形象,把笔下人物当成独立的个性,当成不以作家意志为转移的具有自主意识和自身价值的精神主体,而不是以物本主义和神本主义的眼光,把人变成狂人摆布的玩物和没有血肉的躯壳。愈有才能的作家,愈是处于最好的创作心态,他们在自己的人物面前愈是无能为力。这种二律背反现象正是"世界观决定论"感到困惑的难题。创造主体,从心理结构角度说,是作家超越生存需求、安全需求、消极性归属需求、尊屈需求而升华到自我实现需求的精神境界。从创作实践上说,创造主体包括超常性、超前性和超我性。

这就是主体对客体观念、时空界限及封闭性自我的超越。这种超越导致作家精神主体进入充分自由的状态。但主体性的实现还要求作家必须肩负社会责任和历史使命。这种历史使命感在文学创作中往往表现为深广的忧患意识，表现为把爱推向整个人间的人道精神。过去的鉴赏论存在两个基本缺陷：一是过分强调艺术鉴赏的认识论性质；二是过分强调艺术的思想灌输功能，从而造成主体性的削弱或丧失。艺术接受的本质是把人应有的东西还给人，使人变成完整的、全面发展的人。接受主体性的实现包括两种基本途径：一是通过接受主体的自我实现机制，使欣赏性超越现实关系和现实意识，以获得人性的复归；二是通过接受主体的创造机制，通过欣赏者的审美心理结构，激发欣赏者审美再创造的能动性。批评家作为艺术接受者的高级部分，他的主体性的实现，必须包括四级超越：一是与一般鉴赏者一样，必须超越现在意识，把自己升华到审美境界；二是在充分理解作家的同时，超越作家的意识范围，发现作家未意识到的作品的价值水平以及作品的潜在意义，并以独特的审美理想进行审美再创造；三是在批评实践中，通过"同化"和"顺应"两种机能，超越自身的固有意识而实现批评主体结构的变革即实现自身的再创造；四是批评从科学境界升华到艺术境界。

陈涌在《文艺学方法论问题》（载《红旗》1986年第8期）一文中认为，现在出现了形形色色的文艺的特殊性，排斥文艺的社会意识形态性质的观点。文学的上层建筑性质及其与其他意识形态之间的关系，都决定着文学艺术的性质、内容，以及它的发展方向。这不但不是什么外部规律，相反地，正是文学艺术的最根本最深刻的内部规律。无疑，人可以具有受动和能动两重性。但是，怎么能够把人"作为一种客观存在"和"作为行动着的人"分割开呢？其实，客观存在着的人就是行动着的人，行动的人也是客观存在着的人。这是马克思主义区别于以前一切哲学，一切关于人的学说的焦点和核心。人就是作为实践的主体存在着……离开社会实践谈论人的受动性和能动性，不是回到机械唯物主义的直观反映论，就是走向主观唯心主义。文学艺术没有绝对独立性，只有相对的独立性；文学艺术没有绝对独立的历史，只有相对独立的历史；文艺的审美特点也不可能是绝对独立的。"30年代开始到现在，形成了一种思维定式。这种思维定式大体上是阶级斗争论和直观反映论的线性思维惯性。"这实际上就是说，我们"30年代开始到现在"的文艺思想的历史，"大体上"是一部错误的历史……对于这种把社会生活联系排除在"外"的审美特点"自身"，我们不禁会发出这样的疑问：这种审美特点会是什么样的审美特点呢？事物的逻辑只能使这种观点导致"纯形式""纯美学""纯艺术"的结论。文艺复兴以来，特别是近代以来，文学和现实比过去的文学有越来越深刻的联系，主要表现在它越来越深刻地、历史地、具体地反映它的时代生活，正是文艺复兴以来，特别是近代以来，典型环境和典型人物才有了更加稳定的含义。……从列宁对列夫·托尔斯泰的分析，可以十分清楚地看到马克思主义文艺学的方法论的特点。这个特点正在于它观察的历史具体性。典型环境和典型人物的提出，正是为使文学不只是一般地保持和现实的联系，不只是一般地肯定文学需要反映现实，而是在现实发展过程中具体地、历史地反映现实。离开了历史唯物主义，离开了一个时代的政治、经济状况，离开了现实生活，对任何重大的文艺现实都不能做出事实的、本质的规律性解释，更不要说连一般地反映社会生活也不放在眼里了。现在不少人在谈论文学观念时，都很少提到在什么思想指导下，或者说在什么思想基础上去更新。

刘再复和陈涌的论争，是带有承前启后意义的。所牵涉的包括文艺学诸方面的问题，近半个世纪中国文艺的历史发展问题，尤其突出的是文艺批评的主体性问题。其实，这个问题的关键性、根本性分歧，是对于主观性和客观性两个方面各强调一方为主导性作用，也就意味着各从一个方面偏离对立统一规律。不管怎样，这场论争对文艺学和文艺批评学的发展是很有意义的。从文艺批评学的角度看，更有意义。因为它从两个方面证实了文艺批评的实质，应是主观与客观，也即是主体与客体的对立统一；如果过分强调主观的作用，那么文艺批评则欠缺客观性和科学性；如过分强调客观的作用，就会使文艺批评欠缺能动性和独立性。所以，应是主体与客体的对立统一。

三、文艺批评的参照系

虽然文学艺术是有其特殊性和规律性的领域，是一种掌握世界的独特方式，文艺批评也有其自身的独特性、本性和主体性，但是，无论是文艺创作或文艺批评，都不能单纯地孤立地存在或孤立地进行创造和论析，文艺批评尤其如此。文艺对现实的认识和反映有直接性和能动性，但同时也受其他掌握世界的方式或领域的影响或制约，如政治、宗教、法律、经济、文化等。文艺批评对文艺形象和现实的认识和论析，也同样有直接性和能动性，但也同样受到相关的意识形态的影响和制约。这些制约的意识形态或领域，就是文艺批评的参照系。不同的文艺观和文艺批评观，有不同的文艺批评参照系。参照系对文艺批评的影响和制约，有些简直就是文艺批评的标准和目的，有些则是起间接的或在根本上起主导作用，有的则是起直接的参照作用。这些不同的参照系,多是文艺之外的或包括文艺在内的更大范畴的意识形态或领域。

(一) 政治参照系

这是中国过去数十年一贯最为重要的文艺批评参照系。因为过去历来强调文艺必须为政治服务,文艺批评必须以"政治标准第一",文艺批评是"斗争武器"等金科玉律,简直将政治提高到超出文艺和文艺批评"参照系"的地步,变成包办并代替文艺和文艺批评的一切目的和标准了,这实际是将文艺等同于政治或作为政治的附庸。其实,这是自古有之的,不过不像当代中国那样严重罢了。孔子的"诗……可以群,可以怨",曹丕的"盖文章,经国之大业,千古之盛事",韩愈的"文以载道"等说法,都是强调文艺的政治属性。西方国家也历来如此,不过说法和做法不那么明显露骨罢了。近些年,从西方到中国,文艺的政治性不怎么强调了,但不等于说这个文艺批评的参照系不存在,实际上仍在有形或无形地、或大或小地影响和制约着文艺批评。

(二) 思想参照系

这是指一些非政治性的意识和思想对文艺的制约和影响,其中尤其突出和普遍的是人性、人文精神、人道主义的思想的制约和影响。这些思想,既常被作家当作进行创作的主导或灵魂,也常被文艺批评家当作文艺批评的原则或标准。这是16世纪文艺复兴时期和18世纪启蒙运动时期的西方世界文学的旗号,此后至今美国、日本、俄国都是主要以此为参照系的;新时期以后的中国文艺创作和文艺批评,已越来越明显地在这参照系上与世界文艺和文艺批评接轨。

(三) 宗教思想参照系

这本属思想参照系,因其有特殊性,故另列。中国古代文学中儒家思想影响特别明显而持久,至今仍在。儒是思想,又被视为教,主要是伦理道德观念。其次是佛教和道教的影响和制约,在魏晋诗、李白诗、明清的小说名著《西游记》《红楼梦》等的影响特别明显,也自此被作为文艺批评的参照系。西方则以天主教、新教以及伊斯兰教等的影响为主,也被当作文艺批评的参照系。

（四）社会参照系

主要从对文艺的社会功能特别强调的理论和将社会学的观点移用于文艺和文艺批评而来。以别林斯基、车尔尼雪夫斯基、杜勃罗留波夫为代表的19世纪俄国民主主义文艺理论批评，主要是以此为参照系的。苏联时代和五六十年代中国的文艺批评，除政治因素外，其参照系也在于此。

这是以唯物论反映论为哲学基础，以文艺的社会责任和社会功能为主导的文艺批评，运用得当是正确而积极的，用之不当即陷入庸俗社会学的泥坑。从苏联时代到中国的当代文学数十年，尤其是"文革"年代的文艺和文艺批评，凡错误者，除极"左"的政治错误外，尚在于其参照系是将社会与文艺等同，造成了简单化、庸俗化的偏误。

（五）审美参照系

文艺本属美学范畴，是美学的一种体现形式或方面。以审美作为文艺的参照系是应当而必然的。但自古以来的文艺批评，常常只注意这个方面，忽视了文艺的性能不仅在这个方面，还有其他方面，如社会功能、认识功能等。因而，文艺批评应以审美为参照系，但不能作为唯一的参照系。

自古以来，从西方到中国，所谓为艺术而艺术、唯美主义等流派或学派，屡屡出现而又很快消逝，原因就在于"只顾一点，不及其余"。新时期以来，在20世纪80年代中国风行的西方现代派，老是打出不介入政治的招牌，走进不问政治，只求艺术的象牙塔，结果无人问津，自生自灭。其悲剧的来源，也在于仅以审美为参照系。

（六）文化参照系

这是近年才引进中国文艺批评的参照系，也是迄今为止最为先进的、科学的、与世界接轨的参照系。因为当今世界已进入文化时代，新的文化学已成为当今世界最先进的一门科学。

其实，文化学的观点早已有之，不过尚未得到普遍运用，尤其未被用于文艺和文艺批评而已。列宁关于阶级社会"两种文化"的理论，其实都是文化学的学说。蔡特金在《列宁印象论》中引用列宁说的一句话："在性生活上，不仅应该考虑到单纯的生理上的要求，而且也应当考虑到文化的特征，看它们究竟是高等的还是低等的。"可见列宁早已从文化学的观点去观察事物。这一点，由于他强烈的革命色彩而被人们忽视了。

在20世纪下半叶，西方世界兴起了文化学的热潮，这一热潮已涉及文艺学、语言学、社会学、人类学、经济学、管理学，以至政治、外交、军事和自然科学、科学技术各个领域，成为各个领域的参照系。文化学的热潮，也造成了文化学本身的深入发展，出现了多种学派，由此对文化的概念及其内涵又有多种解释。如丹尼尔·贝尔在《艺术资本主义文化矛盾》一书的1978年再版序言中说："我在书中使用'文化'一词，其意义略小于人类学涵盖一切'生活方式'的大定义，又稍大于贵族传统对精妙形式和高雅艺术的狭窄限定。对我来说，文化本身是为人类生命过程提供解释系统，帮助他们对付生存困境的一种努力。"

另一位文化学家威廉斯在《关键词：文化与社会》中认为，文化包含四个层面的意思：一是"心灵的普遍状态或习惯"；二是"在作为整体的社会中的知识发展的一般状态"；三是"艺术的总体"；四是"由物质、知识与精神构成的整个生活方式"。（参见汪晖《关键词与文化变迁》，载《读书》1995年第2期）

人类学家克利福特·格茨认为："共同的理解，就是文化的精髓。"又说："我深信马克思、韦伯所说的人，是悬挂在他自己编织的具有意义的网上的动物。因而，我认为文化就是这些具有意义的网。"

这些说法尽管不同，其内涵是大同小异的。笔者认为，文化的概念，是指一定的社会或民族的共性意识，及其共性的思维方式和行动方式。这个含义包含并体现于一定社会或民族的传统道德和伦理观念、传统风俗习惯和生活方式、一切建设中的文化和文化中的建设。文艺要认识和反映一定社会和民族的生活，自然必须认识和掌握这些文化内蕴，文艺批评要对这样的艺术形象和现象进行分析评价，自然也就必须以这些文化存在为参照系，而且必须首先就具有这样的文化观念和知识，这应当是当今文艺批评特别重视的参照系。

文艺批评的参照系对文艺批评和文艺批评家是起重要作用的，但是应予特别注意的是，这些参照系的作用也仍然是"参照"，不应作为文艺批评的主宰或全部内容，否则就是取消文艺批评本身的独特性和功能性，而不是"参照"了。这种偏向过去长期存在，近年有所克服，但又面临着滑向另一种偏向的危险。所以，必须充分注意坚持和发挥文艺批评的本体性和主体性。

第二章 文艺批评的支点

一、什么是文艺批评的支点

如果说，作家的艺术支点在于对生活有独特的发现，那么，文艺批评或文艺评论和文艺研究的艺术支点或学术支点，则在于对文艺现象（包括本质和规律）有独特的发现。

文艺评论和研究的对象是文学艺术。文艺是一种社会存在，是一个领域，是一个具有相对独立性的整体。历代每个作家、每个作品，都是这整体的一部分。因而要认识和分析文艺现象，无论是整体（每种文艺现象或每个时代的文艺现象）或个体（具体的作家、作品），都必须找到一定的艺术支点。具有一定的、适当的支点，才能确切把握对象，才能自成体系、自成一格，做出新的研究，提出新的见解，以至成为一种新的学派，创造出新的评论和研究方法，为文艺的发展做出独特的贡献。

文艺评论和研究方法的艺术支点，在于对文艺现象有独特的发现，并不等于说这种发现只能是或仅仅是从文艺现象中来，这固然是一个主要来源，但是不应以此作茧自缚，还应该从生活、从社会以至从其他科学（如哲学、美学、心理学、生理学、自然科学、现代科学技术等）的启示中，去对文艺现象做出独特的发现。这样，将会更好地理解文艺现象，从中找出更为深刻而科学的支点。因为文艺现象，固然有它本身的性质和规律，但它的根本在于客观生活，在于社会的思想意识，它与其他社会意识形态和上层建筑、其他社会科学和自然科学、其他掌握世界的方式有着密切的关系。文艺现象的产生和变化发展，往往从社会中来，与其他科学的产生、发展、变化密切相关。所以，要对文艺现象有独特的发现，也要对社会生活与其他科学有深刻的理解或独到的发现，两者往往是成正比的。

但是，又不应将对生活或其他科学的理解和发现等同于或取代对文艺现象的理解和发现，而是要以对生活或其他科学的理解和发现，去对文艺现象再发现，用之于对文艺现象做出新的理解和论述，用之于对文艺的本质和规律做更深和更新的解释。否则，势必造成离开文艺的本质和规律的研究，结果不是更好地解释文艺现象，而是使文艺现象变得越发不可理解。这种现象，在西方早已存在，我国过去有，现在也还有这种现象。

成熟的作家有自己的艺术风格，成熟的评论家也有自己的风格。但评论家的风格与作家的艺术风格有所不同，他不是以个人气质、性格、爱好的明显流露为特色，而是以自己的学识、见解、论述的独到及论证方式的独特而与其他评论家相异的。评论家的风格，主要来自对文艺现象的独特发现，这就是他认识分析文艺现象的艺术支点。评论家之所以能对文艺现象有某种独特的发现，是因为他是在对文艺现象具有总体的认识和自己的世界观、文艺观的基础上，从自己的学术道路和某个方面的学术特长中，从与其他评论家的学术成就中，进行种种分析、比较后，得出这样的发现的。所以，这个独特发现，是整体性与个体性的统一。

另外，正是基于上述原因，评论家必然以此为出发点去认识分析一切文艺现象，以此为立足点去进行自己的独立分析研究，并且创造了相应的评论研究法则和系列，使自己的评论和研究自成一格地屹立于文艺评论和研究的学术之丛林中。这又是一种意义上的整体性与个体性的统一。所以，评论家在学术上的独特发现，是他风格的支柱和轴心，是他认识分析文艺现象的艺术支点或学术支点。

二、文艺批评的支点类型

为了使读者更好地了解古今中外的评论家是如何以自己在学术上的独特发现作为艺术支点的，使有志于文艺评论的研究者有所启发，现将文艺批评史上有较大影响的理论及其提出者、发展者的艺术支点类型分列陈述如下。

（一）言志说

我国最早涉及文艺理论的著作是《尚书》。相传它是春秋时代周的史官根据传闻编著，后经战国时代的人补订而成。其中涉及文艺的是《尧典》一章，提出了"诗言志，歌永言，声依永，律和声。八音克谐，无相夺伦，神人以和"的理论。这是影响中国数千年的"诗言志"理论的缘起。志者，是指思想、感情、意念。这种"言志说"是春秋时代人们对文艺现象的独特发现，也即是当时人们把握文艺现象的支点。"志"一方面指作品的思想及其内容，另一方面则指文艺的认识和社会作用。在提出者看来，"志"是有当时的具体时代和阶级内容的。这就是孔子提倡的"仁""义""礼"，即诗所要表现的思想是如此，所要起的社会作用也是如此，从而认为诗的性质和功能也是如此。

首先,从这一理论的提出可以证实。在《尧典》中,这个理论是以舜同常管典乐的人(夔)谈话的方式提出的,他要求以诗乐教育子弟,要"直而温,宽而栗,刚而无虐,简而无傲"(意思是:正直而温和,宽宏而庄严,刚毅而不苛刻,简易而不傲慢)。这些前提性的要求,说明了他所说的"诗言志",是这样一些内容或性质的"志",是"温柔敦厚"和"仁、义、礼"之志。也正因为是这样的"志",而要求"歌""声""律"的"和谐","无相夺伦",从而达到神与人的相通和谐("神人以和"),使百兽也竞相欢舞("百兽率舞")。所以,"志"是这一理论的支点。

其次,从春秋时代所实行的采风(收集民歌)制度来看,其目的是"命大师陈诗以观民风"(《礼记·王制》)。《汉书·艺文志》云:"《书》曰:'诗言志,歌永言。'故哀乐之心感而歌咏之声发。诵其言谓之诗,咏其声谓之歌,故古有采诗之官,王者所以观风俗,知得失,自考正也。"所以,由"言志"的理论,定出了采诗的制度。

再次,当时采风所汇编的诗歌总集《诗经》,也是根据"言志"的支点去编辑的,即以此知民"志",也以此使民接受"仁、义、礼"之"志"。孔子这位编辑者,将此目的阐述得十分明白透彻。他说:"诗三百,一言以蔽之,曰思无邪。"并说:"诵《诗》三百,授之以政。"他还认为《关雎》是"乐而不淫,哀而不伤"。这些看法,都是出自以"志"的具体内容来编辑解释诗的内容和看待诗的功能的。"兴于诗,立于礼,成于乐"将比阐述得更为明白,而"诗可以兴,可以观,可以群,可以怨"的说法,也皆是出于"立于礼"的"言志"。

从上述可见,春秋时代的"言志"说,是一个比较完整的文艺理论,它是以"言志"为支点去把握文艺现象的,是以此解释诗的创作和功能,并以此制定行政制度和汇编作品的,从而把握"言志"的支点,也就可以对其做出正确的全面理解。

这一理论,在春秋时代是不够完整的,后人不断完善丰富,同时又以不同时代内容去解释"志",因此它越来越有生命,影响中国文学数千年。历代对"志"的不同解释,又表明对于这一理论,人们还会从新的实践和时代内容中,对其做出新的独特的发现,并且形成新的艺术支点。

例如,孟子根据儒家的学说创造了"知言""养气"的思想理论。所谓知言,是指从儒家所反对的"诈""淫""邪"等言辞中看出它"所蔽""所陷""所离""所穷"之处;所谓养气,是指有儒家的伦理道德修养,养"浩然之气"。"知"和"养"两个方面，是他对儒家思想的独特发现。他也将此发现用于文学，提出了"以意逆志"和"知人论世"的方法。所谓以意逆志，就是"不以文害辞，不以辞害意"，这就是说，要以儒家之"意"，去理解文章所要表达的"志"。这与孔子以仁义"志"去理解《诗经》的诗，将《诗经》作为儒家教材的道理是一样的。其实这是主观唯心主义的，是将自己的思想强加给作品（自然也有增加理解的情况，或是以某种体会去加深理解）。孔子这样做，造成《诗经》中有许多控诉罪恶、抒发不满的作品均被他看作"思无邪"；明明是"思有邪"，是"乐"而有"淫"（这里应理解为正当的爱情），是"哀"而有"伤"，他却视而不见，这真是极大的讽刺！看来，这是孟子所说的"知言"之理在文艺批评上的运用，一方面，按现在的语言说是"反面教材"，做"戒"之教例；另一方面，又以"批判"的眼光看这些教例，以儒家之意而"逆"其"志"，使其达到以"言"儒家之"志"的目的。这种方法，确是对孔子"言志"说的发展，并且具有自觉的评论方法的端倪。由此可以说，孟子对孔子的思想艺术支点，既有师承，又有不同的侧重点，并且比较明显地将"言志"说发展为一种方法论。

对于孟子"知人论世"的提法，后人有不同解释。朱自清在《诗言志辨》中认为这"并不是说诗的方法，而是修身的方法；'颂诗''读书'与'知人论世'原来三件事平列都是成人的道理，也就是'尚友'的道理"。郭绍虞、王文生认为"后代人把知人论世也看成理解诗的方法，并将之与以意逆志的方法结合起来加以探讨，那只能视为是后人的发挥，而非孟子的原意"（见《中国历代文论选》第一册，第 35 页。顺便在这里交代一下，本段及后列有关中国古文论的资料及解释，均参照这部著作，谨向郭、王两先生致谢）。笔者认为，将"知人论世"作为孟子"以意逆志"方法的一个方面，与朱自清的说法是不矛盾的，说这道理既是"成人的道理"，也是理解诗的方法未尝不可。因为孟子本来是从做人去看诗的作用的，同样，以做人的方法作为看诗的方法也是不奇怪的。儒家将诗与教视为一体，在方法上也一体而言，并不矛盾。"知人论世"与"知言"的"知"是一种用法，即知其"所蔽""所陷""所离""所穷"而施之以教；"以意逆志"而对其有"知"，同时也"知"其诗文，以其"论世"，或以"论世"而知其人，知其诗文，不相妨也。所以，将"知人论世"既作为孟子的"知言""养气"说的一部分，又作为他"以意逆志"的评论方法论的一部分，是可以成立的。

从古至今，以"言志说"为本的文艺理论不胜枚举，但"志"的内容各有不同。毛泽东曾以"诗言志"的题词送文艺界，所言之"志"是无产阶级、社会主义之"志"，与过去之"志"有根本区别。但就"志"的概念及其在文艺评论中的地位与作用而言，不可否认它是我国传统评论方法一种有特大影响的体系性的艺术支点。

（二）发愤说

屈原的《离骚》是我国文学中最早与《诗经》并列的伟大作品，它与《诗经》分别开创、代表了我国数千年两种主要的文艺潮流和倾向，对这两部作品的评价及其所体现的文艺理论批评，也开创和代表了我国两种主要的思想和派别。如果说，孔子对《诗经》的评价及其所体现的文艺思想，是影响数千年的"言志"说，那么，汉代司马迁对屈原及其《离骚》的评价和所阐述的文艺理论，则可称为"发愤"说的发端。

司马迁的《史记·屈原贾生列传》是最早的一篇关于屈原的评论。在这篇评论之前，虽然仿效《离骚》的创作甚多，也有许多有关的评论，影响很大，但均不完整。司马迁引用了刘安的评论"其文约，其辞微，其志洁，其行廉，其称文小而其指极大，举类迩而见义远"，并认为屈原及其作品"虽与日月争光可也"。但首次对屈原做全面评价的是司马迁的这篇文章。他认为："屈平之作《离骚》，盖自怨生也。"他认为这种"怨"，是由于"屈平正道直行，竭忠尽智以事其君，谗人间之，可谓穷矣。信而见疑，忠而被谤"。可见，这怨，不是个人的私怨，而是坚持"正道"而不可得之"怨"，是表现"正道"的另一种方式。它的确切内涵，应该是"愤"，是为"正道"不可得而愤，向邪道发愤，所以应称之为"发愤说"。

司马迁以此理解和评价屈原，同样以此指导自己的创作和评价其他。他说他写《史记》的目的是："究天人之际，通古今之变，成一家之言。"他的"一家之言"是什么呢？就是"发愤"。他本人由于"遭李陵之祸，幽于缧绁（囚禁）"，造成"意有所郁结，不得通其道也，故述往事，思来者"。他以此理解和评价其他作品，并由此提出了新的见解，说古人所写诗书，都是有感而发（"欲遂其志之思也"），周文王演《周易》，孔子作《春秋》，屈原写《离骚》，左丘明写《国语》，孙子写兵法，吕不韦写《吕览》，韩非子写《说难》《孤愤》，以及《诗经》三百篇，均"大抵贤圣发愤之所为作也"。这些见解表明，司马迁既是以"发愤"作为自己创作的艺术支点，也是以此作为文艺评论的艺术支点。

历来的文艺创作，特别是在阶级矛盾激烈、社会黑暗的年代，作家和人民群众总是以文艺作为武器，抒发心中的怨愤，进行反抗和斗争。正因为文艺具有这种性质和功能，古今中外的文艺事实大量如此，因而"发愤说"才具有高度的概括性和普遍性，成为一种相当广义的艺术支点。李白曾提出"哀怨起骚人"，韩愈也曾说"欢愉之辞难工，而穷苦之言易好"，欧阳修也说诗是"穷者而后工"，恩格斯也曾引用过"愤怒出诗人"这句话，可见"发愤说"在古今中外皆有。自然，"发愤"有种种不同的具体内容，各有不同之"愤"，也各有不同之"发"。所以，其艺术支点也有种种不同的差异。

（三）模仿说

中国最早的文艺理论"言志说"和"发愤说"，都是出于主观的需要和从文艺的主观性能去认识文艺现象的，西方的情形也有点类似。但西方最早的文艺理论则偏重于自然的人性化，即将自然神化，又将神人性化，并认为艺术来自模仿自然。

古希腊最早的哲学家、诗人克塞诺芬尼（约前565—前473）指出了这个实际。他说："凡人们幻想着神是诞生出来的，穿着衣服，并且有着与他们同样的声音和形貌。""可是假如牛、马和狮子有手，并且能够像人一样用手画和塑像的话，它们就会各自照着自己的模样，马会画出和塑造出马形的神像，狮子会画出狮形的神像了。""埃塞俄比亚说他们的神皮肤是黑的，鼻子是扁的；色雷斯人说他们的神是蓝眼睛，红头发的。"这就是马克思说的"自然人性化"的道理。不过，当然是先将自然神化，然后又将神加以人性化。这种原始的现实观和文艺观的另一个方面，就是人的自然化，就是说人的创造和艺术的创造又来自和模仿自然。

古希腊哲学家德谟克利特（约前460—前370）说："在许多重要的事情上，我们是模仿禽兽，作禽兽的小学生的。从蜘蛛我们学会了织布和缝补；从燕子学会了造房子；从天鹅和黄莺等歌唱的鸟学会了唱歌。"将人的一切行动和技能说成对自然的模仿，将艺术创造也说成对自然的模仿。

这就是所谓模仿说，是古希腊时流行和公认的哲学理论和艺术理论。文艺创作及其创作方法都是以此为前提和基础的。当时的人们以此为依据，对艺术形象的创造法做了相当充分的阐述。

被称为现实主义理论奠基者，古希腊影响最大、最持久的理论家亚里士多德在他的代表作《诗学》中说，艺术的"一切实际上是'摹仿'，只是有三点差别,即摹仿所用的媒介不同,所取的对象不同,所采的方式不同"。这个观点,同柏拉图将艺术分为两种创造(即神的创造和人的创造)和三种艺术(即神的制造、木匠的制造、画家的制造)也是对立的。他认为以模仿现实客观存在,即从客观现实出发,以现实的形象整体去把握现实,"媒介""对象""方式"可以不同,又都是在模仿现实的基本点上一致的。这就体现了现实主义把握现实的基本观点。

在这样的基础上,亚里士多德还提出了一系列构成形象的法则,提出了"整一性"的学说。他认为艺术是"对于一个完整而具有一定长度的行为的摹仿(一件事物可能完整而缺乏长度)……所谓'完整',指事之有头、有身、有尾。所谓'头',指事之不必上承他事,但自然引起他事发生者;所谓'尾',恰恰与此相反,指事之按照必然律或常规自然的上承某事者,但无他事继其后;所谓'身',指事之承前启后者。所以结构完美的布局不能随便起讫,而必须遵照此处所说的方式"。"一件艺术品只摹仿一个对象;情节既是行动的摹仿,它所摹仿的就只是一个完整的行动。"此后西方的或中国的现实主义理论批评,基本上都是属于这个类型,只是各有不同的时代性和个性。

(四)辩证说

无论在西方或在中国,最早的哲学家大都承认并运用对立统一规律为宇宙万物规律的辩证法。他们不仅用于哲学,而且用于认识和解释文艺现象。

古希腊哲学家赫拉克利特(约前530—前470),是辩证法的创始人,又是"艺术模仿自然"论的首创者。他说:"对立的东西结合在一起,最美的和谐乃由不同的东西组成……自然也追求对立的东西,并从它们,而不是从相同的东西造成一致。例如,自然无疑是使雄性与雌性结合,而不是使雌性各与同性相配,自然不是借助相同的东西,而是借助对立的东西形成最初的和谐。因为艺术模仿自然,显然也是如此:绘画混合白色和黑色,黄色和红色的颜料,描绘出酷似原物的形象;音乐混合不同音调的高音和低音、长音和短音,形成一致的曲调;文法混合元音和辅音,由它们构成完整的艺术。"晦涩的赫拉克利特曾经说过这样的话:"结合既是完整的,又是不完整的,既是协调的,又是不协调的,既是和谐的,又是不和谐的,从一切产生一,从一产生一切。"这种以对立统一的观点论述自然和艺术及两者关系的理论,是很深刻的,在古希腊时代有此水平,真是不简单。"从一切产生一,从一产生一切"的提法,可以说比"艺术模仿自然"的看法前进了一步，接触到艺术典型的问题了。

我国最古的神秘"天书"《易经》，以"八卦"（即一种抽象符号）来预卜人所求的吉凶。即以"—"和"--"为两个基本符号，组合成八个基本卦象：乾、坤、巽、震、坎、离、艮、兑。由八卦组合形成六十四卦，每一卦的六个符号为六爻。八卦分别以自然现象模拟取名：乾即天，坤即地，巽即风，震即雷，坎即水，离即火，艮即山，兑即泽。八卦即以这些基本现象为符号去卜演一切，带有抽象符号的意味，可说是最早的符号学，其抽象与具体事物的关系，是有辩证法意味的。

老子的"有"与"无"和"有无相生"的思想，庄子的"天地与我并生，而万物与我为一"的境界，虽不仅是文艺理论批评，但都对以后的辩证批评说影响深远。

晋代批评家刘勰写出我国首部文艺理论批评巨著《文心雕龙》，其核心思想就是辩证说："神用象通，情变所孕。物以貌求，心以理应。"（《神思》）"春秋代序，阴阳惨舒；物色之动，心亦摇焉。"（《物色》）"夫情动而言形，理发而文见，盖沿隐以至显，因内而符外者也。"（《体性》）这些都是字字珠玑的辩证理论，对中国从古至今的文艺批评影响甚大，近年已在世界产生影响。

（五）神气说

中国古代的文艺理论，重神、重气。最早提出这理论的是曹丕，他在《典论·论文》中说："文以气为主，气之清浊有体，不可力强而致。"他以此为支点和标准评析"建安七子"的长短，论当时文坛的走向，并由此提出"盖文章，经国之大业，不朽之盛事"的传世之论。对气的解释，众说纷纭。有人认为与通常所说的"神"是相通的。但也有人认为神与气有别，甚至认为神重于气，是气之主，如清代桐城派首领、方苞的学生刘大櫆在《论文偶记》中说："行文之道，神为主，气辅之。曹子桓、苏子由论文以气为主，是矣。然气随神转，神浑则气灏，神远则气逸，神伟则气高，神变则气奇，神深则气静，故神为气之主。"他还说："神者，文家之宝。文章最要气盛，然无神以主之，则气无所附，荡乎不知其所归也。神者气之主，气者神之用。神只是气之精处。"他所说的神，又是与音节、文字密切关联的，他说："神气者，文之最精处也；音节者，文之稍粗处也；字句者，文之最粗处也。然论文而至于字句，则文之能事尽矣。盖音节者，神气之迹也；字句者，音节之矩也。神气不可见，于音节见之；音节无可准，以字句准之。"这种理论，在中国传统画论中也很常见。

（六）形神说

中国古代的文艺理论很重视形与神的关系，尤其是在画论中，可谓传统理论之一。

东晋画家顾恺之，最早在《论画》中提出"以形写神"的主张，并就"传神写照，正在阿堵中"之以目为传神要点的立论做出进一步论述，提出"一象之明昧，不若悟对之通神"的"悟对"概念。他是最早以形神说为艺术支点创作和评画的人。同时代的画家宗炳，既是隐士，又是佛教信徒，也是从山水画而发展形神说，主张"以形写形，以色貌色"，并认为"神本亡端，栖形感类。理人影迹，诚能妙写，亦诚尽点"，还认为赏画是为了"畅神"。

在诗歌理论中，中国传统也重视形神关系。如金元时期的诗评家王若虚在《诗话》中，对苏轼的传神论思想做进一步阐发："东坡云：'论画以形似，见与儿童邻。赋诗必此诗，定非知诗人。'所贵于画者，为其似身。画而不似，则如勿画。命题而赋诗，不又此诗，困为何语。然则破论非欤？曰：论妙在形似之外，而非遗其形似；不窘于题，而要不失其题。如是而已耳。"并以白居易说的绘画要"形真而圆，神和而全"的说法，提出形神并重、传神为主的诗画观。明代胡应麟在他的名著《诗薮》中提出"神韵"说，认为"唐人诗主神韵"，而宋诗则"得其气，不得其韵，神韵之作在含蓄蕴藉，富有余味"。这与前类所说的"神"是一致的。

（七）情真说

中国有悠久的诗歌和散文传统，诗文都重真情表现，所以情真的理论，代代相传。但每个诗人和理论家的艺术支点不同，对情真说的理论也把握各异，各有不同的理论。

与刘勰同代并齐名的诗论家钟嵘，在他的代表作《诗品》中，以"直寻"为其艺术支点，认为"气之动物，物之感人，故摇荡性情，形诸舞咏"，从而提出诗作是人的主体心灵的体现，是"物之感人""感物起情"的产物。他也是根据这种"直寻"，以性情为评诗标准，将同代诗人的诗作分为上、中、下三品，使这部诗论成为传诵古今的名著，成为历史诗评的经典。

情真说在明代最为流行。当时文坛上的几个流派都推崇此说，但艺术支点各有不同，因而理论各异。

大思想家王阳明主张"心学"，认为"六艺之学皆先王所以寓精神心术之妙，非特以资实用而已"，从而强调"直写胸臆"。

稍后的徐文长在其《诗说序》中提出："用吾心之所通，以求书之所未通。""出于己之所得，而不窃于人之所尝言。"

著名学者李贽则提出"童心说"："夫童心者，绝假纯真，最初一念之本心也。"所以，文学要表现"童心"，即"真心""赤子之心"。

另一位学者焦竑则提倡"自得"，主张写"性灵""深情"。

著名戏剧家汤显祖更强调写"情"："世总为情，情生诗歌，而行于神。"他认为"诗言志"中的"志"，就是"情"。

以"三袁"（袁宗道、袁宏道、袁中道）为代表的"公安派"，都崇尚"性灵说"，主张"独抒性灵，不拘格套，非从自己胸臆流出不肯下笔"，"有时情与境会，顷刻千言，如水东注，令人夺魄"。

继后的"竟陵派"，也强调写真情。其代表作家钟惺在《诗归序》中强调，要写"真有性灵之言"的"真诗"。

到清朝，著名诗论家袁枚进一步继承发展了"性灵说"。他认为，天、地、人并列为"三才"，自然界是"无识之物"，人是"有心之器"，"性灵独钟"；"人文"就是"心之文"，即"性灵之文"。

由此可见，情真说源远流长，影响深远。

（八）意境说

中国自古至今最有特色、最有影响的传统理论，恐怕是意境说（或称境界说）了。这学说开始主要用于诗与画。唐代王维，就以"诗中有画，画中有诗"而著称，这就是诗画合境论。殷璠在他编选的《河岳英灵集》中，提出"兴象"，即"诗可以兴"的象，也就是钟嵘所说"文已尽而意有余"的象。他在评价王维的诗时说："在泉为珠，着笔成绘，一字一句，皆出常境。"这就是意境或境界。

同代诗人王昌龄明确提出意境说："未置意作诗，即须凝心，目击其物，便以人心由之，身穿其境。如登高山绝顶，下临万象，如在掌中。以此见象，心中可见，当此可用。"

晚唐诗论家皎然在《诗式·取境》中，进一步提倡意境说："取镜之时，至难至险，始见奇句；成篇之后，取其气貌，有似等闲，不思而得，此高手也。有时意静神至，佳句纵横，着不可歇，宛如神助。不然，盖由先积精思，固神至而得手。"他以此为艺术支点，提出"四不""一要""六至"等诗式。

晚唐另一位诗论家司空图也强调意境，并提出"象外之象，景外之景"（《与极浦书》），"韵外之致""味外之旨"（《与李生论诗书》），"思与境偕"（《与王驾评诗书》）等名言。后人一般都将此理解为意境的美学标志。

宋代诗人方回提出"格高"和"情景合一"的理论，词人张炎主张"情空"和"意趣"；明末学者王夫之提出"情景融和"论；清末学者王国维在《人间词话》中说："词以境界为上。有境界自成高格，自有名句。"这些都是意境说的延伸，说明这种学说是深远而又多样的。

（九）典型说

外国的传统现实主义理论，历来都崇尚典型说。从古希腊的原始现实主义到古典主义、批判现实主义和苏联社会主义现实主义，都是这样。但由于每种创作方法和每个作家、理论家的艺术支点不同，对这学说的掌握和论述，也各有不同。

亚里士多德最早提出典型说的理论。他说，艺术"描述的事带有普遍性"，要刻画"性格"。他还提出了描绘性格的四点要求：第一是"善良"，"明白表示某种抉择，人物就有性格"；第二是性格"必须适合"；第三是性格"必须相似"；第四是性格"必须一致"，"刻画'性格'，应如安排情节一样，求其合于必然律或可能律"。这些论述表明他的典型和性格观念，是"类型"的意思。

后来的现实主义，尤其是批判现实主义的作家、理论家，也是运用这学说进行创作和批评的，但又各有不同的艺术支点。如：

法国小说大师巴尔扎克在人物典型的创造上，提出的观点是"需要一些框架"和"一些画廊"。所谓框架和画廊，按他的解释是把作品"划分为已经为人熟知的非常自然的部分，就是私人生活、外省生活、巴黎生活、政治生活、军事生活、乡间生活等场景"，这也就是通常所说的"环境"。他认为"社会环境是自然加社会"。这种见解，显然是他主张典型说的产物。一方面，他强调典型反映生活现实面貌的作用。他说："直到当代为止，最出名的讲故事的人也不过使用了他们的才华塑造一两个典型人物，描绘生活的一个面貌。"而他则是要"描写一个时代的两三千个出色的人物"，要把"一个系代呈现出来"。另一方面，他对每一个典型的塑造，都不是出于"把人看作一个完美的造物的意图"的，而是力求"这些塑造出来的人物的存在，同他们所生活着的时代的存在相比，变得更为悠久，更为真实确凿。他们差不多总是必须作为反映现实的一个伟大形象才活得下去，这些人物是从他们的时代的五脏六腑孕育出来的，全部人类感情都在他们的皮囊底下颤动着，里面往往掩藏着一套完整的哲学"。这一方面的论述，又表明他不仅强调典型的反映意义，而且强调典型内含复杂性、丰富性和哲理性。

俄国19世纪小说大师列夫·托尔斯泰的典型观则不同。他一方面认为，典型应该是"从一个人身拾取的主要特点，再加上我所观察过的其他的人物的特点"而概括创造的；另一方面，他又认为"要描写人本身是不可能的，但可以描写给我的印象"。这些说法，显然比较强调作家在典型创造上的主观作用和主观色彩，与"纯客观"的理论不同。尤为值得注意的是，他在最后的日记中，对性格的分类写下了"非试写一下不可"的人物类型：①学者型；②野心家型；③贪欲者型；④保守的信徒型；⑤玩乐者型；⑥在一定的范围里面的强盗型；⑦没有范围的强盗型；⑧戴着假面具的诚实者型；⑨虚荣的著作家型；⑩社会革命家型；⑪勇士丑角型；⑫彻头彻尾的基督教徒型；⑬战士型；……他还说："我所感受的典型，是无限的众多。"

巴尔扎克与托尔斯泰同是批判现实主义大师，都主张典型说，但他们的说法又不完全相同，可见，同是典型说的艺术支点，也是因人而异的。这些大师以此为支点把握世界，进行创作，也以此进行文艺批评，所以也是其学术支点。

俄国19世纪著名文艺理论批评家别林斯基和杜勃罗留波夫都是以典型论影响世界文坛的，对当时俄国和后来的苏联文坛甚有影响，对我国从20世纪30年代到现在的文艺理论批评影响尤大。别林斯基注重典型是作者的"纹章印记"，是"熟悉的陌生人"；杜勃罗留波夫则注意概括人物典型的系列性，将19世纪俄国文学中的人物概括出"多余的人"的形象，是"奥勃罗摩夫性格"。他们也是以不同的典型学术支点从事文艺理论批评的。

（十）意识说

意识说是西方现代主义创作和文艺理论批评的共有主导学说之一。从现代派开端时即有此说，此后不断发展。

意识说的出现，与"意识流"这个概念的提出相关。美国实用主义哲学家、心理学家威廉·詹姆斯在1884年发表的《论内省心理学所忽略的几个问题》的论文中最早提出了这个概念，随后，他在1890年出版的《心理学原理》中，对这个概念解释说："意识并不是片断的衔接，而是流动的。

用一条'河',或者一股'流水'的比喻来表达它是最自然的了。此后,我们再说起它的时候,就叫它做思想流、意识流或者是主观生活之流吧。"

这个观点一提出,很快就得到了奥地利著名心理学家、精神分析学创始人弗洛伊德的拥护,并加以充实。弗洛伊德认为是"下意识的精神的真正实际"。

法国著名哲学家、"直觉主义"创始人柏格森提出:"真实"存在于"意识的不可分割的波动之中",并且提出了"心理时间"的概念。他认为,通常所说的"时间",只是各个时刻依次延伸,表示宽度的数量观念,"心理时间"则是各个时刻互相渗透、表示强度的质的概念,人们越是进入意识领域,这个概念越是适用。并且提出文学应该深入人的内心世界,从心理的角度以人的意识流动去写人。这样,就为意识流文学的产生奠定理论基础,并且成为现代主义各种流派共有的艺术支点,也即成为现代派文艺理论批评的艺术或学术支点。

但各种流派和学派又各有不同的运用和掌握,各自形成特点,所以这学说的类型也是包罗甚多甚广的,诸如表现主义、未来主义、超现实主义、存在主义、新小说、荒诞派、黑色幽默、愤怒的青年、垮掉的一代、魔幻现实主义等流派,都是以此为理论基础,而又是有各自的艺术支点的。

以上这十种类型的学说是大致分类,主要是从文学而言,在戏剧、美术、音乐、电影、摄影等艺术领域的创作及其理论批评,其流派或学派更多,更丰富多彩,还会因艺术特点和手段不同而有更多的艺术支点。艺术创作的空间是宽广无限、无穷无尽的,艺术支点的多元化和多样化也是无穷的。所以,掌握艺术支点的原理,有利于更深、更广、更新地进行艺术创造和文艺批评。

第三章 文艺批评的方法

一、如何掌握文艺批评方法

对文艺现象的评论和研究，无论是对整体（某个时期的或某种文艺现象及文艺问题），还是对个体（某个作家或某个具体作品），都必须把握一定的支点。这与文艺创作是有共通之处的。文艺创作是对客观生活的认识和反映，作家要达到正确而又有独到的认识反映的目的，一方面要把握客观生活的支点，另一方面要有自己独特的艺术支点；以对文艺现象的分析和研究为自己职责的文艺评论和研究，要达到正确而又有独到的认识和分析的目的，也是一方面要能够确切把握文艺现象（整体或个体）本身的艺术支点，另一方面评论者和研究者也要有自己独特的艺术支点。而文艺批评和研究又是一种学术活动，是对文学艺术的学术研究或评析，所以，文艺批评和研究家的艺术支点，也即是其学术支点，即文艺研究与批评方法的支点。具有自己独特的文艺评论方法支点，才能更好地把握研究对象的艺术支点。

创作方法是艺术掌握世界的方式，文艺评论和研究的方法，则是理论地掌握文艺现象的方式。评论方法与创作方法是不同的掌握世界的方式。两者都是以一定的艺术支点为核心的。每种评论方法的不同，也与每种创作方法的不同一样，根本在于艺术支点的不同。因而要理解从古至今众多的评论研究方法，就必须把握每种评论方法的艺术支点，只有这样才能把握其实质和基本特征，正确地吸取其长处，辨出其短处；有自己独特的艺术支点，才能创造和运用自成一格的评论方法，使自己对文艺现象的评论和研究取得独到的成就。

方法是为达到一定目的而运用的方式手段。无论创作方法还是评论方法，多样化不是目的。评论方法的目的，始终是更好地把握文艺现象，对文艺现象做出科学的解释和评价，从而更好地将文艺的功能发挥出来，促进文艺及其在社会生活中的作用（主要是其认识、教育、审美作用）的发展。创作方法的多样化，是为了使文艺更丰富多彩地作用于现实；评论方法的多样化，是为了更充分、更准确和多方面、多途径地揭开文艺现象的奥秘，促进文艺更丰富多彩。在提倡文艺创作方法和评论方法多样化、个性化的时候，对这个目的性的认识，是必须加以强调以期引起充分注意的。

强调这一点，是因为古今中外的文艺评论和研究史上，曾有相当一些学派和他们的评论研究方法，不同程度地存在着离开科学解释文艺现象的目的，甚至离开文艺现象去谈文艺现象的偏向，结果不是使文艺现象得到科学的说明，反而越研究越糊涂，使自己陷入歧途，又使人陷入迷津。这是不足取的。这种现象，在当今我国的文艺评论和研究上，也有所露头，应当在提倡评论方法多样化的同时，引以为戒。

另一种值得注意的现象是离开接受对象去片面追求方法的多样化和个性化。这在创作方法的历史上（尤其是西方现代主义）是屡见不鲜的，在文艺评论和研究方法史上也时有出现，现在也有这种偏向的苗头。诚然，无论是创作方法或评论方法，都是主观对客观的把握，难免有一定的主观性；作为一种方法，必有一定的体系性；作家、评论家在方法上的个性化和体系性，也都是有一定的主观性的。这种情况也不同程度地影响到与接受对象的关系问题。无论是文艺创作还是文艺评论，要正确而独特地去认识反映对象，固然是首先的基本的出发点和目的，但是，要使认识和反映的结果使人接受，从而作用于社会，这也不能不说是一个重要的方面，也应当是一个出发点和目的。

过去的作家、评论家有的对此已有注意，有的则不屑一顾。出现这种现象，有作家、评论家的世界观、文艺观对此有不同看法的原因，也有在创作方法和评论方法的理论上未能将这层关系在方法论中的重要作用这一问题解决的原因。如果说过去的作家、评论家和方法论因有历史条件的局限未能很好解决这个问题，那么，我们今天为人民、为群众的作家、评论家是理应将这问题解决好的，是应当在提供方法多样化和个性化的同时，注意防止脱离接受对象的偏向的。

要解决这个问题，应当将接受对象的需求（包括一定时代人民群众的审美水平和要求），作为艺术支点的整体性内含的一个有机内容，即所认识反映的客观世界和主观世界的整体性中的一个组成部分。

之所以如此，在于两方面的理由：一方面，在于客观世界本身包括人的创造及其活动；另一方面，在于作家、评论家本来就是一定时代的人民群众中的一员，他的思想意识都自觉不自觉地具有时代性，在他以一定的艺术支点去认识反映世界的时候，也就是在他的艺术支点的选择和运用中，也自觉或不自觉地代表或包含着一定接受对象的思想意识。所以，艺术支点的整体性是包含着一定时代的群众性因素的。问题是所包含的是什么样的群众（是什么阶级或阶层）性。我们所提供的创作方法和评论方法，它的艺术支点所包含的应当是最大限度的人民群众性，应当自觉地以接受对象作为艺术支点的重要构成因素。

明确上面所谈的问题，对于防止和克服创作方法和评论方法上的不好偏向是必要而有好处的，对于我们正确认识艺术支点在评论方法中的地位和作用也是必需的。因为古今中外的文艺评论和研究方法，固然是由于艺术支点不同而构成不同的体系，但往往也由于是否离开文艺研究的范畴和是否自觉地将接受对象作为艺术支点的要素而显示异同及科学性、现实性的程度差异。由此也就显出艺术支点在评论方法中的地位、作用的利弊和作用大小。让我们以现在学术界归纳和提出的一些评论方法实际来加以说明。

二、各种文艺批评方法的特点

文艺批评和研究的方法，可分为广义和狭义两种，广义的评论方法，是指一些比较通用的，在各种狭义的评论方法中都可交叉使用或结合使用的方法，这种性质的方法，虽然有一定的艺术支点起着核心和使其定性的作用，但这艺术支点是比较广义的和可塑性较大的，是可以随使用者具体的艺术支点的不同而有所不同的，或者说是可以因艺术支点的整体性和个体性的不同而有不同的性质和方式的。狭义的评论方法，则是有比较具体的、特定的、稳定的艺术支点，从而具有鲜明的特性。

（一）归纳和演绎方法

广义的评论方法在实际的运用上有双重的艺术支点，即作为一种方法的系统性的艺术支点和对这系统性的具体运用或不同把握的艺术支点。被称为传统的一些评论方法，大都有这种情形，如归纳和演绎方法。这种方法的基本特征是：对研究对象的分析研究，从个别现象到一般现象，从具体事实到概括一般原理，再以一般现象研究个别现实，由一般原理到做出个别结论。这种方法，是以承认个别与一般的辩证原理为支点的，是辩证法的方法论的运用。从辩证法与形而上学是两种根本对立的方法论这一意义来说，这一艺术支点及其所构成的方法，是科学的，是符合客观世界的法则的。

但辩证的方法，又不是所有使用者都用得正确、适当的。很多唯心主义世界观的人也用辩证的方法，如老子、庄子、黑格尔等，这些大师的理论虽有许多正确的见解，但骨子里是唯心而不是唯物的；虽然形而上学的方法论往往是唯心主义者的方法论，但许多唯物论却是形而上学者的方法论。可见方法论与世界观（认识论、反映论）密切关联，但并不等于说有什么样的世界观就必是什么样的方法论。每种方法论虽有一定的支点而确定其性质，但往往更直接、更具体的则是使用者的世界观及其具体的支点。

归纳和演绎的方法也是如此。归纳与演绎，一般是并用的，也有较多是侧重演绎的。明清时代我国古典小说的评论，如金圣叹批《水浒传》、脂砚斋批《红楼梦》是偏重演绎。这些评论，虽然不乏精辟的见解，但由于批评者的世界观是不大正确、不大科学的，尤其是他们的艺术支点是不大正确、不大科学的，所以在总体上是不大正确、不大科学的。金圣叹是以维护封建制度的世界观，以叛逆无道为其支点，对《水浒传》的英雄采取贬斥的态度，从根本上否定了这部小说的价值。脂砚斋从《红楼梦》是曹雪芹的自传的支点出发，以实事去对照和演绎小说的描写，结果是批评者自己陷入迷宫，也将这部伟大小说评成了一个不可理解的"梦境"。可见，即使是使用有一定科学性的评论方法，由于使用者的具体艺术支点的错误，也是会陷入歧途的。

（二）分析与综合方法

分析与综合方法，是历来较普遍使用的评论方法，也是一种广义的评论方法。它的基本法则是：将研究对象的各个部分进行分解，又将分解的结果进行总和、总计，由此得出总体的结论。这种法则，其支点是肯定事物由若干有机部分构成，要以部分与整体的辩证关系去认识和反映事物，是符合辩证法原理的。但这只是一般性的支点，对其具体运用如何，则取决于使用者的世界观和具体的艺术支点。例如我国古代诗评家钟嵘写《诗品》，就是用这种方法。他将诗进行分析，然后又进行分类综合，分为上、中、下三品。他分品虽然是"略以时代为先后，不以优劣为诠次"，但他在具体的分析评价中是有其标准的。这就是他从"使味之者无极，闻之者动心，是诗之至也"的艺术支点出发，认为"五言居文词之要，是众作之有滋味也"，而"四言文约意广，取效风骚，便可多得，每苦文繁而意少，故世罕习焉"。他是以"滋味"之多寡来评诗优劣的。他以此评价四言诗、五言诗之优劣，是机械、笼统、欠具体分析的。从评论方法上讲，他是用分析与综合方法的。他以"滋味说"为其艺术支点是否偏颇是另一个问题，毕竟是自成一说，他就是以此构成一种评论法则，将分析与综合的方法具体运用于体现这一支点的。

俄国文艺批评家杜勃罗留波夫分析冈察洛夫的《奥勃洛摩夫》，也是以分析与综合方法，一方面将小说中奥勃洛摩夫的形象进行具体分析，另一方面又与其他作家（屠格涅夫）所创造的同类形象进行对比和发展的分析，最后综合得出这是"多余的人"的形象的总体结论。这也是对分析与综合方法的具体运用，而他的艺术支点则是典型的社会性能。可见分析与综合方法是广义的，因使用者的艺术支点的不同而有不同特点与功能。可见艺术支点在评论方法上的关键作用。

（三）社会学方法

社会学方法，是我国近数十年来广为流行使用的方法。这种方法，可以说是广义的评论方法，也可以说是狭义的评论方法。这种方法的基本法则是：以社会现实和社会意识去分析评价文艺现象（包括某种文艺现象和具体的作家作品），从文艺与生活的关系、文艺的社会根源、文艺的社会功能去把握文学艺术。它之所以是广义的，是因为文艺与社会本有不可分割的关系，任何文艺都是一种社会现象，从而对任何文艺现象的分析评价，无不可以此为支点去进行研究。但是，文艺又毕竟是文艺，它既是一定社会现实和社会意识的反映，具有社会功能，但它的性质又不完全如此，它还有自己的特征、传统和多种的功能。从这个意义上说，以社会学的方法去分析研究则又只是从它的一个方面去进行研究，因而这种方法又可以说是狭义的评论方法。

肯定文艺的社会性质，以社会的现实和要求去把握文艺现象，是这种方法论的艺术支点。一般地说，这是正确的、科学的。但是这又只是一般性的支点。对它是否正确、是否科学的运用，还取决于使用者的具体艺术支点。运用这种方法是正确还是偏误，固然首先取决于社会观，还较多取决于是否正确地把握社会现实与文艺的关系，正确者是由于能科学地把握两者的辩证关系，偏误者往往由于将两者机械等同或彼此分割。

恩格斯对《城市姑娘》、巴尔扎克的《人间喜剧》和莎士比亚的评论，就是以辩证的方法把握现实与文艺的关系的。他以典型环境与典型人物、世界观与创作方法的辩证关系为艺术支点，对这些作家和作品进行了精辟的论述，提出了著名的、科学的文艺理论。列宁对列夫·托尔斯泰的评论，把握了社会与文艺、世界观与创作方法的辩证关系，对研究对象做出了科学的评价，并且阐发了艺术的基本原理。我国和苏联评论家以社会学的方法论进行文艺评论而取得成就者，是很多的。

但是，在极左思想和路线的作祟下，好些年来（尤其是在"文化大革命"时期），庸俗社会学的文艺评论泛滥成灾，猖獗至极。这种"批判家"，动辄发出"现实生活是这样的吗""居心何在"的质问，不是指责作品"抹黑"某种人，就是指责作家为某种人"涂脂抹粉"，动不动就"上纲上线"，抓辫子、打棍子、扣帽子，使多少作家蒙受灭顶之灾，将多少作品打成"毒草"。这些历史灾难，已经远远超出了文艺评论的性质和范围，完全是政治的斗争。但这现象也未尝不是将社会学的评论方法，按反动的政治需要，也即是以极"左"的政治支点去"改造"的结果。即使是尚属文艺评论范围的一些评论和研究，或者是以其产生年代的经济政治或具体史实进行评价，或者以今天的眼光给书中的人物（如宋江、林冲、李逵、贾宝玉、林黛玉、刘姥姥）从划阶级成分去看其典型性，或者对当今的作品的评价只是从它反映了某场运动而肯定其价值，将作品的思想与艺术进行分割评价，等等，都是庸俗社会学泛滥的结果或表现。可见，对社会学评论方法的掌握，还是主要取决于使用者的具体艺术支点的。支点的正确或偏误决定使用这种方法的成败得失。

（四）类型学方法

类型学方法，是较古老的传统评论方法，是对文学艺术按不同类型进行分类研究，如对不同的体裁、文体、文艺潮流、艺术流派、创作方法，以及对内容与形式、思想与主题、结构与情节等进行分门别类的专题研究。这些研究，又主要是因研究者的艺术支点不同而有不同的分类和出发点及主旨的。所以，这是一般性、广义性的评论方法，它本身并没有严格的法则规定性，运用也广泛。一些文章的编选家、诗词学家所用的文集、诗词编选方法，可以说是用此方法对文学艺术进行各种专题研究。刘勰《文心雕龙》云："原始以表末，释名以章义，选文以定篇，敷理以举统。"有类型学方法之意，可见我国早有此法。我国最古的诗选集《诗经》分"风、雅、颂"，我国最古的文章选集《昭明文选》，以及流行的《古文评注》《古文词类纂》《唐诗三百首》《唐宋名家词选》等，都是有一定选择和分类标准的，每个选家的标准是不同的。这就是他们以不同的艺术支点去运用这种方法，从而具有不同体例的缘故。

（五）系统论、信息论、控制论

20世纪80年代初以来，从西方传入了一些新的文艺评论和研究方法。

这些方法，在西方已经不是新的。其中相当一部分开始并不是文艺评论和研究方法，而是自然科学或现代科学技术所用的方法，一些学者将其用于进行文艺的研究和评论，成了文艺评论和研究方法。一些则是从语言方面对文艺进行研究，以语言的结构法则去分析文艺现象。这些方法的共同性特点，不是从文艺本身研究文艺，或者说是以研究非文艺领域（或者说是与文艺有关的领域）来研究文艺，再就是将文艺与其他领域有相通或共性的东西进行综合的研究，其研究的目的和成果也往往超出或不限于文艺现象本身。所以，这些评论研究方法，与上述传统的方法有很大不同，有的从某种意义上说是广义的，从另一种意义上说是狭义的。但它们也都有各自明确的艺术支点和系统的法则。它们各自的艺术支点决定着自己的特性和系统性，从中也可看出艺术支点对评论方法起着关键性作用的道理。

一般通称的"三论"，是指系统论、信息论、控制论，这是三种评论方法，也可以说它们是相互联系、相互补充的一个评论方法系列。

系统论的基本法则，是把研究对象作为一个整体、一个系统来加以考察，要求把作品中的各个部分、相互关系、相互依赖、相互制约、相互作用及其所具有的整体功能和价值进行整体的系统的研究，让每个作品的研究都自成一个系统。这种方法论，从文艺研究的意义上说，是以自成整体的一个系统这样的艺术支点而提出的，是这样一个支点决定其法则的。

信息论的基本法则是：以信息的概念作为分析、研究和处理问题的基本概念，将信息的获取、传播、加工、处理作为一个完整的系统，作为一种有目的的运动。每种文艺现象或作品也是由此而产生的，也应以此去研究文艺现象。这种方法论是将系统论具体化，将信息作为系统的基本概念，所以是系统论的补充。它之所以自成一"论"，是由于它有一个更为具体的艺术支点，那就是信息。它将信息看作一切现象的产生根源，以信息这个因素或事物的方面去把握世界和文艺，从而构成一种体系性的法则。

控制论是研究系统中控制过程的一种方法论，它的基本法则是：信息进入作家的头脑，经过反馈，形成了作品的信息，使之定型。艺术形象定型之后，即又会产生信息，这信息要求按形象的逻辑发展性格，以此完成创作过程。这是以信息在创作过程中的控制作用来分析文艺现象的一种方法，是着眼于进程系统的研究，所以它是系统论、信息论的具体运用和补充。它也是有其艺术支点的，即信息的反馈作用，所以它也可以说是一种评论研究方法。

这"三论"互相联系而又各成系统，皆在于它们的艺术支点有联系而又有区别，可见艺术支点在这些方法中的核心作用。如果我们进一步去具体分析使用者的情形，将会更清楚地看到这些方法在使用上也是千差万别的，对"系统"的看法往往因人而异，"信息"的概念往往因事之有别而相殊，对"控制"之进程研究也往往因对象之特殊性而有不同的做法，这皆是因使用者的艺术支点各有特性所致。可见，这些方法既是广义的，又是狭义的，得当与否，根本还是取决于使用者的艺术支点。

（六）层次论方法

层次论是一种广义的评论研究方法。它的基本观点是：任何事物或系统，都有横向结构或纵向过程，都是连续性和间断性的统一；连续性的中断，即形成事物相互异质的层次；横向层次是平衡层次，纵向过程则是过程层次；两者的中间关节点是分界线。将这种方法运用于文艺评论和研究，就是将某种文艺现象或具体的作家、作品，从纵、横两个方面的层次进行研究分析，从两个方面的"中间关节点"中找出其"分界线"和其"异质"所在，也即是其特性所在。这种方法基于事物是由纵、横层次构成的观点，但在具体运用上，更大的因素是取决于使用者的艺术支点的，由于艺术支点的不同，所以对某个作品何以为纵的层次、何以为横的层次、两者的中间关节点何在等问题的解释往往不同，所得出的结论也会不同。

（七）比较研究方法

比较研究方法，是广泛流行的一种文艺评论研究方法，着眼于对文学的差别研究，即研究异中之同，同中之异，又称文学形态学、形态发生学。这种方法，具有更为广义的灵活性，往往用于不同国度、不同民族、不同时代、不同作家之间的文学比较，从比较中找出某些相同或不相同的东西，较多的是从不同中找出某些相同点，在另一层意义上则又是从相同中找不同，如某一相同题材、相同主题、相同人物在不同作家笔下却又显示不同。这种方法的高度灵活性和广义性，使得对其使用的成败得失，更为关键地取决于使用者的艺术支点是否得当。近年兴起的比较文学，在总体上属于这种方法，但又有所不同。钱钟书说比较文学不等于文学的比较。它是致力于文学间各种关系的研究，把语言和文化的差别联系起来，把人的智慧和组合力发掘出来，证实文学是心灵方面特殊功能的结果，是人类各种处境和表现手法的历史象征的总体。它是对一国文学与其他国家文学的关系和相互影响的研究，是文学史学的一个分支。

（八）文艺心理学方法

文艺心理学方法，旨在从作家的心理状态、作品人物的心理状态、读者的心理状态对作品进行研究，从心理学的角度解释和分析文艺现象。文艺是一种心理表现，但其性质也不一定会如此。这种方法，类似于社会学的方法，是从文艺性质的一个方面（或因素）去研究文艺，是以某个方面（或因素）去把握整体的一种方法，可以说是一种狭义的评论方法。心理状态是这种方法的支点。但具体的使用，还是取决于使用者的文艺观和心理学观是否正确、具体的艺术支点是否得当。

（九）语义学、符号学

文学是语言的艺术。从这基本点出发，又产生了以语言为支点的文学评论和研究学派，西方的语义学、符号学、结构主义等就是由此创造出的评论研究方法。

语义学方法，是基于对文学作品做文字分析的支点而构成的方法体系。从语义学的角度去辨析种种文学概念，从中自成一格地解释和分析文学现象。例如，这一学派的代表人物，英国文艺理论家瑞恰兹在《想象》一文中，对"想象"这个词阐述了六种意义：一是指"产生生动的形象，往往是视觉的形象"；二是指"运用比喻性的语言"；三是指"同情地再现别人的精神状态，尤其是别人的感情状态"；四是指"善于发明，即把通常不相联系的因素撮合在一起"；五是指"把经验按照一定方式，为达到一定的目的，加以条理化"；六是指"称谓那种综合的和魔术般的力量……这种力量的表现就是使对立的或不协调的品质取得平衡"。他是以语义去解释诗的创作和种种文艺现象的。

符号学方法，是将文学作为一种复杂的符号体系来进行研究。它把文学的语言，分为符号、能指、所指三件东西来研究。语言符号不是指事物名称，而是指概念和音响形象（不是指物质声音，而是指心理印象）。符号代表某事某物（客体）；它对某人来说，在某方面代表某物（这个方面叫场所）。符号有三种：形象符号，指某物的形象；常规符号，指某物本身；联想符号，指由某物所联想的同类物。联想符号与形象符号交叉越多，信息就越多（信息就是美），从而艺术品就越有价值。所以，这是以符号为支点的评论方法。

（十）结构主义方法

结构主义的起端是一种哲学文化思潮。其主旨是"从混乱现象背后找出秩序来"，对一个系统内部诸因素之间的关系进行探讨，故又称关系学。它旨在发现结构，认为结构比被结构的东西更重要，并认为结构有三个特性：整体性、转换性、自身调整性。结构主义方法也是从语言对文学进行研究，专门研究语言符号的能指和所指之间的关系，也即是语言分析注释方法，从二元对立逻辑找寻语言的意义。他们认为这种关系的特点是没有自然的对应关系，它是任意的，约定俗成的。他们认为文学充满了"两项对立"（或称两两对立），即语言和言语、符号能指和符号所指、概念和音响形象、共时和历时、静态和演化、组合关系和聚合关系等。他们认为语言是一个封闭的、自主自立的系统，结构主义就是"内部成分互相依赖和自主自立的统一体"。他们还认为"文学作品本身不是诗学研究的对象。诗学的研究对象是文学语言的种种特点。文学作品可以看作是一种抽象的、总的结构的体现"。"诗学探讨文学本身的内部规律，是研究文学内部的、抽象的规律。这一学科关注的不是实实在在的文学，而是可能的文学。换句话说，它关注使文学变得独特的抽象的性质，即文学性。这种研究的目的不在于复述故事，他是要提出文学话语的结构和功能理论，这种理论是可能出现的文学作品的格式。"（法国文艺理论家托多洛夫《诗学》）显然，结构主义的艺术支点是文学作品的语言结构，它是以此成为一种评论方法的。以上这些从语言方面研究文学的评论方法，正如托多洛夫所说"关注的不是实实在在的文学"，是抽象的、形式主义的。这是由这些方法的艺术支点所决定的。

（十一）解构主义方法

解构主义方法，又称后结构主义，是对结构主义哲学和实践意义上的否定，分解二元逻辑，证实其潜在另一组二元对立之中。如上与下的对立，可以随所处位置的不同而对立。这种方法寻找符号结构的不确定意义，动摇以词语为中心的永恒原则。对作品分析则是以分解说明。

（十二）俄国形式主义方法

俄国形式主义方法，认为文学作品是应用的整个艺术技巧的总和，艺术目的在于使人感知事物，而不在于知道这些事物。艺术是体验对象的艺术技巧的一种方式，对象本身并不重要，重要的是形式、技巧。对艺术研究必须以此为主角，将其"陌生化"而进行研究。

（十三）现象学方法

现象学方法，着重于对文学现象的本质还原，将探究对象置于直接的经验，并对经验的材料做忠实的描述。

（十四）接受美学方法

接受美学方法，着眼于研究文学作品的影响，认为作品的本质不在其再现或表现功能，而在其影响，即消费过程中对读者的作用，感觉与形式如何发展读者的能动。

（十五）阐释学方法

阐释学方法，旨在研究作者的逻辑、态度、文化素养，重视作者的整个世界。

（十六）原型批评方法

原型批评方法，认为批评应有框架，着意从纷杂的文学现象中找出它的原型，每部作品的潜意识是社会性、群体性意识，即集体无意识，而非个体性意识，包括原始神话式的批评，注重原始习俗和宗教。在方法上注重宏观把握每部作品，理解作品之整体。

（十七）新批评派

当我们强调艺术支点在创作方法和评论方法中的关键地位和作用的时候，很有必要谈谈西方一种被人称为主张否定作家、评论家个人特点和作用的评论方法或批评学派，即新批评派。它的创始人是被称为"现代文学批评大师"的英国诗人、戏剧家、批评家托·斯·艾略特。他自称是"文学上的古典主义者，政治上的保皇主义者，宗教上的盎格鲁天生教徒"。他提出文学创作和批评"非个人化"（非人格化）的理论主张，他在《批评的功能》一文中阐述了这种主张，他的具体观点是：

（1）"现存的艺术经典本身就构成一个理想的秩序，这个秩序由于新的（真正新的）作品被介绍进来而发生变化。这个已成的秩序在新作品出现以前本是完整的，加入新花样以后要继续保持完整，整个秩序就必须改变一下，即使改变得很小，因此每件艺术品对于整体的关系，比例和价值就重新调整了，这就是新与旧的适应。"

（2）"艺术家如果要取得他独一无二的地位，就必须对他本身以外的其他东西表示忠顺，倾其身心地热诚对待它，为它作出牺牲。一种共同的遗产和共同的事业把一些艺术家自觉或不自觉地联系在一起；必须承认这一联合绝大部分是不自觉的。在任何时代里，真正艺术家之间，我认为有一种不自觉的联合。……一个二流作家必须舍不得投身于任何共同的行动；因为他主要的任务是在维护表明他自己特色的那种微不足道的特点；只有那些根底踏实，在工作上舍得忘我的人才合作，交流和作出贡献。"

（3）"从事批评，本来是一种冷静的合作活动。批评家如果是真正名副其实的话，本来就必须努力克服他个人的偏见和癖好……在和同伴们共同追求正确判断的时候，还必须努力使自己的不同点和最大多数人协调一致。"一个作家在创作过程中的确可能有一大部分的劳动是批评活动："提炼、综合、组织、剔除、修饰、检验；这些艰巨的劳动是创作，也同样是批评。……某些作家所以比别人高明的缘故。"

（4）"创作和批评之间不能画等号。……假定创作或艺术作品本身就是目的；而批评，按定义来说，是涉及它本身以外的别的东西的。……可以将批评融化在创作里，却不能将创作融化在批评中。最高的、真正有成效的批评是在作家的劳动中，和作家的创作活动结合的那种批评。"

（5）"批评家特殊重要性的最重要条件是批评家必须要有高度的事实感。……事实感是慢慢发展起来的，它的最高发展也许就意味着文明的顶峰。这是因为在必须掌握的事实领域内层次繁多，而且最外层的事实知识和控制又多少会带着重浊的幻想色彩。"

（6）"比较和分析是批评家的主要工具。……必须知道要比较什么，要分析什么。"

应该怎样看待这些理论呢？首先，值得注意的是，艾略特的"非个人化"的批评理论，主要是针对他所处年代英国文坛上那不良空气，即许多"批评家是在靠粗暴极端地反对别的批评家维持生活；要不然就是在企图利用个人的某些癖好来配制人家早已持有的意见，而这些则因为爱虚荣或迟钝，所以还在固执己见"。"这种情况，使得批评界好比星期天在公园里吵吵闹闹，连各自的不同点在哪里还说不清楚。"显然，艾略特反对的是将文艺批评看作为了个人生活职业、个人癖好和个人虚荣的"个人化"倾向的批评，而不是反对批评家要有自己的观点；他所主张的将文学艺术看作"有机的整体"，要作家和批评家为"一种共同的遗产和共同的事业"而

"作出牺牲"，"自觉地联合在一起"，实际是强调文艺的社会职责，强调创作和批评的社会整体。他又提出文艺批评必须注重"作家的劳动"，要与作家的创作活动结合，"要有高度的事实感"，要正确运用"比较和分析"这两种工具，这都是从反对个人偏见的倾向提出来的。这些鲜明的观点正是他有独特艺术支点或学术支点的表现。他之所以被推崇为大师，这种主张之所以成为一种学派和评论方法，正在于他强调批评的社会职责和强调要从文学事实出发的艺术支点和学术支点，具有高度的整体性、科学性、系列性和独特性。所以，它恰恰证明了艺术支点或学术支点在评论方法中的重要性。